〖中华诗词存稿·地域专辑〗

中华诗词学会 编

宁夏诗词选

（一）

宁夏诗词学会 编

中国书籍出版社

China Book Press

图书在版编目（CIP）数据

宁夏诗词选 . 一 / 宁夏诗词学会编 . 一北京：中
国书籍出版社 , 2020.8
（中华诗词存稿）
ISBN 978-7-5068-7908-8

Ⅰ . ①宁… Ⅱ . ①宁… Ⅲ . ①诗词一作品集一中国
Ⅳ . ① I22

中国版本图书馆 CIP 数据核字 (2020) 第 143281 号

宁夏诗词选·一

宁夏诗词学会 编

责任编辑	李国永	
责任印制	孙马飞　马　芝	
封面设计	采薇阁	
出版发行	中国书籍出版社	
地　　址	北京市丰台区三路居路 97 号（邮编：100073）	
电　　话	(010) 52257143（总编室）(010) 52257140（发行部）	
电子邮箱	eo@chinabp.com.cn	
经　　销	全国新华书店	
印　　刷	北京虎彩文化传播有限公司	
开　　本	710 毫米 ×1000 毫米　1/16	
字　　数	357.6 千字	
印　　张	32.5	
版　　次	2020 年 11 月第 1 版　2020 年 11 月第 1 次印刷	
书　　号	ISBN 978-7-5068-7908-8	
定　　价	798.00 元（全 2 册）	

《宁夏诗词选》
编委会名单

主　　任：项宗西

编　　委：邓　万　　吴准生　　秦中吟　　崔正陵

　　　　　马志凤　　杨石英

主　　编：秦中吟　副主编：崔正陵　　杨石英

校　　对：马志凤　　李贵明　　沈华维等

已故作者资料搜集：杨石英　　熊品莲

熊秀英打印组版：张晓萍

总　序

　　我们这个诗歌大国有一个很好的传统,历来注重"采诗"、搜集整理诗歌材料。作为唯一的全国性诗词组织的中华诗词学会,自1987年5月成立以来,就十分重视这项工作。学会每年的学术研讨会和历届"华夏诗词奖",都出版论文集和获奖作品集。纪念学会成立二十年、三十年时,还专门编辑出版了《大事记》《论文选集》《诗词选集》。《中华诗词》创刊以来,每年都制作年度合订本。2007年5月,在北京天识东方文化艺术传播有限公司的资助下,以近代以来诗词创作、诗词理论、诗词运动重要文献汇编,当代名家个人作品专集等为主要内容,出版了《中华诗词文库》。经过十来年的编辑整理,已经出了近百卷。这些诗集、文集的出版,记录了近百年来尤其是改革开放四十多年来,中华诗词从起步、复苏走向复兴的砥砺前行的历程,为近、当代诗歌史的撰写准备了丰富的资料。

　　党的十八大以来,中华民族优秀传统文化重新受到应有的重视。习近平总书记《念奴娇·追思焦裕禄》词和《军民情》七律的相继发表,引领中华大地诗潮滚滚而来。《中共中央关于繁荣发展社会主义文艺的意见》和中办、国办《关于实施中华优秀传统文化传承发展工程的意见》,都明确提出"加强对中华诗词、音乐舞蹈、书法绘画、曲艺杂技和历史文化纪录片、动画片、出版物等的扶持。"国家教育部组织制定由中华诗词学会起草的新中国语言体系中的新韵书《中华通韵》已经通过国家语言文字工作委员会语言文字规范标准审定委员会审定，即将颁布全国试行。这些都使我们真切地感受到，中华诗词的春天真的到来了。诗人们乘着骀荡春风，正以高昂的激情，书写着中华民族伟大复兴的新时代、新史诗，国家富强、民族振兴、人民幸福的中国梦；正以与人民同呼吸、共命运的诗人之心，对人民的欢乐、人民的忧患、人民的情怀给以诗意的表达；正以"美"或"刺"的诗人之笔，对市场经济大潮中人民对幸福生活的期待，对美好未来的希望，对假丑恶的深恶痛绝，或给以方向，或给以赞美，或给以鞭挞。正如习近平总书记所指出的："好的文艺作品就应该像蓝天上的阳光、春季里的清风一样，能够启迪思想、温润心灵、陶冶人生，能够扫除颓废萎靡之风。"

当前，传统诗词创作者和诗词爱好者队伍发展迅速，已超过三百万。每天创作的诗词作品超过唐诗、宋词、元曲的总和。诗词评论研究队伍也成长很快，诗词评论、诗词学、诗词创作理论研究成果丰硕。如何从浩如烟海的诗词作品中"淘"出优秀作品，并使之存下来、传下去，如何使诗词研究理论成果"面世"并发挥应有的指导作用，确实是摆在我们面前的无可回避的一个重要课题。中华诗词学会是一个没有国家编制，没有国家拨款的社会团体，事业的运转主要靠社会赞助和会员费支撑。俊识（北京）文化传媒有限公司总经理吕梁松、北京采薇阁总经理王强，两位一直是对中华传统文化情有独钟的热心人，慷慨解囊，愿意同中华诗词学会一起，搜集整理编辑推出《中华诗词存稿》这套书，共同为中华诗词文化的继承和发展，做成这件十分有意义的事情。

　　《中华诗词存稿》主要搜集整理出版三部分内容的资料：一是当代诗词名家的个人作品集；二是当代诗词评论家、诗词学者的学术著作集；三是当代诗词作品、诗词理论学术成果阶段性、专题性、地域性的集成类作品集。诗词作品强调精品意识，沙里淘金，把"有筋骨、有道德、有温度"的优秀诗词作品搜集起来。诗词评论、研究类资料强调理论性和创新性，应具有鲜明的个性特点，具有创建性的见解。集成类的资料应有一定的史料保存价值。总之，做成一套具有当代价值和历史意义的好书。在此，我们编委会人员，向提供资料、筛选编辑、版面设计、校对勘误，包括所有为这套资料付出辛勤劳动的同志们，表示真诚的谢意！

郑欣淼
二〇一九年七月于北京

序

宁夏回族自治区，历史上曾是豪放阳刚边塞诗的发源地之一，也是古丝绸路的通道和千年前西夏王国的属地。近代毛泽东写过壮丽诗篇《清平乐·六盘山》，这里是建立过苏维埃红色政权的地方，灿烂边塞诗文化、西夏文化、伊斯兰文化、红色文化，交相辉映，成为诗的肥堤沃土。但历史上由于生存环境艰难，交通不便，经济文化滞后，诗词基本上是荒漠的。新中国成立以后，在党的民族政策和文艺政策指引下，在改革开放的东风催动下，社会主义现代化建设事业蓬勃发展，诗词事业也日益发展。自1988年自治区诗词学会成立以来，在自治区党委领导、政府支持下，在中华诗词学会业务指导下，诗词创作取得了初步繁荣。

本卷收集的除古代诗人描写宁夏的作品外，大部分是自治区成立以来以宁夏作者为主兼及全国宁夏籍诗人的作品以及区外诗词名家歌咏宁夏的作品。其水平虽然参差不齐，但都反映和讴歌了宁夏的壮丽山河，及宁夏浓郁的风土人情、各民族和谐相处艰苦奋斗共建家园及新的社会生活新的精神风貌。我们把这部书献给宁夏解放六十周年，新中国成立六十周年。我们深知自己的作品比起兄弟省市创作的作品还有相当差距，但我们相信，这些作品有着沙枣花自然、淳朴和豪放阳刚美的特色。

　　我们愿意与全国诗词界交流，共同反映新中国百花盛开、多姿多彩、欣欣向荣的春天，也期望广大读者和评论家予以批评，众手浇开幸福花。

秦中吟

二〇〇九年四月二十九日

编辑说明

一、本编主要收录当代诗词作品，重点是中华人民共和国成立以来的当代作品，也收录了少量历代诗人描写宁夏的作品。

二、编次以诗词作者姓氏笔划为序。作者简介只刊载姓名、出生年月、籍贯、性别（男不标）、民族（汉族不标）、学历、职称及现任或离任前的主要行政职务、所在诗词组织及所任职务、主要诗词著作等，对其学术成就不予评论或评价。

三、入选作品的编辑顺序按作者提供的作品顺序排列。

四、每位入编作者所选录的作品多少不一。

五、在选录作品标准的掌握上，坚持思想性和艺术性的统一，既要合律，又要有一定的诗味，力求做到"情真、味厚、格高、韵远"。

六、对个别不合律之作，或予以改之，或做一些变通处理。少量诗意较好，而又较难处理者，则保持原貌。有鲜明边塞特色、民族特色的作品优先选录。

七、在声韵的使用上，坚持贯彻"双轨并行"的方针，但在同一首诗（词）中不得新旧韵混用，提倡使用新韵。使用旧韵的，韵脚可适当放宽，允许邻韵相押，"平水韵"和"词林正韵"互用。

目　　录

历代诗人咏宁夏作品

胡汝砺

王　珣

杨守礼

孟　逵

张居正

汤显祖

肖如薰

徐　�

刘芳猷

静　明

爱新觉罗·玄烨

黄图安

王士禛

宋　琬

栗尔章

岳　咨

朱亨衍

王都赋

顾光旭

黄恩锡

当代区外名家咏宁夏己宁夏诗人作品

丁毅民

丁秉福

于右任

于秀贞

卫班元

马启智

马骏廷

马少波

马志凤

王邦秀

王拾遗

王祖旦

王文景

王慧君

王　风

王正华

白芳泮

石　天

刘天荣

刘绍元

刘秀兰

任登全

闫建平

朱宗灏

孙轶青

孙一今

邢思颙

祁国平

李善阶

李贵明

李克昌

李秀明

李楚芬

李葆国

杜桂林

宋玉仙

何敬才

何志鉴

历代诗人咏宁夏作品

沈佺期

约 656-714 年，初唐诗人，字云卿，相州内黄（今属河南）人。上元进士，官至太子少詹事。他的诗严谨精密，对律诗体制的定型颇有影响，有《沈佺期集》。

被试出塞

十年通大漠，万里出长平。
塞日生戈剑，阴云拂旆旌。
饥乌啼旧垒，疲马恋空城。
辛苦皋兰北，胡尘损汉兵。

陶　翰

润州（今江苏镇江）人。玄宗开元间做过礼部员外郎。

出萧关怀古

驱马击长剑，行役至萧关。

悠悠五原上，永眺关河前。

北虏三十万，此中常控弦。

秦城亘宇宙，汉帝理旌旃。

刁斗鸣不息，羽书日夜传。

五军计莫就，三策议空全。

大漠横万里，萧条绝人烟。

孤城当翰海，落日照祁连。

怆然苦寒奏，怀哉式微篇。

更悲秦楼月，夜夜出胡天。

张九龄

678-740 年，唐大臣，诗人，字子寿，一名博物，韶州曲江（今属广东）人。唐玄宗开元年间曾任宰相。其《感遇诗》很有名，有《曲江集》等。

奉和圣制送尚书燕国公说赴朔方军

宗臣事有征，庙算在休兵。
天与三台座，人当万里城。
朔南方偃革，河右暂扬旌。
宠锡从仙禁，光华出汉京。
山川勤远略，原隰轸皇情。
为奏熏琴唱，仍题宝剑名。
闻风六郡伏，计日五戎平。
山甫归应疾，留侯功复成。
歌钟旋可望，衽席岂难行？
四牡何时入，吾君忆履声。

王昌龄

（约698-756年），京兆长安人，开元年间进士，唐代著名诗人。曾作过汜水县尉、江宁县丞，晚年贬为龙标（今湖南黔阳）县尉。世乱还乡，路过亳州，为刺史间丘晓所杀。他的诗多写边塞军旅生活，气势雄浑，格调高昂。

塞 下 曲

蝉鸣空桑林，八月萧关道。
出塞复入塞，处处黄芦草。
从来幽并客，皆共沙场老。
莫作游侠儿，矜夸紫骝好。

王　维

（701—761 年），字摩诘，原籍祁（今山西祁县）。著名诗人。王维曾一度奉使出塞，官至尚书右丞。精通音律，诗、画都有很深的造诣。

使至塞上

单车欲问边，属国过居延。
征蓬出汉塞，归雁入胡天。
大漠孤烟直，长河落日圆。
萧关逢候骑，都护在燕然。

高　适

（702—765 年），字达夫，沧州渤蓨（tiao，今河北景县）人，唐代边塞诗派的代表。曾为陇右节度副使哥舒翰部下任掌书记，到过宁夏西南部。

送刘评事充朔方判官赋得征马嘶

征马向边州，萧萧嘶未休。
思深应带别，声断为兼秋。
歧路风将远，关山月共愁。
赠君从此去，何日大刀头。

岑 参

（715—770 年），江陵（今湖北江陵）人，唐天宝三年进士，天宝八年任安西节度使高仙芝幕中掌书记。天宝末在封常清部摄监察御史，充安西、北庭节度判官。肃宗在凤翔时，任右补阙，后出为虢州长史。五十五岁左右升为嘉州刺史。罢官后客死成都旅舍。他是盛唐时期的著名边塞诗人，善于捕捉祖国西北边境的壮丽风光，颂扬戍边将士高昂的战斗精神。有《岑嘉州诗集》。

行军九日思长安故园

强欲登高去，无人送酒来。
遥怜故园菊，应傍战场开。

杜 甫

（712—770 年），字子美，生于河南巩县。曾任左拾遗，检校工部员外郎等官职，后人称他为"杜工部"。杜甫一生流亡颠沛，接近人民，写出了大量揭露当时社会矛盾、批判统治阶级罪恶、同情劳动人民的诗篇。他和伟大的浪漫主义诗人李白一道，成为我国古代诗歌史上的两座高峰。

近 闻

近闻犬戎远遁逃，牧马不敢侵临洮。
渭水逶迤白日净，陇山萧瑟秋云高。
崆峒五原亦无事，北庭数有关中使。
仍闻赞普更求亲，舅甥和好应难弃。

送灵州李判官

犬戎腥四海，回首一茫茫。
血战乾坤赤，氛迷日月黄。
将军专策略，幕府盛材良。
近贺中兴主，神兵动朔方。

郎士元

唐诗人，字君胄，中山（今河北定县）人。天宝进士，官郢州刺史。"大历十才子"之一，有《郎士元集》。

送李骑曹之灵武

一岁一归宁，凉天数骑行。
河来当塞曲，山远与沙平。
纵猎旗风卷，听笳帐月生。
新鸿引寒色，回日满京城。

皇甫冉

字茂政，润州丹阳人，晋皇甫谧之后。十岁能属文，张九龄深器之。天宝十五年，举进士第一，授无锡尉。王缙为河南帅，举皇甫冉为掌书记。

送节度赴朔方

故垒烟尘后，新军河塞间。

金貂宠唐将，玉节度萧关。

散漫沙中雪，依稀汉口山。

人知窦车骑，计日勒铭还。

韦　蟾

字隐珪，福建人，一说下社（今陕西长安县）人。唐宣宗大中年间进士，曾任尚书左丞。

送卢潘尚书之灵武

贺兰山下果园成，塞北江南旧有名。
水木万家朱户暗，弓刀千队铁衣鸣。
心源落落堪为将，胆气堂堂合用兵。
却使六蕃诸子弟，马前不信是书生。

李 益

（748—约 827 年），字君虞，姑臧（今甘肃武威）人。初因仕途不顺，弃官客游燕赵间；后官至礼部尚书。他在中唐很有诗名。胡应麟《诗薮》说："七言绝，开元以下，便当以李益为第一。"尤其是他的边塞诗，对边塞情景和戍卒心情有较深刻的理解，因此很有名气。

盐州过胡儿饮马泉

绿杨著水草如烟，旧是胡儿饮马泉。
几处吹笳明月夜，何人倚剑白云天。
从来冻合关山路，今日分流汉使前。
莫遣行人照容鬓，恐惊憔悴入新年。

暮过回乐烽

烽火高飞百尺台，黄昏遥自碛西来。
昔时征战回应乐，今日从军乐未回。

夜上受降城闻笛

回乐烽前沙似雪，受降城下月如霜。
不知何处吹芦管，一夜征人尽望乡。

卢　纶

（748—约800年），唐诗人，字允言，河中蒲州（今山西永济）人。为"大历十才子"之一，曾在河中任元帅府判官，官至检校户部郎中。《塞下曲》较有名。

送都尉归边

好勇知名早，争雄上将间。
战多春入塞，猎惯夜烧山。
合阵龙蛇动，移军草木闲。
今来部曲尽，白首过萧关。

张　籍

（约767—约830年），字文昌，祖籍吴郡（今江苏苏州），少时侨寓和州乌江（今安徽和县乌江镇）。唐贞元进士。历任太常寺太祝，水部员外郎，国子博士，终官国子司业。有《张司业集》。

送李骑曹灵州归觐

翩翩出上京，几日到边城。
渐觉风沙起，还将弓箭行。
席箕侵路暗，野马见人惊。
军府知归庆，应教数骑迎。

白居易

（772—846 年），字乐天，晚年号香山居士。其先人为太原人，后迁居下邽（今陕西渭南东北），官至太子少傅。唐代杰出的现实主义诗人，有《白氏长庆集》。

城 盐 州

城盐州，城盐州，城在五原原上头。
蕃东节度钵阐布，忽见新城当要路。
金鸟飞传赞普闻，建牙传箭集群臣。
君臣赭面有忧色，皆言勿谓唐无人。
自筑盐州十余载，左衽毡裘不犯塞。
昼牧牛羊夜捉生，长去新城百里外。
诸边急警劳戍人，唯此一道无烟尘。
灵夏潜安谁复辨，秦原暗通何处见。
鄜州驿路好马来，长安药肆黄芪贱。
城盐州，盐州未城天子忧。
德宗按图自定计，非关将略与庙谋。
吾闻高宗中宗世，北虏猖獗最难制。
韩公创筑受降城，三城鼎峙屯汉兵。
东西亘绝数千里，耳冷不闻胡马声。
如今边将非无策，心笑韩公筑城壁。
相看养寇为身谋，各握强兵固恩泽。
愿分今日边将恩，褒赠韩公封子孙。
谁能将此盐州曲，翻作歌词闻至尊。

贾　岛

（779—843 年），字浪仙，范阳（今河北涿州）人。中唐时期著名诗人，有《长江集》。

送邹明府游灵武

曾宰西畿县，三年马不肥。
债多凭剑与，官满载书归。
边雪藏行径，林风透卧衣。
灵州听晓角，客馆未开扉。

送李骑曹

归骑双旌远，欢生此别中。
萧关分碛路，嘶马背寒鸿。
朔色晴天北，河源落日东。
贺兰山顶草，时动卷旗风。

无 可

范阳人。唐代著名的诗僧,诗人贾岛的从弟。

送灵州李侍御

灵州天一涯,幕客似还家。
地得江南壤,程分碛里沙。
禁盐调上味,麦穗结秋花。
前席因筹画,清吟塞日斜。

雍　陶

（805—？）字国钧，成都人。大和（827—835年）间进士，历任侍御史、国子毛诗博士，后做过简州刺史。

塞路晴诗

晚虹斜日塞天昏，一半山川带雨痕。
新水乱侵青草路，残烟犹傍绿杨村。
胡人羊马休南牧，汉将旌旗在北门。
行子喜闻无战伐，闲看游骑猎秋原。

李　频

唐代诗人，字德新，睦州寿昌（今浙江建德县）人。少秀悟能诗，大中八年（854 年）进士，历官至建州（治所在今福建建瓯县）刺史。著有《建州刺史集》。

闻北虏入灵州（二首）

（一）

河冰一夜合，虏骑入灵州。
岁岁征兵去，难防塞草秋。

（二）

见说灵州战，沙中血未干。
将军日苦急，走马向长安。

李昌符

字岩梦，唐咸通四年（863 年）进士，历官尚书郎、膳部员外郎。

登临洮望萧关

渐觉风沙暗，萧关欲到时。
儿童能探火，妇女解缝旗。
川少衔鱼鹭，林多带箭麋。
暂来戎马地，不敢苦吟诗。

顾非熊

顾况之子，中晚唐时人。穆宗长庆中，登进士第，累佐使府。大中间，为盱眙尉，慕父风，弃官隐茅山。

出塞即事 （二首选一）

贺兰山便是戎疆，此去萧关路几荒。
无限城池非汉界，几多人物在胡乡。
诸侯持节望吾土，男子生身负我唐。
回望风光成异域，谁能献计复河湟。

薛 逢

字陶臣，蒲州（今山西永济）人。唐文宗、武宗前后在世，曾任秘书监。

送灵州田尚书

阴风猎猎满旌竿，白草飕飕剑戟攒。
九姓浑羌随汉节，六州番落从戎鞍。
霜中入塞雕弓响，月下翻营玉帐寒。
今日路旁谁不指，穰苴门户惯登坛。

卢汝弼

又作卢弼，晚唐诗人，字子谐，范阳（今河北涿州）人。诗人卢纶之孙，唐昭宗景福（892-893 年）时进士，曾作礼部员外郎，知制诰。"后依李克用，克用表为节度副使"。

和李秀才边庭四时怨·其四

朔风吹雪透刀瘢，饮马长城窟更寒。
半夜火来知有敌，一时齐保贺兰山。

曹　松

唐代诗人，字梦微，舒州（今安徽潜山县附近）人。光华四年（901年）七十余岁时才中进士，曾官秘书正字。诗学贾岛，多旅游之作。

塞　上

边寒来所阔，今日复明朝。
河凌坚通马，胡云缺见雕。
砂中程独泣，乡外隐谁招。
回首若经岁，灵州生柳条。

张 蠙

字象文,清河(今北京海淀区清河镇)人。唐乾宁二年(895年)进士,曾官校书郎、栎阳尉。王建立蜀,任膳部员外郎,金堂令等职、与许棠、李昌符等人被合称为晚唐"十哲"。早年漫游塞外,写了不少五言律诗体的边塞诗。

朔方书事

秋尽角声苦,逢人唯荷戈。
城池向陇小,歧路出关多。
雁远行垂地,烽高影入河。
仍闻黑山寇,又觅汉家和。

过萧关

出得萧关北,儒衣不称身。
陇狐来试客,沙鹘下欺人。
晓戍残烽火,晴原起猎尘。
边戎莫相忘,非是霍家亲。

女郎刘云

生平不详。

有 所 思

朝亦有所思，暮亦有所思。
登楼望君处，霭霭萧关道。
掩泪向浮云，谁知妾怀抱。
玉井苍苔庭院深，杨花落尽无人扫。

谭用之

字藏用，五代末人。善作诗而官不达。

塞　上

秋风汉北雁飞天，单骑那堪绕贺兰。
碛暗更无岩树影，地平时有野烧瘢。
貂披寒色和衣冷，剑佩胡霜隔匣寒。
早晚横戈似飞尉，拥旄深入异田单。

范仲淹

（989—1052 年），北宋政治改革家、文学家。字希文，苏州吴县（今江苏苏州市）人，大中祥符年间进士。任过陕西经略安抚招讨副使，在宁夏活动过。他守卫边塞多年，改革军制，巩固边防，贡献很大。庆历三年（1043）任参知政事，曾领导政治改革，因受保守派反对，没能实现，所作诗词流传虽不多，但却有相当成就。

劝　农

烹葵剥枣古年丰，莫管时殊俗自同。

太守劝农农勉听，从今再愿颂豳风。

沈　括

（1021—1095 年），北宋科学家、政治家。字存中，杭州钱塘（今浙江杭州）人。仁宗嘉祐进士，神宗时参加王安石变法运动。他博学多才，在文学、艺术、历史、考古等许多方面都有深刻的研究和重要的见解。在任鄜延路（今陕西富县、延安县一带）经略使时，积极主张农耕备战，加强了对西夏的防御。

凯歌（二首）

（一）

先取山西十二州，别分子将打衙头。
回看秦塞低如马，渐见黄河直北流。

（二）

灵武西凉不用围，蕃家总待纳王师。
城中半是关西种，犹有当时轧吃儿。

张舜民

宋代诗人。字芸叟，邠州（今陕西省邠县）人。进士出身，做过监察御史、楚州（今江苏淮安）团练副使等。刚直敢言，宋元丰四年（1081）随高遵裕征西夏，在灵武城下写了这两首诗，因此被贬为邠州酒税。

西　征

灵州城下千株柳，总被官司斫作薪。
他日玉关归去路，将何攀折赠行人。

峡 口 山

青铜峡里韦州路，十去从军九不回。
白骨似沙沙似雪，凭君莫上望乡台。

张　元

华州（今陕西华县）人。宋代失意文人，因多次科举不第，天授礼法延祚三年（1040）投奔西夏，成为西夏的主要谋士，很受夏王赵元昊的信任，官至夏太师、尚书令和国相。

咏　雪

五丁仗剑决云霓，直取银河下帝畿。
战退玉龙三百万，败鳞残甲漫空飞。

贡师泰

（1298—1362 年），元文学家。字泰甫，宣城人。官至礼部、户部尚书。元末以诗文擅名。著有《玩斋集》。

黄 河 行

　　黄河水，水阔无边深无底，其来不知几千里。或云昆仑之山出西纪，元气融结自兹始。地维崩兮天柱折，于是横奔逆激日夜流不已。九功歌成四载止，黄熊化作苍龙尾。双碕凿断海门开，两鄂崭崭尚中峙。盘涡荡潏，回湍冲射，悬崖飞沙，断岸决石，瞬息而争靡。洪涛巨浪相喧豗，怒声不住从天来。初如两军战方合，飞炮忽下坚壁摧。又如丰隆起行雨，鞭笞铁骑驱奔雷。半空澎湃落银屋，势连渤澥吞淮渎。天吴九首兮魖魖独足，潜潭雨过老蛟吟，明月夜照鲛人哭。扁舟侧挂帆一幅，满耳萧萧鸟飞速。徐邳千里半月程，转盼青山小如粟。吁嗟雄哉，其水一石，其泥数斗。滔滔汩汩兮，同宇宙之悠悠。泛中流以击楫兮，招群仙而挥手。好风兮东来，酬河伯兮杯酒。

杨德章监宪贺兰山图

　　太阴为峰雪为瀑，万里西来一方玉。
　　使君坐对兰山图，不数江南众山绿。

朱　栴

（1378—1438 年）明太祖朱元璋第十六子。洪武二十四年（1391）封庆王，二十六年就藩宁夏。死后谥号靖，故又称为庆靖王。好学有文，就藩宁夏期间，写了许多宁夏风景诗词。

贺兰大雪

北风吹沙天际吼，雪花纷纷大如手。
青山顷刻头尽白，平地须臾盈尺厚。
胡马迎风向北嘶，越客对此情凄凄。
寒凝毡帐貂裘薄，一色皑皑四望迷。
年少从军不为苦，长戟短刀气如虎。
丈夫志在立功名，青海西头擒赞普。
君不见，牧羝持节汉中郎，啮毡和雪为朝粮。
节毛落尽志不改，男子当途须自强。

汉渠春涨

神河浩浩来天际，别络分流号汉渠。
万顷腴田凭灌溉，千家禾黍足耕锄。
三春雪水桃花泛，二月和风柳眼舒。
追忆前人疏凿后，于今利泽福吾居。

月湖夕照

万顷清波映夕阳，晚风时骤漾晴光。
暝烟低接渔村近，远水高连碧汉长。
两两忘机鸥戏浴，双双照水鹭游翔。
北来南客添乡思，仿佛江南水国乡。

灵武秋风

翠辇曾经此地过，时移世变奈愁何。
秋风古道闻笳鼓，落日荒郊牧马驼。
远近军屯连戍垒，模糊碑刻锁烟萝。
兴亡千古只如此，何必登临感慨多。

金幼孜

名善，新淦（今江西新干县）人。建文二年（1400）进士。文思敏捷，为明成祖朱棣的重要侍臣之一，常随朱棣出塞。宣德三年（1428）曾持节出使宁夏。

出郊观猎至贺兰山

贺兰之山五百里，极目长空高插天。
断峰迤逦烟云阔，古寨微茫紫翠连。
野旷旌旗明晓日，风高鹰隼下长川。
昔年僭伪俱尘土，犹有荒阡在目前。

朱孟德

宁夏卫（治所即今银川市）人。永乐十六年（1418）进士，官至翰林庶吉士。善诗文，当时人曾以"太白"（唐大诗人李白的号）称之。

寒食遣兴

春空云淡禁烟中，冷落那堪客里逢。
饭煮青精颜固好，杯传蓝尾习能同。
锦销文杏枝头雨，雪卷棠梨树底风。
往事漫思魂欲断，不堪回首贺兰东。

朱秩炅

（？—1473 年），号樗斋。庆王朱栴第三子，正统九年（1434）封安塞王。著有《樗斋随笔录》二十卷。

渠上良田

天堑分流引作渠，一方擅利溉膏腴。
鱼游浅碧东风细，花涨残红暮雨余。
千顷良田凭富足，万家编户获安居。
亢阳任尔为骄虐，稔岁何妨史氏书。

渔村夕照

村居多以渔为业，得采归来喜不穷。
黄柳巧穿行断续，绿蓑斜荷语从容。
萧萧岸苇筛晴日，猎猎汀浦怯劲风。
共易清酤沉醉后，回看断唵夕阳红。

古冢谣

贺兰山下古冢稠，高下有如浮水沤。
道逢古老向我告，云是昔时王与侯。
当年拓地广千里，舞榭歌楼竞华侈。
强兵健卒长养成，眇视中原谋不轨。

岂知瞑目都成梦，百万衣冠为祖送。

珠襦玉匣相后先，萧鼓声中杂悲恸。

世更年远迹已陈，苗裔纵存犹路人。

麦饭畴为作寒食，悲风空自吹黄尘。

怪鸥薄暮喧孤树，四顾茫然使人惧。

天地黯惨愁云浮，遥想精灵此时聚。

君不闻，人生得意须高歌，芳樽莫惜朱颜酡。

百年空作守钱虏，以古视今还若何？

观 黄 河

西来天堑隔遐荒，雪练横拖若沸汤。

两岸浪化时喷薄，一行棹影远微茫。

负图龙马人文著，取石星槎岁月长。

欲对秋风重吊古，无情隙景易斜阳。

王 越

字世昌,浚县(今河南浚县)人。宋景泰二年(1451)进士,历官至兵部尚书。后因三次出塞收复河套地有功,封咸宁伯。

过韦州

停骖凭眺旧韦州,古往今来恨未休。
有酒不浇元昊骨,无诗可吊仲淹愁。
秦川形势通西夏,河朔襟喉控上流。
借问蠡山山下路,几人从此觅封侯。

王　琼

　　字德华，太原（今山西太原）人。成化二十年（1484）进士。任过户部尚书、兵部尚书等职。嘉靖七年（1528），曾以兵部尚书兼右都御史职总督陕西、三边军务。

过豫旺城

原州直北荒凉地，灵武台西豫旺城。
路入葫芦细腰峡，苑开草莽苦泉营。
转输人困频增戍，寇掠胡轻散漫兵。
我独征师三万骑，扬威塞上虏尘清。

九日登花马池城

白池青草古盐州，倚啸高城豁望眸。
河朔毡庐千里迥，泾源旌节隔年留。
辕门菊酒生豪兴，雁塞风云惬壮游。
诸将至今多卫霍，伫看露布上龙楼。

登广武远眺

鸣沙古渡急征波，铁骑云屯晓济河。
广武人稀非土著，枣园田少尽征科。
赫连故垒游麋鹿，元昊遗宫长薜萝。
试问守边谁有策，老臣忧国鬓如皤。

王　崇

古 1515—1588 年，字学甫，号鉴川，山西蒲州（今山西永济）人。嘉靖二十年（1541）进士，为安庆（今安徽安庆市）、汝宁（今河南汝南县）知府。喜论兵事，悉诸边隘塞。历任刑部主事，陕西按察使、河南布反使。

古田父叹

驱车历夏郊，秋阳正皓皓。
遵彼汉唐渠，流泽何浩渺。
高卑相原隰，沟浍互环绕。
闸坝时启闭，壅泄功施巧。
河决堤坝倾，禁弛滋贪狡。
乘春戒修防，灌溉及秋杪。
时和霜落迟，九月熟晚稻。
方忻岁事丰，悠悠感穹昊。
日暮济河梁，夹河泣父老。
指顾沿河屯，一望涨行潦。
河西田埂没，青苗变水藻。
河东垦沙田，夏旱黍半槁。
二麦幸登场，秋淫闻伤涝。
隔垄异丰歉，比邻共忧悄。
公家急刍饷，输积戒不早。
有子三四人，诸孙咸少小。
长男戍蓟门，二子守边堡。
胡虏时凭陵，生死安自保。

幼男长方成，屯田共兄嫂。

老夫挽粮车，诸妇刈秋草。

不愿衣食饶，惟愿免苦栲。

俗忌多生男，男多生烦恼。

堂下千里隔，民瘼难具道。

予志在安攘，听之伤怀抱。

丰岁已百艰，凶年转饿殍。

抚边无良策，仁民古所宝。

草奏乞皇仁，宽徭勤恤犒。

坐令狝犹襄，列镇谢征讨。

再颂浊河清，穷边歌熙皞。

李梦阳

（1473—1530 年），明文学家，字献吉，又字天赐，号空同子，庆阳（今甘肃庆阳）人。举进士后，任户部郎中，因反权阉刘瑾下狱。瑾败，迁江西提学副使。有《空同集》。

出　塞

黄沙白草莽萧萧，青海银州杀气遥。
关塞岂无秦日月，将军独数汉嫖姚。
往来饮马时寻窟，弓箭行人各在腰。
晨发灵州更西望，贺兰千嶂果云霄。

秋　望

黄河水绕汉城墙，河上秋风雁几行。
客子过壕追野马，将军弢箭射天狼。
黄尘古渡迷飞輓，白月横空冷战场。
闻道朔方多勇略，只今谁是郭汾阳。

夏城坐雨

河外孤城枕草莱，绝边风雨送愁来。
一秋穿堑兵多死，十月烧荒将未回。
往事空余元昊骨，壮心思上李陵台。
朝廷遣使吾何补？白面惭非济世才。

夏城漫兴

行尽沙陲又见河，贺兰西望碧嵯峨。
名存异代唐渠古，云锁空山夏寺多。
万里君恩劳馈饷，三边封事重干戈。
朔方今难汾阳老，谁向军门奏凯歌。

胡马来

冬十二月胡马来，白草飒飒黄云开。
沿边十城九城闭，贺兰之山安在哉？
传闻清水不复守，游兵早扼黄河口。
即看烽火入甘泉，已诏将军屯细柳。
去年穿堑长城里，万人齐出千人死。
陆海无毛杀气蒸，五月零冰冻河水。
当时掘此云备胡，胡人履之犹坦途。
闻道南侵更西下，韦州固原今有无？
从来贵德不贵险，英雄岂可轻为谋。
尚书号令速雷电，抱玉谁敢前号呼？
遂令宵旰议西讨，兹咎只合归吾徒。
我师如貔将如虎，九重按剑赫斯怒。
惜哉尚书谢归早，不睹将军报平虏。

朝饮马送陈子出塞

朝饮马，夕饮马，

水咸草枯马不食，行人痛哭长城下。

城中白骨借问谁？云是今年筑城者。

但道辞家别六亲，宁知九死无还身。

不惜身为城下土，所恨功成赏别人。

去年贼掠开城县，黑山血迸单于箭。

万里黄尘哭震天，城门昼闭无人战。

今年下令修筑边，丁夫半死长城前。

城南城北秋草白，愁云日暮鸣胡鞭。

胡汝砺

宁夏卫（治所即今银川市）人。明成化二十三年（1487）进士，官至兵部尚书。曾参加过《嘉靖宁夏新志》的编撰工作。

别 夏 城

倦倚阑干把玉厄，水云缥渺鬓参差。
乾坤有路关荣辱，岁月无情管会离。
望里山川都入画，醉中乡国漫留诗。
园花汀草皆生意，借问东风知不知？

王　珣

　　山东曹县（今山东曹县）人。明弘治十一年（1498），曾以右副都御使职巡抚宁夏。

开金积渠

　　山名金积旧相传，峡口神功不计年。
　　滚滚西来经异域，滔滔东去绕穷边。
　　渠分一派清流水，井授千家沃壤田。
　　浅薄敢夸经略计，兵民安辑荷尧天。

杨守礼

字秉节,蒲州(今山西永济县西)人。明正德六年(1511)进士。曾以右副都御使之职巡抚宁夏。后因防御鞑靼侵扰有功,升为右都御使,总督宁夏军务。

宿平羌堡

驻节平羌堡,残霞入照多。
寒烟浮土屋,衰草藉山阿。
立马传新令,张灯奏凯歌。
明朝应出塞,鼙鼓万声和。

晚入平虏城

黄风吹远塞,暝色下荒城。
门掩钟初度,人喧鸡乱鸣。
胡笳如在耳,军饷倍关情。
惆怅浑无寐,隔帘山月明。

入打硙口

打硙古塞黄尘合,还马登临亦壮哉。
云匝旌旗春草侵,风情鼓吹野烟开。
山川设险何年度,文武提兵今日来。
收拾边疆归一统,惭无韩范济世才。

孟 逵

顺天（今北京市）人。明嘉靖间曾任宁夏河东道台之职。

宁 夏

百万貔貅善守攻，胡尘静扫草茸蒙。
威加朔漠龙沙外，人在春台玉烛中。
山限华夷天地设，渠分唐汉古今同。
圣君贤相调元日，塞北江南文教通。

张居正

1525—1582 年，明代政治家。宇叔大，号太岳，湖广
江陵（今属湖北省）人。嘉靖进士，明穆宗隆庆元年（1567）
入阁，神宗万历元年（1573）出任首辅（宰相）。

塞 下 曲

九月西风塞草残，胡沙黯黯点征鞍。

一声羌笛吹关柳，万卒雕戈拥贺兰。

都护长缨勤庙略，单于远道伏长安。

漠南坐觉烽烟靖，天汉嫖姚可易看。

汤显祖

1550-1616 年，明朝卓越的戏剧家，文学家。字义仍，江西临川（今抚州市）人，所居名玉茗堂。万历十一年（1583）进士，任南京太常寺博士、礼部主事。因弹劾权贵被贬官至地方，又被免官。晚年在家贫居。写了许多优秀戏剧和诗歌。

夏州乱

夏州叛军如互堡，迫挟藩王磔开府。

贺兰山前高射天，花马池南暗穿虏。

前年通渭血成壕，天上太白愁烽高。

不信秦人阮翁仲，铸金终得镇临洮。

肖如薰

字季馨，延安卫（今陕西延安市）人。曾任宁夏参将、总兵官，固原（今宁夏固原）、保定（今河北保定）等镇总兵。

秋　征

新秋呈霁色，塞草正丰茸。
杞树珊瑚果，兰山翡翠峰。
出郊分虎旅，乘障息狼烽。
坐乏纾筹策，天威下九重。

徐 𤊹

字兴云，更字兴之，闽县（今福建闽侯县）人。万历年间与其兄徐熥俱有才名，善草隶书及诗歌。徐𤊹平生不曾为官，著有《江雨楼集》等。

送康元龙之灵武（二首）

（一）

贺兰山下战尘收，君去征途正值秋。
落日故关秦上郡，断烟残垒汉灵州。
胡儿射猎经河北，壮士吹笳怨陇头。
城窟莫教频饮马，水声呜咽动乡愁。

（二）

黄河官路黑山程，羌笛横吹汉月明。
漠北烽烟三里雾，陇西鼙鼓十年兵。
燕鸿度塞寒无影，胡马行沙暗有声。
后夜思君劳远梦，朔风吹过白登城。

刘芳猷

字巨卿，宁夏人。曾为山西潞安（治所在今山西长治县）丞。被诬罢归。工诗，善古文，著有《澄庵集》《归田诗草》等。

朔　方

西峙兰山爽气凌，东流黄水日奔腾。
人烟漠漠连村落，畎亩鳞鳞傍水塍。
塞北江南名旧得，嘉鱼早稻利同登。
偶看儿女弓刀戏，不觉临风百感增。

静　明

是僧人，余不详。

金波湖棹歌

画船摇过藕花西，一片歌声唱和齐。
黄鸟也知人意乐，时时来向柳间啼。

王　逊

明代尚书，余不详。

汉渠春水

昆仑万古雪，作水注黄河。
大汉为渠久，中原决处多。
瞻天悭夏雨，谪戍赖春波。
岁岁丰糜粟，宜闻击壤歌。

良田晚照

斜日照良田，关心匪少年。
才看离若木，又叹薄虞泉。
人老余光际，牛耕寸晷边。
似伤羁佃意，欲没更流连。

王　弘

生平不详。

高桥望宁夏

匹马行行此极边，依稀风物似中天。

东西处处人栽树，远近家家水灌田。

雨露一般唐郡县，乾坤万里汉山川。

平生倘有安邦略，谁肯忠良秘莫传。

魏谦吉

北直柏乡人（今北京一带），明嘉靖间任三边总制。

登长城关瞻眺有怀

长城关外贺兰东，百草黄沙日日风。
汉武当年经略地，仁愿曾筑受降城。
膏腴万顷今何在，烟火千家人望空。
真欲登高吞黠虏，华夷一统奏元功。

王用宾

明代宁夏人。景泰时中举,历任河南府同知等职。

出塞曲（六首）

（一）

煌煌烽火照边疆,虏骑如云寇朔方。

闻说将军调战马,明朝生缚左贤王。

（二）

降虏新回西海头,自言曾预吉囊谋。

先从榆塞夷沟垒,直捣萧关掠马牛。

（三）

河套从来是汉畿,受降城址尚依稀。

秋高丰草连云合,遂使长驱胡马肥。

（四）

贺兰山下羽书飞,广武营中战马肥。

壮士争夸神臂弩,打围先射白狼归。

（五）

鼓吹喧阗战士欢，旌旗摇曳塞云寒。

胡儿莫肆侵凌志，今日军中有范韩。

（六）

青草湖边春月明，黄榆塞口暮云平。

健儿跃马横金戟，直破天骄第一营。

冯　清

浙江余姚人，正德间任宁夏巡抚。

边人苦

嗟予迂且腐，念切边人苦。

边事耳频闻，边情目亲睹。

历边颇有年，穷边悉可数。

边患每萦心，边差乱如缕。

余夫输边粮，壮夫隶边伍。

边戍岁无休，边征身何怙。

修边妨耕锄，巡边历沙卤。

边儿解兵戎，边女废织组。

边妇叹室庐，边夫赋屺岵。

边衣毡褐裘，边技刀弓弩。

乏产集边商，冒险行边贾。

茫茫边草秋，赳赳边军武。

凌汉边墩孤，剥雨边城古。

边候苦寒凉，边俗杂夷虏。

边弊茧抽丝，边虐旱思雨。

逃亡度边关，携扶弃边土。

抚镇寄边陲，功勋乏边补。

边地极偏西，边日喜停午。

边疾养参苓，边髀藉斤斧。

边牧广牛羊，艺边丰黍稌。

储富足边氓，强兵雪边侮。

筹边愧前贤，安边慰明主。

雨露沛边方，草木蕃边圃。

献贡充边庭，弦歌动边庑。

边罹臣职修，边沐君恩溥。

边固擅坤隅，边实运丹府。

边苦知当甘，嗟予迂且腐。

齐之鸾

字瑞卿，安徽桐城人。正德六年进士，曾任刑部给事中。因直言敢谏，受中伤，迁宁夏佥事。

将至威武堡

候物催屯种，肩舆历塞尘。
水萦三岔晓，渠动七星春。
花气酣歌鸟，荆丛翳斗鹑。
麦畦青未了，路有告饥人。

潘元凯

生平不详。

贺兰九歌 (选二首)

(一)

汉唐渠水流滴滴，冬则涸兮夏则溢。
不知何代兴屯田，千载劳人至今日。
独怜贫户无牛耕，纳税输官卖家室。
呜呼三歌兮歌声哀，轮台之诏几时来？

(二)

塞下由来非乐土，况复城中多斥卤。
四卫居人二万户，衣铁操戈御骄虏。
一夜军书传檄羽，平明出战闻钲鼓。
呜呼七歌兮歌转苦，南望乡关泪如雨。

陈德武

三山人，嘉靖年间流寓宁夏，余不详。

官桥柳色

边城寒苦惜春迟，三月方看柳展眉。

金塔画阑黄尚浅，丝掩流水绿初垂。

染增新色缘烟雨，折减长条为别离。

可幸娇莺飞不到，等闲乌鹊闹争枝。

孟 霦

山西泽州人，明隆庆间任宁夏巡抚。

游黑宝塔诗（二首）

（一）

暖日行郊郭，林深访释迦。
塞荒时见雁，春暮不逢花。
碧水侵斜径，轻芜出软沙。
边城名将在，海外绝胡笳。

（二）

敞筵春昼永，久坐午阴移。
携酒思登塔，开轩看奕棋。
院空芳树覆，野静白云迟。
醉岩耽佳夕，重将玉笛吹。

周　澄

长史，总管藩王府内事务。

盐　池

凝华兼积润，一望夕阳中。

素影摇银海，寒光炫碧空。

调和偏有味，生产自无穷。

若使移南国，黄金价可同。

爱新觉罗·玄烨

　　1654—1722 年，清代皇帝，年号康熙。1661—1722 年在位。在位期间，重视农业生产，奖励垦荒，停止圈地，治理河道，是历史上一个较有作为的皇帝。

横城堡渡黄河

　　历尽边山再渡河，沙平岸阔水无波。

　　汤汤南去劳疏筑，唯此分渠利赖多。

黄图安

山东堂邑（今山东省聊城、冠县）人。顺治三年（1646）任宁夏巡抚。

泛 舟

舫阁乘凉一棹通，青山佳色落湖中。
霞光倒映荷花水，云气低连杨柳风。
歌动游鱼闻近楫，舞回征雁见浮空。
清时游览襟怀阔，晚景酣呼兴不穷。

王士禛

（1634—1711 年），清初著名诗人。因避清世宗胤禛讳，死后曾被改名王士正。字贻上，号阮亭，又号渔洋山人。山东新城（即山东桓台）人。顺治乙未（1655）进士，官至刑部尚书。他写诗主张"神韵"，在当时极负盛名，一度成为文坛领袖。

漫　兴

烽火传花马，将军发贺兰。
天心诛叛亟，国法受降宽。
衙帐青唐入，沙场白骨寒。
乱臣谁赆死，史笔后人看。

宋　琬

字玉叔，号荔裳，莱阳（今山东莱阳县）人。清顺治丁亥（1647）进士，官至浙江按察使。著有《安雅堂集》。

送傅介侯督饷宁夏

贺兰西望郁嵯峨，使者乘春揽辔过。

三辅征输何日尽，二陵风雨至今多。

边城杨柳楼中笛，羌女葡萄塞下歌。

君到坐传青海箭，不防草檄倚雕戈。

栗尔章

宁夏人。清顺治乙未（1655）进士，曾官翰林院检讨，广东道监察御史。

青铜禹迹

铜峡中间两壁蹲，何年禹祠建山根。
随刊八载标新迹，疏凿千秋有旧痕。
凭溯源流推远德，采风作述识高门。
黄河永著安澜颂，留取丰功万古存。

岳咨

宁夏人。少年喜爱读书，有"神童"之称。后弃文就武，清康熙丙子年（1696）中武解元，任官至梧州（今广西壮族自治区梧州市）都司。著有《袜线诗稿》。

金塔登高

西风吹帽鬓惊寒，逸兴携壶上贺兰。
酒泛黄英吞海岳，诗成白雪富波澜。
云低却向城头见，天远翻从树底看。
遥想登临吟眺处，心胸眼界一齐宽。

朱亨衍

广西省桂林人。清乾隆九年（1744）为平凉府（治所在今甘肃平凉）盐茶厅同知，乾隆十三年移驻今宁夏海原县。由于他在海原时曾积极修城池，建卫署，开水利，后被封爵。

华山积翠

太华岩峣不可亲，城头姑射寓形真。

千岩万壑当窗见，翠霭清阴入座频。

野戍寒泉新物色，行云施雨旧精神。

累累岗阜谁伦比，略许天都问主宾。

王都赋

宁夏人，其余不详。

古塔凌霄

物外招提大野环，客来浑自敞心颜。
风铃几语兴亡事，宝塔遥传晋宋间。
极塞山河相拱揖，诸天云日总幽闲。
劫余正喜尖重合，努力凭高试一攀。

长渠流润

长渠活活泻苍波，塞北风光果若何。
畎浍自分星汉水，人家齐饭玉山禾。
春村野甸鸣鸠唤，夏色凉畦浴鹭过。
漫道汉唐遗迹远，由来膏泽圣朝多。

顾光旭

字晴沙，江南金匮（今江苏无锡市）人，清乾隆十七年（1752）进士，曾任宁夏知府。他在宁夏任职期间，比较注重文教，曾集资扩修银川书院。

银川书院诗（选一）

大雅堂

天临秋塞河声落，城绕虚堂树色侵。

为对银川恩锡麓，欲从西夏续东林。

可无大雅扶轮手，共有名山敬业心。

作者何人今未晚，吾侪当为惜分阴。

黄恩锡

云南永北府人。清乾隆二十一年(1756)任宁夏中卫知县。

中卫竹枝词（十一首）

（一）

冻解河开欲暮春，船家生理趁兹晨。
土窑磁器通宁夏，石炭连船贩水滨。

（二）

六月杞园树树红，宁安药果擅寰中。
千钱一斗矜时价，绝胜腴田岁旱丰。

（三）

亲串相遗各用情，年年果实喜秋成。
永康酒枣连瓶送，蒸枣枣园夙擅名。

（四）

冰泮春风解冻初，修罾理网下河渠。
晓来入市珍新味，买得开河大鲤鱼。

（五）

围炉碴子出灵州，烟尽风前火自悠。
晓起室中殊不冷，烘烘暖气胜披裘。

（六）

山药初栽历几年，培成蔬品味清鲜。
从兹不必矜淮产，种遍宣和百亩田。

（七）

岁岁清明早浚渠，一年生计莫粗疏。
功成弥月迎新水，引灌田园立夏初。

（八）

边地从来爱牧羊，自然美利占丰穰。
但祈山草连年茂，不羡水田百亩良。

（九）

大概山民半穴居，卜年待雨务耕锄。
却闻得岁收成日，土窑盛粮便积储。

（十）

少小能开马上弓，飞驰三箭跃如风。
大刀还学翻花舞，二八青年以自雄。

（十一）

山地十年岁几荒，山民望泽倖恩长。

棉蓬草籽难充腹，赖有官仓赈济粮。

春行杂咏（二首）

（一）

却为防河滞往还，可人犹是暮春间。

雪消堤涨三分水，云敛峰青数点山。

（二）

垂杨芳树几人家，行过村前树影斜。

栖鸟一声惊犬吠，儿童拍手赶飞鸦。

渠行杂咏（三首）

（一）

时已临初夏，千村树色肥。

几家浇近圃，新水绕柴扉。

（二）

十年作吏向天涯，五度鸣沙换物华。
几点昨朝春尽雨，空山开遍马兰花。

（三）

马踏碧莎漫野间，前林鸣鸟倦飞还。
平滩古树芳村外，烟雨牛羊满暮山。

王德荣

宁夏人。清乾隆甲午年（1774）优贡（科举制度中国子监的生员名目之一），曾任正红旗（今内蒙古自治区乌兰察布盟东部）教习。

高台梵刹

花园细路指高台，闻说当年帝子来。
玉辇春荑留仿佛，香楼阁道剩崔嵬。
上方钟磬烟霞合，晴野川原日月开。
临眺不禁怀古思，聊凭象教恣徘徊。

方张登

　　桐城（今安徽省桐城市）人。清乾隆二十四年（1759）任平罗知县。

香岩登览

香山高与碧云齐，万里风烟树影迷。
白草萧萧孤雁下，群峰尽带夕阳低。

罗元琦

云南人，曾任过中卫县候补知县。

星渠柳翠

垂杨垂柳倚平潴，拂水拖烟翠浥裾。
梅雨乍添新涨满，踏青人上七星渠。

王赐节

宁夏灵武人，清乾隆甲午（1774）举人。

石关积雪

峭石嶙峋依塞墙，风声日色总苍凉。
三边兵气消除尽，关外唯留白雪光。

王　绥

字履斋，灵州（今宁夏灵武市）人。清乾隆庚戌（1790）武进士出身，历官至江南提督，在当地颇有政绩。好读书，爱诗文，著有《一啸轩集》。

黄沙古渡

荒烟漠漠路漫漫，河泻平沙两岸宽。
揽解帆悬朝雨歇，马嘶人语夕阳残。
涛声潏湇千秋壮，风色苍茫六月寒。
独羡渔舠轻一叶，长歌终日傍惊湍。

王永祐

　　宁夏人。宁朔县（旧县名，辖地在今永宁、青铜峡等县市境内，1960 年撤销）廪生（科举制度中生员名目之一）。乾隆时曾参加过由宁夏知府张金城主持的《宁夏府志》的编辑工作。

山屏晚翠

万里风烟落照长，贺兰西峙色苍苍。
天从紫塞飞霞气，人在高楼望夕阳。
远树连村迷晚翠，片云孤鸟荡山光。
于喁樵唱归沙径，柏叶松花一市香。

河带晴光

天际奔流到此平，日华摇浪色精莹。
金蛇倒掣鱼龙戏，素练横披水石明。
古岸青浮灵武嶂，烟墟绿暗典农城。
居人荷锸分膏润，沙塞时清正洗兵。

杨芳灿

清代诗人，字蓉裳，江苏金匮人。清乾隆五十二年（1787）任灵州中路同知。

堡渠长（宁夏采风）

周礼置六乡，治具何其缛。
州阁族比邻，一一备官属。
汉时分亭职，三老最尊宿。
其它斗食员，颇亦资教督。
自从保甲行，无复在齿录。
徒有奔走劳，而无担石禄。
官既贱其人，明言坚约束。
比来日流失，抚敝寝为俗。
额缺更承充，充者半食黩。
往往征调时，花名若星簇。
公庭持手教，寄之为耳目。
谓可制吏胥，吏反缘为蠹。
一差蔓十家，以次相鱼肉。
却署逃亡籍，株累试鞭扑。
岂知民脂膏，狼藉饱其腹。
更并丝与粒，国计关钱谷。
坐令为年间，积逋不可复。
此辈相依倚，善幻如转轴。
丝失纤者紊，弓离檠者曲。
莫待熏灌穷，始建狐鼠狱。

徐德溥

宁夏人，其余不可考。

西桥柳色

渠畔龙宫枕大堤，春风夹岸柳梢齐。
羊肠白道穿云出，雁齿红桥亚水低。
沽酒清阴时系马，招凉短槛几留题。
更添蜡屐游山兴，为问平湖西复西。

南麓果园

塞城秋早果园熟，古道官桥试重寻。
低树亭童时碍马，高云磊落总悬金。
荔枝漫说来巴峡，绿橘空烦赋上林。
几处短篱开板屋，檐前风露晚香沉。

李孝洋

清代举人，江西人。

樵云黄同年惠中卫酒

千顷澄波慰渴人，双樽稠迭拜芳醇。
从今识得鸣沙味，吸尽葫芦满腹春。

杨　润

宁夏府（今银川市）廪生，宁夏人。清乾隆庚子（1780）年，曾参加过由宁夏知府张金城主持的《宁夏府志》的编辑工作。

连湖渔歌

平湖如镜水清涵，山翠天光荡蔚蓝。
雪点低空翔鹭净，银刀映日跃鱼憨。
桃花春远团红坞，香阁秋澄出赭龛。
几听鸣榔归唱晚，浮家有客梦江南。

范　鉴

一名雪涛，生平不详。

中卫道中喜雨

豆麦计未熟，四畦土风香。
豆花开迭迭，麦唯略旱黄。
妇子珍粒食，日日云霓望。
一宵时雨作，檐溜声浪浪。
但期田父喜，莫管行路长。
郁葱相映道，我亦归茫茫。

方　还

广东番禺人。

旧边诗（二首）

（一）

镇城西倚贺兰开，满目沙飞筚篥哀。
冰合黄河朝走马，云迷红寺夜登台。
膏腴昔日称蕃庶，蹂践连年尽草莱。
欲识金城旧方略，浚渠即是靖边才。

（二）

秋入平原动鼓鼙，弓鸣风劲塞云低。
汉家营垒沿山后，秦郡川原尽陇西。
征调频年忧戍士，逃亡何计复蒸黎。
徘徊险阻谁为守，花马池边落日迷。

俞　讷

松江人，其余不详。

边　墙

斥堠烽烟静，沿壕长绿莎。
高台蹲健鹘，荒碛卧明驼。
地利宜耕牧，边氓息铠戈。
驱车经废堞，怀古漫悲歌。

黄　庭

江苏长洲人，清康熙丁卯举人。

宁夏渡河

峡口回波绕塞流，黄河利独擅边州。
千屯得水成膏壤，两坝分渠据上游。
鸡犬人家红稻岸，鱼盐贾舶白萍洲。
哪知泽国堤防急，百万金钱掷浪头。

徐保宇

今浙江省吴兴县人。清道光四年（1824）、八年（1828）
二次出任宁夏平罗知县。编辑过平罗地方志《平罗纪略》。

初冬石嘴子山作

西山残照马蹄风，客子天涯类转蓬。
十月苦寒边地早，一樽清话故人同。
碱滩霜落晴沙白，煤洞云开野火红。
报最自维渐抚字，乐偕田叟祝年丰。

由灵沙村至庙台堡

兹乡颇苦旱，极目断炊烟。
核户多逃薮，开荒半讼田。
河声千丈落，树色一溪连。
更指前村路，灵旗古庙偏。

郭鸿熙

安徽全椒（今安徽全椒县）人。清道光二十四年（1844）任宁夏平罗知县。

边墙晚照

锋镝销镕战垒空，断砖零落野花红。

村农倦倚苔垣坐，闲话桑麻夕照中。

王以晋

陕西咸宁（今陕西长安县）人。清道光二十一年（1841）任宁夏平罗训导。

马营远树

难辨唐家与宋家，旧时壁垒委黄沙。
不知多少英雄血，散向长林化晚霞。

贺兰夏雪

白帝威生万壑间，炎天不改暮冬颜。
翻疑五月江城笛，吹散梅花落满山。

陈日新

　　湖北蕲水（今湖北蕲春县）人。清同治、光绪时曾任宁夏固原知县。官至直隶州知州。

初履镇戍任

抱簿稽丁口，疲癃十七家。
老鳏悲失妇，茕独哭无爷。
补缀毡衣重，栖迟土穴斜。
苍生如此困，徒愧俸钱赊。

胡秉正

宁夏人，贡生出身。善诗文，曾任庆阳府环县（今甘肃环县）训导。

咏贺兰山

西北天谁补，此山作柱擎。
蟠根横远塞，设险压长城。
俯瞰黄河小，高悬白雪清。
曾从绝顶望，灏气接蓬瀛。

杨承宪

生平不详。

小 盐 池

饴盐谁种出云塍，回乐池头用不胜。
岂藉牢盆人代鬵，但携筐筥野堪承。
沙澜昼涌明于雪，鏬气春田净似冰。
经宿乍看丝雨散，满川已见玉华凝。
非同安邑因气热，应比昆吾逐月增。
暖涨土花青结绣，晴涌水晕白生稜。
飞霜讵为凌秋劲，积素还宜待日蒸。
薄霭渐销痕皎皎，浮沤微浣影层层。
凿崖应笑劳无益，引溧何须巧自矜。
沙碛元精搜突奥，荒畦银汞扫重仍。
堆盘表洁形堪肖，入鼎和羹味可凭。
宁俟沃波朝聚橐，不胜佛水夜沟灯。
产连谿谷收难竭，成藉阴阳阶岂腾。
千里负馘皆攄载，万夫白晓共担登。
利轻一孔民争藉，齹惜穷边贼有恒。
果是圣朝宽大处，天藏无尽协休征。

朱美燮

湖北人。光绪四年（1878）任宁夏海原县知县。

入 海 城

水郭山村化劫灰，萧条满目为徘徊。

数程道路无烟火，万顷膏腴尽草莱。

月落荒墟鸦阵散，云横绝塞雁声哀。

穷檐幸有遗民在，老弱郊迎杂汉回。

赵惟熙

江西（今江西省）人。清光绪二十二年（1896）任宁夏知府。

研 山 斋

贺兰富研材，堆砌成小山。
夙有临池兴，薄书偲余间。

润　光

生平不详。

游贺兰山绝句

一路草香都是药，千林老树尽生苔。
浮云似水流将去，怪石如人立起来。

范　灏

字书田，仁和（今浙江省杭州）人，一说中卫人。曾参与修纂中卫县志的工作。

头发菜

千茎未白已萧疏，羞把青丝当野蔬。

多少愁肠消未得，云鬟缕缕那堪茹。

赵熊飞

字谓占，宁夏贺兰县立岗人。著有《西园草》等。

大悲阁望笔架山

裹粮游层山，嵯峨登杰阁。
四围列翠屏，一泉溜幽壑。
骋情穷远目，览景寻真乐。
鸟声弦管奏，花态锦绣错。
仰观笔架山，三峰插寥廓。
何年巨灵辟，疑是鬼斧削。
我有笔生花，闲久将焉托。
愿置此山颠，常伴云霞烁。

谭嗣同

（1865-1898 年），近代杰出的改良派政治家、思想家，"戊戌变法"的六君子之一。字复生，号壮飞，湖南浏阳人。在改良主义思潮的激荡下，曾专心从事理论著述，反对封建专制，要求个性解放。后被康有为推荐给光绪皇帝，参加新政的领导集团。变法失败后，被顽固派总头子慈禧杀害于北京菜市口。有《谭嗣同全集》。

六盘山转饷谣

马足蹩，车轴折，人磋跌，山岌嶪，朔雁一声天雨雪。舆夫舆夫，尔勿嗔官！仅用尔力，尔胡不肯竭！尔不思车中累累物，东南万户之膏血，呜呼，车中累累物，东南万户之膏血！

当代区外名家咏宁夏已宁夏诗人作品

丁 芒

著名诗人，居南京。中华诗词学会顾问。

访西夏王陵（二首）

（一）

一天微雨散苍黄，云走贺兰起早凉。
西夏陵前无草木，废砖残瓦说兴亡。

（二）

风送沙舟梦未回，千年战骨已成灰。
西来无意听羌笛，且上贺兰看雁飞。

参观纳家户清真寺

一脉深纯绕纳家，清真寺里语如花。
祥云来去浑无意，自有人心酿好霞。

游 沙 湖

万束苇花争媚眼，一丘沙趣送欢肠。
贺兰照影清波远，梦驾流云赴朔方。

讨沙文·自由曲

是地球之肌肤，山峦之遗骨？是天雾之冻凝，殒星之葬窟？趁狂风以跋扈，遮天下年月而造浑沌，挟日光以肆威，焚遍地青绿而成一色。使多少生机，化为乌有；多少文明，从兹消失。更穿金甲、冻旗旌、吞血泪、锉白骨，千古豪情被尔销尽，亿万征夫赍老以殁。一声长叹贯古今，历史皱眉，山河束手，文章空嗟无策。　自苍龙成缚，始黄龙缩首，绿色方阵正庄严进军。那根儿是剑，挑断龙筋，那叶儿似箆，刮去龙鳞。风魔敛翅，旱魃吞声，沙梁上一片呻吟。况奇迹现于西夏，公园培育精英，沙湖里活跃着闪光的银眸，沙坡头放飞了十万大军。向西向北，长城猛然延伸；瀚海桑田，历史加速演进……　吾临西夏，以观大漠，但觉气吞万里，心雄千古，目光如镞。恨不能倒提黄河长江，满阴山去泼；揭起青坡绿苔，给瀚海去覆！扫清浑茫，惩除威暴，唤醒生机，拯救文明。让半壁河山复活，把地图上的黄斑涂绿，将无穷无尽的资源，献给奔进的祖国！

丁毅民

山东沂水人，回族，1921 年生。曾任宁夏回族自治区人民政府副主席、自治区人大常委会副主任、顾委副主任，宁夏诗词学会名誉会长。著有《新中国的回回民族》《中国回回历史与现状》（合著）。

过六盘山抒怀

夏至朔方美，风和雀喜飞。
云开天放彩，日照路生辉。
绿野飘红袖，山花向翠微。
崎岖多险道，异路唱同归。

游 沙 湖

贺兰山下月，澄亮似明珠。
水碧星云显，湖深景境殊。
近旁生翠柳，向远展宏图。
亦有黄沙浪，诗情顿地舒。

银 南^① 行

条田林带风光美，渠里塘中鲤嫩肥。
稻绿麦黄花烂漫，江南千里斗芳菲。

【注】
① 银川南部，系黄河灌区，鱼米之乡。

贺兰山沿山公路

贺兰东麓莽苍苍，一线通途接远方。
穿岭飞车如燕疾，轻歌一曲送斜阳。

青铜峡水电站

扼锁青铜传万古，今朝长峡出平湖。
明珠灿烂农家乐，塞上江南起画图。

过彭阳①

浓雾朦朦过彭阳，林荫夹道绿盈窗。
碧山云罩娇千态，树密禾丰苜蓿香。

【注】
① 彭阳，宁夏南部山区的县名。

西吉行

驱车揽胜越群山，夹道林荫如带旋。
草木满原皆滴翠，寒沙已改旧容颜。

玉泉营葡萄园

翠珠串串挂枝头，宝气灵光引雀啾。
何待夜光杯到手，琼浆痛饮不知秋。

中宁平原

林荫蔽日水天蓝，渠道纵横网一般。
梭织平原如锦绣，稻香鱼嫩赛江南。

中卫龙湖

龙泉紧接是龙湖，碧水清清绘彩图。
耀眼银鱼时跳起，遥看仙境近时无。

三北防护林带

茫茫大漠接苍穹，如带森林四面通。
万丈长缨挥舞处，英雄联手缚苍龙。

吊庄^①（二首）

（一）

告别穷山到水边，黄河之畔种良田。

吊庄拓出新生路，日月翻成锦绣篇。

（二）

阡陌相连如画卷，园林尽绿似诗篇。

脱贫致富传佳话，不尽新风远地传。

【注】

① 吊庄，一项整体性、全方位的移民，旨在使宁夏南部干旱山区人民脱贫致富。

赞宁夏电力设计院成立三十周年

峥嵘岁月卅春秋，塞上摩天起大楼。

喜看明珠光闪烁，漫听乐曲韵深幽。

为因改革棋方活，不使光阴水断流。

设计年年多硕果，迎来春色满神州。

丁秉福

1954 年生，回族，陕西定边人。现在宁夏绒线厂办公室工作。

灵武随感

灵州名邑著中华，西扼黄河东阻沙。
残堞横城今日景，遣沟水洞史前家。
肃宗驻马开宫阕，元昊兴龙动鼓笳。
回汉相亲勤建设，江南塞上锦添花。

于右任

（1879-1964 年）陕西三原人。青年时参加同盟会，曾
在上海创办《神舟日报》《民立报》，宣传民主革命。早期
南社诗人之一，后以草书著名于世，曾长期任国民党政府检
察院院长。有《右任诗存》。

中秋过贺兰山下

护巢苍隼安云晚，失水神龙讵足忧。
大地驰驱四万里，贺兰山下作中秋。

出宁夏望贺兰山积雪

贺兰山下作中秋，山上雪飞已白头。
垂老才知边塞苦，轻驱十万出灵州。

宁夏南行道中

回回争为自由战，勃勃宁闻天下汹。
我离宁夏还北望，贺兰如马河如龙。
葡萄频熟无美酒，罂粟时丰病贫农。
山川壮丽人民困，不信朔方剑气冲。

咏宁夏属植物

枸杞实垂墙内外，骆驼草映路高低。
沙蒿五色斓如锦，发菜千丝柔似黂。
比屋葡萄容客饱，上田罂粟任儿啼。
朔方天府须梁栋，蓬转于思西复西。

固原道中

两马一车一破裘，一笻相伴入原州。
鸡鸣半个城边雨，叶落须弥山下秋。
地变难禁成不毁，途长只是老堪忧。
人生尽瘁非奇事，君看乡村服牴牛。

于秀贞

女，1936 年生，河北徐水县人。经济师，原在宁夏回族自治区建设银行分行工作，已退休。中华诗词学会、宁夏诗词学会会员。

无　题（二首）

（一）

元宵冷月照初春，环翠亭边欲断魂。
海阔山重皆有路，不知何处觅夫君。

（二）

弦断银河整七年，阴阳难阻梦魂牵。
灰丝纵是熬成雪，不毁终身生死缘。

汉墓地宫

大漠荒原筑地陵，几多英烈不知名。
苍天有意怜骄子，滚滚黄河起啸声。

西夏王陵怀古

贺兰叠嶂万千层，犹觅干戈砺剑声。
文字象形缘汉体，武戎党项聚精英。
群臣徒献联吴策，昊帝空留九座陵。
今日回眸成往事，长留史道抒豪情。

浣溪沙·无价真情赠冯志远老师

大漠只身度日长，抛妻别子念爹娘，痴迷执
教铸辉煌。　树蕙滋兰耕作苦，育桃培李散奇
香，熬盲双目有春光。

卫班元

1924 年生，上海嘉定人。宁夏吴忠教育局教研室特级教师，中学高级教师。与人合著《谈谈小学语文教学》等书五部。

游沙湖

惯见黄河塞上川，于今碧海落沙前。
烟波浩渺金鳞跃，丛苇迷离翠羽眠。
双桨中流追笑语，一天尘念付清涟。
何须远梦西湖绿，此处风光乐众仙。

病　后

壮心依旧已秋颜，一病方知入暮年。
羡物得时歌好景，耽书知性选精篇。
课堂教改萦心切，野老归休见志坚。
边柳春来萌细叶，长堤晨练艳阳天。

贺新郎

1994 年 9 月，我们上海支宁教师代表团一行 6 人应邀回沪，参加市第 10 届教师节庆祝活动，礼遇甚厚，有感，兼 70 书怀。

香柬勾思绪。感相邀、家园作客，古稀殊遇。此夜琼台春气暖，花簇归来旧侣。指倩影、风光如许。绮宴乡音情胜酒，念殷勤、多少关怀处。长共忆，歌金缕。　　神州事业云山路。是男儿、鬓霜塞北，笑谈风雨。皓月清辉应照见，耿耿襟期未误。惊岁月、休嗟迟暮。傍水行吟胸不染，但心安、自有身闲趣。书作伴，笔琢句。

马启智

回族。宁夏回族自治区政府原主席。

凤城新景随想（自度曲）

2002年7月2日，偕自治区有关部门和银川市领导考察银川市周边湿地资源，偶有所感，遂联成句。

贺兰山下，黄河岸边。天蓝蓝，水茫茫，风吹芦花玉米香。不是江南，胜似江南。　　凤城这边，独领塞外好风光，还湖水灵气，造化新街区。区市共圆，大梦银川在朔方。

马骏廷

回族。宁夏回族自治区政府原副主席、自治区人大常委会原副主任。

宁夏咏

莫言塞北总荒凉，巨变沧桑画意长。
两座名山驰骏马，一河黄水育丰粮。
清平乐奏风情美，改革歌传岁月香。
力跨长城欣浩瀚，前程步步竞辉煌。

马少波

北京戏剧家，著有《马少波剧作选》等书。

抒　怀

戈壁滩头沙枣稠，贺兰山下见芳洲。
初春暖遍江南柳，盛夏凉侵塞上秋。
旧雨融融欣握手，新知济济庆同舟。
千重稻浪连天涌，勉为人民献珍馐。

【附记】

1983 年 6 月 5 日，承宁夏回族自治区文化厅、文联的同志们相招，至银川讲学三日，旧雨新知，盛情感人。初访宁夏，时值芒种，稻浪塔影，恍如江南。此间人文荟萃，丰收在望，爰以努力创造美好的精神食粮奉献人民共勉，咏此述怀。

马志凤

回族，1937 年生，河北省大厂县人。高级政工师。1958
年自北京回民学院毕业支边到宁夏，长期从事教育工作。原
为自治区人大常委会民族宗教外事侨务委员会副主任、正厅
级巡视员。现为中华诗词学会会员、宁夏诗词学会顾问、《夏
风》诗刊顾问。

偕 老 乐 (新韵)

予姓马而属牛，性亦倔若牛；夫人姓马且属马，则性烈如马。
牛马结合，四十余年相依为命；而今年近古稀，已初尝白头偕老
之乐矣。

牛马结为侣，相携共此生。
耕耘同努力，奉献俱竭诚。
丽日驱云翳，熏风送暖晴。
酬勤天意美，助我并肩行。

沙峰让翠园① (新韵)

绿色争东渡，沙峰让翠园。
亭台相对望，碑塔互依怜。
百代寻甘露，千年备马鞍②。
一朝逢盛世，顿上九重天。

【注】

①银川河东有马鞍山，实为荒漠丘陵，沙峰起伏，草木不生。近年来，随着周边金水园、河东机场、河东能源化工基地等的建立，绿化工程从无到有，绿化面积迅速扩大。2002年以来，一座集观光、旅游、休闲、祭拜于一体的园林公墓又在这里建立起来。

②据传，公元1040年宋仁宗在位时，宋夏在此地交兵，两军对垒，相持甚久。后宋军得神人点化，依山遍置马鞍惑敌，遂获大胜。马鞍山以此得名。山内建有甘露寺。

奇石山上

绿茵覆盖粉灰山，远近石林排大观。
南北东西选奇翠，鲜明个性总非凡。

久仁烽火台前

烟墩百代睹沧桑，喜见今朝国富强。
转瞬遍山排厂矿，何需烽火警边防。

春节前接占江弟自北京委托礼仪公司代赠鲜花感赋

一束鲜花万缕香，迢迢千里见衷肠。
时空碍我常相聚，却续情深谊更长。

凤凰城吟（新韵）

——贺银川民族团结碑落成

凤凰城里凤呈祥，凤欲腾飞迎旭阳。
西夏国都陈胜迹，朔方风物试华装。
棋枰果有黄河界，疆场犹存古塞墙。
烽火不兴兴社火，小康在望望康庄。

过六盘山（新韵）

1989 年秋，余赴宁南山区从事执法检查，自固原至隆德时翻越六盘山有得：

须臾雨雪掩重山，驾雾腾轮上六盘。
恍若天宫临咫尺，直如海域漫无边。
林间蓦地旌旗动，谷里倏忽呐喊传。
路转峦回驰不住，烟波去处现峰巅。

火石寨览胜①

（一）谷弯漫游

葱茏遍野漫群峦，赤垒嶙峋怪影环。
猛兽弓身藏壁侧，髑髅瞠目隐林间。
灵蛙蓄势翻崇岭，狡兔扬头渡远山。
万象千姿融一体，天然纯美满人寰。

（二）登望霞亭

迤逦穿行绿色中，终登巅顶览重峰。
红峦翠谷相辉映，曲径幽弯互挽通。
异果奇花舒媚态，游蛇飞鸟掠惊踪。
望霞亭上蓝天阔，一派阳光化惠风。

（三）上云台山

悬崖陡峭势崔巍，百折云梯挂壁围。
拾级攀援朝佛窟，逐龛陟进叩神扉。
瑶池列岛升彤霭，仙洞诸天蔽翠微。
已是陶陶心自醉，复闻紫气送芳菲。

【注】

①　火石寨，位于宁夏回族自治区西吉县境内。其"丹霞"地貌，十分奇特，兼有茂密的森林，动植物品种极为丰富，已被确定为国家级地质公园和国家级森林公园。

瞻将台堡红军会师纪念碑①

仰望高碑矗将台，联翩浮想涌心怀。
长征胜利三军会，旷野苏融百塞开。
厄运千年归往事，春风万里扫尘埃。
今人重塑山川美，情满胸襟笑满腮。

【注】

①　将台堡，位于宁夏回族自治区西吉县境内。1935 年秋，
继红一、四方面军会师于甘肃会宁后，红一、二方面军复在这里
会师。

游九溪龙井间 (新韵)

1980 年秋，余在杭州小住，得暇遍游西湖美景。是日至九溪，
观览半日，游兴不减，冒险情趣反增，便索性独自沿山路依市区
图朝龙井方向徒步而行。历经一小时又三十余分钟，终至龙井。
兴奋之余，亦已颇感劳顿矣。因小憩于龙井一茶室，边品茶，边
吟哦，遂成此诗：

信步而游过九溪，峰峦当路巨石欺。
竹拥翠色充仪卫，水涌潺音代管笛。
迷向仰头观日照，疑途躬背问乡黎。
忽闻鼎沸声喧处，已至盛名龙井区。

参观贺兰山少年军校

声声断喝震坳川，顿现戎装众少年。
日照当头犹列阵，汗流浃背尚操拳。
红旗猎猎轻风舞，校场翩翩俊影旋。
远望群英投目处，鲲鹏似已破云天。

告慰童年恩师

童年便耻丧香江，难忘先生讲学堂。
慷慨描摹金阙伟，凄然指点巨龙疮。
同仇儿女无边恨，共誓河山有日偿。
今喜扬帆收故土，引航灯塔耀金光。

感吾妻 (新韵)

篇篇拙作请伊察，伊是诗书评品家！
点画方圆得当否，句联平仄可协押？
恭从益友知缺憾，笑对良师愧许嘉。
暮景晖晖无限好，同歌共赏不知乏。

参观河东能源化工基地

广袤原陵鼓暖风，无分春夏与秋冬。
河东涌动新潮劲，塞上升腾朝气浓。
绿掩楼台萦韵彩，路连厂矿绕峦峰。
恐龙醒转惊奇幻，水洞沟人尽动容①。

【注】
① 河东能源化工基地周边发掘有水洞沟古人类文化遗址和灵武恐龙地质公园。

念支宁同窗诸学友

数年幸聚乐同窗，忍别京华赴异乡①。
尽遣青春追日月，倾将赤胆创辉煌。
回眸往昔心潮涌，翘首前头神采扬。
日上蒸蒸天地阔，枥边老骥恋鞍缰。

【注】
① 余1958年7月于北京回民学院毕业后，即与两班同届毕业生中的大多数同学响应支边号召来到宁夏，至今已近50年矣。

晚 晴 乐

退休之后起新程，习武研文任我行。
稳步徐登明日路，挥毫续写此人生。
寒庭陋室寻幽趣，绿野蓝天觅韵声。
喜遇春光无限好，风云未碍晚来晴。

访太阳山开发区感怀

沙山腾起太阳红，耀目光芒携劲风。
顿化苍凉为热土，立驱尘雾现长虹。
资源开掘循环用，科技创新反复攻。
回汉并肩同奋战，老区重又聚英雄^①。

【注】

① 抗日战争时期，这里曾是陕甘宁边区的组成部分，亦曾是中国共产党领导的第一个民族区域自治县——豫海回族自治县的一部分。

宁夏农发项目区感怀 (新韵)

昔日斑驳盐碱滩，悄然何日变新颜？
平川一马腾青浪，长路千寻入碧烟。
侧顾两旁同旖旎，环观无处不鲜妍。
殷殷巧匠勤施展，大地妆成傲宇寰。

参观宁夏石中高速公路麻黄沟起点

两翼叠峦中起梁，长龙落地卧当央^①。
北南直贯川山近，左右衔连网络张。
骏马狂奔形似箭，飞轮疾驶迹如光。
千辛筑就通天路，已见腾云金凤凰^②。

【注】

① 宁夏北部平原东西两侧皆有山峦绵亘，石中高速公路恰从中间穿过。其西侧高耸之贺兰山，蒙语乃为"骏马"之意。

②宁夏回族自治区首府银川市素有凤凰城之称。

吴忠黄河特大桥工地

赫赫长桥架半空，危车巨械竞隆隆。
举头高处人为蚁，极目远端舟若虫。
出水蛟龙腾地起，乘风鹏鸟掠河冲。
朔方复建新津要，必是一通牵百通。

参观西部大开发建设工地

携肩搭背笋争春，塔吊凌空作业频。
装点繁华光夺目，描摹秀美景宜人。
小康初慰黎民梦，广厦倏祛茅屋尘。
诗圣在天灵有鉴，当歌戮力众功臣。

马海元

1956 年 11 月 26 日出生，甘肃省临洮人。现工作于宁夏中卫铁路列检站。宁夏诗词学会会员、宁夏书法家协会会员、宁夏美术家协会会员。

沙 湖 游

贺兰山下水悠悠，沙色湖光荡画舟。
游客举杯心自醉，几将宁夏作杭州。

马荣惠

1942年8月生，河南方城县人。毕业于郑州地专。工程师，已退休。现任宁夏诗词学会理事。

忆长征

万里长征胜利歌，艰难险阻奈谁何？
六盘一曲惊寰宇，宝塔至今光彩多。

猪年迎春

冬梅献瑞绽红霞，相聚"迎宾"品绿茶。
万管排箫歌盛世，千枝妙笔颂中华。
诗朋共咏迎春曲，画友同描《蝶恋花》。
绿化乡村风景好，金猪进宝富千家。

马永罡

回族，甘肃平凉市人，1964 年 10 月出生。现供职于泾源县文化旅游局。宁夏诗词学会理事。

崆峒雨夜

独火深渊一缕烟，松涛伴雨近窗前。
诗歌入味清如水，僧借钟声敲夜寒。

穆斯林开斋节

讲经訇老善颜开，圣日不邀客自来。
盖碗香茶沁腑肺，银壶圣水净心怀。
星辰耿耿流银汉，细语丝丝染晕腮。
戒满庆功喜相贺，宰牲炸馓满街抬。

浪淘沙·泾源

云雾染脂胭，绿荡六盘。野荷沐雨伴禽眠，婉约明清湘绣画，塞上江南。　玉峡锁奇渊，碧映琼天。瑶池怎比老龙潭，泾水悠然无限景，情满人间。

元之楹

1935 年生，天津市人。宁夏轻工业设计研究分析室主任，高级工程师。宁夏诗词学会会员。

赞银川民族团结碑

远远高碑一望中，山河俯视矗苍穹。
名城揽胜开新宇，彩凤凌霄趁好风。
夏夜流虹花锦簇，春晨映日草青葱。
银川美景知多少，未比凌云此地雄。

王　澍

中华诗词学会原副会长，中华诗词编委。

咏宁夏（律绝三首）

君王沉睡越千年，梦醒应惊日换天。
戈壁滩修核武库，青铜峡蓄电能源。
回蒙藏汉人和睦，黑白红黄物富赡。
塞上新来风气变，竞磨兰砚种诗田。

沙坡头

何计缚沙龙，全凭麦草功。
编成方格格，植起郁葱葱。
花棒梳妆俭，柠条设色浓。
夹城通铁道，绿护代黄封。

沙湖游

片风丝雨泛轻舟，扑楞惊飞芦荡鸥①。
上岸登高舒望眼，沙湖内外各千秋。

【注】
① 扑楞，象声词。

王邦秀

1946年生，陕西长安人。退休前任宁夏回族自治区文化厅厅长，现为宁夏诗词学会顾问。

边塞新曲

春临塞上布温柔，一扫荒原万古愁。
新草葳蕤浸晓露，繁花窈窕耀枝头。
奔腾骏马风雷动，牧放群羊云雪稠。
更喜军民挥铁臂，长城屹立壮神州。

春行六盘道 (新韵)

艳阳三月六盘行，满目青山分外明。
夹路禾苗春色染，依村桃杏彩霞升。
莺歌燕舞翻新曲，柳绿花红倍有情。
大治之年春意闹，"花儿"遍野唱东风。

王拾遗

（1917—2006 年），生前为宁夏大学中文系教授，宁夏回族自治区政协常委、宁夏诗词学会顾问。著有《白居易论》等书，主编回族文学系列丛书。

感　怀

浪迹边城忽卅年，几经风雨寸心坚。
论文谈道虚前席，种李栽桃愧昔贤。
高卷青灯呵冻砚，芸窗星鬓写冰笺。
楼头落日余晖在，羞道为霞尚满天。

王祖旦

（1925—2003 年），曾用名者达，山西兴县人。中国民主同盟盟员。1949 年参加工作，生前历任民盟宁夏区委会秘书长、副主任委员、主任委员、宁夏社会主义学院院长、宁夏诗词学会顾问、民盟宁夏区委会名誉主任委员。著有《斐然诗集》。

香港回归感怀（二首）

（一）

昏庸清室任人侵，耻辱百年国难深。
今日中华巨狮吼，寰球响彻最强音。

（二）

碧空香港展红旗，往事如烟梦依稀。
今日中华成一统，金瓯万里尽朝晖。

陪民盟京沪领导同志即兴（二首）

民盟中央魏东国部长、曹克宁主任，上海市委尚丁副主委、常爱文同志联手扶贫，陪同游沙湖即兴。

（一）

放眼河山万象嘉，沙湖景物总堪夸。
茫茫瀚海连云际，荡荡碧波映彩霞。

（二）

青青芦苇拂飞凫，垂柳沿堤细草铺。
结队驼铃迎远客，风光塞上一明珠。

沪宁民盟为海原联手扶贫记事（三首）

（一）

民盟宁沪共扶贫，携手趋车献爱心。
同是中华好儿女，一衣一物总情深。

（二）

回中盛会喜空前，桃李芬芳春满园。
仪式庄严情意重，师生笑舞颂声喧。

（三）

高山峭壁荒沙地，贫困人家时断烟。
三六工程告成日，田畴绿染万花妍。

观天津乒乓球赛电视直播（二首）

（一）

势如破竹气若虹，战果辉煌战术工。
应道通神操胜券，中华儿女一奇功。

（二）

千磨百炼火纯青，世界乒坛力争雄。
笑捧金杯来不易，一身热汗一心红。

端阳节即兴（二首）

（一）

美人芳草寓言多，角黍投江吊逝波。
去国忠臣怨难泯，冤沉千古奈天何。

（二）

屈平诗赋万年新，争道神州一凤麟。
堪叹趋时俏儿女，不知彼美竟何人。

为妻学画赋怀

经风沐雨志何沉，翰墨丹青苦问津。
不易痴心抒至性，云烟得凭老天真。

农村即景

山川远近云烟绕，秋到田园黍稷稠。
放眼群峦千里望，梯田高并白云头。

怀念王其桢

襟怀磊落晚霞明，岁月风云赤子情。
文苑留芳诗赋在，清风冷月送君行。

赠牛化东老将军（二首）

（一）

铁马金戈百战功，红旗猎猎九州同。
轻裘缓带闻诗礼，遐迩争传儒将风。

（二）

平生荣利鄙追求，皓月襟怀孰与俦。
书法老来兴弥健，优游翰墨亦风流。

参观刘福顺盆景展（二首）

（一）

谁言朽木不能雕，探秘寻幽巧用刀。
风景引人能入胜，千愁万虑一盆消。

（二）

神工班斧见精神，点缀雕镂态势新。
案上一盆凝睇看，豁然满眼顿生春。

咏　牛（二首）

（一）

痴于奉献又何求，负重耕耘岂计酬。
青草寒泉甘果腹，滋人乳汁胜珍馐。

（二）

征途漫漫苦追求，余热终将学马牛。
莫道桑榆风日晚，耕耘不辍度春秋。

游苏峪口即兴

(一)

峪口从来擅盛名，观奇揽胜快平生。

珍稀岩画垂高壁，瑶草奇花各有情。

(二)

莽莽云山草木深，无边光景快登临。

夕阳陷地回归晚，犹有珍禽送好音。

鹧鸪天·中央心连心艺术团演出感赋

新曲霓裳绝古今，心连时代最强音。流云响遏欣重见，白雪阳春值万金。　　高艺备，技精深，青衿鹤发意难禁。中枢塞上同声气，团结腾飞共一心。

王文景

1932 年 1 月生，宁夏平罗人。新中国成立后参加过工作，后回乡务农。系平罗县诗词协会顾问、宁夏诗词学会名誉理事、中华诗词学会会员。参与编辑《平罗古今诗词选》一书。

耍　猴

耳畔锣声急，眼前鞭影凶。
捞钱奴主笑，跳跃猴儿惊。
泪眼对蛮相，伤心伴恶声。
唯余一点乐，夜夜梦云松。

晨练偶成

楼群蓦地起村边，故里惊看面貌鲜。
茅屋秋风成绝唱，何人回首忆当年。

题王世贵画荷花鸳鸯图

双宿双飞结伴游，相亲相爱度春秋。
海枯石烂何须誓，意切情真到白头。

题自编诗集

炎凉细品味多滋，昼夜萦回惹韵思。
信手抄来聊自赏，酸甜苦辣几行诗。

农村新貌

建党诞辰八十时，神州处处显丰姿。
山欢水笑皆如画，女舞男歌尽是诗。
村道水泥铺路面，楼房钢骨做支持。
小康农户家家乐，谁不缅怀设计师。

书　桌

而今落得一身闲，正好陪君度晚年。
日夜三千书不累，方圆八十地犹宽。
诗成击节高声唱，酒足依偎带醉眠。
结伴同开新世纪，蜗牛壳里自寻欢。

奉和任老师迎澳门回归

兄弟重逢祝酒频，中华儿女尽欢欣。
敲锣打鼓迎佳节，笑语高歌传要闻。
携手欣开新世纪，并肩改造旧乾坤。
举杯细品醍醐味，酿造全凭两制醇。

自　嘲

自笑孩提至暮年，诗魔总是苦纠缠。

屡因觅句误茶饭，常为修辞失睡眠。

妙句得来手足舞，歪诗未就意自烦。

无聊惯做荒唐事，不为浮名不为钱。

送孙女西安上学 (新韵)

小春走后留寥寂，大屋空空剩媪翁。

案上鲜花浑退色，笼中鹦鹉俱停鸣。

常开电扇怨天热，慢嚼烧鸡觉味腥。

夜半唠叨声不住："此时可否到西京"？

九二年春节

冬尽春来第一天，炮鞭声里过新年。

百花争艳山河美，万鸟欢歌岁月甜。

好趁良辰品酒味，欣逢盛世颂诗篇。

千家和睦歌一统，四海归心乐团圆。

答爱孙小张并自嘲

摘抄剪贴欲何求？只为闲多也发愁。
故纸堆中销岁月，剪刀把上度春秋。
非迷书里黄金屋，偏爱老来白发头。
日薄西山何以乐，画蛇添足自悠悠。

步原韵答任老师

诗苑丰收意更稠，坚持不懈学耕牛。
篇终惬意该狂笑，句拗烦心莫发愁。
改改圈圈销岁月，平平仄仄度春秋。
层楼更上追高雅，别学愚兄不入流。

赠叶老师

三志精修雪染头，乐观豁达显风流。
文思缜密脑筋活，形象鲜明笔力遒。
伏枥犹怀千里志，暮年更上一层楼。
奋蹄且向诗坛跃，不达峰颠不罢休。

欢歌十六大

全党精英聚北京，宏图展现喜来迎。
小康享乐千家乐，大局安宁万众宁。
举国欢呼三代表，全球赞叹两文明。
领航赖有邓公帜，定使中华百业兴。

和陆立贵《鸟儿的喜讯》（新韵）

忽传人世禁伤牲，鸟兽争相报喜情。
褐兔通知鸭嘴兽，乌鸦告慰猫头鹰。
天蓝云白山川绿，浪静风平江海清。
都爱地球环境美，安居和睦乐融融。

平罗风光

高歌一曲颂平罗，塞上江南美景多。
古阁楼台辉碧落，沙湖鸥鹭漾清波。
贺兰峭壁观岩画，荒漠兵沟寻断戈。
壮丽新城拔地起，大桥雄伟跨黄河。

祝老妻七十寿辰

步履艰难达古稀，堪当慈母与贤妻。
呕心沥血操家务，积月累年志未移。
摆脱病魔终有望，离开苦恼尚无期。
一生蛰伏蜗居内，围着锅台乐不疲。

乙酉春节感怀

七四老翁双眼花，寻声敲韵度生涯。
关门强耐寂寥苦，面壁深思精力差。
商海无缘难鼓棹，吟坛有隙乱涂鸦。
陈辞滥调少新意，惹得方家笑掉牙。

咏重点保护文物俞翰林祠堂

翰林荣幸降平罗，凭吊人人感慨多。
奇异石狮难辨认，特殊庙宇耐观摩。
庭堂简陋天然美，地板平常自不奢。
文物承蒙当重点，树碑提示促吟哦。

行香子·村居（新韵）

　　树影婆娑，雨少风多；小园中，碧草翻波。蜜蜂飞舞，彩蝶穿梭。野菊儿香，虫儿跳，鸟儿歌。　　乡村久住，恬淡生活；整日里，乐乐呵呵。挥毫狂草，放浪吟哦。老友常来，彼常唱，我常和。

王其桢

　　河北省元氏县人，1920 年旧历 10 月 29 日生。中国民主促进会会员。1948 年参加革命，1951 年毕业于北京师范大学中文系，分配到教育部教材处工作。1959 年支宁，分配到宁夏文教厅，后又分配到宁夏回族自治区新华书店。1979 年调宁夏人民出版社编辑室工作，1984 年离休。已故。生前曾任宁夏诗词学会顾问、中华诗词学会会员。

灵州怀古

渔阳起战鼓，灵州此征兵。
今夜煤城月，曾笼郭李营。

挂甲屯

彭帅归田处，前朝挂甲屯。
田畦已过亩，高产止千斤。
实践验真理，中枢何不亲。
墓深三宿草，始重上书人。

晚　晴（新韵）

枫叶经霜意更浓，诗园无税任君耕。
老来坐爱秋风劲，信笔涂鸦写晚晴。

香港回归喜赋

一角金瓯沦异域，百年风雨暗神州。
醒狮今日非畴昔，走马罗桥已自由。

过 董 府①

勒石天山回马日，挥戈庚子战场时。
尊荣安富将军府，愧对回戎旧寨基②。

【注】
① 董府：指宁夏金积之董福祥府。
② 回戎：指清末回民起义之领袖马化龙。

淮上人物小议陈独秀

黄山钟秀陈仲甫，问鼎南湖藏一舟。
憾事生平诚不易，晚年高节傲渝州。

桐城俊彦

学派桐城莫厚非，文章一代亦丰碑。
"回光"八股科场事，尾闾末流多式微。

颂洛城牡丹

自古天香多遇妒，武皇喜怒费思猜。
东君敢犯至尊意，贬到洛阳依旧开。

贺宁夏老年大学诗词学会成立

蟾宫玉兔弄清辉，春雨骚坛又一犁。
白发梨花相对笑，塞垣秋圃亦芳菲。

开封、洛阳纪游（三首）

冯　道

残唐五代京华地，失去燕云十六州。
幸有平章冯阁老，中华典籍得封留。

赵　佶

百年积弱罪宣和，去国黄龙苦亦多。
错教投胎金水泮，何曾画案识干戈。

洛阳怀古

炎黄苗裔寻源地，河洛曾经作九京。
兴败何关花草事，春来依旧牡丹明。

过天水李广墓（二首）

（一）

麟阁无名缘数奇，衣冠何处至今疑。

兵家莫道封侯事，石马秋风有所思。

（二）

卅年烽火狼烟日，七十军功瀚海时。

大漠单于难牧草，匈奴妇女无胭脂[①]。

【注】

① 单于为李广逐出漠北曾叹曰："夺我祁连山，妇女无胭脂。"

参观徐悲鸿纪念馆（三首）

寄语廖静文馆长

四秩征衣杂泪痕[①]，丹心白发鉴贤昆。

千金难觅骅骝骨，艺馆悲鸿誉蓟门。

【注】

① 1953 年悲鸿逝世时，夫人廖静文才三十多岁。

读徐悲鸿名画《箫声》偶题①

凝睇含情弄玉箫，朱唇纤指两妖娆。

侯门一失千秋恨，无复清音透碧霄。

【注】

① 吹箫人系徐悲鸿前妻蒋碧薇女士。

《灵鹫》

桀骜群禽峭壁岑，疾睛利爪视乾坤。

先生粪土连城价，不教《灵鹫》出国门。

合肥过李鸿章墓

剥落残碑墓地前，前朝"洋务"记当年。

舰沉黄海西边①事，专罪合肥②论亦偏。

【注】

① 西边：指以西太后为首的守旧派。

② 合肥：李鸿章是合肥人，世称李合肥。

意境三咏

（一）

宜从灵府窥蹊径，不以辞章作定评。
情忌虚情情寓景，景非常景景含情。

（二）

诗家意象开三面，描叙缘情共象征。
汉月秦关边塞景，征人水榭又长亭。

（三）

岭猿迁客共朝暮，春草离人遥更生。
渭树江云工部句，意从象出总关情。

风尘四纪九首 (选二)

（一）

杏坛执教兴方酣，"反右"风来即靠边。
朝奏一封招大难，"北荒"夕贬路三千。

（二）（新韵）

改造期年塞上行，铗弹不向孟尝鸣。
情甘与党同风雨，讵料又逢头顶风。

学诗（三首）

（一）

情生肺腑学唐句，敝帚弃难缘自珍。
杏苑欣逢区大庆，芜章聊献一枝春。

（二）

堂下精华千首在，丹心白发写苍生。
不吟风月《花间》句，赋到沧桑自有情。

（三）（新韵）

诗心生命常同步，艺术之花贵永恒。
俚句巴歌烟雨里，燕泥鸿影笑春风。

痛悼邵云环、许杏虎、朱颖三烈士

道义肩担鬼蜮惊，甘将热血洒南盟。
篇篇报导讨贼檄，页页雄文豪气声。
十亿神州同下泪，云程万里走英灵。
魂归故里当安息，一代勋华照汗青。

答老年大学同志陶玲君

读罢华章思悄然，渔湖二十一年前。
身临逆境亲朋少，岁遇红羊同病怜。
黄水多情澄夙怨，兰山无意记前嫌。
白驹过隙桑榆晚，老圃恭酬忆旧篇。

酬老同学宋哲生

从品莲处获悉中学时老同学宋哲生自北京老干部局寄诗有感。

芸笺飞来思悄然，百般情景记当年。
凤城风雨人情薄，逆境红羊同病怜。
劫后犹留秃毫在，滥竽泼墨写心田。
俚辞村语无多味，字映君前有赧颜。

《宁夏谚语集成》首发式志感

巴谣俚谚自流芳，泥燕何须玳瑁梁？
不向花丛争锦秀，愿为天地送清香。
淑身喻事多真理，隽语箴言任品尝。
文苑朔方添一曲，三年博采费平章。

【附记】

《宁夏谚语集成》为中国民协会重点科研项目之一。此项工
作曾动员人力千百计，历时三四年，已于 1992 年国庆节问世。

过老红军何进禄墓穴①

魂系"自然"第八坑，春来择吉葬英灵。
风霜万里长征路，碧海千秋老凤城。
犹记荒塬开垦日，难忘寒暖帐篷情。
卅年无悔支宁志，老凤清于雏凤声。

【注】
① 自然，为公墓回归自然陵区。

诗境（无境则低）

东篱采菊见南山，一曲苍茫敕勒川。
典雅当歌工部句，精纯口味玉溪篇。
横空出世真壮语，墨面千家情索然。
谁道苏黄青已了，《诗刊》犹辟近诗园。

梦中别栋弟

一任风霜两鬓催，梦游乡国漫题诗^①。

皇天有意调荣辱，岁月无情管会离。

槐水龙山依旧在^②，江云渭树系相思。

黄粱一枕人千里，老去襟怀酒一杯。

【注】

① 乡国，即故乡河北元氏县。

② 槐水：指元氏县的槐河，即韩信斩陈余处。龙山：指封龙山，亦在元氏县境内，系太行山支脉。

卢沟晓月

——凭吊中日战争首战遗迹

卢沟桥畔起烟尘，海战东沟续八春。

一弹惊沉燕赵月，九州啼遍梦华痕。

河山半壁耻已雪，铁血长城功永陈。

不远前车君应记，东邻犹祭"靖国魂"。

如梦令·西夏王陵

古冢断垣残碣，道是昊王陵阙。终古贺兰山，多少健儿鲜血！山月，山月，帝业怎生评说。

扬州慢·青冢怀古

　　大漠风尘，居延古道，悲歌自属常情！但汗青犹记，确自请掖庭。看千里、和亲去后，两世阏氏，甥舅情通。五十年、烽火无惊，鸣镝无声。　　琵琶幽怨，寄情意、何只少陵，幸董老诗工①，曹禺笔劲②，公案粗平。满塞牛羊芳草，忆往昔、靓饰丰容。纵环佩月下，自当笑貌盈盈！

【注】
① 董必武诗刻现立碑于呼市昭墓前。
②大戏剧家曹禺曾作《王昭君》，风行全国。

九张机·珠还合浦荐轩辕

　　一张机，松环玉冢静朝晖。珠还合浦祭陵日，沧桑百载，兴衰往事，忧患耐人思。

　　二张机，"汉武仙台"吊蒸黎。英夷罂粟联军舰，金陵降约，谪臣孤泪，南海坠珠玑。

　　三张机，桥陵挂甲气雄威。霸权难断炎黄脉，花岗碧血，南湖烟雨，禹甸露晨曦。

　　四张机，井冈篝火揭红旗。长风万里鹏正举，干戈八载，延安砥柱，三战定邦基。

五张机，天安升起五星旗。巨人振臂睡狮醒，东方旭日，光昭四海，亿众沐春晖。

六张机，五千年柏五十围。神州九域海涵量，并存两制，同暄舜日，璧合又人归。

七张机，一梭一线织春衣。"十五党代"宏图展，邓公理论，千帆竞发，四化正其时。

八张机，炎黄十亿月圆时。黄陵"题碑"今犹在，韶关誓师，抗倭八载，功过后人题。

九张机，陵前古柏记干支。半纪昆仲恩怨事，窗开港澳，"八条""两制"，台岛寄"当归"。

六秩沧桑赋神州 （歌行）

沧桑六秩赋神州，战起芦沟炮火稠。江南浴血半黄埔，北国干城仗延州。八载干戈驱倭寇，当局竟放逆水舟。"双十"协议化泡影，战犯冈村策诡谋。人心背离苍天怨，"辽沈""淮海"京沪战。钟山风雨起苍黄，五星红旗耀霄汉。河清海晏建国时，奈何苏京恶风吹？捷匈事件动魂魄，困扰毛公费深思。"三面红旗"遭失误，无端"文革"起云雾。林江肆虐乱民心，大好神州险陆沉。幸有开国元戎在，刀不血刃定乾坤。逐臣东山得复起，拨乱反正玉宇新。改革开放民富裕，科技兴邦掌舵人。九万里飞鹏正举，国强得雪前朝耻。香港澳门相继归，五星旗映南海水。珠连璧合"两制"行，"八条"昭昭唤台澎。海峡粼粼一泓水，难隔炎黄骨肉情。为君新翻世纪曲，聊抒杖期老凤声。

香港回归，重读毛主席《祭黄帝陵》感赋①

——纪念祭陵文发表 60 周年

香港回归日，祭陵六十年。黄陵扫墓典，华胄祀绵延。今读祭陵文，正气何凛然！铄今更震古，热血荐轩辕。笔底凌云气，永垂天地间。民族遭危难，国共弃前嫌。炎黄亿万众，同卫祖国权。八载烽火里，砥柱仗延安。讵料倭寇降，当局毁约言。人心有向背，三战捣三山。台澎一峡隔，倏忽卅八年。禹甸怀赤子，台胞望尧天，世代沧桑变，中兴新纪元。前朝耻已雪，合浦庆珠还。香江今宵月，又照汉旌幡。寄语台瀛客，"八条"已昭然②。祖国行两制，隔岸望归帆。神州一统日，再撰祭陵篇。伟哉炎黄胄，无愧轩庙前。

【注】

① 毛主席祭黄陵文发表于 1937 年清明"民族黄陵扫墓大典"后之四日。现已刻碑立于轩辕庙中。

② "八条"，即我党中央与人大提出的对台八项意见。

王慧君

别署惠君、文舟、养心斋主。1929 年生，河北鹿泉市人。退休前在"三北"防护林建设局工作。中华诗词学会、中国楹联学会会员，宁夏诗词学会名誉理事。

游阿拉善贺兰山森林自然保护区

夏访阿拉善，高峰有贺兰。
松杉争叶秀，蓁棘竞花繁。
地僻春来晚，林深雪未残。
黄昏情不减，篝火尽腾欢。

青 城 山

一梦到青城，森森幽境迎。
苔深石磴湿，雾重溪涧鸣。
树色连天暗，蚤声伏地轻。
楼台藏叶底，隐隐送钟声。

沙湖夜色

苇影昏灯岸上楼，无声塞雁宿荒洲。
轻纱缥缈沉寒夜，山水蒙胧月两钩。

无 题

波光桥影暮云迟，枫叶丹霞醉晚枝。

长念唐徕渠里水，潺潺似梦又如诗。

游乌尤离堆

长虹跨水上乌尤，绝壁冲天气势遒。

烟雨凌云分秀色，三江到此偃潮头。

【注】

三江：岷江、青衣江、大渡河。三江在凌云山前汇流，水势浩渺。

祝贺熊品莲诗友新婚

淮水兰山一卷诗，缠绵情韵晚来迟。

殷勤珍重秋光好，沉醉枫林红透时。

白 杨

魁梧飒爽绿军装，布阵排行气势昂。

举首蓝天承雨露，扎根僻野任冰霜。

虽无艳媚增春色，却有浓荫送夏凉。

敢抵狂风三万里，"长城"①筑起仰骄杨。

【注】

① 邓小平为三北防护林工程题字"绿色长城"。

沙湖吟

瑶池何日落银川，一片琉璃枕碛眠。
翠柳兼葭藏秀色，白云鸥鸟掠长天。
清波漫涌江南浪，大漠雄扬塞北烟。
玉宇仙园游客醉，神仙到此亦留连。

咏抱犊寨

青岑突兀太行东，抱犊巍峨接碧空。
楚汉烟尘销渺渺，鹿泉圣水涌淙淙。
千年古木昭韩庙，一线轻车上翠峰。
诗罢怅然乡念起，山前何日浴春风。

【注】

抱犊寨在河北省石家庄西约十五公里处，系当年韩信背水击
赵用兵之地。韩信引兵至此射鹿得泉，名鹿泉。

吊西夏王陵

贺兰山上暮云寒，兴庆枫杨暗紫丹。
霸业昨随烽火尽，故城尚见夏陵残。
秋风有恨摧霜叶，落日无心照祭坛。
踪影渺茫溶逝水，六盘几黯寂云间。

外孙女张博2001年考入南开大学喜赋

展翅离巢万里征，凌云头雁啸声清。

萼花满树三春雨，寒暑经年一盏灯。

学海放舟风送疾，书山射鹄矢何轻。

欢歌一路攀登去，岱岳峰巅看日升。

故 乡 行

千里回乡叶正红，太行依旧傲苍穹。

新街难觅儿时梦，旧宅如亲父母容。

喜见童孙竟呼祖，方惊吾辈已成翁。

妯娌喜会同沾泪，兄弟情深话苦衷。

登承天寺塔

古塔承天冲宇穹，朔方形胜入眸雄。

千渠春水"宁春"①绿，万树秋霜枸杞红。

日映黄河存浩气，云镶大路去蒙胧。

兰山今日东风好，见证人间过与功。

【注】

① "宁春"是宁夏农科院培育出的小麦新品种名称。

凌云山远眺

凌云奇绝冠嘉州，望里秋江浩浩流。
枫叶飞红明远岫，梧桐滴翠掩高楼。
烟岚隐约迷墟市，波浪渺茫浮叶舟。
莽莽一丘飘不去，艨艟大舰是乌尤。

游成都武侯祠感赋

清绝花城数益州，此邦文物壮千秋。
莲妍池水沉鳞锦，柏郁山堂挺树虬。
策献三分图际会，征陈两表赴洪流。
风云涌动惊龙虎，万古英雄谁与俦。

金婚抒怀

患难夫妻坐并肩，金婚今日乐恬然。
姻缘线系三千里，风浪舟同五十年。
应爱儿孙聪且慧，还夸叟妪泰而安。
老逢盛世晚晴好，笑看云霞红满天。

诉衷情·寄友人

贺兰山下忆同游，慷慨欲何求？荒原万里凝碧，翡翠补神州。　　流漫逝，业方遒，鬓先秋。此情难了，绿染沙丘，喜上心头。

水调歌头·庆香港回归

春雨洒南浦，归梦绕重楼。紫荆旖旎，新花老圃弄晴柔。南海归帆月皓，赤县珠圆日耀，璧玉喜回收。欲借洞庭水，冲去百年羞。　　望红日，升玉宇，照环球。春风又绿，浓艳香秀满神州。笑看龙翔凤矞，曼奏清琴脆管，两制起宏猷。港九回归日，一统固金瓯。

清平乐·晨练

天光未晓，晨练人声早。小院往来人不少，尽是白头翁媪。　　拳挥太极从容，快行慢跑轻松。最数秧歌欢快，扭来一路春风。

沁园春·三北防护林

塞外峥嵘，滚滚黄沙，莽莽草原。遇狂飙惊起，尘霾蔽日；怒云骤雨，浊浪摧田。嵬伟长城，居庸险固，难遏风沙扰冀原。官厅澈，惜沙淤库浅，半是泥潭。　　谁操壮丽河山，任抹绿涂红景色鲜。看乔林挺秀，飞光流彩；繁花累果，飘蜜流甜。螺绿丘陵，网罗阡陌，且喜新容换旧颜。期明日，必凝清四野，积翠层峦。

高阳台·古今宁夏

滚滚长河，茫茫大漠，贺兰万古苍苍。旧垒雄关，古来争战寻常。称王元昊朔方占，悍天骄，铁骑驰狂。尽成尘、残骨沙湮，枯冢蓬荒。　　人间旧貌如今换，六盘长缨训，特色文章。沃野扬黄，吊庄新绿春装。阻沙草障包兰路，稻麦丰，花果飘香。满城乡、笑语欢歌，喜浴朝阳。

凤凰台上忆吹箫·抒怀

萧瑟清秋，暮天斜日，雁行声断长天。笑水飘风泊，暗换朱颜。休念南天北野，多少事，梦渺魂残。将些许浮沉宠辱，尽付轻烟。　　愚顽。一生不愿，凭利使名驱，附势依权。浊浪排云起，秽气嚣喧。书侣诗侪相约，为翰咏，诗拜名贤。东篱静，霜浓菊苍，只自凝寒。

望海潮·九八抗洪

东方天缺，银河倒泻，淫蛟搅碎沧溟。洪水裂堤，狂涛拍岸，汪洋一片堪惊。平地响雷霆。百年不期遇，凶险频萌。令发中枢，信军民必胜苍鲸。　　雄师百万当凭。看人墙堵口，雪浪冲腾。飞步运沙，泥封水湿，降魔自有神兵。何惧浪千重。急救危济困，扶老携婴。浩气应昭日月，千古颂精英。

沁园春·宁夏吟

叠嶂南凭，骏马①西驰，河水北流。仰贺兰岩画，先民古韵；迹遗水洞②，华夏根由。秦汉雄边，夏王霸业③，故垒边关英气浮。细看处，有须弥窟壮，泾水潭幽。　　沧桑万代悠悠。创新貌、今朝势正道。记如潮改革，方兴未艾；西陲开发，大展宏猷。虎跃龙翔，风云际会，紫气烟霞秀晓楼。春澜起，卷怒涛似雪，浪激灵州。

【注】

① 骏马：贺兰山蒙语意。

② 水洞：宁夏南部有水洞沟．马家窑等石器时代遗址。

③ 夏王霸业：西夏王李元昊于 1038 年立国，与宋金鼎立，历 190 年。须弥石窟有北周造像。

清平乐·云

无羁无绊，依卧悬崖畔。神女惹人魂缱绻，情化彩霞一片。　　雨来水秀山清，雪来玉裹银封，莫道柔情似水，胸怀百万雷霆。

临江仙·游银川植物园"沙海诗林"

久慕诗林雄秀，中秋初结翰缘。群英诗墨自斑斓，毛公文愈壮，豪唱六盘山。　　亘古黄沙披翠，清幽绿海琼园。谁知创业备艰难，骚坛留美誉，同赞麓君①贤。

【注】

① 麓君：银川植物园主任，"沙海诗林"倡导者，诗人唐麓君先生。

永遇乐·黄河

西出巴颜，纵横原野，黄褐一袭。激浪龙门，崩雷砥柱，万里扬波疾。滋田润土，摧堤裂岸，功过任君褒责。育辉煌，千秋曼衍，铸成华夏魂魄。　　官渡弄火，鸿沟逐鹿，磨尽秦矛汉戟。夏鼎商彝，唐诗元曲，雄秀涵光煜。锦花芳草，兴衰今古，进入洪波史籍。今欣咏，珍珠粒粒，焕龙起崛。

沁园春·纪念陈毅百年诞辰

人杰天骄，叱咤风云，华夏精英。忆赣南留守，击贼气盛；黄桥激战，抗日军兴。火炽沂蒙，风飚淮海，百万旌旗指南京。挥长戟，奋金戈铁马，倥偬生平。　　诗开元帅新声。诵雄韵丹心一片明。纪野营冷露，饥肠响鼓；泰山积雪，沂水坚冰。雪压青松，霜红枫叶，绝唱梅岭天地惊。今堪慰，正晴天日暖，万里鹏程。

春风袅娜·海棠诗会

2003年4月下旬，谷雨过后，院内海棠花含苞待放，十分艳丽，特邀六位师友欢聚赏花，一致同意结成海棠诗社，填此词以志其盛。

任东风着意，掠燕鸣莺。春将尽，碧云晴。正天真烂漫，朱唇如点；娇柔气韵，俊目传情。酒晕绯腮，脂香粉靥，秉烛通宵瞻精英。浊酒春醒弱无力，风流俯仰韵逾馨①。　　宜有词仙吟士，文翁雅媪，莫辜负，紫彩霞屏。歌一曲，饮三升。花前小照，倩影当凝。社结海棠，诗坛盛事；约邀莅会，俱是佳朋。挥洒椽笔，恰天空海阔，红牙铁板，绽露峥嵘。

【注】

① 苏轼咏海棠诗句：常恐夜深花睡去，故烧高烛照红妆。宋人释惠洪《冷斋夜话》"唐玄宗在沉香亭召杨贵妃，笑其'鬟乱钗横，不能再拜'的醉态说：'岂妃子醉，直海棠睡未足耳！'"。

念奴娇·咏芦苇

微波轻浪，见轻纱绿帐，亭亭清绝。七十二湖舟未到，云帔烟裳应洁。照水舒裙，临风舞袖，展碧云千叠。凌虚步弱，念奴吟唱新阕。　　晓日漫泼红霞，玉容似醉，竖羽冠凝雪。树上布谷啼旧事，鸥鹭翩翩飞越。阵结连营，文呈竹韵，寒雾幽明月。哀声嘹唳，失群孤雁栖歇。

少年游·贺妻子古稀寿兼志金婚

京华月夜，青春相恋，亲爱结鸳俦。半纪金婚，稀龄银发，风浪喜同舟。　　欣看菊桂庭前秀，瓜果满枝头。珍重芳华，和风细雨，滋润度金秋。

沁园春·缅怀邓小平

旷世功勋，一代伟人，华夏精英。忆重洋远渡，寻求真理；风飚百色，起义旗升。抗日太行，挥师大别，淮海鏖兵举世惊。雄风展，奋摧枯拉朽，百万雷霆。　　三番起落何凭？挽浩劫，回天巨手擎。赖论标特色，经天纬地；图宏三步，锦绣前程。继往开来，兴邦大略，盛德丰功万世铭。堪告慰，龙骧凤矗，丽日蒸蒸。

念奴娇·访瓷窑堡煤矿

微风细雨访煤城，云霭沉沉如暮。大漠黄沙迷漫处，忽见葱茏林树。清洁楼台，花园院落，更绕宽宽路。文明大矿，有谁堪与同步。　　蛰睡万世乌金，凿岩劈地，谁运千钧斧。人杰地灵开混沌，今日涌如潮怒。散溅钢花，轻驱电魄，炉火温千度。浓浓春意，朔方红帜高竖。

风流子·端阳鸣翠湖雅聚

鸣翠湖碧阔，诗人节，雅聚过端阳。看一川琼瑶，楚楚芦壁；半湖盘嫩，铺列莲塘。艇飘过，水澄鱼世界，苇荡鸟天堂。流水画桥，几行垂柳，水车闲伫，鸥鹭飞翔。　　淙淙漪澜咽，沉沉汨罗恨，耿耿忧伤。角黍祭江千载，共吊忠良。念一代诗魂，离骚绝唱；植兰树蕙，古韵煌煌。今日放歌盛世，当谱新章。

望海潮·塞上湖城

　　蒙蒙鸣翠，茫茫月海，银川塞上湖城。南浦北汀，星罗棋布，珍珠漫撒星星。七十苇塘平。爱烟柳曲岸，水漾波清。雾笼柔纱，霞秀晓日紫云明。　　银湖蕴藉风情。有兼葭婀娜，蒲荻娉婷。朵朵溢香，田田捧露，红莲翠盖青萍，出水自亭亭。百鸟凌空起，鹭舞鸥鸣。乘兴消闲吟赏，一叶小舟轻。

望海潮·咏吴忠

　　先秦开县，隋唐重镇，吴忠古属灵州。铜峡锁幽，罗山拱翠，妖娆回乐平畴。曲岸绕芳洲。锦绣铺原野，稻麦波柔。斜日迟迟，云霞红紫醉河舟。　　传奇往事回眸。会盟留雅韵，佳话千秋。中兴肃宗，麾军郭李，烽烟十万貔貅。星月换春秋。看新城崛起，人物风流。鼓动雄风睿智，破浪展鸿猷。

望海潮·贺宁夏老年大学建校二十周年

　　贺兰山下，黄河岸畔，笙歌今日悠悠。宁夏老年，黉门盛世，流年二十春秋。欢庆放歌喉。有春风雨露，李艳桃稠。雪育霜培，梅香菊瘦，韵情幽。　　程门校舍重游。看如痴如醉，探宝寻求。书遵右军，诗承李杜，翩翩各展风流。银发映星眸。念甘霖遍洒，滴滴心头。学海澄波无际，好泛夕阳舟。

满庭芳·怀念孔繁森

　　白雪皑皑，难兼忠孝，万里重上高原。送衣捐药，嘘病探温寒。卖血抚孤慰老，心何系、唯有元元。兴边愿，死生何计，名利又何牵。　　珠峰高万仞，茫茫雪域，浩气齐天。念公仆情深，赤子心丹。一代丰碑耸立，人亿万、崇敬高贤。思英杰，云烟万里，高品动群山。

沁园春·平罗吟

　　渠水潺湲，大地铺金，喜溢古城。羡衢通南北，商华百市；多方辐辏，经济繁荣。学府优悠，人才辈出，绮陌琼楼万象宏。登临处，看人文霞蔚，虎跃龙腾。　　康熙驻跸行营，尚留下多少怀古情。念融融百族，今当超古；玉皇高阁，道出三清。大漠沙坡，黄河金浪，锦绣山河负盛名。轻吟咏，学苏黄词韵，为赋新声。

水调歌头·咏海棠

　　原野秀青翠，庭院满芬芳。是谁抛洒胭脂，尽去染海棠。绿雾明霞乍吐，紫嫩红娇如豆，最是好时光。酒晕玉容俏，细细送清香。　　赏琼花，交好友，咏华章。芳丛携手，欢歌诗酒聚厅堂。友谊如金郑重，诗韵似花灿烂，笑看鬓如霜。但愿花长好，歌舞醉斜阳。

沁园春·喜闻青藏铁路通车

亘古荒原，铁路如虹，直上九天。看苍穹杲杲，堆云滚玉；雪山漫漫，幻阁疑仙。缩地乘时，兴云嘘气，呼啸声中路八千。长龙舞，是谁舒巨手，伏此机关。　　英雄身手非凡。赞伏虎降龙意志坚。任高原缺氧，呕心沥血；昆仑酷冷，奋臂争肩。精益求精，好愈求好，万众同谱创业篇。情难禁，合瑶琴奏彻，歌舞蹁跹。

雨中花慢·游鸣翠湖并记重阳

鹭逐鸥翔，波浸云影，缥缈鸣翠烟霏。结伴登高送目，天水迷离。残叶荷塘听雨，柳条曲岸枯垂。任湖宽凫远，苇阵森森，迤逦舟归。　　中秋过后，节近重阳，一窗明月盈亏。舒望眼，枫红菊艳，总是芳菲。功过是非入梦，悲欢离合成诗。一生光景，金风暮霭，且醉斜晖。

王　风

原名王凤笙，字患平，1965 年生于甘肃镇原。泾源县文联主席，宁夏诗词学会常务理事。现供职于泾源县委宣传部。出版诗词集《绿岛拾翠》。

泾源杂咏

荷花苑

疑是瑶台谪醉仙，亭亭临水舞翩跹；
江南十万八千顷，怎比六盘一丈莲。

青海湖

风平浪静兴高秋，鸿雁南翔意态悠；
我自临渊观逝水，湖心岛上叹清流。

小康吟

欣闻六盘山区群众基本解决温饱，喜赋小诗记之。

盈盈暖水米岗香，①梅子黄时麦正黄；
诸葛愚公齐努力，穷根挖去即康庄。

【注】
① 暖水，泾河支流之一。米岗，即美高山，为六盘山之主峰。

赠区劳模马义成大夫

萍水相逢便认真，热肠一曲扫愁云；
活人未必高冠带，济世须怀赤子心；
非是招摇沽自我，去从实践为人民；
平生不负凌云志，妙手酿成不老春。

过六盘山

青峰相送复相迎，路在清溪绝壁中；
雾海风翻千树暗，云涛日破万山红；
铁牛引意穿迭嶂，鸟道牵情裂碧空；
开发东风催战鼓，长缨力奋缚苍龙。

泾源竹枝词

秋

花儿一曲漫山头，山外阿哥闯九州；
相送殷殷十里外，牵心阿妹意悠悠。

沁园春·欣闻固原撤地设市感赋

　　春老江南，酿稻熏梅，鼓浪宿檐。叹丝路古道，商驼呼侣；长河沐日，大漠炊烟。雨打明墙，沙埋汉垒，弱柳拂云秃岭颠。春虽浅、但着花爽意，已入前川。　　改革开放翩翩，把穷送、人间庆团圆。看五洲友聚，百族手挽；全球互市，物俱八埏；草锁黄尘，桑栽沃土，云淡风轻过六盘。升市讯、再建新西部，春驻萧关。

巫山一段云·西峡 (新韵)

　　何处龙池觅？平湖一鉴开，画廊十里任徘徊，福地上仙宅。　　制胜关①口望，鸡头道上来，高楼拥翠莫相猜，水道景观挨。

【注】

① 制胜关，原州七关之一，故址在泾源县西，秦汉鸡头道由此渡陇，道路平坦。

王正华

字子正，笔名秦渭，陕西周至人，1933 年生。执教于宁夏大学，曾任宁夏大学外国语言文学系副主任、宁夏大学学术委员会委员，已退休。中华诗词学会会员、宁夏诗词学会顾问。

怀念毛主席

翰墨见刚道，诗文誉五洲。
运筹经日月，转战度春秋。
重笔批妖蜮，轻舟破逆流。
清廉方励众，兴业固金瓯。

牛　颂

常岁躬耕亦默然，反刍百草代宵眠。
天生负重辛劳性，迈步低头总向前。

塞上村镇

群楼倒影入池塘，塞上今朝变水乡。
村镇园林花簇锦，天蓝诱使鸟飞翔。

湖边晨韵

日照水中树倒悬，楼房一色碧波连。
书声朗朗传晨韵，奏起和谐又一天。

大漠红柳

红柳依依护路边，顶风抗旱斗严寒。
虽无江岸层林秀，却送行人展笑颜。

庐 山 (新韵)

云飘雾绕岭峰间，面目难识古有篇。
不测风云随意起，无官不怕上庐山。
成峰成岭入名篇，佳话奇闻众口传。
雨雪风云难测辨，青松依旧向中天。

读《吴淮生诗词选》感赋

新诗律句两兼长，笔底生华翰墨香。
唱和抒情多妙语，牵来韵调即文章。

总理为民追工钱①

总理山区访远乡，竹席土炕叙家常。
得知久欠民工款，急刻回城令补偿。

【注】

① 2003年10月24日下午，温家宝总理去重庆万州云阳县
走访移民。在龙泉村与村民座谈，得知农妇熊德明的丈夫在县城
打工，包工头一直拖欠2000元工钱未付。总理当场表示回县城
追问县长，让包工头当夜补偿2000元。

读毛主席《清平乐·六盘山》

诗词读罢心潮翻，伏案深思忆往年。
跨水越山行万里，制胜克敌上六盘。
亲民一路传佳话，率众三军战恶顽。
手握长缨抒壮志，心随雁阵寄南天。

端阳节怀古

端阳佳节佩香囊，艾草雄黄酒味长。
蜜粽投江怀屈子，龙舟激水傲君王。
离骚屡读知深意，辞韵常吟荡热肠。
主上若能从善谏，神州那有汨罗伤！

缅怀彭德怀元帅

立马横枪剑未寒，南征北战不离鞍。
运筹帷幄思奇计，决胜沙场力著鞭。
抗美援朝经火海，陈书直谏陷庐山。
忠奸今古民来定，彪炳史诗自有年。

忆长安

攻读长安未敢忘，灞桥几叙柳丝长。
曲江访翠黄莺唱，古塔登高紫燕翔。
昔日一同游山水，今朝两地望参商。
鱼书幸可知寒暖，电讯亦能问泰康。

甘肃行

车出三秦岭接川，丝绸一路尽开颜。
陇东高地茵坪起，河西走廊麦浪翻。
植树造林荫万代，退耕还草利千年。
春风送暖神州变，翠绿连绵过峪关。

次韵陈藻吟长《七十述怀》

欣逢同享七旬庚，往昔回眸忆奋争。
南国从戎君勇士，朔方设帐我为兵。
诗词吟咏勤珍视，荣辱升沉早看轻。
几载战功光府邸，三千弟子慰平生。

艾依河巡礼①

艾依荡漾绕城边，两岸群楼倒影悬。
鱼戏水中多惬意，鸟翔空际自悠闲。
风摇垂柳千枝动，舟破清波百里翻。
春暖花开增盛景，和谐回汉颂尧天。

【注】
① 艾依河亦称银川的景观水道。

忆江南·家乡

关中好，古都位其间。北水南山增秀色，稻
菽麦浪菜花妍。能不忆秦川。　　山水美，秦岭
渭河间。古寺名庵居境内，民勤物阜好园田。故
土占三元。

忆江南·金沙湾

风景好，伴水又临山。大漠今朝翻绿浪，榆杨桑枣护良田。河岸柳如烟。　　风景好，塞上胜江南。杂味药材生旷野，葡萄李杏味甘甜。能不爱沙湾？

王晓农

　　1948 年 8 月 9 日出生于陕西省周至县。曾任宁夏日报报业集团副总编辑、高级编辑。

重游韶山

日月同辉气象雄，重游胜地忆毛公。
昔时祝愿今怀念，情共江河水流东。

夏晚唐徕渠畔散步

和风扑面送清凉，暗柳婆娑采月光。
信步穿林追韵脚，归来犹觉"夜来香"。

夜在芦湖闻天籁

闹市噪音刺耳膜，夜来湖畔又如何。
芦丛蛙鼓波流急，天籁无声乐自和。

西贝柳斯公园游①

丝竹管弦声自清，海风吹拂若嘤鸣。
一支惊世芬兰颂，西贝柳斯震心灵。

【注】
① 西贝柳斯，芬兰著名音乐家。

王殿枢

　　1934 年 2 月生于辽宁省岫岩县。1951 年元月参加工作，机械工程师。曾任平罗监狱副监狱长。现为宁夏诗词学会会员、宁夏毛泽东诗词研究会理事。

沙坡头（今韵）

麦草方格力挡沙，人民智慧绽奇葩。
直驱沙退通行畅，喜看绿洲杂百花。

吊钟花（今韵）

枝繁叶茂吊金钟，花冠倒挂绿中红。
不是名花何必虑，自成一格树高风。

咏 对 红

剑叶丛中青似葱，花如漏斗向阳红。
莲茎花叶齐朝上，不欠腰肢不惧风。

今日银川

步董必武《初到银川》原韵奉和。

群楼绿树满银川，湖泊街区八道连。
已进小康奔富裕，信知明日胜今年。

塞上湖城——石嘴山市

塞上湖城景色佳，园林山水竞芳华。
全凭妙手巧裁剪，四季长青三季花。

谒韶山毛泽东故居

生在农家心在国，情牵华夏盼兴隆。
一双纬地经天手，造就乾坤一片红。

香港回归十周年随想

回归故国十年间，经济繁荣局势安。
笑问杞忧观火客，尔曹今日尚何言？

采桑子·平罗

朔方天堑平虏地，久历沧桑。今铸辉煌。各族人民奔小康。　　山川壮美通行畅，绿化山乡，诗画风光。游客纷纷来四方。

采桑子·夕阳情

断弦重续弹新曲，琴瑟和兮。琴瑟和兮，孤雁成双比翼时。　　莫言年老非年少，都自依依。都自依依，相悦依依总适宜。

王福昌

1939 年 11 月生，浙江省湖州市人。曾任宁夏银行学校校长兼党委书记、中国人民银行宁夏区分行教育处处长等职，高级讲师，已退休。出版诗集《卉放心声》。现为全球汉诗学会会员、宁夏诗词学会名誉理事。

咏石嘴山市星海湖

星海湖波漾，防洪志正酬。
蓝天翔白鹭，碧水泛轻舟。
夏日莲荷粲，霜风苇絮悠。
新容翻旧貌，功业伟千秋。

欣闻固原打深井二百米旱塬得水

报载地质工程队在"无水旱塬"打出 200 米深井，引来优质水一讯，欣喜异常，吟此一绝。

为因缺水苦无涯，温饱脱贫少欲奢。
深井传来优水讯，旱塬春到浴光华。

有感于固原市组织农村劳务输出

古道苦穷难饱温，送输劳务出家门。
一条自力脱贫路，通向山乡幸福村。

周庄遇雨①

三月烟花不胜赏，朦胧景色最无双。

清明时节纷纷雨，魂断游人醉水庄。

【注】

① 周庄有张厅、沈（万三）厅，均是明清建筑，保存完好，极有观赏和研究价值。

参观老舍故居

来自平民创作丰，大师艺术上高峰。

寻常四合院中柿，映照终生赤色浓。

【注】

老舍故居院植二棵柿树，秋天满院丹色浓浓。

水调歌头·邓小平同志诞辰一百周年

何处英灵在？冥诞纪今年。为寻真理西渡，岂畏路艰难。举义龙州百色，仵马太行淮海，挺进大西南。勋业书青史，声誉满人间。　　雄姿展，坚信念，挽狂澜。三番起落，宽阔胸次任担肩，开放革新谋略，发展求真妙谛，设计总师贤。今日国威振，功炳万斯年。

临江仙·沙湖

　　沙水相融盈秀色，春归几度曾经，天蓝风定漾波清。高丘呈大漠，瀚海寄驼情。　　昔是渔湖农垦地，长传岁月回声，新添景点灿如星。登高凝望远，驾艇借风乘。

浣溪沙·石嘴山黄河大桥

　　天堑横陈道不通，河行自古仗船工。长虹千里接宁蒙。　　古渡奈何舟自去，玉梁高架笑相逢。车来人往胜飞鸿。

长相思·秋夜静思

　　月静幽，境静幽，遥忆当年作壮游，青春岁月稠。　　月光流，时光流，满眼金黄丰果收，人生好个秋。

踏莎行·银川森林公园

　　水道通园，林中莺啭，急湍瀑布游人恋。火车缓缓供观光，游船行驶波花溅。　　远眺登高，满园绿遍，高低树色幽幽见。城中绿肺润黎元，声声赞许银川变。

尹　贤

《甘肃诗词》原主编。

沙坡头固沙林场赞（四首）

（一）

茫茫荒漠望无涯，绿带中分固白沙。
汽笛长鸣铁龙过，寰球瞩目赞中华。

（二）

麦秸柠条沙拐枣，并肩携手建奇功。
狂飙何惧从天落，地不扬尘花自荣。

（三）

久矣不闻人胜天，于今始信亦真言。
红旗飘舞流沙路，千载洪荒变果园。

（四）

白沙绿树畅心怀，未有乌烟废液来。
累累葡萄晶似玉，何方良种费疑猜。

沙湖揽胜（三首）

（一）

芦苇丛丛水底生，小舟迂曲任穿行。
几疑身入白洋淀，却看沙山天际横。

（二）

欲穷胜景上沙山，点点白鸥落玉盘。
耳听机声芦荡出，一船划破镜中天。

（三）

山中亦自有鸣沙，湖水一湾如月牙。
疑是西天众仙女，飞来宁夏住新家。

【注】

甘肃敦煌名胜有鸣沙山、月牙泉。作者有咏月牙泉诗句云：
"飞天夜过当窥影，故遣泉流作月牙。"

沙生植物赞八瓣梅

不识江南处士家，暗香疏影让人夸。
柠条酸刺皆吾友，一片嫣红艳若霞。

花　棒

小花细叶一丛丛，勿谓坚贞不似松。
酷暑严寒全不顾，扎根沙碛御狂风。

多枝柽柳

沙埋枝干有根生，根露沙空枝又萌。
生为固沙死不悔，火燃焰烈气纵横。

南方月季

本是柔枝温室长，大观园里伴群芳。
而今移植风沙地，依旧花红似故乡。

赠秦克温①同志（二首）

（一）

有幸天生在朔方，贺兰山下水流长。
固沙植土如花棒，一片新苗绿未央。

(二)

论评创作两盈丰，时见珠圆颗颗红。

疑是中宁鲜枸杞，生津益气有殊功。

【注】

① 秦克温即秦中吟。

邓　万

1942 年生，宁夏永宁县人。曾任自治区党委宣传部副部长、宁夏日报总编辑，现为宁夏诗词学会名誉会长、中华诗词学会会员。

金 字 塔

怎遣遗石落云天，一座孤山万古传。
蔽日黄沙掩白骨，几多血肉铸皇冠。

中朝友谊

青山绿水寄情深，半世乾坤几代人。
不忘血花飘雨史，更教铁树蕊开新。

板 门 店①

烽烟已逝路幽幽，板店青山记忆稠。
倘若当年知大义，强梁何必世蒙羞。

【注】
① 朝鲜战争停战协议在板门店签订。

观　海

海阔能容天下水，天高不挡万重山。
心中若有迢迢路，何惧征程雨雪寒。

拉　萨

天蓝草绿雪山明，宫阙巍巍艳若星。
僧众心敲华夏鼓，神州处处应声鸣。

纳木错①

穿云破雾觅仙台，信是瑶池浩鉴开。
烦恼万般皆洗去，清心一刻慰情怀。

【注】

①　纳木错，藏语含"天湖"之意，位于西藏自治区，是世界上海拔最高的咸水湖，也是我国第二大内陆咸水湖。

林　芝①

蓝天碧水汇一川，云抱千山万木繁。
履遍九州何处好，西南彩绘更斑斓。

【注】

①　林芝地区，位于西藏东南部，平均海拔 4000 米以上，风光旖旎，气象万千。

六盘山

清平一曲响天涯，先烈英魂祀万家。
继续长征兴四化，雄心不减富中华。

老 龙 潭

万丈深渊一鉴开，天光云影共徘徊。
泾河从此名传远，碧水危岩拒纤埃。

荷 花 谷

不向青山争万仞，却藏溪谷露仙容。
谁迁芙子幽深里，翠绿丛中分外红。

水

媚心柔骨总多情，无欲惜身为众生。
一怒狂涛腾远去，世间定有不平声。

西柏坡感怀（二首）

（一）

轩低屋暗巨星明，传令三军玉宇清。
蒋府不知神秘处，只因天道顺民情。

（二）

闻名四海小山村，翻转乾坤不世功。
接舞先贤英烈剑，芟除腐恶拂清风。

贺文化大蓬车下乡

歌台舞榭写春秋，千载风流入僻陬。
彩凤青龙飞万里，黄河两岸管弦稠。

扬黄扶贫灌溉工程感赋（四首）

（一）

苍茫一片动天庭，惠及黎民雨露情。
功业千秋何所系，人心不废万代兴。

（二）

峻峰长峡挟洪流，今日黄河过岭头。
千里绿原谁打扮，朔方儿女展鸿猷。

（三）

不见孤烟落日圆，唯看东海绿波翻。
万民齐奏清平乐，敢教沧桑不由天。

（四）

林网深深映赤瓦，风飘香气进农家。
脱贫致富家家喜，流水欢歌紫蓿花。

航 天 城

塔前伫立望飞鸿，心逐神舟上太空。
玉帝灵霄开盛宴，嫦娥宫阙挂长虹。
九州豪气冲银汉，四海殷情赞巨龙。
代有英才国柄健，中华岿伟壮天穹。

谒黄帝陵

千峰系脉共朝宗，四海华人奉帝龙。
不废黄河雄万古，难摧后代俯一躬。
中原定鼎硝烟靖，两岸嘤鸣话语同。
但看时光挥手去，迎来赤县满天虹。

炎帝故里

炎黄始祖厉山根，赤子常怀报效心。

教化文明家业富，传承礼义友邻亲。

阋墙纵有操戈恨，外寇终留裂土坟。

两岸何当举俎豆，和阳明月沐乡音。

六秩抒怀（二首）

（一）

闲来往日眼前过，岁月无情任索摸。

世事苍茫风浪骤，人生修远雪霜多。

伤心只为袍泽误，落泪何尝鬼蜮矺。

热血一掬随逝水，白头未必就蹉跎。

（二）

为离乡土苦读书，洗却心尘赴圣途。

无限君恩何所报，一腔热血几许谋。

秋霜肃煞多愁绪，春雨无声润若酥。

回首沧桑唯有感，喜临晚照暖风拂。

鹧鸪天·火石寨

万里青山拥落霞①，鹰飞数点比邻家。丁香馥郁幽峡灿，三教无言远岫嘉。　　攀栈道，过天崖，风吹云海气蒸霞。却将底事扶余勇，邀得松涛赏月华。

【注】

① 落霞，指火石寨，为丹霞地貌。三教指道教、佛教、伊斯兰教。三教共处一山，实乃少见。

冯 河

真名刘正祥，宁夏党校教授，宁夏诗词学会理事。

沙坡头怀古

折戟沉沙何处寻，万斛堆上骋千军。
鸣钟阵阵催征鼓，骇浪汹汹战马群。

水洞沟观感

清泉底事向西流，遗迹当年水洞沟。
辟地开天人宛在，披荆斩棘事还休。
长城起伏八千里，石器沉埋三万秋，
但使荒原皆绿遍，林丰草美待重游。

白　夜

当代诗人，人民日报原高级记者。六十年代曾来宁夏采访。

宁夏吟

黄河渡口

浑沌一川汇大千，我来古渡夕阳边。
舟车喧闹声难静，鸥鸟翱翔兴易恬。
篓里枣梨连叶嫩，滩头汤饼出锅鲜。
中流心领谪仙句，也见黄河远接天。

银川道上

银川道上绿杨村，幸福人家喜满门。
车过街头闻笑语，人归陌上见欢腾。
稻遮平野望难尽，水拍小桥留有痕。
袅袅炊烟飞不尽，菜香饭熟正黄昏。

秦　渠

临流不禁忆秦皇，灌溉当年开朔方。
古道回环自隐约，新渠笔直见辉煌。
婆娑老树随波舞，绰约野花惹蝶香。
更有江南未似处，不需车水动人忙。

过青铜峡

青铜一峡束黄河，水入平原见大波。
秦汉唐渠分左右，拦洪闸坝立中阿。
长堤不尽垂杨远，沃土有情稻谷多。
行到峰头收一览，纵情我欲放高歌。

白林中

回族，1950 年生，宁夏银川市人。经济师、高级政工师。现任宁夏烟草专卖局工会工作委员会副主任。系中华诗词学会会员、全球汉诗总会会员、宁夏诗词学会常务理事。出版《白林中诗词》。

贺龙铜像①

览遍湘西景，忽然见贺龙。

狂风摧不倒，威武死生同。

【注】

① 贺龙铜像，位于湘西武陵源贺龙公园内，高 6.5 米，重 9 吨多。

黄山印象

到处腾云海，随时出险峰。

悬岩天上掉，幽涧映奇松。

鹰

翱翔万里险峰栖，四海为家傲碧溪。

敢上天涯搏雷电，不同燕雀比高低。

锻　工

钢花飞溅手中忙，巧锻原坯韵味长。
汗滴斑衣心若定，千锤百炼自坚强。

夜海航行

墨浪翻腾海唱歌，星空如盖罩千波。
勿忧长夜连天水，一到黎明岸自多。

开斋节①（二首）

（一）

炉火熊熊映彩霞，锅边馓子摞麻花。
封斋一月知天命，手捧油香散大家。

（二）

万家美味闹春风，上寺摩肩拜不停。
天下穆民同祝颂，八方传出古兰声。

【注】
① 开斋节，穆斯林的传统节日。

咏　梅

大雪飞时满树花，铮铮铁骨透芳华。
冰封千里风狂处，笑领春光到万家。

牡　丹

富贵雍容集一身，天生骨气是知音。
粉腮虽未从皇命，却送千家万里春。

农家小院

院中黄狗伴鸡栖，姑嫂新房笑语低。
门口大哥油满手，修车抢赶麦收期。

白杨树

顶天立地捍家园，沙暴狂风肆虐难。
常与白云相耳语，笑观塞外变江南。

沙　湖

何时落下洪湖水，芦荡飞舟戏鸟追。
赤卫队员犹健在，同描西塞不思归。

宁夏军营

大漠平沙冷月清，风烟塞外伴军营。
边关无战虽年久，烽火台前照练兵。

夜宿贺兰山梦骑

天成骏马贺兰山，驮我奔驰五岳间。
翠色裁回栽塞北，群荒入夜化芊芊。

西塔①博物馆

冲霄寺塔立银川，阅尽沧桑大梦圆。
一馆物华须细看，铃声古木伴新天。

【注】

① 西塔，即承天寺塔，位于银川市，始建于西夏天庆三年。

菊　花

萧瑟西风百卉荒，菊花却自展新装。
霜中更显英豪气，直把清香吐四方。

到村民家作客

墙边圈舍喂黄牛，窑洞柴烧热炕头。

羊肉粉条焖土豆，锅前馋坏小妞妞。

古尔邦节①（二首）

（一）

雪白头冠聚大厅，心聆忠孝仰阿訇。

宰牲许愿千门喜，人在容光焕发中。

（二）

洁净迎来古尔邦，冰心一片意深长。

随身乜贴千家散，忠孝铭心志气扬。

【注】

① 古尔邦节，穆斯林的传统节日，又名宰牲节、忠孝节。

咏　石

壁立千姿好自持，琼楼高路勇为基。

但凡建设身先许，雨暴风狂性不移。

窗冰花

真正天公是画家，夜来缀满万千花。
北窗林草南窗菜，玉洁全无半点瑕。

沙坡头①

草锁沙龙网似梭，火车一路谱新歌。
鸣沙悬瀑嬉游客，荒漠归田引大河。
天上苍鹰看果木，水中筏子走金驼。
进军沙漠千秋业，血汗滴成绿色多。

【注】

① 沙坡头，腾格里大沙漠之边缘，位于宁夏中卫县境内，其治沙成果与独特的自然景观举世瞩目。

青铜峡水电站①（新韵）

巨坝横空大禹惊，铺天盖地走长龙。
风驰电掣千军战，逾影超光万马腾。
挟浪飞花描朔漠，追星揽月绣葱茏。
今人能把黄河驯，千里江南入画中。

【注】

① 青铜峡水电站，位于宁夏。

龙 亭① (新韵)

跃踞中天似卧龙，红衣金殿傲风云。

蜡晶②有幸妆明主，水净无辜扮恶臣③。

宋地争妍腾紫气，菊花斗艳会群雄④。

英雄豪杰千秋继，方使今朝伟业成。

【注】

① 龙亭，位于开封。

② 指亭内为明君所塑之腊像。

③ 水净句，指亭前一湖取名潘（仁美）湖之故。

④ 菊花句，时逢大型菊花展。

铁 塔①

八角飞檐漫褐砖，十三流彩镇中原。

汴京睡地如烟海，玄柱冲天似铁鞭。

目尽黄河悬一线，威高宋地阅千年。

中州昔日何荣耀，华夏今朝更壮观。

【注】

① 铁塔，位于开封，八角十三层。

海瑞墓①

海公静卧海风轻，耳畔犹传进谏声。
舍己为民贪吏怕，秉公办案赤心铭。
功高南国千家敬，情重琼崖百姓迎。
抚墓问天公何罪，屡遭迁贬两袖清。

【注】

① 海瑞墓，位于海口市滨涯村。海瑞，海南琼山人，回族，明代官吏，素有"海青天"之誉。明万历十五年卒于南京，后遗体运回海口滨涯村安葬，谥忠介。

太极拳

太极生来孕自然，体松心静育丹田。
行云流水刚柔济，卧虎盘龙意气旋。
野马分鬃融上下，双风贯耳惠方圆。
大千世界阴阳转，不尽天年宇宙间。

听 雨

雨暴风狂霎那终，缠绵细雨始淙淙。
丝丝缕缕如私语，沥沥淅淅似断鸿。
瑟瑟轻吟诗百句，涓涓细诉我心胸。
临窗静坐聆听雨，犹入云中与雨溶。

武侯祠

丞相祠堂到处寻，功高却后少前厅①。

巧分赤县全凭亮，良佐双朝②不篡君。

蜀地寡闻昭烈③庙，川民多记武侯恩。

奇人奇事奇天下，一代英雄世代情。

【注】

① 武侯祠，位于成都市，前厅为刘备殿，后厅为诸葛亮殿。

② 双朝，指蜀汉先主、后主二朝。

③ 昭烈，刘备死后谥昭烈帝。

咏　雪

夜静晨光惊壁白，梨花满目九天来。

纷纷洒洒长空舞，落落飘飘广宇开。

素裹河山铺玉毯，银妆原野荡尘埃。

茫茫飞雪澄天地，更遣冰心入壮怀。

陕北行

辗转黄尘十万山，牛羊越岭戏峰峦。

停车细品新窑固，入户欣尝酒枣甘。

致富一心无懒汉，穿梭五业有余钱。

老区不减当年志，于困难中胜往年。

延　安

鳞次绵延向北南，岭深十面捍延安。

三山①环峙藏遗址，一水②清流过故关。

千载雄心铭后世，十年浴血换新天。

毛周虽去留青史，化作春秋锦绣原。

【注】

① 三山，凤凰山、宝塔山、清凉山。

② 一水，延河。

岳　麓　山

岁月峥嵘岳麓山，秋光如愿竞登攀。

红枫烈火冲天远，高路葱茏视野宽。

爱晚亭中铭壮志，湘江岸上换新颜。

峰间黄蔡①长眠处，不尽雄风化大千。

【注】

① 黄蔡，黄兴、蔡锷。

贺父母金婚

椿萱并茂寄冰心，风雨依依五十春。

屡历艰辛难拆散，几经坎坷更相亲。

一身正气宏先辈，半纪深恩暖后生。

但愿连枝长百岁，婵娟万里舞东风。

西夏王朝

冲天荒冢越千年，鼎立三分盖世鲜。
跃马弯弓开霸业，修文习武拓新天。
一朝疆域军威壮，二百年华国泰安。
羌笛远声回朔漠，长留浩气在人间。

水调歌头·银川

西夏大都市，鏖战毁千年。如今楼阁林立，
高路入云端。绿抹贺兰山下，灯火千街万店，古
塔响铃欢。东望黄河岸，到处是江南。　　新天
地，流大汗，苦犹甘。时逢西部开发，万象俱争
先。放眼三区两县，四面吊车哨亮，壮志倍加坚。
塞上千秋业，每岁有奇篇。

白芳泮

湖南省石门县泥沙乡耍武村人，生于 1924 年 8 月 16 日。1953 年调宁夏潮湖农场任会计，后任简泉农场总会计，1985 年退休。著有《夏乐诗词选集》。

赞宁夏石嘴山黄河大桥

野渡洪荒往日愁，桥飞天堑解民忧。
去来车辆争朝夕，南北东西货畅流。

塞上明珠

贺兰崔巍入宵汉，天下黄河阜夏川。
枸杞火红红沃野，发菜墨黑黑高原。
稀奇矿物世稀有，雪白皮衣暖雪天。
塞上明珠非妄许，并驰回汉力扬鞭。

石　天

　　原名刘笑声，1916年3月生于山东郓城县。1937年参加革命，长期从事革命文艺工作，曾任总政中国京剧四团团长。1958年宁夏回族自治区成立，率团来宁夏，任宁夏京剧院院长，后任自治区文教厅副厅长兼文化局局长，自治区党委宣传部副部长，全国文联委员，自治区文联党组书记、主席、名誉主席，中华诗词学会常务理事，宁夏诗词学会常务副会长。著有《石天剧作选》。已故。

风雨夜读

　　敲窗风雨不成眠，铁马①叮咚扰耳边。
　　披衣灯下师李杜，未觉雄鸡报晓天。

【注】
① 铁马，即指西塔悬铃。

育　才

　　春苗幸遇雨滋润，且待争芳次第开。
　　仰仗园丁勤养育，馨香自会顺风来。

古稀自勉 (新韵)

　　枫林晚照染霜红，辗转白头耄耋翁。
　　愿效春蚕丝吐尽，何悲烛烬献光明。

迎春喜咏

知春唯有报春花，骚客迎春共品茶。
觅句联吟歌盛世，诗家口绽尽奇葩。

塞上中秋

金秋塞上绕诗魂，浅唱低吟胜古音。
若使江州司马在，琵琶改唱一江春。

银川唐徕公园一瞥

小桥两侧造林园，倒影粼粼水底天。
渠畔亭台供客憩，林间几处太极拳①。

【注】

① 太极拳系专有名词，按诗律，不计平仄。

银川宁园①即景

琼宫借得几亭台，异树奇花妙手栽。
剔透玲珑身小巧，欣看迎面玉皇来。

【注】

① 宁园斜对面为玉皇阁。

固原行（二首）

北周古墓

北周古墓埋千年①，地下文物重见天。

铜壶验证丝绸路②，波斯珍品殉李贤。

固原怀古

长安咽喉是固原③，地处西北六盘山。

大漠北南为枢纽，卫青四次出萧关④。

【注】

①　北周古墓即指李贤墓，出土墓志记载李贤于公元 569 年 3 月 25 日死于长安，同年 5 月 21 日葬于固原，距今已 1415 年。

②　从北周李贤墓中出土的波斯鎏金壶，证明当时已有中西贸易往来，固原也就是东段北道的"丝绸之路"了。

③　固原自古为"长安咽喉，西凉襟带"的重要战略地。

④　汉武帝时，为了巩固西北边防，大将卫青于元朔二年（公元前 127 年）收复河南地后，曾四次出萧关。

青铜峡大坝 (新韵)

青铜巨手缚黄龙，震耳欲聋机器声。
闸口倾喷千浪涌，河床翻滚万马腾。
沟渠交错龙温驯，土地沃肥鱼米丰。
始信江南媲塞上，春风永驻凤凰城。

颂能源基地

无形转瞬行千里，厂矿人间一线牵。
睡柳迎风已苏醒，群山散雾日高悬。
龙年应拓新征路，满月当抚改革年。
不尽能源勤采掘，光辉信可烛长天。

石文远

河南省方城县人，1936 年 10 月 2 日生。1958 年参加工作，副处级，高级会计师。曾在宁夏气象局计财处、财政厅会计师事务所任职，已退休。现为宁夏诗词学会会员。

神六上天 （新韵）

大圣闹天实幻想，摘星居士属夸张。
今天浩瀚神舟旅，费聂同舱话小康。

反　腐（二首）（新韵）

（一）

衣着洁净貌清廉，心底肮脏只顾贪。
得意忘形无忌惮，一朝跌落坠深渊。

（二）

民心背向似天平，谁是谁非能辨清。
驼背刘墉人敬仰，和绅人厌似苍蝇。

赠台大熊猫 (新韵)

赠台选美择龙凤，趣味姻缘巧组成。

淑女秋香容貌美，书生伯虎艺才精。

征名体现千人意，选定终抒万众情。

两岸三通趋势定，螳螂怎可挡车行。

田兴俊

1930 年生，江苏新沂市人，经济师。中华诗词学会会员、新沂市诗协副秘书长。

春到沙湖（二首）

（一）

千禧之年花正浓，沙湖春色郁葱葱。
贺兰山脉层层绿，塞外明珠点点红。
缕缕柳丝摇细雨，双双燕子掠微风。
骚人蕴墨吟佳句，多少诗情入画中。

（二）

又是莺啼草绿时，挥毫喜赋翠湖诗。
峰峦隐隐红霞映，沙海茫茫白雪词。
自古贺兰多战患，而今大漠展新姿。
神工鬼斧天成就，塞上江南景色奇。

叶元章

中华诗词学会顾问。

寄西北诗友

不悔蹉跎入暮年，夕阳箫鼓亦喧阗。
曾因秋肃报荒漠，又为春温拂素年。
杜甫登楼西北望，陆游听雨梦魂牵。
诗文报国情何限，且把吟鞭作祖鞭。

叶钟华

1933 年生，字育斋，已故。生前在湖北省黄冈地区燃化医药局工作。著有《叶钟华诗词集》。

贺宁夏诗词学会

铜琶铁板动银川，云水苍茫好放船。
扬子江涛联友谊，贺兰山月挂吟鞭。
伫看宁夏腾飞日，记取红羊换劫年。
塞上风光收眼底，人间天上仰婵娟。

叶光杰

1934 年出生于宁夏中宁县陈麻子井村。1951 年 3 月参军转业后，在宁夏石嘴山市平罗县任中学教师、校长。1985 年调平罗县志办，曾任《石嘴山市志》等 6 部书的主编、总纂。现为宁夏毛泽东诗词研究会理事、宁夏诗词学会名誉理事。

棒槌岛赶海

初上棒槌岛，适逢大海潮。
挖魟掏贝类，拾蛎捡参鲍。
包满人多累，潮追日渐高。
转回新住处，杯酒化辛劳。

【注】

① 1980 年 7 至 12 月，在大连老虎滩疗养期间，每逢海大潮，结伴疗友到棒槌岛赶海，捡回海鲜自烹作下酒菜。

江南三夏

1996 年游浙江富阳、桐庐、观农村繁忙景象即兴

刚收油菜又抢黄，不违农时事更忙。
金翠无边装屋里，老农树下品茶香。

游天山即兴

一方明镜出天山，池水清清映笑颜。
王母不知何处去，游人尽似活神仙。

登贺兰山西长城

高墙石垒绕山峰，不见当年守戍兵。
盛世太平兴伟业，居安不忘有危情。

五一长假游农村

黄金长假始抽身，郊外踏青游远村。
心旷神怡赏美景，诗情澎湃作歌吟。

致王文景老师

塞翁少小苦寒窗，七十诗书名自扬。
学者门庭多问道，只缘室雅墨生香。

参加全国高中语文新课标新教材
教学研讨会感怀 (新韵)

凤城凝翠运国筹，各路豪雄计未休。
丹桂齐开秋色壮，丁香不逊菊风流。

忆新修《平罗县志》同仁

斗室临窗十老翁，精心修志俱精神。
漫游书海寻真宝，深入人群采赤金。
伴月挑灯经暑热，忍贫耐困沐寒风。
字成百万人衰老，欣慰流传利后人。

为五弟光元近况写照

执教育才四十年，退休心地更坦然。
抢收野草猪羊壮，精务农田菜果鲜。
约友举杯方尽兴，邀朋对弈战犹酣。
读书看报勤充电，探索何曾意念闲。

兰州军区某部援建星海湖有感

人民军队官兵勇，开发星海绘好春。
泥水旁边安帐寨，长城脚下造园林。
寒风瑟瑟凝霜雪，烈日炎炎逐蝇蚊。
改造山川兴伟业，宏图展出壮军魂。

咏我的书包

书包原值八元钱，陪我度过二十年。
陕甘宁青常作客，京津杭沪不离肩。
背来壮志复新志，谱出新篇胜旧篇。
春色满身人不老，精神抖擞若少年。

古志昂

广东梅县人，1931 年生。宁夏医学院教授，硕士研究生导师。中华诗词学会会员、宁夏诗词学会名誉理事。出版《古志昂诗词选》《情系国魂——古志昂诗词集》。

世纪握手有感喜迎连战等大陆之行

历尽惊波岁月流，情牵华夏共思谋。
今朝携手添民福，恩怨无声一笑收。

退休人遐想

人生七十正华年，敬业还须学做蚕。
离退还童光景好，晚霞犹是艳阳天。

司汉新

笔名山川，1937 年生，浙江长兴人。1959 年支边宁夏从教，系宁夏财经职业技术学院退休高级教师。宁夏根艺美术学会会长、中国高级根艺美术师。宁夏诗词学会名誉理事。

根作艺术有感

山野横陈贱作薪，有心捡起视如琳。
几番观摸方成器，数载耕耘始见珍。
枯木风流呈异彩，残根气韵传精神。
天人合一废为宝，重沐尧天万古春。

花甲抒怀

曾借明驼千里足，长途跋涉到边疆。
风沙力顶开通道，雨雪多经傲大荒。
常忆江南山水秀，更描塞上景观煌。
青春不觉身先老，剩有余年追夕阳。

渔歌子·退休故乡小住

隐退山村不记年，寻根觅石自清闲。勤学艺，
乐休闲。常开笑口返童颜。

史瑛璠

字贵之，河南洛阳人。先后从事公安劳改工作和矿山建设工作，退休前为机械高级工程师。现为宁夏诗词学会会员。

咏鸟岛

鸟舞涛声和，人欢鸟亦歌。
生禽人之友，切莫横操戈。

沙湖美

金沙碧水造银湖，一派生机壮丽图。
大漠驼铃浑一色，彩舟荡起客心舒。

无　眠

见面欢颜话太平，风调雨顺好年成。
忽闻故里遭洪水，展转无眠到五更。

园　中

枯藤老树也风流，碧叶银花缀满头。
晓雾难遮香雪海，朝霞尽染翠云楼。
林间粉蝶双双舞，水上轻舟对对游。
莫道桑榆无妙景，园中翁媪正悠悠。

有　感

盛世新年又是春，一堂欢聚老年人。
齐声赞颂学风好，笑语畅谈气象新。
往日荒疏时逝水，今朝勤奋杵磨针。
莫云岁暮心痴妄，愿效夸父逐日轮。

刘　征

中华诗词学会原副会长、《中华诗词》原主编，现为中华诗词学会名誉会长、《中华诗词》名誉主编。

凤城雅集感赋

代代风骚各有天，长辉旭日竞千帆。
他年班马传诗史，愿著新声起贺兰。

沙　湖

鱼跃鸢飞画艇驰，芦花漠漠雨丝丝。
裁来千顷洞庭水，好补高岑边塞诗。

访西夏王陵

绮罗金鼓迹全消，归燕无由认旧巢。
大漠秋风凉入袖，夏王陵下雨潇潇。

题贺兰山①

岳家词笔气如山，真伪难明为贺兰。

征引偏遗水云句，儒生骚客不同源。

【注】

① 岳飞《满江红》真伪聚讼纷纭。或以岳词中用"贺兰山"为伪作之证，而不知宋亡时汪水云有"厉鬼终当灭贺兰"句。创作与研究非一途也。

赠秦中吟先生

百首秦吟是正声，相知不恨晚相逢。

神奇化腐真拍案："道是无情却有情①。"

【注】

① 先生《朔方吟草》中《道是无情却有情》一诗，堪称讽谕绝唱。

见 燕 子

东临碣石曾相遇，湖海西来又见君。

多谢与诗常作伴，依依各里燕随人。

归途车上见月

中秋我与月同车，共饮一杯可好么？
莫道途间无美酒，与君千里醉金波。

刘 章

河北诗词学会副会长、《中华诗词》编委。

晨到银川望贺兰雪

贺兰积雪未曾消，山下桃花似火烧。
一白一红争俏丽，银川迎客倍妖娆。

游银川南关清真寺

清真古寺洗征尘，此地迎得"主"在心。
自沐自真自纯净，修成不老百年身。

归途读《宁夏旅游诗词精选》戏作

贺兰蕴秀入穹苍，滚滚黄河珠玉光。
大盗高贪不得手，却教星汉饱私囊①。

【注】
① 星汉《水调歌头·独登海宝塔》有句："摄取贺兰山色，留得黄河声韵，也算饱私囊。"

刘　沧

1921 年 5 月生，山西吉县人。1938 年参加"牺盟会"，从事抗日救亡工作。1939 年到延安，入抗大学习，同年入党。1983 年离休，任离休干部党支部书记，被评为优秀党员。二等伤残军人，大专文化。出版诗集《晚情吟》《金秋放歌》。

质疑高薪廉政说①

俭以养廉千古珍，高薪廉政实难尊。

贪脏腐败诸君子，孰是无衣少吃人。

【注】

① 此诗参加"塞上清风"全国廉政诗词大赛获三等奖。

纪念抗美援朝胜利 50 周年

同仇敌忾伟功隆，唇齿相依世代雄。

抗美援朝烧纸虎，保家卫国颂飞龙。

赞银川老干部金秋艺术团

童颜鹤发气昂扬，恍若当年上战场。

但得讴歌新世界，疲劳流汗又何妨。

宁夏川

千里川原万顷秧，麦收过后稻花香。
勤劳又赖黄河水，回汉相亲鱼米乡。

夕阳（四首）

（一）

桑榆晚景艳阳天，身处清平不等闲。
日日都为民奉献，提高素质最当先。

（二）

晚景为霞映满天，峥嵘岁月永流传。
归真返璞无穷美，幸福未来拼力攀。

（三）

第二春天虽白头，无牵无挂有何愁。
应知报国何辞老，添瓦加砖壮志酬。

（四）

暮色苍茫染绿洲，彩虹光灿耀高楼。
迎新展望航程远，破浪扬帆无尽头。

门球乐

握棒击球迎曙光,四肢头脑五官忙。
春秋冬夏坚持练,体健技精长寿康。

武术晨练

微曦召唤月相邀,广播声喧鹤发飘。
野马分鬃单臂举,乌龙摆尾仰身撩。
胸中运气严寒惧,脚底生风酷暑逃。
体健心舒忧患远,玉皇王母羡吾骄。

塞上江南春正酣

化雨春风泽贺兰,楼台烟雾柳毵毵。
黄莺出谷穿花径,紫燕衔泥绕画坛。
一派田畴耕水碧,四周花圃泛青蓝。
春泥化育吟新句,塞上江南绿正酣。

参观函大毕业同学书画作品展

戎马余生初卸鞍，调丹染翰再登攀。
真行草隶歌明世，山水鱼虫写丽天。
深谢良师勤教诲，多劳贤哲计筹艰。
得随前辈追真谛，奋进老牛何用鞭。

与抗大同学拜年有感

回忆当年圣地寻，偷穿封锁险惊临。
同肝求是培宏志，共胆图强树壮心。
半世风霜今已老，共稀团拜感怀深。
辛酸莫吐常欢笑，珍惜桑榆第二春。

学习邓小平南方谈话感赋

大师设计展经纶，欲把宏图励后昆。
百世功勋兴特色，十年改革扭乾坤。
航灯拨亮征程远，经济腾飞气象新。
踏遍南天人不老，雄谈一席指前津。

无　题

斑斓鬓发志葱茏，韵海书山味最浓。
玉宇清和千顷碧，诗坛艳丽百花红。
阳春白雪歌明世，下里巴人庆硕丰。
斗转星移迎七一，家家欢乐唱功隆。

游吴忠市古城湾梨花园

三春岂降鹅毛雪？蝶舞蜂喧梨蕊开。
万树琼花无杂色，千枝玉垒绣成堆。
含情脉脉羞无语，爱意绵绵香满怀。
汽笛催归留恋处，暗芳浮动几徘徊。

游阅海湿地公园

黄金湿地绿茵连，塞上平湖肺叶嵌。
鱼跃碧波欢淑景，鸟鸣翠苇乐天然。
舟犁镜海千层雪，身沐春光一路欢。
日映涟漪生七彩，霓虹潋滟绘诗篇。

八十五岁抒怀

风尘八五意如何？碌碌余生心事多。

号壮筇悲成往事，真情琴韵泛金波。

秋深不作邯郸梦，老至犹吟正气歌。

历尽崎岖成一笑，层楼更上勿蹉跎。

贺宁夏诗词学会成立十周年（二首）

（一）

开辟诗坛今十年，重兴雅颂继先贤。

梅林花绽香尧地，兰畹芳馨沁舜天。

发展和平寰宇愿，文明法治九州妍。

吟旌高举张旗鼓，击钵新歌特色篇。

（二）

墨香韵雅力躬耕，十载行吟引凤鸣。

激浊扬清匡盛世，兴观群怨发宏声。

方家济济皆名秀，高手泱泱尽杰英。

促进诗心同奋跃，骚坛焕彩振文明。

银川市文化街一瞥

文化长廊七彩虹，光芒四射展新容。
公园花市清香漫，体馆球场争赛雄。
戏剧酒吧歌舞院，集邮茶社少年宫。
诗词书画呈精品，民族风情韵味浓。
最是光明广场棒，休闲超市乐融融。

春游滚钟口

一夜清风细雨过，云流雾抹贺兰坡。
苍松翠柏遮尘少，绿叶红花缀地多。
无草不芳眉染黛，有情皆暖面留酡。
三阳开泰春光美，舞步婆娑伴好歌。

欢呼宁夏村村通电

鞭炮飞鸣人雀跃，村村通电遍回乡。
资源开发财源茂，生产提高生活强。
输送光明圆富梦，开通闭塞脱贫忙。
农村铺起金光道，回汉相携奔小康。

献给老教师

廉泉洗魄身常健，粉笔消魂霜染头。

燃去韶光酬盛世，熬干心血解时忧。

对天诤荐鹏程鸟，俯首甘为儒子牛。

万里征途功绩显，桃园李圃写春秋。

丁丑秋夜遐想

诱人瓜果销魂枣，田野铺金水稻登。

玉露沾花河汉耿，银蟾舞袖白云轻。

汉关霜重明征路，唐塞桂轻香驿亭。

喜报频传新信息，中央盛会指航明①。

【注】
① 指党的十五大。

遣　怀

年老逢时意自昂，居闲敢不惜流光。

心随潮浪连天涌，身入黉门逐日忙。

书画延年勤体味，诗词言志岂呈强。

神州遍地芳菲色，悦目赏心情欲狂。

迎千年

钟声圣火报新年，溢彩流光世纪坛。
辞旧迎新同祝贺，和平发展共争先。
弦歌阵阵心花放，舞袖翩翩神采妍。
特色工程催战鼓，曙光初上照征鞍。

读秦中吟先生《朔方吟草》

《朔方吟草》颂新天，物事风光画卷间。
大腕慧眸描画景，豪怀妙笔绘新篇。
创新破旧流芳远，小品雅喻新意添。
半纪耕耘常向日，诗文佳什永流传。

游苏峪口国家森林公园

森林万顷画图开，绿色明球淑气催。
鸟语如簧迎远客，松涛和露动轻雷。
园林涉足尘嚣净，岩画凝眸古趣来。
秀色可餐常俯仰，愧无长袖卷诗回。

离休廿年抒怀

卸甲归来不弄刀，修文养性续攀高。

身经百难心弥健，雨打十年情更豪。

勇往直前循正道，一如既往惯勤劳。

情怀不老将何欲？破浪飞舟一羽毛。

沙坡头治沙旅游区

昔日黄沙迷漫地，今朝名胜旅游区。

柠条泛绿冲天起，花棒绽红缀地铺。

皮筏缓摇游客戏，火车轻滑旅途舒。

丝绸古道开姝景，大漠长河一宝珠。

沙　湖　游

瑶池溢水落沙边，鸟语花香旷野间。

翠柳芦荷揉绿水，白鹅鸥鹭掠蓝天。

金沙涌浪驼铃脆，画舫犁波笑语喧。

独特风光游人醉，回乡姝景美名传。

到 吉 城

五十年来思梦牵，吉州再到变方圆。
新容难识清河岸，老眼何寻挂甲山。
公路畅通沿古道，琼楼高耸俯桑田。
欢声处处豪情壮，改革花开百业鲜。

赠吉县人大主任葛庭栋表弟[①]

一系萧关十岁更，几番萦梦故人情。
执教勤育桃和李，从政常怀赤与诚。
家训遗风勤及俭，乡谈贤仆廉又明。
浮萍千里风聚叶，多谢陈蕃扫榻迎。

【注】
① 葛庭栋原任教师、校长，后调任县委部长，副县长。

悼牛化东将军[①]

华年戎马显英风，足智多谋百战雄。
虎穴潜踪弘正道，龙城举义竖旗红。
沙场驰骋歼顽寇，甲帐谈兵灭敌锋。
卫国治军功卓著，将军风范万民崇。

【注】
① 牛老1926年入党，1956年授少将军衔。为宁夏军区原
副司令员、区政协副主席，副兵团职离休干部，享年89岁。

就读老年大学二十年咏怀

岁月如歌上学楼，锲而不舍几曾休。
书山有路勤为伴，诗海无涯苦驾舟。
心底灰尘常洒扫，人间冷暖付吟讴。
八旬今已过三载，自笑憨心仍未收。

颂审计风暴

审计雄风震撼多，败枝腐叶落洪波。
高衙深署惊魂断，陋巷长街唱赞歌。
整改清查结硕果，清单明净惠风和。
功勋卓著谁为帅，倡廉审计最当歌。

初访西夏王陵

面水依山气势宏，黄沙绿草古茔明。
金戈铁马雄基奠，文治武功青史铭。
断壁犹存威武气，残垣不灭激昂情。
沧桑兴替英名在，泽惠回区播远名。

答友人

若问当今爱哪般，报恩追远片心丹。
一枝秃笔描风采，两眼通明贬腐官。
创业宏扬三代表，兴邦彪炳五星斓。
闲来无事开书卷，灵感来时诉笔端。

红心依旧

青年抗寇党培栽，霜鬓仍欢骋壮怀。
小米步枪歼日伪，升平盛世念澎台。
换装赤骥英姿爽，离轭黄牛信念赅。
安逸休闲情不改，残梅依旧向阳开。

中卫梨花节

依山傍水一山庄，遍地琼英晶玉妆。
瑞雪滚团呈异彩，锦云舒卷泻流光。
花随蓓蕾矜姿艳，树发新芽飘逸香。
蜂舞蝶穿浑有致，游人怡兴醉梨乡。

纪念抗日战争胜利60周年

锤镰砥柱屹中流，宝塔红星照九州。
发动军民齐抗日，坚持团结众同仇。
平型关下歼群丑，黄土岭头毙寇酋。
浴血八年终胜利，丰功伟绩誉千秋。

纪念邓小平百年诞辰（二首）

（一）

人民儿子为人民，扭转乾坤一伟人。
指路三中开盛纪，圆瓯两制日完臻。
市场经济千波涌，三步宏猷万象新。
马列毛公承一脉，树旗特色壮华魂。

（二）

设计高师邓小平，扭转乾坤构图宏。
沉浮三度心弥壮，承重一身情更诚。
有术补天兴特色，无心恋柄见真情。
丰功伟绩垂青史，华夏千秋高举旌。

第二故乡 50 年述怀

——为宁夏解放 50 周年作

军旗指路走天涯，解放银川成我家。
祖国兴亡身已许，蒋顽未靖耳闻笳。
枕戈河套桑麻种，执锐兰山匪首拿。
矢志甘为宁貌变，壮怀何惜鬓毛华。
三中路线开新宇，四化征途飞彩霞。
大漠长河铺锦绣，小康同富绽奇葩。
邓公旗帜兴华夏，江总华章物色嘉。
老骥愿随长骏后，同奔新纪驶征车。

缅怀刘少奇同志

——纪念少奇同志百年诞辰

安源工运策先鞭，虎穴潜身奋战坚。
历阅囹圄验贞节，饱经战火略韬全。
文韬武略谁伦比，创业开基功占先。
一声炮打狂飚烈，四害兴风六字冤。
乌云难蔽昭昭月，青史长留赫赫篇。
兴国宏图终实现，勋辉照耀九州间。

沁园春·缅怀毛泽东

建党元勋，人民领袖，誉满人寰。忆申江建党，雄鸡唱晓；井冈竖帜，星火燎原。八载歼倭，三年讨蒋，帷幄运筹奏凯旋。翻天地，天安楼上立，换了人间。　　人民民主为纲。向前进，神州丽日悬。敬坚强信念，英雄气魄，文韬武略，千古英贤。服务人民，鞠躬尽瘁，铁打江山铁石坚。丰功立，永传承遗业，奋勇争先。

浣溪沙·农村春色

燕尾轻裁野色鲜，杏花如雪雨如烟，柳丝难系水潺潺。　　布谷频啼春到耳，稻苗遍插绿连天，真疑梦里到江南。

鹧鸪天·老大、函大两校毕业述怀

家寄府城楼院群，六年苦读娱残身，经常锻炼身心健，韵海墨池分外亲。　　思往日，感今晨，党恩教我晚来勤。百年垂老还何愿？特色高扬前路新。

银川市清真小吃美食节感赋

民以食为天，回民更不凡。
经营承祖业，厨艺独家传。
街遍清真店，路盈小吃摊。
餐厅精品献，饭馆美食全。
滋滋食文化，回族寿星繁。
异彩银川绽，菁华锦大千。

忆吕梁

立志打东洋，从戎上吕梁。
草鞋粗布着，小米加步枪。
敌伪频侵犯，军民累战煌。
杀烧何所惧，誓死保家乡。

缅怀彭老总

——纪念彭德怀元帅百年诞辰

起义平江开伟业，井冈立马展雄风。
百团大战军威振，保卫延安不世功。
抗美援朝家国卫，万言书谏鉴精忠。
丰功伟绩军民仰，亮节高风亿众崇。
"文革"惨遭魔鬼害，凄风苦雨悼元戎。
春回大地融冰雪，正气常存宇宙中。

刘世俊

天津人，1958 年北京师范大学毕业后分配到宁夏大学任教，退休前任宁大副校长、硕士研究生导师、宁夏诗词学会顾问。著有《萨都剌诗选》。

龙　年

深情思兔岁，笑语唤龙年。
塞上开新路，神州辟醴泉。
金龙飞踊跃，彩凤舞翩跹。
盛世呈祥景，须歌鼓劲篇。

贺兰山① (古风)

昂首仰天啸，壮哉莽贺兰。
行空逐凤舞，立地效龙蟠。
潇洒驰新路，风流卧绿滩。
欣然逢盛世，顾盼百花看。

【注】
① 山在有凤凰城美称的银川之西，树色青白，形同骏马，北人称骏马曰"贺兰"。

中秋漫兴

君舍秀阿里，清居莽贺兰。

景殊宜互访，酒好必同干。

海峡风趋顺，金瓯众盼安。

明年今夜月，联袂舞银盘。

奉读《张源诗词选》

书香沁肺腑，开卷益何多。

曲曲光明颂，声声正气歌。

襟怀夸坦荡，岁月忌蹉跎。

余韵绕梁久，心潮逐大河。

述怀（二首）

宁夏大学成立三十周年，创业维艰，百感交集，友生索句，慨然赋之。

（一）

初临塞上自翩翩，卅载秋霜到鬓边。

放眼繁花开万树，豪情似海接云天。

（二）

创业维艰岁已迁，抚今追昔志弥坚。

鞠躬尽瘁浑无谓，不负峥嵘三十年。

心　香

电业工人攀险岭，摘投霄汉万颗星。

山村自此增人杰，电气于今促地灵。

翁媪沉思昔映雪，儿童笑议古囊萤。

山民盼电今如愿，一瓣心香万载馨。

刘剑虹

原名刘金宝,祖籍陕西合阳县,1941 年生于宁夏中宁县。宁夏自治区政府研究室原正处级干部,高级经济师,已退休。中华诗词学会会员、宁夏诗词学会副会长。出版诗词集《剑如虹》。

为贪官画像

华辇年年换,官阶岁岁高。
日迷醇醴醉,夜赏彩裙飘。
美酒千人血,佳肴百姓膏。
口中廉政讲,遍体散腥臊。

参观新监舍有感

几净窗明楼舍新,吉他偶弹悔沉沦。
若非岗哨高墙立,难信其中宿罪人。

赞沙湖沙雕

三藏如来巴米扬,沙雕栩栩肖容光。
丝绸古道刀雕出,又喜驼铃引客商。

庐山琵琶亭

浔阳江上琵琶忿，千古佳音犹觉亲。
动地感天传绝唱，应怜沦落梦中人。

骊山兵谏园

将军兵谏欲何求？为报毁家亡国仇。
恨不当年驱寇死，悔为阶下一生囚。

烽火台

谁能烽火戏诸侯？褒姒幽王玩大周。
一笑招来天下失，荒唐传作万年羞。

贺马嘉伦先生 80 寿诞

理财卅载不贪财，贿赂攻关就不开。
明镜悬心常照体，纤尘无染断凡胎。

和冯志远老师《瞎子阿炳》诗

挚爱深情感世人，无言桃李动歌吟。
几多蜡炬汪汪泪，化作光明夜夜心。

成吉思汗陵

红墙绿瓦伴天骄，银镫金鞍剑气豪。
利箭长弓今尚在，不知何处射飞雕。

王昭君墓

树茂草青流水长，荒丘埋骨不埋香。
琵琶一曲干戈止，常使须眉愧断肠。

包公墓

包公墓侧客穿梭，都恨贪官日日多。
正气凛然今更甚，虎头铜铡要重磨。

打　工

活命养家心发焦，打工何惜累折腰。
不愁昼夜风霜苦，端怕年终拿白条。

赠同学

萋萋芳草露轻濡，化雨春风有若无。
曾恋杏园花似锦，更欣桃李果如珠。

沙海诗林（今韵）

每入诗林情激多，长歌短咏耐琢磨。
松涛长伴韵涛起，唱响西疆传世歌。

银川之春

翩翩金凤绕渠西，满目琼楼接彩霓。
广场花妍红烂漫，草坪阳暖绿逶迤。
车行八道心潮激，水贯五湖游艇移。
最喜耕耘春雨后，苗芽遍地破新泥。

三赞大银川（三首）

（一）

鳞鳞大厦接蓝天，多嵌明湖翠荇填。
远眺兰山青骏跃，近瞧首府凤凰翩。
八行宽道车如水，五十长街花正妍。
无限生机春又至，丝途再亮大银川。

（二）

东有黄河西贺兰，自流灌溉赛江南。
粮丰林茂牛羊壮，鱼跃酒香瓜果甜。
滚滚乌金销陇陕，红红枸杞路无边。
商机正看银川好，何惧投资逾万千。

（三）

古都文化说银川，水洞遗踪三万年。
秦汉长城烽火灭，夏羌王冢客声喧。
贺兰岩画名寰宇，佛塔承天耸市廛。
大漠长河边塞美，胡笳吹彻艳阳天。

咏青铜峡

牛首龙潜峰独殊，青铜高峡出平湖。
群舫欢快人常满，百塔同歌云不孤。
谷阔好容冰雪水，渠宽勤灌稻粱蔬。
浪驱雷电凌空远，照亮长征万里途。

博士郭文忠

科园博士艺真高，敢把春天信手招。
才育西瓜无籽壮，又扶梅豆展丰标。
力除污染消公害，多用优肥织绿绦。
仪表微微知暖湿，何劳青帝费神描。

与贾朴堂老共勉

静住轩斋度晚年，书香茶热最怡然。
吟诗作赋偏得趣，谱曲填词掀巨澜。
自在自由神俱爽，无讥无谤梦方甜。
布衣蔬食人难老，胜过蓬莱八大仙。

晚　年

衣食无忧乐晚年，甘来苦尽感怡然。
勤攀书岭增新识，深探诗渊步大贤。
晨舞园林求体健，夜迷荧幕逐心欢。
名缰利索全抛脱，赓韵传薪种福田。

民工吟

栉雨沐风迎暑寒，砖头家计一肩担。
衣单被破遮霜冷，床湿墙穿伴体眠。
馍硬汤清餐绿菜，腰酸背痛盼加班。
只缘妻子捎来信，母病还亏买药钱。

赞西夏王陵鎏金铜牛（国宝）

史书冲出哞声壮，高并兰山气自昂。
力顶风沙凭铁骨，勤耕厚土拓边荒。
奔波不叹风尘苦，刍味犹知岁月香。
遍体鎏金神彩奕，奋蹄无患路途长。

六盘山揽胜（三首）

小南川

山敞胸怀画境开，青松夹岸客纷来。
悬崖欲倒低身过，溪水通幽步石苔。
飞瀑垂帘遮醉眼，野荷放蕾拂香腮。
温情助我登阶上，恭拜诗家学剪裁。

凉殿峡

松柏拥峦郁六盘，山花烂漫蝶纷翩。
奇峰危耸云屏立，峡谷幽深溪水潺。
开阔威充壮士气，峥嵘豪溢杰英颜。
天骄放马知何去，惊看人间换大千。

植物园

深埋古树七千年，植物园悠壮大观。
秀木参天云漫渡，丹花竞放鸟闲喧。
一泓清水滋峦翠，数眼甘泉浇福田。
毕集斯文游宝地，裁春剪胜绘盘山。

登 黄 山

奇峰怪立上磨天，细雨霏霏雾罩山。
巨石如磐居绝顶，青松似伞迓群贤。
力攀险道惊坡陡，偶瞰深沟怯体寒。
日出清晖消郁臆，放喉舒啸觉成仙。

浔 阳 楼

江落名楼画境开，把盅览胜远尘埃。
一山飞峙冲天外，九派奔腾动地来。
诗激群雄扬反帜，笔书名匾聚英才。
欲舒望眼穷千里，急步登阶上顶台。

秋游沙湖

波平湖阔倍轻柔，鱼跃鸭浮金色秋。
快艇浅犁翻白玉，芦丛密列绕兰舟。
登高纵目神驰远，盖绿铺黄一望收。
惊叹天然成异境，江南塞北醉人游。

赞 阅 海

阅海茫茫嵌贺兰，丛丛芦荻伴荷莲。
草雕黑鹳叼肥美，白鹤天鹅临碧旋。
百万鸟鸣争乐境，几多鱼类跃深渊。
最欣浩淼烟云漫，湖接城乡水接天。

赞宁夏老年大学诗词班

风城何处觅芳园？道是西垣香满天。
晓露润苗兰草绿，春阳催蕊李桃繁。
吟成金石堪传世，语泻珠玑好聚贤。
名振诗坛赠塞秀，风骚独领十余年。

赞中国秦腔四小名旦①

天真烂漫斗清纯，袅袅娜娜杨柳身。
一启朱唇珠玉坠，三抛水袖电光频。
寒梅争绽枝头闹，红杏花开细雨纷。
神贯秦音魂梦绕，情迷意醉满壶春。

【注】

① 为了振兴秦腔这个古老的戏剧艺术，2005年2月在西安评出了中国秦腔四大名旦，即陕西的李梅、李娟、齐爱云，宁夏的柳萍。中国秦腔四小名旦为：陕西的李军梅，甘肃的袁丫丫、梁少琴，青海的刘颖。

冯志远老师

冯志远，1930 年出生于长春市。1953 年毕业于东北师大中文系，分配到上海市任中学语文教员。1958 年报名到宁夏支边，分配到中宁县任中学教员。40 余年，任劳任怨，甘苦备尝。晚年，双目失明，仍以口授业，业余写诗，事迹感人。为宁夏诗词学会会员。2005 年被吉林、宁夏评为十大感动人物之一。故以诗咏之。

沥血呕心薪火传，目盲仍见寸心丹。
一腔热血边疆洒，卅载春秋桃李妍。
陋室挑灯常夜夜，残身施教自年年。
一支红烛难烧尽，学子真情感地天。

皮　影

殿堂楼阁木花荣，鬼怪神仙动有情。
才羡牛皮精造影，又惊布亮现真形。
一声唱尽千秋事，双手能交百万兵。
莫道此间天地小，惩奸扬善最分明。

北武当生态旅游区（森林公园）

山寺巍巍绿树稠，亭台交错鸟声啾。
武当池阔长桥曲，乱石沟宽叠水流。
林带防风沙不起，梨园映雪杏含羞。
汗浇瘠壤荒滩翠，如画如诗醉客游。

献给中宁中学六十周年校庆

——赠老师

莘莘学子羽毛丰，鹏展当思哺育功。
取舍休凭钱物异，薰陶不论智愚同。
苦心铺石期攀顶，矢志传薪助缚缨。
嫩草鲜花新泽后，芳园茁朵醉春风。

赞任长霞

长霞耀彩向天横，春色满园花木荣。
权柄无污黎庶赞，灵魂净化鬼狐惊。
和谐力雪冤民恨，清正威赢禹鼎宁。
热血甘因廉政洒，纤尘不染警徽明。

渔家傲·千帆竞发争朝夕 (新韵)

五十年前风雨急，万家墨面挥竿起，倒海翻江除恶敌。河山易，锤镰开出新天地。　　蝶舞莺歌人自昵，鸭儿觅食春江碧，华夏风光何旖旎，流水急，千帆竞发争朝夕。

浪淘沙·庆回归，盼重逢

丽日照长空，柳绿花红。春光伴我倍情浓。
喜庆明珠还禹甸，酒祝千盅。　　离合叹飘蓬，
此恨无穷。海峡两岸盼相通。梦里追寻人不见，
何日重逢？！

蝶恋花·望月

淡淡清光陪白首，露湿青衫，点点消人瘦。
骨肉同胞情不朽，酿成滴滴相思酒。　　好运来
时祥瑞透，两岸飞红，绿染千村柳。已有三番重
握手，更谋一统期长久。

鹧鸪天·开发春风遍八荒

开发春风遍八荒，西疆无处不芬芳。管输天
气兴宏略，水引荒山增黍粮。　　桥又架，路修长，
丛山沃野试新妆。娇容细画招莺妒，布谷催春人
更忙。

破阵子·赞新住宅小区

　　燕子难寻旧屋，群楼又缀新亭。圃内花招飞蝶舞，树上枝悬鹧雀鸣。随风柳絮轻。　　最喜喷头洒水，更观珠露滋英。润活嫩茸添胜景，惹得翁姑醉绿坪。不知白发生。

沁园春·游银川金水园

　　天路迢迢，滚滚飞车，急驶迤逦。看黄河古渡，飞光流彩，金园两岸，桥跨虹斜。大树葱葱，危楼隐隐，沉澈清池戏泳娃。惊涛岸，有击球儿女，角逐平沙。　　横城古堡瞻涯，望万里长城蠕似蛇。有漠峦接碧，毡包淡点；长河远去，落日辉嘉。岸草茵茵，果园郁郁，秋挂红黄春玉花。沧桑变，赖鼎新革故，彩抹红霞。

望海潮·春游银川植物园

　　春游西苑，松青柏翠，桑榆暗发新芽。桃李竞妍，槐梅放蕾，浓茵绿染黄沙。园秀众人夸。正耘拓苗圃，培树栽花。秋菊春兰，要搬佳卉遍天涯。　　开荒万亩为家，赖高人策划，又绽奇葩。沙海翰林，平添雅韵，诗兴起处声哗。芳苑倍清嘉。但倚亭纵目，吟赏烟霞。情醉销魂好景，归去日西斜。

一剪梅·赞中宁碱沟山牌无烟煤

闻道家乡奔小康，杞酒飘香，煤炼精钢。鸿基跌倒碱沟旁①。人也昂昂，国也堂堂。　　天下无双世界王，外惠邻邦，内泽梓桑。雄鹰展翅正高翔。才出荒凉，又去飘洋。

【注】

① 越南的鸿基煤原称世界第一，现让位于碱沟山煤。

沁园春·银川宁园

小巧宁园，誉满银川，嵌闹市中。望鼓楼庄重，檐飞脊耸；玉皇阁伟，瓦碧墙红。钟震云霄，香弥大地，流水淙淙绕碧丛。碑廊曲，看龙飞凤舞，其乐融融。　　秀园略露娇容，引雅客骚人来去踪。醉吟诗作画，飞扬文采；吹弹拉唱，爱溢歌弓。勤沐朝阳，媪翁晨练，击剑舒拳情倍浓。琴弦动，有俊男靓女，舞起东风。

沁园春·咏大银川

　　西夏名都，傍水依山，锁钥朔方。看黄河两岸，稻黄树绿，贺兰山下，果硕瓜香。流淌乌金，星罗厂店，展翅边城飞凤凰。西移急，喜客商云集，丝路悠长。　　千年城史辉煌，赖七二连湖聚吉祥。是城因水盛，峥嵘气象，湖依城美，画艇歌扬。西矗王陵，东凌佛塔，寺有清真金碧煌。明星聚，正高粱红遍，九域名扬。

【注】
　　高粱红遍——镇北堡影视城拍摄的《红高粱》等多部影视片，从这里走向世界。

望海潮·金沙湾

　　缓坡披彩，荒丘飞翠，是谁点缀沙湾？高架彩虹，低排滴灌，参差绿叠山峦。林茂草芊芊。杏桃李榛枣，诱拨心弦。草药葡萄，一湾红翠正斑斓。　　登高望极凭栏。有双山对峙，一水横穿。苍岩布云，游船鼓浪。码头争渡人喧。醇酒润朱颜。欣暗香千缕，痴梦如烟。险醉金沙别墅，十里驾飞船。

水调歌头·沙海绿洲（中卫）

十载赖开发，沙海变芳洲。果园万亩花密，千顷稻苗稠。湖里鱼翻白浪，风送瓜香真棒，牛壮鸟啾啾。瀚海豁吟目，烟柳护田畴。　　住草屋，点蜡烛，苦无休。水扬二级，人进沙退壮鸿猷。水满沟渠润绿，路贯田园红映，何处见沙丘？心愿业长久，千里放歌讴。

鹧鸪天·笔难停

新买楼房住进城，孙欢子乐会亲朋。富来贫去妻先笑，室雅书香醉晚晴。　　人易老，笔难停。诗词曲赋写真情。鬓前霜共窗前雪，夜半犹歌邓小平。

翠楼吟·游平遥古城

铺列天街，红灯串串，雕栏酒旗高挑。熙熙商市外，谒隍庙、香烟轻袅。魂随情绕，孔庙跳龙门，鳌头欣蹈。观全貌，县衙堂大，已无哀告。　　热闹！客涌钱庄，赞理财之道，激情难拗。城墙高又阔，箭楼眺、遥相关照。窗明联雅，住古宅民居，时闻哗笑。嗟奇妙，古城千载，美知多少。

菩萨蛮·嫁接常绿阔叶树

乱头攒动人多处。眼前身后荫千树。翡翠插头前，彩枝披下肩。　　一朝为市木，四季常青绿。科技出神奇，景观随意移。

鹧鸪天·忆恩和小学

六载光阴赖启蒙，漫游学海逐长鲸。钟声敲落霜晨月，学府长燃子夜灯。　　新课本，古诗经，朝夕不辍读书声。歌扬学子冲天志，流水高山唱大风。

青玉案·游榆林古城步行街

吟朋漫步榆林府，大街里，香如古。铺满琳琅人满路。酒旗高挑，红灯垂户，勤苦夸商贾。　　六楼骑路争先睹，南塔北台壮瑶圃。文化名城香暗吐。举机留影，众人欣聚，钟鼓齐鸣处。

刘天荣

字荣皆,1938 年 2 月生于宁夏平罗县周城乡向前村。中学一级教师,宁夏诗词学会名誉理事。著有《荣皆诗词》集。

抗朔风 (新韵)

昨夜狂风刮, 呼呼怒吼声。

如闻狮子叫, 又似野狼鸣。

野外飞沙石, 庭中落土层。

吾人齐动手, 植树锁黄龙。

新堡①怀古

断壁残墙野雀飞, 夕阳西下有余辉。

荒城寂寞凄风雨, 营地艰辛响闷雷。

御敌兵丁豪气壮, 守边将士志难摧。

精忠报国捐躯体, 画角秋风今尚悲。

【注】

① 新堡,又称新兴堡,是明代军事堡塞之一,在今平罗县前进农场东侧二公里处。

哨马营^①感怀

哨马营中战垒空，断砖零落野花红。
马营远树披新绿，虎洞浓云出彩虹。
一道长城今崛起，诸多烽堠尚留雄。
太平盛世边民乐，满植桑麻废堡中。

【注】

① 哨马营，在惠农红果子镇东一公里处，为明清两代的军事要塞，其北两公里为红果子长城。马营远树和虎洞归云均在哨马营附近，为平罗古八景之一。

新农村感赋

绿染全村草木深，和风细雨暖人心。
免粮减赋腰杆直，科学种田花样新。
日日勤劳期富裕，年年奋斗拔穷根。
订单农业勃兴起，奔向小康已见真。

东寺^①盛会

暮云朝雨洗尘清，牛首山峰数点青。
道路逶迤云雾散，岗峦起伏野花明。
人来人去满山走，鸟落鸟飞空谷鸣。
一带荒山多古寺，恰逢庙会响钟声。

【注】

① 东寺，即牛首山东寺群。

游银川宝湖公园

车过唐徕景色鲜，丛丛芦苇碧连天。
高楼崛起迎朝日，湿地相连荡客船。
百米长桥虹壮丽，千株奇树锦斑斓。
银川正把蓝图绘，水上湖城是乐园。

赠农民诗人王文景

老友作诗意境新，全从质朴见精神。
持真方使豪情壮，守正还看品性纯。
厚土根深生大木，黄钟大吕响金音。
平罗自古多豪杰，务实君为第一人。

刘绍元

安徽人，1928 年生，宁夏煤管局退休。现为宁夏诗词学会名誉理事。

黄河颂

怒涛天外悬，浊浪紫霞翻。
化育千年史，滋荣万顷田。

沙蒿颂

烈日当头万里焦，寒风卷起土尘刀。
仅存蒿草昂然立，埋进干沙又冒苞。

梅

由它风雪逞猖狂，拔树携沙降祸殃。
独有梅花傲寒立，尘埃不染吐幽香。

松 林

巍峨挺立刺云天，笑看沧桑几百年。
怒吼涛声惊虎豹，岁寒犹见干枝坚。

沁园春·宁夏行

　　南北名山，雄伟长城，肃穆寝园。看黄河玉带，折流入海；平原稻浪，伏起接天。大漠驼游，须弥随喜，把酒临风羊肉餐。资源富，喜杞红原野，煤涌深山。　　人文古迹星繁，乐历览边关忆史篇。古朔方重镇，秦皇驻跸；塞边要地，玄烨挥鞭。哙炙华章，古今咏唱，西夏唐宗韵事传。实难忘，去沙湖垂钓，阅海撷莲。

刘秀兰

女，1939年9月出生原籍河南省封邱县。曾在宁夏电力局银川供电局工作，退休干部。现为宁夏诗词学会会员、宁夏老年大学诗词学会副秘书长。

乾陵无字碑

绝顶聪明一女皇，御碑无字有文章。
奇天伟业安可没，俗子何堪论短长。

秦兵马俑

信是陶工有特功，秦兵百万气豪雄。
执戈牵马列成阵，待命千年志不松。

游杭州西湖

绮丽西湖碧玉环，亭轩台榭缀其间。
倾情最好三潭月，光照爱心不欲还。

怡园海棠花

四月怡园花最红，檀唇浓点惹春风。
吹来时唱和谐曲，竞奏新声求大同。

长 流 水

一路轻车沐艳阳，园林堆翠散清香。
长流水谷多诗料，乐得骚人采满筐。

小　草

春风拂面即抬头，石隙墙根竞自由。
夺秒争分明一志，此生寸寸绿神州。

踏　青

拂苇春风湖色澄，船掀水浪促鱼腾。
师生笑语声传远，羞向花亭乱踏青。

庆祝青藏铁路通车

谁将梦幻变成真，一线沉沉惊世人。
巧架金桥穿冻土，漫牵玉练绕昆仑。
花车满载八方客，雪域常留千禧春。
应喜神龙魔力大，财源滚进藏家门。

游鸣翠湖（新声韵）

时逢九日逛城东，鸣翠湖边去采风。
出穗芦花秋水荐，含烟簪菊露滋红。
桨声引我迷宫转，凫鸟凌波展羽丰。
一景一程何有尽，斜阳半落碧涛中。

灵武白土岗造林新愚公

周氏群贤斗志昂，固沙植树富家乡。
奔波为建旅游地，吃苦全当吼秦腔。
千顷黄河裁毯静，三泉碧水引流长。
风光奇丽沁心肺，功德千秋谁可量。

灵武长流水沟百年榆

霞满青山叶满枝，英姿仍保少壮时。
流泉汩汩说今事，飞瀑悠悠述远思。
背靠山崖承玉露，根扎岩缝觅琼汁。
冬来秋去独百载，抗雨遮阳岁月知。

相　思

相思词里说相思，是恨是思君不知。
笔底相思多少字，难离君去撇妻时！

鹧鸪天·松（致中学张老师）

根植山崖一棵松，苦辛尝尽竟无声。心抓峭壁纤纤草，饮露披霜骨里红。　　磨励志，顶狂风，雪中正色总长青，夕阳重染文坛景，韵响清秋振凤城。

长相思·长泪流

长泪流，短涕流，流到夫君坟墓头。残生无限愁。　　思悠悠，恨悠悠，照壁孤灯何夜休，深宵独守楼。

鹧鸪天·清明

唧唧虫声不忍闻，孤坟松柏撩煞人。寒风不解三更泪，屡令情牵一段魂。　　思往事，话温存，十年孤枕度晨昏。春残花落谁知苦，未了情缘空守门。

[越调] 天净沙·思亲

亲人远在天涯，谁怜寂寞侬家，托付奔驰骏马。寻回牵挂，知心人沏香茶。

刘德祥

祖籍河北交河，1946 年生于宁夏平罗县。在宁夏水利系统工作，曾任基层渠道管理处党委副书记，现已退休。宁夏诗词学会会员、宁夏老年大学诗词学会副会长。

残　荷

曾洒光辉耀曲塘，红摇碧荡舞霓裳。
今虽霜雪轮番打，藕断丝连意念长。

夏日阅海

茫茫碧水望无边，游艇犁波笑语喧。
鱼跃芦摇群鸟戏，晶流翠荡凤城间。

观老年人风筝比赛抒怀

春风送暖百花妍，众跃童心放纸鸢。
燕舞蝶翔吟盛世，龙腾凤跃咏丰年。
升浮仰仗清风引，前进遵从红线牵。
万里晴空心坦荡，轻飘漫转探福源。

许　凯

宁夏平罗县人，1955年生。曾在平罗县人口计生局工作。宁夏诗词学会理事。

平罗兴平冶化

情连黄土地，功建铁合金。
火共人心旺，炉依旭日明。

平罗夏望（新韵）

日出汉垒红崖静，月落秦关画壁闲。
两处沙湖青照客，无边麦浪绿生烟。

平罗天河湾

黄河水涨一湾绿，陶乐桥伸万丈虹。
两岸杨林风送爽，渔歌落处酒香浓。

鼓　楼

独立街心意自闲，英雄不肯论当年。
狼烟遥报边烽日，钟鼓频催动北天。

塞　上

黄河着意化成网，雁送清风过水乡。
漫道沙高春不见，连湖静静小荷香。

沙　湖

沙环明镜为谁开？落日惊鸿顾影来。
两岸森森松柏绿，半湖菡萏月旁栽。

故乡恋

将军平虏凯旋归，小镇依依梦又回。
饮马唐徕情未了，沙湖鼓浪彩云追。

长　城

残垣一线贯西东，古塞无言对碧空。
兄弟相煎成往事，如今花共九州红。

秋　收

树依碧水村村绿，小院人家户户新。
稻麦方收香满囤，牛羊又壮欲添丁。

塞上之春（二首）（新韵）

（一）

一方春韭村边绿，几处桃花映碧湖。
马踏垄沟翻旧岁，人修地堰著新书。

（二）

惊蛰土暖当播种，谷雨天清必育秧。
锦绣人夸河套好，一分春色九分忙。

秋　雨

西风缓缓催云动，细雨丝丝入醉颟。
半壁轻萝得意绿，一川新果待霜红。

植　树

无边杨柳年年种，映日清波代代浇。
一阵东风一阵绿，鸾歌犹似牧歌高。

塞上新居

玉楼无数灯无数，塞上新居半对湖。
几处桃花春带雨，一天明月入冰壶。

故 乡 行

唐徕一脉千行树，漠漠春田淡淡香。
未许狼烟惊客梦，星湖明月照边墙。

记二〇〇六年夏石嘴山大雨

贺兰雨落星湖满，苇巷深深鹤昼眠。
昨夜雷霆惊塞上，一川灯火报平安。

石嘴子（新韵）

长河迎日滔滔下，驼队循桥塞外来。
铁马嘶鸣杨柳岸，云帆落处绣阁开。

惠农静安新居

地陷谁纾父老忧，擎天塔吊正悠悠。
静安好雨知时令，一夜欢声满玉楼。

大武口森林公园 (新韵)

荒山戈壁今何在？绿树连天细细风。
谁借江南一片秀，新妆塞上半边城。

彭阳梯田 (新韵)

梯田如塔层层上，众手擎天事竟成。
冬麦魂逐春雪碧，青纱含黛又一峰。

二〇〇五年宿盐池

封山再造千秋绿，遍地牛羊各认家。
草暗鹰飞犹是梦，西风一夜似胡笳。

过青铜峡

人造天湖山造势，渠分两岸绿踪长。
轻车直过灵州渡，一路荷香伴稻香。

中卫沙坡头

沙断黄河百丈坡，天涯双轨伴风魔。
芳林远送丝绸客，草阵连山旧恨多。

贺兰山风电厂

长风直下八千里，横扫昆仑日月摧。
谁令铁莲开万树，狂飙化电缚龙归。

游景泰石林

天生景泰高原阔，别样龙湾水刻多。
踏遍石林人不见，空将离恨入回波。

景泰龙湾农家乐

红杏枝头迎远客，农家小院酒传香。
水车频驻游人目，浪里飞舟意正狂。

欣闻中央免农税

千年农税一朝免，华夏欢声入九霄。
雪化昆仑春正好，钢花麦浪共妖娆。

贺神舟五号升空

自古飞天梦未休，神弓五举壮心酬。
嫦娥更喜亲人近，满把清辉绕玉舟。

珍惜家园 (新韵)

水断黄河君不见，沙飞海外众心惊。
一失错铸千秋恨，环保回天月照明？

除　夕

春风普度千家暖，落日迎归万里人。
鞭炮惊天星不寐，酒香盈袖喜盈门。

官蠹（二首）

（一）

羊羔美酒时时醉，细步蛮腰曲曲新。
春种秋收身外事，青云宦海最关心。

（二）

英雄得意倾城恋，一曲情歌半座楼。
暗料衙司明索价，偷天交易换风流。

任登全

宁夏平罗人，笔名耕耘，1936年11月生。中学高级教师，曾任中学校长、县教研室副主任等职。系中华诗词学会、全球汉诗总会、中国诗歌学会会员，宁夏诗词学会常务理事，宁夏毛泽东诗词研究会理事，平罗县诗词学会会长。出版《塞上吟草》，主编《平罗古今诗词选》。

寻　诗

落霞含黛柳如烟，锄罢归来度宵眠。
草径寻诗闲步月，得来常在暮云间。

山村归来

山自青青水自流，果林深处鸟啁啾。
归来欢唱田园曲，月照农家小阁楼。

寻　春

三月寻芳过小桥，清泉跳上半山腰。
城中难觅春踪迹，春在溪头杨柳梢。

谒昭君陵园

一片诚心伴草青，黑河南岸吊昭君。
当年出塞离宫阙，胡汉安危系一身。

登景山万春亭

春到景山千卉开，万春亭上看楼台。
低回三百年前事，多少游人问古槐？

谒人民英雄纪念碑

雄碑挺拔天安门，英烈捐躯铸国魂。
朵朵鲜花光日月，斑斑碧血换乾坤。

咏 粉 笔

端正无瑕洁白身，潇潇洒洒化为尘。
毕生磨却无遗憾，喜看芬芳桃李春。

暗 箭

虽然百步能穿杨，明箭易防暗箭伤。
堡垒从来多自破，只缘奇祸出萧墙。

观 垂 钓

游来游去乐悠悠，无奈银腮挂线头。
觅食误吞休怨恨，世间香饵总藏钩。

笼 中 鸟

学舌鹦鹉不晓愁，饮水啄食鸣不休。
忽见蓝天双燕乐，始知自己是牢囚。

老 鼠

千奇百怪出今朝，老鼠偷腥先敬猫。
鼠胆包天过街市，只缘猫嘴贴封条。

题太西无烟煤

兰山黑宝闪幽光，道是乌金又似钢。
精品名扬全世界，总将寒夜化辉煌。

观电视剧《长征》

群英济世甚危艰，流血牺牲数十年。
赤县长埋先烈骨，人民欢唱舜尧天。
前贤备受奠基苦，后辈当知守业难。
史鉴兴衰常对照，江山日日换新颜。

过卢沟桥

岁月无情人有情，风尘千里吊英灵。
石狮弹迹斑斑在，战马嘶鸣历历闻。
举国炮声惩敌寇，八年烽火服顽瀛。
至今留得卢沟月，犹照当年卫国魂。

延安精神

宝塔崇高远指航，军民携手度饥荒。
干群纺线丰衣足，战士锄禾稻谷香。
小米步枪驱日寇，牧童妇女送军粮。
枣园灯火筹帏幄，打破封边斗志昂。

宝中铁路通车感赋

宝中两地一琴弦，陇海包兰合奏弹。
彩凤齐鸣歌曲曲，城乡协作弈盘盘。
疏通南北兴工贸，连贯东西拓货源。
拔掉穷根开富路，汉回携手谱新篇。

田园即景

莺唱蝉鸣草叶长，育雏紫燕捕虫忙。
画眉宛转歌柳岸，小鸭狂欢戏水塘。
麦地花裙锄草芥，水田草帽插禾秧。
农家院落溶溶月，架下葡萄淡淡香。

山村农家

日伴青山晚伴霞，轻烟袅袅有人家。
羊肠曲径弯弯上，敞院凉棚处处佳。
迎客大爷让小凳，提壶老媪沏新茶。
新鲜蔬菜白干酒，饭罢和声唱卡拉。

种菊花农 (新韵)

斑斓金菊是奇珍，绿浪田畴耀眼明。
阵阵清香迷客醉，丛丛碧色惹莺鸣。
蜂停蕊上交欢意，蝶舞花间恋爱情。
入药暑消通富路，喜吟新韵颂花农。

金 秋 颂

城郊漫步望金秋，喜见家家住小楼。
玉米堆堆金灿灿，稻田片片绿油油。
鱼肥鸭壮出塘急，菜嫩瓜甜上市稠。
科技兴农通富路，城乡无不庆丰收。

瞻仰毛主席故居双清别墅

青松古柏入云天，春满香山情满园。
石径通幽访胜地，丰碑挺正仰高山。
管弦合奏太阳颂，草木多呈锦绣篇。
小憩庭前思往事，鲜花一束奠公前。

一剪梅·登泰山

偕侣同游上泰山，足未登山，心已登山。情
牵梦绕到山巅，百代遗篇，千载奇观。　日曜
东溟更壮观，笑在眉间，喜在心间。披襟翘首向
南天，碧海青天，索道飞船。

采桑子·咏清明节 （新韵）

丝丝细雨田园润，时节清明，政治清明。万里神州燕唱春。　　丝丝心雨群黎润，赤县花红，心海花红。盛世龙腾凤鸟鸣。

一剪梅·七十述怀

步入人间七十年，红褪腮边，雪染鬓边。遍尝苦辣与酸甜，喜在眉间，乐在心间。　　玉叶金枝总相连，汗写华年，酒写诗篇。终将老骨去肥田，播种秋天，长出春天。

满江红·贺教师节

奉献终身，教坛上，呕心沥血。精雕琢，废寝忘食，披星戴月。三十春秋桃李育，五千学子谢师别。犹执著，偏爱作人梯，园丁悦。　　四化业，需英杰，少年志，坚如铁。丹心化春雨，护花无歇。鹤发满头酬壮志，童心一片书新页。喜今朝，重教又尊师，临佳节。

吕振华

1939 年生，宁夏中卫人。中学语文高级教师。现为宁夏诗词学会理事、宁夏毛泽东诗词研究会理事。著有《白菊诗稿》。

唐徕初夏

落花似雨槐飘香，两岸风吹柳叶长。
嵌底红岩栏白玉，千年渠水润农桑。

胡锦涛主席到彭阳山区 (新韵)

彭阳百里杏花红，主席披沙到僻村。
不尽深情甘雨洒，润滋草木绘浓春。

宁夏科技特派员

万朵红莲映日开，千名特派下乡来。
枝头满结累累果，科技创新上凤台。

牛皮灯影

两手牵连军百万，一张亮子挂油灯。
旦生净丑出同口，演尽民间哀乐情。

匡俊连

湖南人，生前为宁夏黄浦同学会负责人、宁夏诗词学会理事。

咏青铜峡水利工程

峡口风雷声震天，拦腰一坝彩虹悬。
银花火树流金翠，猛虎蛟龙闹碧潭。
万顷良田多灌溉，千家活计少艰难。
牛头山上歌一曲，塞上江南锦绣添。

闫云霞

女，1953 年生于宁夏中卫市，毕业于东北大学，高级工程师。曾在中卫铁厂、科委、建行银川市支行从事技术、科技管理、企业管理工作。中华诗词学会会员、宁夏诗词学会副会长、《夏风》诗刊副主编。

"我是共产党员"——写给磁窑堡煤矿二矿开拓队队长段海洋

卅载不言亏，死生只为煤。

锚喷光爆急，岩巷掘挖危。

遇险请缨上，排难含笑归。

铁肩担道义，汗血铸丰碑。

沙坡头沙坡鸣钟揽胜①（二首）

滑　沙

酥峰高耸入云天，顺势滑翔我欲仙。

每撞"鸣钟"声自响，自然音韵胜诗篇。

倾　听

无处寻钟却有声，梭梭花棒语轻轻。
铁龙呼啸穿沙过，远有金驼响脆铃。

【注】
① 宁夏中卫沙坡头有一沙坡鸣钟景观，人从高耸的沙峰滑下会产生嗡鸣的响声。

宁夏丝棉木嫁接北海道黄杨

黄杨越海嫁丝棉，堪比青松抗病寒。
绿染边垂无限意，银花漫舞碧长天。

福寿图剪纸 (新声韵)

寿中有寿寿相连，福里居仙仙逸然。
巧手剪出老来趣，慧心谱就祝福篇。

酣饮宁夏红

琥珀琼浆出杞乡，丝丝甘洌醉心房。
怡神化郁添诗意，莫道消愁唯杜康。

并非笑话——读《法制文萃报》某消息后愤然命笔

斗酒猜拳黄段流，千金散尽意难休。
兜风夜半佳人笑，追轧行人鬼见愁。

赞中卫人民的治沙成果

风啸土扬如法令，万人腾漠力描春。
须眉挥汗慰饥渴，巾帼展腰拂纤尘。
放眼绿荫欣叠障，抬头红果笑迎宾。
年年沙退芳林翠，福及儿孙业绩勋。

航天英雄杨利伟

神舟乘驾寄豪情，冲上太空第一兵。
气贯银河动霄汉，船翔玉宇辟航程。
英雄自古疆场战，勇士而今天际行。
扬我国威圆我梦，千秋功绩史诗评。

海啸救援

惊天海啸惊天难，顷刻伤残尸骨陈。
抢救未穿医护服，赠捐谁道自家贫？
八方伸出观音手，四海普生菩萨心。
一阵婴啼划夜幕，难民谁不泪沾襟。

中卫香山西瓜节

试和宋代诗人书法家蔡襄《人日立春舟行寄福州燕二司封》原玉。

春潮涌动好行船，时雨携雷破暮烟。
旱地种瓜砂石①压，暑天摘翠塞风传。
兴农科技研三九，致富农民颂大千。
残照西风②成旧咏，香山自此闹丰年。

【注】

① 中卫市试种压砂硒砂瓜成功，财政补贴瓜农，种植面积70多万亩，旺销全国。并经严格筛选，被有关部门确定为2008年北京奥运会特供瓜果。

②李白《忆秦娥》词云："西风残照，汉家陵阙。"

冯志远，永远的榜样

敬和冯志远老师《自沪来宁一十八载感作》原玉。

丹心似火写春秋，目暗心明舍命留。
志在边疆苦为乐，心怜学子力排忧。
深情每向花中撒，至美常从韵里求。
红烛燃烧有时尽，精神永远领潮头。

怀苏亭拜谒苏东坡先生 （新声韵）

钟山石怪水分层，更仰坡翁思绪腾。
揭秘依声寻绝壁，修书斧正见精诚。
诗融哲理人情事，词创雄浑豪放风。
凝目临涛心涌浪，似闻先哲说衰兴。

咏　菊

久欲吟君愧欠神，篱边石畔总牵魂。
霜前瘦骨凌风立，月下清香傲世吟。
满纸自嘲题凤怨，片言谁解铸芳心。
何劳兴叹留春术，焕彩金装独自尊。

尼亚加拉大瀑布①

万里长风万里涛，天河跌落下云霄。
飞流涌泻长虹荡，拍浪频喷乱石号。
日照水光添绚丽，月笼银练自逍遥。
奇观胜景谁家有，出入美加跨大桥。

【注】
①　该大瀑布由 600 米宽的马蹄形、100 米宽的一字形、10 米宽的"少女"的面纱三部分组成。此处是美国与加拿大的国界线，飞跨瀑布旁的大桥为连通美加的国际桥。

圣劳伦斯河秋兴

天蓝水阔水连天，鹭戏鸥翔云朵间。
望雁邀杯张极目，尝鲜品果话盘餐。
扬帆好借清风劲，逐浪何愁圣水澜。
红叶飘飘乐松鼠，夕霞壮美醉人寰。

蒙城秋色

蒙城十月画中游，秋水一城锦绣楼。
白露无言呵大地，丹枫有意舞枝头。
南瓜笑迓张灯节，银鹭戏追逐浪舟。
醉里看花花醉眼，何需青帝此方留？

一剪梅·腾格里湖的故事

激滟清波瓜果香，座座毡包，瀚海为邦。明
湖垂钓满鱼筐，饭足茶余，寻访同乡。　　梦绕
魂牵大漠荒，拓路连湖，植翠播芳。座中谁问雁
归来？十七春秋，几断柔肠。

踏莎行·凤城焕彩

沐浴春光，凤城焕彩，楼群座座青云睐。长街百里贯西东，葱茏绿树犹如带。 漫步园区，叟童称快，红肥绿瘦群蜂爱。却看归燕总迟疑：老家可在花园外？

一剪梅·我为祖国建大楼

头戴钢盔建大楼，地上加油，架上加油。哨声响处竞无休。风里谁愁？雨里谁愁？ 拓路连湖大运筹，路阔车悠，湖净飞鸥。豪情涌动志堪酬，城也风流，人也风流。

鹧鸪天·宁夏科技特派员

一夜春风"特派"生，兴农何虑少真经。温棚半敞时鲜俏，苗木嫁接四季青。 居热土，寄深情，点燃希望共丰赢。千秋伟业民生计，塞上山川照吉星。

【注】
科技特派员是宁夏建设新农村中涌现出的深受农民欢迎得到政府支持、扎根农村一线从事农业科技推广、农民脱贫致富的带头人。

踏莎行·湖畔嘉苑，我的家 (新声韵)

相伴浓荫，毗邻亭榭，家园胜景今相约。倚厅吟曲弄瑶琴，临窗把酒邀明月。　　挚友掏心，酒茶深夜，情真意惬依依别。今宵梦境几番同？鸟鸣啾啭醒醒也。

柳梢青·贺兰山岩画断想

画刻苍岩，春秋万载，遥想当年：云绕山颠，羊徊谷底，牧者雕镌。　　羊倌羊只悠然，画无数，斯如锦篇。泉水淙淙，蓦然回首：今日何年？

望海潮·人进沙退话峥嵘

噬吞疆野，折消声色，腾戈万古萧然。林木死光，青禾埋尽，年年痛失粮川，苦难重如山。看桂城覆没，遗泪成泉①。沙迫家迁，人嚎鬼泣怨苍天！　　缚龙五秩掀澜，有红旗引领，万众争先。挥汗顶风，吞饥忍渴，高歌声震尘寰。慰父老先贤，喜沙荒滴翠，万顷田园②，巨变沧桑，九州共唱创奇观！③

【注】

① 传说中卫沙坡头原有座桂王城被风沙吞没，人们的泪水化为泪泉，至今长流不息。

② 中卫市移沙造林建成了万亩果园。

③ 沙坡头治沙环保成果举世瞩目，是联合国"全球五百佳"环境奖获得者。而我国荒沙化土地已占到国土面积的 27.9%，相当于每年吞没一个中等县。

踏莎行·六盘溢彩

泾水清清，六盘溢彩。松涛苍翠波如海。老龙掬起水三潭，青山着意描边塞。　　水唱山欢，漫歌风采。梯田彩绘莺啁哳，春播希望巧耕耘，秋收金穗金盈院！

忆秦娥·西夏王陵

西风烈，残碑荒冢边关月。边关月，踏荒寻古，笑谈游客。　　几丛劲草声声咽，三分霸业烟飞灭，烟飞灭，艳阳仍照，贺兰山阙。

诉衷情·探望高春美老师

　　高老师是我们的政治课老师,不是辅导员,胜似辅导员,对同学情深似海。她在任教沈阳师范学院时超负荷工作不幸晕倒在讲台上,现腿脚不便,生活不能自理,但神志清醒。2006年5月,30年后重聚母校时,沈玉林、钟玉球和我代表大家前去探望,见状不胜感慨。

　　魂牵梦绕忆恩师,万里寄情思。当年教诲谁忘?妙语伴英姿。　　人渐老,事如诗,惜逢时。好人多难!敢问苍天,也有徇私?

江城子·悼慈父 (新声韵)

　　除夕之际忆当年。父归天,似临渊。病母憨儿,齐唤你应还?盼得七来烟纸奠,朝北拜,泪滴穿。　　东风送暖百花蕃。俏孙添,玉盅端。每忆酸心,把酒泪潸然。待到清明肠断处,心欲问,怎相传?

苏幕遮·遥遥相思路

　　雨连天,人别处,秋色催人,速把银河渡。赤转金橙霞彩布,心急时悠,恐把良辰误。　　别乡魂,离故土,异域难登,遥遥相思路。明月中秋期白露,秋染枫红,把酒燃红烛。

一剪梅·凄雨潇潇洒别天

凄雨潇潇洒别天，路缓车愁，相顾无言。倾盆泪雨洗离人，催过安门①，眼隔心煎。　　相见时难别亦难。人各东西，月伴无眠。彩云深处可安然？梦断天涯，唯祝平安。

【注】
① 安门，即机场的安全检查门。

西江月·银河系里赏星星 (新声韵)

几度痴顽点数，今夕我欲成狂。夜来穹野亮新妆，此刻人间天上！　　顾盼蹁跹起舞，又刷一线流光。依稀梦里跨沧桑，阅尽苍天星象！

清平乐·日出苍穹鲜似血

一轮似血，尽染穹庐悭！剪碎红鲜窗里射，着就一身喜色！　　银鹰知我心痴，紧追不舍相持。满眼鲜活欲醉，都能填入新词？

闫建平

女，1934 年 9 月出生，山西省长子县人。1953 年随夫来支宁，1954 年在盐池税务局工作；1959 年调宁夏固原至退休。宁夏诗词学会会员、宁夏毛泽东诗词研究会会员。

听诗词课有感

山珍海味燕窝汤，佳句名篇味味香。
细品芬芳诗意发，官场怎比雅吟强。

参加宁夏毛泽东诗词研究会有感

今日诗英聚雅堂，承前启后谱华章。
毛公虽已仙山去，留世奇葩代代香。

赠诸位老师

年过七旬意生晖，尊师教诲又逢春。
天涯学海勤能渡，有路诗山可入门。
红烛丝丝流血泪，青蚕缕缕自缠身。
心存感念恩师苦，祝祷苍天佑子孙。

田园风

六月田园满目春，洗尘小雨自天淋。
花香阵阵随风散，嫩稻徐徐把节伸。
旷野远看如地毯，烟村临近吐青云。
机耕梳得山河秀，惠泽农家光景新。

姐妹情深

妹怀远志去边塞，姐与父留寒舍门。
血脉相连绕梦境，今朝喜见泪沾巾。
为家为国皆辛苦，问暖问寒鸿雁心。
年届古稀耕乐土，千山万水总关亲。

朱宗灏

台湾诗人。

沙　湖

沙湖天镜景观柔，水底朦胧倒影浮。
画艇穿波追笑语，银鸥冲浪夕阳幽。

宁夏情怀

相知已久不相识，翰墨因缘远拜师。
有义有情肺腑语，无拘无束自由诗。
台湾宁夏思同切，墨客骚人意共痴。
我今归国来游此，兄弟欣逢感念驰。

孙轶青

山东乐陵人。全国政协副秘书长、中华诗词学会会长。

观贺兰山岩画

贺兰岩画满山隈，恍见先民放牧回。
万载悠悠荆棘路，换来春雨共春雷。

孙一今

笔名白丁，江西高安县人。1920年生，高级统计师，荣获全国卫生先进工作者称号。湖南诗词学会理事、白崖诗社社长。

六 盘 山

曾见天兵下主峰，红旗今又卷西风。

弄潮清水花如雪，装点陇山怀泽东。

邢思颙

1931 年 10 月生于河北霸州。曾任银川郊区党办主任，已离休。宁夏诗词学会理事。

寄银川农村工作老同事

蹄奋高原不计秋，躬耕畎亩别无求。
情牵稻谷千重浪，心系黄河一叶舟。
奋发人生春永驻，峥嵘岁月乐回眸。
与民合唱丰收曲，洒汗甘为农友牛。

塞上农村巨变

依稀往日住农家，乐在田头望跳蛙。
何惧茅庐铺杂草，但期瘠土结甜瓜。
今驰坦道朝阳路，看遍华灯幸福家。
冷冻时鲜消夏夜，荧屏吐艳绽心花。

唐徕公园南塘今昔

南塘潋滟一池莲，原是菌生死水潭。
不见蛙鸣多死寂，但闻瘴气寡鱼欢。
沧桑世变盈渠水，烂漫花开两岸边。
好个休闲垂钓处，谁知昨日少人烟。

塞上秋韵

黄河过境绕边墙，云淡天高雁几行。
远望晴岚皆滴翠，丰收稻谷吐芬芳。

良田镇冬季巡礼

欣闻良田镇二〇〇六年冬又新建温棚三万间。

百里飞霜素裹红，阳光菜圃更葱茏。
斗奇不怕寒风袭，度曲农家一派荣。

访高台寺小康村

故地重游惊变殊，楼群赏景叹初无。
繁花碧草观泉处，不尽丰收入画图。

访银川颐享园老年公寓

耆年得寿党怀柔，老年起居在锦楼。
林鸟噪晨惊睡意，春风送暖入茶瓯。
山衔白日棋为友，月挂前窗画作俦。
梦福成真人有兴，悠悠岁月晚来稠。

游银川鸣翠湖

最爱迷宫芦荡幽，浪花溅起橹声柔。
横斜汊港闻啼鸟，出水芙蓉铺绿洲。

六十五岁抒怀

冀中一树朔方栽，沙打风摧本不歪。
傲骨难磨存大气，真情不减系襟怀。
蒙冤两代迎春至，含笑一心向未来。
人到晚晴情倍好，夕阳伴我上诗台。

观音湖烽火墩废址怀古①

幽王烽火戏诸侯，宠佞谁知解帝忧？
梦断鸳鸯惊枕上，狼烟滚滚遍东周。

【注】
① 观音湖烽火废址在平罗县西大滩前进农场一站荒地中。

祁国平

　　笔名南山子，1971 年 9 月出生于宁夏彭阳县城阳乡游池村。现在西北轴承股份有限公司综合办公室（西轴报社 /电视台）从事宣传工作。宁夏诗词学会理事、宁夏毛泽东诗词研究会理事。

太白山瀑布 （新声韵）

袒露胸怀气息新，磅礴大气令石惊。
一尘不染浑身净，洒向人间总是情。

漓　江

碧水如蛇绕紫峰，青山百里醉游人。
一行诗激千层浪，两岸青山妙入神。

星 海 湖

塞北兰山一眼睛，如眉芦苇挂晶莹。
秋波频送阳春暖，绚丽多姿访客惊。

西夏公园

寒冬逝去风沙尽，杨柳迎春吐蕊忙。
最喜小船游自信，湖边花草向朝阳。

李善阶

山东诗词学会副会长。

咏沙湖（二首）

（一）

远离齐鲁到银川，放眼葱茏花树妍。
塞上今来风景异，沙湖一望翠连天。

（二）

沙岸环湖半月弯，青青芦叶送行船。
闲云数朵飘然过，诗友雅谈绽笑颜。

塞上行

一自高岑唱塞风，边关几度血流红。
黄莺无意枝头哑，少妇应知梦境空。
朔漠天开烽火灭，长江日旭树山葱。
阳关路上昊王酒，口口甜心情意浓。

凤城雨晨

秋经凤市景怡怀，细雨轻丝润卉来。
风上长天云幻絮，绿翻阡陌燕飞徊。
繁荣商市人熙攘，广漠沃田禾稻栽。
鸢雁相邀同寄住，共观边塞跃新台。

访纳家户清真寺

古幽大寺盛名传，堂殿巍峨势耸天。
苍郁古槐荫福地，峥嵘菊朵灿云寰。
长明教义大局重，奋力驱贫众志坚。
谒寺前来新雨后，同心回汉共年年。

赞中卫固沙林杨 (新声韵)

曾道黄河万里沙，新观烟柳灿云霞。
柳条含绿铺天外，花棒点红缀地发。
笛唱铁龙通四域，诗吟潮海富千家。
大漠孤烟传唱久，而今伏虎颂新花。

谒昊王陵感怀（二首）

（一）

细雨迷蒙探古陵，断垣残墓漠尘封。
域疆应共贺兰在，民子曾祈河水清。
堪叹升平失防御，复招铁火到途穷。
几伤昊夏鉴今在，立业图强千载功。

（二）

登陵吊古意彷徨，亡夏当年事堪伤。
天赐贺兰丰漠套，人居朔漠起金疆。
大汗未卜金疮死，兴庆何知罗拜降。
胜败双雄无处觅，唯留寒月照西凉。

银川咏赋（二首）

（一）

大河飞浪势排空，横亘贺兰天外雄。
岭树连霄云共绿，秋稼满地漠同青。
闺中欣看团圆月，塞上不来卷地风。
唱出关山今日好，民族和乐庆升平。

（二）

已是金风红叶时，接天碧草尚萋萋。

时闻阵雁云中唱，趣看群羊泽畔栖。

荒漠而今人聚乐，寂原喜有鸟争啼。

寻芳今日山原望，塞地风光春一枝。

题沙湖

一镜天开景色妍，芦青燕掠似江南。

游船劈浪云中过，回望湖边沙是山。

李曙初

湖南诗词学会副会长。

宁夏吟银川风光

江南春景凤城风，节近中秋着色浓。
满目生辉玫瑰紫，一川如画旱莲红。
市添楼阁双山峙①，路展丝绸四海通。
开放迎来回汉热，珠悬北国影彤彤。

【注】
① 双山指银川市北的贺兰山和市南的六盘山。

参观西夏王陵

贺兰山下觅天骄，土石堆横墓道遥。
九座东方金字塔，千秋北国夏王朝。
抗元伤主强兵压，裂地倾陵烈火烧。
遍访遗茔今发掘，回民史库探琼瑶。

访中卫固沙林场

麦草方方可固沙，不知谁是发明家？
青林郁郁前荒地，碧草芊芊大漠花。
腾格里围慌退缩，包兰路畅不嘘嗟。
胜天人物惊天下，死碛逢生焕物华。

桂枝香·宁夏

　　流波逆转，望塞上黄河，独富宁夏。漠北风沙拦截，贺兰潇洒。银川石嘴青铜峡，引商潮，美欧非亚。地灵人杰，内联外引，上天梯架。　　似一匹腾飞骏马。跨鄂尔多斯，六盘山下。引得黄河水灌，果林如画。须弥石像容光发，老龙潭，珠飞玉泻。热心回汉，从头开创，最新文化。

瑶台聚八仙·喜见秦中吟同志

　　九月银川。初会见，宁夏日报诗仙。几丝银发，全为塞上增添。八届诗词研讨会，又多少夜不成眠。著连篇，为兴旧曲，躬瘁年年。　　如今花繁月满，望贺兰骏马，足下风烟。奋鬣长嘶，吟啸碧岭蓝天。尽情施展抱负，为北国文明一马先。红旗下，好放怀把笔，再赋新笺。

李允久

河南省诗词学会副会长。

银川行（三首）

访沙坡头

地远天高山泼墨，金风细雨洗诗囊。
峥嵘花棒沙头俏，影入银川大漠香。

题西夏王陵

元昊悠悠沉大梦，陵残金塔费评章。
兰山海市云天外，马踏羊歌破老荒。

游沙湖

骚情即兴狂飞日，寂寞沙洲一镜开。
骏马①长风荷映碧，腾凰翔凤乐蓬莱。

【注】
① 骏马，指游船骏马号。

李增林

1935 年生，北京人。曾任宁夏大学中文系主任、硕士研究生导师，西北第二民族学院首任院长，宁夏七届、八届政协副主席，宁夏诗词学会总顾问，中华诗词学会会员。著有《离骚通解》《屈骚是世界文学宝库的明珠》《关于诗经》。

名城腾飞

大唐中盛地，西夏帝王城。
逝者滔滔去，腾飞彩凤鸣。

【注】

唐安史之乱中，太子李亨于灵武（今银川市灵武一带）即位，力挽狂澜，大唐中兴。西夏李元昊称帝建都兴庆，兴庆即今银川。银川亦称凤凰城。

读贾老朴堂《心声集》有感

美玉芳华秀，苍松翠色春。
悠悠心曲远，报国赤情深。

杏坛乐

闻鸡忙起舞，朔漠写春秋。

最乐杏坛事，青衿智海游。

有书读

有书真富贵，无病小神仙。

移步松筠径，和谐万物间。

访富春江严子陵钓台①

钓台乔树茂，江水碧波鸣。

碑壁书精雅，诗文意纵横。

垂纶渔父举，裘氅楚狂行②。

遁世趋独善，奈何济众生？

【注】

① 严子陵，名光，亦名遵，河南新野人。少时与汉光武同游学。及光武即帝位，思其贤，累征而后至，封为谏议大夫，不受，遂还耕于富春江畔。严光披羊裘钓泽中，欣然自乐，见《后汉书·逸民列传》。后世多歌其不屑名利之节操，然也有异评者。

② 渔父，避世钓鱼江滨者，见《史记·屈原列传》。父，读上声，野老之通称。楚狂，避世之隐士。见《论语·微子》："楚狂接舆歌而过孔子。"

湖城春晓 (新韵)

花树银城少，莲湖此塞多。

雪消枝拱绿，冰化鹭啄波。

白发洲边舞，垂髫日下歌。

余随熙攘众，竞上玉皇阁^①。

【注】

① 银川玉皇阁是宁夏回族自治区重点文物保护单位。2006
年银川市人民政府拨专款修葺。今竣工，已开放，举行历史文物
陈列展。

塞上沙尘

塞上春明丽，沙尘骤鹜腾。

田园昏日暗，城郭朔风鸣。

飞鸟钻巢穴，行人避闳庭。

长缨安在手，一举缚沙龙。

悼念贾朴堂先生①

驾鹤凌云去，松风万里留。

解囊慷而慨，淡泊自无求。

但愿苍生乐，唯为大同谋。

雅吟薁塞上，催我泪双流。

【注】

① 西部诗坛不老松贾朴堂（1909—2007.11），他在"文化大革命"中蒙受不白之冤被迫返山西农村劳动。1979 年他将落实政策补发的 8000 元上缴，为自治区政协机关筹办待业子女服务中心捐款资助。晚年还先后帮助三个小保姆考上大学。其诗品人品之高令人敬仰。

避暑山庄（二首）

再到热河泉①

古塞泉温远客临，楼台依旧水山春。

多情最是离宫鸟，柳浪花间逗故人。

【注】

① 热河泉是避暑山庄诸泉之源头。此泉冬季水温为摄氏 8 度。水质甘甜，加之水中含有可溶性二氧化碳，可为天然饮料。山庄山水花鸟多得利于此泉。

烟 雨 楼

鸟语花香适意洲，青莲宝岛耸高楼。
苍茫烟雨笼山色，澄印鸳湖意韵稠。

读 楚 辞（二首）

（一）

秋兰为佩切云冠，美政廉行窃仰攀。
屈子诗辞悬日月，千年端午竞龙帆。

（二）

美人香草意幽深，上下寻求泣鬼神。
漫漫长途修远路，奔波掩涕为生民。

登行吟阁

武昌东湖景区有行吟阁。阁前耸立屈原雕像。己卯春，余冒雨于人潮中瞻仰登临。

蒿艾丛生霹雳嚣，逐臣披发咏泽皋。
怀襄台榭今安在？屈子阁前众似涛。

乘江舟过秭归

(其一)

舟行两岸散清芬，嘉树辉煌果似金。
内白色精南国子，秭归永慕颂橘人。

【注】

庚辰秋，余乘江轮进西陵峡过秭归。此地乃屈原故里，多有胜迹，盛产柑橘。屈原青年时曾作《橘颂》明志自励，开后世咏物颂体诗之先河。

(其二)

长姊婵媛煞苦心，灵均愤览古和今。
善行义举赢天下，树蕙滋兰念众民。

【注】

屈原在《离骚》中曾借"女嬃之婵媛兮，申申其詈予"，而愤然言古论今。其结论云："瞻前而顾后兮，相观民之计极。夫孰非义而可用兮，孰非善而可服？"

陪闽贵宾至灵武助学（二首）

1998 年民盟宁夏区委会与福建民盟、台盟、致公党省委会联手筹集扶贫助学金，连续数年在灵武发放。

（其一）

灵州八月稻花馨，鼓瑟吹笙待贵宾。
学子莘莘得惠爱，闽榕宁柳本连根。

（其二）

灵州八月①好云张，喜降甘霖溉榉桑。
塞北闽南心互系，起楼需备栋和梁。

【注】
① 诗中八月指公历，即农历七月。

泾河源

何来泾水最清明，缘自徵公斩老龙。
泉涌涓涓岩洞水，斑斑龙血至今红。

【注】
老龙潭所在山崖土质蔫红色，故见泉潭水底为红色。相传泾河龙王挟私违犯天条。天帝令唐宰相魏徵执法斩龙。泾河龙王私托唐太宗为之开脱，魏徵严正执法梦斩老龙。

登海宝塔①

刺云长剑欲凌空，建塔赫连扬夏风。

三月登临极目望，春花烂漫凤凰城。

【注】

①　塔高 54 米，11 层，整个塔身共有相等之 12 个平面。从下至上塔身略带弧度，看似一直立之刺天宝剑。相传此塔为公元 5 世纪初大夏国王赫连勃勃始建。此塔又称北塔、赫宝塔。

民族团结凤凰碑

凤凰城树凤凰碑，回汉和谐彩凤飞。

"五宝"化生多宝塔①，越洋跨海载荣归。

【注】

①　碑上有回汉青年同举"五宝"而腾飞之塑像。宁夏素称有五色宝，红是枸杞，黄是甘草，蓝是贺兰砚，白是滩羊皮，黑是发菜和优质煤。如今野生甘草和发菜已禁止挖掘出售。然而，还是通过增大科技含量，进行深加工，形成了多宝塔形系列产品，热销海内外。

清 风

如水清风泽万物[①]，浩然正气惠苍生。
政通总赖人和葆，蝶似恋民公仆情。

【注】
① 苏东坡《永遇乐》云："好风如水。"《老子》曰："上善若水。"

灵 武 咏[①]

朔方重镇古灵州，唐祚中兴续百秋。
自古边城箛鼓地，而今煤化冠龙头。

【注】
① 公元 756 年安史叛军攻陷长安，唐玄宗奔蜀，太子李亨在朔方镇护卫下即位灵武，为肃宗。自此大唐延祚约 150 年。如今灵武已建成我国西部煤碳化工之重要基地。

迎鉴真塑像"回国探亲"①

锦花烟柳恰逢春，万朵祥云迓鉴真。
塑像今归情确切，法师昔渡意深沉。
曾经霈露泽樱土，永镂精诚在海滨。
两岸交流原亘古，千秋风雨友情深。

【注】

①　盛唐时江淮高僧鉴真法师于公元 8 世纪中叶，应日本留学僧邀请，尽历风涛艰险，到日本传法，给日本人民带去中国文化和医术，为中日友好往来和文化交流作出卓越贡献。1980 年农历 2 月 28 日，日本奈良市唐招提寺森本孝顺长老等日本朋友，乘专机护送鉴真法师塑像"回国探亲"。扬州大明寺主持能勤法师奉迎。大明、招提两寺，同于殿前设有石灯，相互辉映。此可谓中日友好交往史上一件具有深远意义之盛事。

迎鉴真塑像十周年

阳春二月古唐城，彩燕颉颃栖渡亭。
画栋雕梁明大寺，装金绘色塑真形。
披风斩浪传经艺，履霭出云载誉声。
奈市扬州连理树，遥瞻两刹映石灯。

纪念固原孙寿名烈士[①]

俊逸多才美少年，请缨报国赴烽烟。
清新字画寒冬赋，镗鞳诗文正气篇。
三举旌旗振邦国，九遭劫难恸河山。
六盘毅魄今犹在，万翼千帆丽海天。

【注】

① 孙寿名，1916 年 12 月生，宁夏固原人。15 岁投军，与日军鏖战于中条山。受“鲁迅式的共产党员”杜斌丞先生的影响，加入中国民主同盟，曾两次组织武装暴动反蒋抗日。抗战胜利后，又为地下党运输军火。1948 年策划新编长城部起义成功。1949 年 2 月 17 日不幸在兰州被捕。反动派软硬兼施，他坚贞不屈，于 8 月 21 日从容就义。君工书画，擅诗文，著述甚丰。

暮春咏京华

满城烟柳紫槐芬，京邑春深最惬人，
竹影斑斓叠指爪[①]，龙泉瀑泻沁肤身[②]。
空峦隈嶂联丝雨，松径苔阶落绿阴。
来去倏然如过客，浮云万里寄童心。

【注】

① 紫竹院新中国成立前是一片坑塘、坟岗荒凉之地。人民政府在此建风景园林，因其西北角有明清所建庙宇“福荫紫竹院”而得名。园中有三湖三岛，桥廊亭榭点缀其间，树木数百种。其筠石苑植美竹 16 万株，以竹石景观为特色。

② 龙潭湖公园以奇石曲水为特色。湖面宽阔，桥榭迂回，尤以龙泉瀑流引人。此为人民政府改造龙须沟积水坑所兴建。

仲秋夜话诗步李振儒同志原韵

欢谈契阔仲秋逢，蓬荜生辉论大风。

屈子本鞭无辔马，杜公岂控尽雕弓。

师今好古新为美，言志抒情艺贵工。

大纛诗坛千代仰，婵娟万里五洲同。

访西夏金字塔①

雄踞西陲二百秋，茫茫朔漠铸金瓯。

弯弓铁马成疆域，重水兴农垦碛丘。

西夏文繁书典广，鎏金牛卧艺林酋。

冢呈金字荒凉尽，元昊渠波日夜流。

【注】

① 西夏（公元1032—1227年）党项拓跋氏族李元昊所建，疆域"方两万余里"。先后与北宋、辽、南宋、金三足鼎立。原以游牧为主，后发展农牧，重兴水利，如在贺兰山下开凿昊王渠。明代朱秩炅之《古冢谣》曰："贺兰山下古冢稠，高下有如浮水沤。道逢古老向我告，云是昔年王与侯。"现今考古探明有9座王陵，253座陪葬墓。从101号陪葬墓出土之鎏金大铜牛，经国家组织专家鉴定为国宝级文物。

石门关须弥大佛①

须弥胜境佛陀界，佛大蔫红峭耸天。
褐隼翱翔凌项际，白云舒卷掠肩边。
岩雕庄肃弥勒相，峰凿慈祥武曌颜。
欧亚旅商祈祉地，驼铃丝路一雄关。

【注】

① 须弥山位于原州古城北百里，属丹霞地貌，砂石岩呈蔫红色；地处古丝绸之路必经之地石门关。须弥山是梵文音译，意指佛教传说释帝天和诸佛陀所居之神圣法界宝山。须弥大佛为唐武则天（名曌）时开凿，高达20.6米弥勒岩雕坐像。比云冈大佛高7米，较龙门卢舍那大佛亦高许多，然造像特征与后者相似，传说与武则天有关。石门关正是古丝绸之路商旅驼队，投宿留止祈福祛祸之重要去处。

丁丑仲夏过老龙潭

老龙潭乃泾河源，位于泾源县城南。此处山环水抱，百泉涌挂，三潭相连，景色秀美，盛夏仍为清凉世界。余丁丑仲夏至泾源与会，过老龙潭浮想联翩，赋此以咏。

仲夏龙潭秀色幽，松筠绿染爽高丘。
嶙峋峭壁垂银瀑，深邃石泉涌黛潋。
魏相斩龙严法纪①，柳郎传信解悲忧②。
千秋佳话明清浊，清洌泾河万古流。

【注】

①　《西游记》中有泾河龙王挟私犯天条，大唐宰相魏徵正执法梦斩老龙之故事。

②　唐传奇《柳毅传》写落第士子柳毅为解救惨遭苦难之龙女，而仗义传书至洞庭之优美佳话。

泾源香水峡①

香水河峡漫谷香，两崖树茂莽苍苍。
野荷碧伞绵绵举，溪水清音汩汩扬。
越陇荆条本鸡道，巡疆筚路始秦皇。
尔今赤县春雷响，路转峰回奔富强。

【注】

①　公元前 220 年秦始皇西巡陇西、北地郡，穿越陇山（六盘山）即通过香水峡。此峡古称鸡头道，今俗称荷花沟。

泾源秋千架①

向阳河谷景出奇，穆帅芳踪亦怪离。
陡峭双峰如架立，岈崎一线似天隙。
青松倒挂崖边稳，溪水潺湲谷底歧。
空架秋千无链系，还观丝路链绳齐。

【注】

①　民间相传穆桂英在此荡过秋千，如今峰石上留有足迹和挂链绳处。此地实乃古丝绸之路之越陇通道也。

华夏西部影视城

华夏西陲有影城，明清古堡废兵营。
垣残成垄枯林木，朽化为神颖地灵①。
家国盛衰刀剑影，情缘聚散雨霞萌。
情融斯景呈佳境，影视繁华树盛名。

【注】

① 《庄子·知北游》："腐朽复化为神奇。"

百寺口双塔①

兴庆②西依骏马山，五台西寺布云间。
昔时殿宇松筠茂，后日文殊雨雪寒。
力士独强驮宝塔，浮屠双秀刺青天。
且观群塔遗痕众，西夏官民重释③缘。

【注】

① 贺兰山百寺口亦称拜寺口，原有西夏皇家寺庙群落，亦称西五台山。双塔皆八棱石檐空心砖塔，形制相近。西塔每层八面有影塑彩绘造像，人物形象突出，如护法金刚威武刚劲，力士力大无比等。西塔凝重高大，东塔秀丽挺拔。双塔西侧有民间所称"皇城台子"，疑为文殊殿遗迹；北侧有塔群遗址，考古已发现62座喇嘛塔基。

② 兴庆（今银川），西夏国都。

③ 释，指儒、道、释三家的释，即佛家。

为沙坡头治沙勋绩作

万里风沙日月昏，沙坡明丽却如春。
草格为网伏沙魅，绿树成林恣鸟音。
圆果香飘输百域，长车风顺载千宾。
荒洲笼翠鸣天下，难忘驯沙跋涉人。

【注】

沙坡头在中卫县西，居于腾格里沙漠东南边缘，沙丘起伏，一望无际。1955 年国家规划之包兰铁路必通过此沙漠。数十年来，科研人员创造用生物固沙与工程固沙相结合之法，建成防风固沙林带和方格草障为主之绿色长廊，改造生态，保证了铁路畅通。1994 年获联合国所评"全球环境保护 500 佳单位"之殊荣。

仲夏沙湖游①

碧水金沙映彩霞，鹧歌岸柳伴荻花。
芦争绿簇翔鸥鹭，舟竞银波跃鲤虾。
登岸滑沙童趣漫，骑驼征远古思遐。
茅亭更喜清风渡，疑步秋江澧水涯。

【注】

① 沙湖生态旅游区位于银川市北 42 公里处，总面积 80.18 平方公里。风景独特，碧水、青山、翠苇、飞鸟、沙岭、荷花、鱼群有机组合，融"大漠风光"与"江南水乡"为一体，人称"塞上明珠"。

春登须弥山①

赤岳嶙峋矗险峰，八峰凿阙恃梯登。
窟龛雕像输丰采，鬼斧神工献艺能。
北魏隋唐山岭秀，石门伊阙弟兄称②。
松涛依旧声如海，山涧桃花伴锦程。

【注】

①　须弥石窟始凿于北周，盛于大唐，寺院林立。八座山峰有132个洞窟，雕造佛像近千。诸峰间以桥梯相连。桃花洞、一线天、须弥松涛等为著名景点。

②　石门，即石门关，须弥石窟所在地。伊阙，即龙门。

观贺兰山岩画① (新韵)

贺兰岩画灿星罗，崖壁奇观壮大河。
羊马欢奔游牧卷，人神狂蹈乐天歌。
诡奇浪漫涵情志，粗犷实描吟力搏。
荒远先民启三昧：开发创造爱谐和。

【注】

①　黄河西岸贺兰山东麓崖壁有先民凿刻之岩画万余幅。创作年代约距今6000年至10000年。南北逶迤250公里，可称石刻长卷大书和美术长廊，乃先民生活百科全书。文化艺术价值极高，令世人青目。1991年、2000年曾先后两次在银川召开国际岩画研讨会，研讨之。

登楼观朱其善袁养震二公书画展①

朱袁书画甚风流，漫壁生花意蕴稠。
西夏古文难解秘，北疆新貌易盈眸。
二公妙手毫端化，一派情思塞上游。
温润端庄新境界，朔方佳景满楼头。

【注】

① 2002 年 2 月宁夏政协会期间，在政协九楼举办"朱其善袁养震书画展"。朱公有行、楷和西夏文字书法，袁公有国画作品并展，反映宁夏"西部大开发"中新生活新风貌。令人耳目一新，赞叹不已。

观袁君希俊书法篆刻

临池挥墨庶经年，绝虑凝神一寸丹。
清逸古苍谐雅趣，行云流水聚情缘。
人当自砺师天地①，书欲高标法自然。
莫道萧关柔翰贵，一城书篆半城袁。

【注】

① 《周易·象传》曰："天行健。君子以自强不息。""地势坤，君子以厚德载物。"

癸未上元节观银川冰灯

2003 年癸未上元国际冰灯节在银川举办。各地冰雕高手多雕宁夏名胜，如须弥大佛、西夏王陵、北塔、岩画等，赏心悦目，游人如织。

何处飞来琼玉城，阑珊灯火客流横。
孤危玉塔观三世①，体大佛陀念众生。
伟峻王陵金字塔，奇思岩画古民风。
银都信是琉璃界，老少咸欢喜遇朋。

【注】

① 三世，指过去、现在、未来三世。佛家称有东方和西方极乐世界，将东方极乐世界命名为琉璃世界。

云台山①扫竹岭

登临云岭有奇观，松竹苍苍赭琇山。
峰似达摩凌海浪，岩呈弥勒坐云峦。
迢迢梵刹遗踪在，隐隐隋唐窟塑残。
遥想当年繁盛际，绵连丝路玉门关。

【注】

① 西吉火石寨云台山石窟始凿于北魏，兴盛于隋唐，古有西武当山之称，乃古丝绸之路文化遗迹。此处为丹霞地貌，造化天工，岩岭万状，令人暇思。

来去火石寨①

驱车辞县北原行，漫路葱茏锦画屏。
石怪嶙峋弘地丽，崖奇嵯峨秀天溟。
棋盘岭麓游仙奕，笔架峰颠野鹤横。
向晚山同霞一色，忍离胜境返孤城。

【注】
① 西吉火石寨为丹霞地貌山区，有前后云台山，棋盘岭、狮子峰、卧牛岩、石寺山、禅佛寺、龙潭寺、大石城，景色奇秀，令人流连忘返。

纪念抗日战争胜利六十周年 (新声韵)

一从辽沈起狼烟，黑水白山怒火燃。
猛士挥戈十四载，顽敌弃甲六十年。
卧薪尝胆谋宏业，众志成城建乐园。
庆胜思危牢记取，兴邦强国固尧天。

过医圣皇甫谧①故乡

栖凤山巅凤鸟飞，彭阳大地映朝晖。
长城塬②古禾菽壮，嵝岘③湖新鳟鲤肥。
二水三山皆翠色，一桃两杏间青梅④。
故乡世颂皇甫谧，医圣银针千古垂。

【注】

① 皇甫谧（公元215—282）字士安，生于汉末魏晋间，安定朝那（今彭阳古城乡）人。著有《黄帝针灸甲乙经》《帝王世纪》《高士传》《笃终论》等十八种，是与扁鹊、华佗齐名的医学家，世称"医圣"、世界针灸学之鼻祖。

② 长城塬相传秦始皇命公子扶苏修长城处，早已荒芜。今引水工程竣工，荒塬变良田。

③ 崾岘水库为引水主体工程，2002年11月竣工。

④ "两杏一果"是彭阳县退耕还林主体工程，已取得良好经济、生态和社会效益。

温家宝总理与农民同种压砂瓜①

漠边久旱怎农耕？总理萦怀众父兄。
百姓驱灾种瓜地，公仆扶困履田塍。
压砂施种浇瓢水，置腹推心诉挚诚。
累累砂瓜丰获日，浓情喜报抵千珩。

【注】

① 2006年宁夏干旱成荒。温家宝总理亲临现场视察，并与农民同种压砂硒瓜。压砂硒瓜是在干旱砂碛地种瓜，并以砂石覆压其上，以保墒抗旱。

纪念王祖旦冥寿读其《斐然诗集》（新声韵）

笔底波澜蕴赤诚，斐然丽句吟鲲鹏。

心牵国事勤参政，情系民生素谏诤。

大雅百篇托宿志，幽思万缕赋新声。

品翁风骨云何尔？博爱居仁伴蕙风。

【注】

王祖旦（1925 年—2003 年）山西兴县人。1952 年从事民盟专职工作。曾任民盟宁夏区委会主委、名誉主委、民盟中央委员、全国政协委员、自治区政协委员、自治区人大代表、宁夏社会主义学院院长、宁夏诗词学会顾问等。有《斐然诗集》问世。

读《吴淮生诗词选》①

开篇蕙馥步兰亭，掩卷湖山翠绿生。

云朵飘翔漫天地，心潮荡漾源性情。

新声旧调黄钟振，短咏长哦碧磬鸣。

顿悟思濂诚恋塞，廉颇尚欲请长缨。

【注】

① 淮生是我读大学时的同窗。他家乡安徽泾县茂林村东面有条小溪，名叫濂水。淮生兄用它作为斋名，寄托乡情。他有《漂泊的云》《新声旧调集》《思濂庐吟稿》等问世。

骑驼行

骑驼沙山行，茫茫望无穷。

骄阳如火炙，戈壁似炉蒸。

挥汗如雨洒，暴渴欲饮冰。

万籁俱寂静，声声闻驼铃。

铃声令我思：驼耶有灵性。

终生耐饥渴，经暑历严冬。

浩瀚漠万里，沙山千仞雄。

风雪与沙暴，不迷方向清。

绿洲不恋栈，登路披晨星。

寂寥瀚海阔，鹰鸷难越凌。

驼队宿昔年，丝路卓其功。

欧亚通商货，为民友和平。

念之肃然敬，下驼踽踽行。

以驼为师友，同此步征程。

五古·南国红豆

辛未孟冬，吾由北国乘机至邕江，似入仲春之地。闻南宁市西郊有相思湖，其畔有红豆树，有相思鸟。径往有作。

南国有嘉树，枝叶似古槐。

上有双飞鸟，翠羽红喙腮。

其鸣类画眉，啁啾幽且哀。

树下落红豆，多为尘土埋。

细雨鸟低飞，采者去复来。

泥土双手染，获豆意盈怀。

此物似赤心，热血沸灵台。

翠鸟衔红豆，交颈无嫌猜。

扁圆玲珑物，悠思逾江海。

莲藕水中生，丝絮难剪裁。

树影湖波映，情系同心带。

湖波碧连环，心牵关山外。

千里复万里，岭雁穿嵏巇。

万水复千山，翠羽飘然来。

忽忆摩诘句，早劝休撷采①。

既采不得舍，怀尔紫塞栽。

【注】

① 王维《相思》一诗，在宋洪迈《万首唐人绝句》中作"劝君休采撷"，然而流行本中亦多以"休"作"多"。"休"反衬相思之苦，以此为佳。刘永济《唐人绝句精华》亦从"休"。

缅怀先贤祁鼎丞[①]

西北高原多义士，壮哉英杰祁鼎丞。

报国胸怀万里志，为民驰骋赤子情。

虽非雄赳甲胄士，依然威武战群凶。

怒潮挫敌迎春晓，拍案揭妖魔怪惊。

壮怀激烈循正义，热血慷慨沃征程。

赴汤蹈火堪后范，人杰国殇死犹生。

怀先贤，壮心胸，盛世来之本不易，

我辈有责更奔行！

君不见，昔日荒原多凋敝；

而如今，芳草萋萋风光美，

鲜花烂漫遍地红。

【注】

①　祁鼎丞烈士 1893 年生于固原县。原任国民党甘肃省参议员，1945 年加入中国民主同盟。1949 年国民党伪甘肃省政府发行建设公债欺骗人民，祁鼎丞带头举行反对大游行，并在参议会上揭发省府要员大肆贪污准备携款逃跑丑行。祁被特务以"共产党嫌疑"罪名逮捕入狱，同年 9 月 17 日被杀害于张掖。

日月千秋三十二韵

——纪念毛泽东同志诞辰一百一十周年

漫漫长夜际，日出韶山冲，
雄鸡一声唱，赤县报黎明。
四海沾雨露，五洲震雷霆，
睡狮奋鬣起，普天获新生。
南湖启航后，飞舟破浪行。
井冈燎原火，唤起工与农。
遵义苗岭秀，日照战旗红。
枣园灯火亮，倭虏没东瀛。
倚天抽宝剑，三山俱裁平。
燕京定新都，革命更兼程。
操戈越鸭绿，援朝群寇惊。
万方乐齐奏，古国百废兴。
兴建共和国，运筹且亲躬。
江南新笋发，塞北花成丛。
戈壁红云浮，卫星碧空鸣。
江山容颜改，舞燕逗歌莺。
民情皆振奋，春色在充盈。
壮士攻坚阵，黄河正澄清。
导师长寝日，蚍蜉妄逞凶。
敌顽既翦灭，功归吴钩锋①。
伟哉奠基业，海内富俊雄。
堂堂盛会上，回荡导师声；
巍巍丰碑端，大旗展苍穹。

　　　　勄云导师去，指挥亿万兵。

　　　　遗志宏图壮，创新赖群英。

　　　　神州生机旺，蔚秀欣向荣。

　　　　传统复且扬，小康再攀登。

　　　　揽月九天上，下洋捉鳖虫。

　　　　伟论兴华夏，鲲鹏卷飚风；

　　　　勋高并马列，丰绩越岱宗②。

　　　　日月千秋耀，松柏万年青，

　　　　导师永健在，率我正长征！

【注】

　　① 吴钩：一种古代锋利之兵器。杜甫诗《后出塞》之一中曰："少年别有赠，含笑看吴钩。"此处借指马列主义。

　　②岱宗：泰山的尊称。杜甫《望岳》云："会当凌绝顶，一览众山小。"

七古·敬谒石嘴山烈士陵园感赋

　　　　石山有嘴奉星海，烈士无言献忠魂。

　　　　荒山秃岭武当庙，已然森林绿蓁蓁。

　　　　工业山城变明丽，湖波荡漾泛金银。

　　　　告慰先烈在天灵，传统永续皆鹏鲲。

　　　　各族和谐康庄道，锦绣山河日月新。

　　　　谒陵园，长精神，东方神龙驾青云。

　　　　黄河滚滚流不尽，腾飞赖我代代人。

重阳节结伴阅海游

仙湖如镜美银川，辽阔无边水天连。
芦蒲簇簇鹭翩翩，沙渚点点鸟关关。
浪遏画舟惊无险，口溅水花觉微甜。
重阳击水些许冷，游客似仙心怡然。
诸公交赞宏图伟，湖城盛名不虚传。

李震杰

1921 年生于湖南。从 1939 年在广西发表处女作《城》起，创作生涯半个多世纪，上个世纪四十年代初即参加刊物编辑工作。五十年代后期，担任《宁夏日报》文艺编辑，为培养文学新人作出了贡献。中国作家协会会员、宁夏作家协会名誉主席、宁夏诗词学会顾问。1995 年病逝。

桃花源怀古

秦宫汉阙化灰烟，洞口桃花红欲燃。
陶令若重游旧地，定为古洞续新篇。

金鞭岩①畔遐思

祖龙留下赶山鞭，矗立雄姿似昔年。
安得携将尘世去，荡平恶水与穷山。

【注】

① 金鞭岩在张家界金鞭溪东岸，高 350 米，拔地而起，直指蓝天。传为秦始皇之赶山金鞭遗此。

无　题

乙卯年冬于山城固原与敬一同志读某吊亡诗，有感于怀吟此，遥寄滇池，以慰旧友，并共勉之。

梅花对酒倍增香，银月临河分外光。
发白心红彩笔在，艳阳天地绘新装。

癸亥岁末病中于自治区疗养院

春蚕到老丝难断，红烛虽残泪尚燃。
但使神州添秀色，何愁白发换华年。

还乡放歌

抗日战争初期，长沙毁于一炬，我仓促离乡。新中国成立后支边到宁夏。应邀回长沙，参观市容，感慨万千，奋笔书此，虽声韵不合旧体诗要求，未遑顾及。事后拟修改，继思：我，今人也，何必泥古。按现代语音，押大致相近的韵，不亦可乎！

浪迹天涯五十春，乡思屡梦系归魂。
躬逢盛会耆英健，欢看家园百业新。
湘水长桥迎画舸①，楚天广厦捧霓云。
秋风骏马任驰骋，塞上江南万里心。

【注】
① 长桥指新中国成立后新建之湘江大桥。

游张家界①

莫道蓬莱仙境好，青岩景物更无前。
奇峰耀日三千嶂，秀水流云八百泉。
古木森森猿自在，时花灼灼鸟悠然。
移将斗室山中住，乐做凡人不羡仙。

【注】

① 张家界又名青岩山，系湖南省西部新发现的著名天然风景区，已批准为国家森林公园。

无　题

戊辰端午，与诸友相聚，欣闻将成立宁夏诗词学会。

满盘角粽迎佳节，水酒三杯吊屈原。
读史难忘吟橘颂，感时何处觅忠魂。
凤城喜雨催高咏，兰室豪情溢小园。
共勉骚坛继风雅，恢弘正气护乾坤。

如梦令

神游贺兰苍穹，依稀难觅旧踪。幸有红茨藤，
处处牵衣相送。如梦，如梦，廿载庇荫情重。

李振儒

　　笔名秦夫，1933 年生，陕西富平人。高级政工师。宁夏诗词学会理事、中华诗词学会会员。

宁夏贺兰山矿区新貌

人杰地灵俊影长，铮铮铁骨采煤藏。
机开源富连天涌，车载质优遍地忙。
四海均知石井美①，五洲盛选太西香②。
同心具有无穷力，汗血溶成画意长。

【注】
① 指石炭井矿务局。
② 太西：优质煤的别称。

宁夏贺兰山护林老人颂

溪流叠嶂傍丛林，翠壁青岩芳草深，
永昼满情环野岭，初宵杯酒暖丹心。
素衣襞土经风雨。布履和泥渡晓昏。
岁月更生山不老，鹿鸣犬吠有余音。

李　萌

1926年11月生,安徽临泉县人。曾任宁夏日报社部主任、主任编辑,已离休。中华诗词学会会员,曾任宁夏诗词学会副会长,现为顾问。

祝全国第八届中华诗词研讨会在银川召开

今秋塞上聚知音,共话诗坛万树森。
妙语如珠抒己见,雄风边塞唱高岑。

银川植物园蝴蝶兰

斗艳争奇百卉园,此兰俏丽最堪怜。
留连未去凝眸处,似见翩翩舞眼前。

枣园秋色

累累红枣坠枝弯,四野铺金水稻田。
扬臂草人传喜讯,丰收在望又一年。

治沙英雄赞

柳林草障锁黄龙，总让包兰^①路畅通。

嘹亮鸣声传敬意，治沙儿女有奇功。

【注】

① 即包兰铁路。

访胜金关^① （新声韵）

昔时韩玉筑雄关，带水襟山铁样坚。

众志成城守边塞，鞑靼不敢渡黑山。

【注】

① 胜金关在今中宁、中卫之间，北靠黑山，南临黄河，地势险要。

秋千架^①

如柱双峰指九天，桂英来此荡秋千。

谷幽石怪丛林翠，素练^②高悬峭壁间。

【注】

① 泾源县秋千架林区两峰并立，故名。传说女英雄穆桂英曾来此荡秋千。

② 夏秋季节这里有瀑布。

龙潭水电站

松竹蓊郁绿无涯，喜看龙潭翻浪花。
电业工人牵长线，光明送入百姓家。

镇北台上

雨过天晴登险隘，长城万里第一台①。
金戈铁马硝烟尽，绿染黄沙百鸟来。

【注】

① 镇北台位于榆林市西北，明长城险要关隘之一，素有万里长城第一台之称。

一位史学教授的喜悦

乌云飘散皓月圆，喜上眉梢人未眠。
香港回归动天地，面向南海思联翩。
卅年执教痛心处，近代史上血斑斑。
列强入侵民悲愤，丧权辱国金瓯残。
可歌反帝英雄在，甘抛头颅荐轩辕。
岂奈朝廷昏且聩，屈膝投降求苟安。
睡狮终有觉醒日，推翻三山换新天。
改革开放增国力，巨人屹立天地间。
乘兴灯下写讲稿，尽雪国耻续新篇。
老伴端来莲子羹，未曾入口心里甜。
此生道路虽坎坷，雨过天晴山花妍。
欣逢盛世人未老，愿向祖国献余年。

访西夏王陵吊元昊

贺兰巍巍色苍茫，古冢累累秋草黄。

遥想山下会盟日，篝火烩炙有馀香①。

雄才大略霸王业，励精图治西夏强，

河曲大捷追辽主，挥师西上战河湟，

金明初胜范雍惧②，好水川前军威扬。

东征西讨拓疆土，岂料鲜血洒宫墙。

若非功成沉酒色，纵有讹庞又何妨③。

【注】

①　公元1038年秋，元昊召集各部首领到贺兰山下会盟，大家环篝火而坐，边烤肉，边议称帝立国大事。

②公元1040年冬，元昊进攻宋延州（今延安市）。金明寨（在今延安市西北）是延州门户，守将李士彬以骁勇著称。元昊先智取金明寨，然后围攻延州。宋延路经略使范雍惊恐万状。

③讹庞，元昊的国相，姓没藏。借机唆使太子宁令哥刺杀元昊；然后处死宁令哥，强立刚满周岁的谅祚（讹庞之妹与元昊私通所生）接帝位，朝政大权遂落入讹庞之手。

记者生活拾零

远离京华三十年，塞北江南天地宽。
小雨濛濛黄河渡，大雪纷纷六盘山。
瀚海辽阔留足迹，山道崎岖常登攀。
葫芦河畔访农舍，南华山间寻羊倌。
今晚投宿工地上，明朝赶路下矿山。
东奔西走勤探索，一丝不苟细谋篇。
夜色深深无睡意，握笔凝神炕桌前。
胸装人民心上事，笔走龙蛇起波澜。
总为英雄唱诵歌，也对时弊下针砭。
牢记新闻须真实，深入采访不畏艰。
满头华发志未了，量力而行度余年。

火石寨国家地质公园 (新声韵)

云台①巍峨拔地起，赤壁丹霞映朝曦。
登上天梯②临绝顶，层峦叠嶂收眼底。
葵花向阳黄灿灿，松柏苍翠层层绿。
穿越密林寻归路，枝条留客牵人衣。
望霞亭中且小坐，秋虫奏起迎宾曲。

【注】
① 云台山：景区内的主峰，有栈道通山顶。
② 天梯，指云台山栈道中最陡峭的一段。

咏 水 仙

凌波仙子懒梳妆，绿衫素雅淡淡装。

亭亭玉立南窗下，脉脉含情吐馨香。

不与牡丹争娇艳，愿学腊梅傲冰霜。

生来默默无他求，一钵清水自茁壮。

尽管窗外寒风劲，依然含笑迎春光。

忆范长江①

重读两书忆范公，字字行行总关情。

国难当头离几案，万水千山塞上行。

曾乘皮筏访宁夏，河水奔腾波万顷。

急流险滩过大峡，险象丛生人未惊。

也曾明驼涉瀚海，长征戈壁定远营。

露宿沙丘度长夜，一弯新月满天星。

深入采访何惧苦，华章连篇掷地声。

【注】

① 范长江（1909—1970）我国杰出的新闻记者，四川内江人。曾于 1935 年、1936 年两次到西北广大地区考察采访，写了很多影响深远的通讯。两次西北之行，足迹遍及宁夏。新中国成立后历任新华社总编辑，解放日报、人民日报社长等职。著有《中国的西北角》《塞上行》等书。

李满清

生于 1944 年，宁夏中宁管道局长庆输油公司子弟学校高级教师，宁夏诗词学会会员。

十六字令（三首）

钻

（一）

钻！何惧征途万仞山，宏图展，峰险敢登攀。

（二）

钻！铁马秋风塞外天，披秦月，再度汉时关。

（三）

钻！辗转西陲饮马泉。油龙缚，一箭定天山①。

【注】

① 1993 年 1 月 15 日《中国石油报》载，新疆发现超亿吨大油田。

清平乐·西行别

飙轮声急，别酒离言说。不是渭城西去客，休唱阳关半阕。　　冬云夏雨秋霞，采油走遍天涯，借问欲归时节，西疆烂漫油花。

水调歌头·石油队员之歌

霜信菊花美，回首夕阳红。油龙引颈长啸，铁马烈西风。冉冉云间飞雁，杳杳关河千里，思念两相同。谈笑问榆塞，何日返程逢。　　度玉关，下巴蜀，闯关东。平生书册不负，窥透地千重。浪说胸吞云梦，敢令油超欧美。一跃上苍穹。此意寄边月，风采在其中。

八声甘州·采油人

采油人征战点江山，鼓角动寰球。傲风霜雪雨，天山揽月，渤海遨游。休笑披襟挽袖，刹把写春秋，引得油龙舞，似水飞流。　　钻塔凭高临远，见平沙抹绿，花好枝头。奏繁弦万里，美景眼中收。想亲人，乡关遥望，雁声长，江畔问归舟。争知我，度阳关去。未赋乡愁。

菩萨蛮·采油女

　　春云夏雨隆冬雪，歌声羞落西天月。采得绀青浆①，风吹十里香。　　荒原来去惯，汗湿云鬓乱。步步是诗行，油乡新乐章。

【注】
① 石油呈黑红色。

李玉民

宁夏中宁县人，生于 1954 年 12 月。研究生学历，博士学位。现任宁夏煤业集团公司副总工程师，教授级高工。中华诗词学会会员、宁夏诗词学会顾问。

江城子·矿井救灾剪影 (新声韵)

三更半夜响铃声，脆生生，震苍穹。梦断魂消，仓促别"周公"。纳履披衣抓话筒："工作面，有灾情。"　　妻儿艾怨装未听，顶寒风，到"帐中"。四面告急，众帅蹙眉峰。帷幄运筹胸有策，遣良将，调精兵。

江城子·灵武矿区 (新声韵)

营盘炮垒古沙场①，大夏王，宋金将。血刃干戈，沙漠②尽苍凉。烽火不息千余载，风更劲，地犹荒。　　灵州竞奏美华章，马达响，砟子香。宝藏开发，沙海展新装。辽阔宁东添锦绣，当蓄势，待翱翔。

【注】
① 灵煤矿区有不少古战场的炮台、兵营遗址。
② 灵煤矿区位于毛乌素沙漠的边缘 。

卜算子·送女申城①就学 (新声韵)

乳燕尚习飞，俄顷别家榻。金榜题名②远道行，孤寄申城下。　　护犊亦爹妈，送女终须罢。待到功成名就时，再续天伦画。

【注】
① 申，上海市的简称。
② 指高考获得录取。

浪淘沙·西夏王陵 (新声韵)

雄据傲河山，雨食风餐，斗移星转越千年。
虽是黄土夯筑就，霸气冲天。　　大夏旗高悬，
铁骑飞鞭，三足鼎立觑中原。落得种亡族灭时，
千古嗟叹。

卜算子·唐徕渠①倩影 (新声韵)

沃土稻菽丰，绿野银带甩②，疑是流润落九天，
泽及千百代。　　渠畔柳絮飞，堤岸台榭帅。闹
市中间款款流③，更有典雅在。

【注】

① 唐徕渠是银川平原上的一条古干渠，据说始建于唐代。

② 夏日鸟瞰，唐徕渠在银川平原绵延数百里，婉若绿野中
飘动的一条银带。

③ 穿过银川市区的唐徕渠段现已修建成唐徕公园，两岸绿
树掩映、台榭亭阁隽永典雅，已是市民休闲嬉息的极佳场所。

西江月·连湖①春潮 (新声韵)

　　碧水粼粼荡漾，苍芦簇簇生辉。鹭鸥戏嬉覆翻飞，鱼跃虾腾水沸。　　棋布星罗湖秀②，网织沟渠田肥。凤城③湖泽璧珠瑰，塞上江南堪美。

【注】

　　①② 指银川周围的湖泊。银川地区的湖泊湿地众多，据资料记载，周围遍布大小七十二个湖泊，素有"七十二连湖"之说。
　　③ 凤城即凤凰城，银川市的别称。

临江仙·登海宝塔① (新声韵)

　　三进拾级入券门，盘旋登临塔顶②。蓦然风铃脆鸣声。凭栏南望处，城廓③入云中。　　林立红烛皆涕泪，香炉烟火熊熊。民安国泰瑞云升。用斋在古刹，品味沧桑情。

【注】

　　① 海宝塔，地处银川北郊，俗称北塔。由台基、塔座、塔身、塔刹组成，总高53.9米，是一座方形九层十一级楼阁式塔。
　　② 登塔缘木梯盘旋140级而上可达顶层。
　　③ 指银川市鳞次栉比的高楼大厦。

破阵子·游西塔^①（新声韵）

　　顾命承天^②梵刹^③，永延西夏王朝。雪雨腥风百多载^④，难挽危局乾坤抛。党项踪迹消^⑤。　　八角撑擎巨塔，青砖拔地攀高。合殿回廊皆富丽，扬抑铃声风正敲^⑥。用场^⑦在此朝。

【注】

①　西塔即承天寺塔，因在银川城区西部，俗称西塔。塔高64.5米，是一座八角十一层的楼阁式砖塔。

②公元1048年西夏开国皇帝李元昊死，子谅祚继位，时刚满周岁，朝政由皇太后没藏氏总揽。为求幼主"圣寿无疆，国运延永"，遂倡建寺塔，寓意为"承天顾命"，故寺名承天寺。据《嘉靖宁夏新志》载，寺塔始建于天祐垂圣元年（1050年），三年完工。

③　佛教把佛寺称为"梵刹"，此处指承天寺塔。

④　西夏自1038年建国至1227年灭亡，历时189年。

⑤　西夏王朝灭亡以后，其皇族党项族惨遭诛戮，种族消亡。

⑥　承天寺塔每层之间塔檐的每个塔角上都挂有风铃，轻风吹动，风铃叮咚作响。

⑦　现在西塔寺院内，还建有集收藏、研究、陈列宁夏文物为一体的规模较大的宁夏综合性博物馆。

西江月·谒银川南关清真寺① (新声韵)

穹顶托起新月②，礼塔③承接蓝天。四角拱卫④
绿色满，茂树幽径曲栏。　　教民虔诚礼拜⑤，
游客肃然谒观。回乡圣殿闹市间，首府特色亮点。

【注】

① 南关清真寺，位于银川市东南角，始建于 1915 年，1981
年重修，占地 2074 平方米，高 22 米，是银川市有代表性的伊斯
兰风格建筑。

②④寺内有一组形体独特、浑厚饱满的绿色穹顶建筑，为一
大四小规制。其中大穹顶为主殿穹顶，寓意先知穆罕默德，其上
高悬一勾新月为伊斯兰教的标志；"四角拱卫"指大殿周围的四
个小穹顶，它们分别代表伊斯兰教四大法学派哈乃非、马力可、
沙飞仪和罕伯里。

③礼塔即宣礼塔，是召唤穆斯林到清真寺礼拜用的建筑。

⑤穆斯林作礼拜的风俗。

蝶恋花·广场①晚照 (新声韵)

华灯初上垂暮到，游人如织，漫步消夜早。
顽童雀跃嬉追闹，情侣缠绵自窃笑。　　西马营
②深灯火耀，堂馆③对矗丽影恢弘傲。异彩流光韵
味好，涌泉雕塑一般俏④。

【注】

① 指银川市光明广场。

② 银川市中山公园旧址原称西马营。

③ 指宁夏四十大庆献礼工程：分列广场东西的宁夏人民会堂和宁夏体育馆。

④ 广场中间的喷泉和"西部之光"雕塑。

卜算子·西麓^①秋风 <small>（新声韵）</small>

葱茏苍翠滴，连绵数里遥^②。剔透玲珑挂满枝，串串似玛瑙。　　道是戈壁滩，却把果园造。万顷美酒^③从此出，把盏乐陶陶。

【注】

① 广夏葡萄园位于银川市西郊贺兰山脚下的西沙窝，距市区约15公里。是宁夏最大的葡萄酒原料基地，也是集旅游休闲观光和高效经济为一体的园林。

② 夏日的贺兰山脚下，葡萄园一望无际，苍翠欲滴，颇为赏心悦目。

③ 广夏葡萄园规划种植10万亩法国良种优质葡萄，现已种植3万亩；这里的葡萄酿制的葡萄美酒，品质醇厚、果香馥郁、余味绵长，实为葡萄酒中的极品。

临江仙·吾儿夜读 <small>（新声韵）</small>

斗室孤灯长夜静，偶闻翻动书声。更深催睡不依从。推门端宵夜，仰脸露疲容。　　学海无涯当刻苦，心疼放在胸中。盼儿发奋也成龙。少时勤努力，来日展鹏程。

醉花阴·抗击"非典"① (新声韵)

未见干戈遭戾戮，劫患难忍睹。遍地起烽烟，亡命声声，"非典"凶如虎。　抗萨②长城方构筑，医卫先行入。举力在攻坚，众志成城，彪炳③中华铸。

【注】

① 指非典型肺炎，即 2002 年底在广东省发现，2003 年 4 月初在全国广为传播的下呼吸道传染病。截至 5 月 4 日全国内地 26 个省、市、自治区共发现非典 4125 例，死亡 197 例，康复 1416 例。

② 萨即萨斯，非典（sars）的中译名。

③ 指抗击"非典"的攻歼战是彪炳史册的重大历史事件。

浪淘沙·沙湖 (新声韵)

碧水挽沙峰，娇意浓浓，江南塞北共风情。东往西来游览客，不虚一行。　飞艇翠芦丛，百鸟啾鸣，泛波鱼跃有追踪。湖泳沙泊观鸟阵，乐在其中。

鹊桥仙·三峡蓄水三百一十五米（新声韵）

　　高峡逶迤，碧波浩荡，雄坝一重截筑。十年漫漫告捷声，令世界称奇瞩目。　　移民百万，迁胜数处，再绘三峡蓝图。合闸蓄水现平湖，垂千古国强民富。

江城子（双调）·银川热电厂（新声韵）

　　隆冬塞北雪冰寒，有温暖，才舒欢。炉众勤烧，满目尽狼烟。辛苦炉工无昼夜，接投诉，叫屈冤。　　凤城日日换新颜，大银川，正扬帆。热电联产，也取天下先。一厂统得满城热，人愈美，天更蓝。

浪淘沙（双调）

银川承办第七届全国少数民族传统体育运动会（新声韵）

　　秋色映河山，云淡天宽，雄师骁将奋扬鞭。五十六枝花竞秀，赛事方酣。　　靓丽大银川，初露芳妍，浓妆艳抹铸新篇。倾力打造迎盛会，气势非凡。

鹊桥仙·游庐山仙人洞 (新声韵)

云飞雾罩，劲松掩绿，洞嵌峭崖绝壁。仿佛梦幻入仙宫，更惊叹峻拔险旖。　　洞天玉液，钟声悠远，吕道成仙胜地。圣明执意恋留之，况我等凡胎肉体。

沁园春·游三叠泉咏庐山 (新声韵)

沥沥秋雨，汩汩溪流，飒飒林涛。引通幽曲径，参天绿树；陡阶峭道，仰首伏腰。侧目峡谷，峰叠峦嶂，绝壁悬崖入九霄。泉三叠，荡轻纱崖上，雾漫云飘。　　神工鬼斧添娇，造胜境仙姿堪妖娆。昔太白诗作，千秋绝唱；古今骚客，曲众和高。奇胜匡庐，名垂千古，婉句华章尽塑雕。今尤甚，更钟灵妩媚，娟秀风骚。

卜算子·登黄鹤楼 (新声韵)

龟蛇两相安，黄鹤引颈笑。富集双江紫气吹，雄楼千古俏。　　名流更增辉，佳作添绝妙。百世流芳盛名扬，鹤降吉云罩。

太常引·贺神舟五号载人飞天成功 (新声韵)

　　神舟五号越云空，往返告成功。壮举撼苍穹，破垒断航天叫雄。　　寰球星外，银河万里，航路正铺通。休闲广寒宫，欲先睹嫦娥玉容。

青玉案·白芨沟矿瓦斯爆炸救灾特写 (新声韵)

　　2003年10月24日，井下空区火灾引起瓦斯爆炸，且10余天中持续爆炸数百次，抢险工作节节退出地面。只有封堵井口，才能消除爆炸。矿工们临危不惧，冒死抢险，所幸没死一人，但险象环生，壮举当歌。

　　匆匆步履身负重，气息静，人头众。沙袋沉沉长蛇动。虎口抢险，生死难卜，勇士胆无穷。　　频频爆炸阎罗横，野马脱缰势难控。挥泪封井心剧痛。一腔热血，抗灾保矿，壮举当吟诵。

点绛唇·黄河春早 (新声韵)

　　岸畔坚冰，河开冻解犬牙立。水清流急，浪下稀有底。　　岸上沃野，杨柳拂春意。耕人密，车飞蹄疾，丰收勤肥地。

西江月·谒韶山毛泽东故居 <small>(新声韵)</small>

午辞白云黄鹤①，夕游音召凤至②。梦中观谒万千度，今了前愿后夙。　　演练花果猴阵，苦读野史群书。文韬武略少年志，打造江山自此。

【注】

① 白云黄鹤：为武汉市的别称。

②音召二字合为韶，即韶山；音召凤至：传说舜帝南巡到韶山，在风景优美的韶峰演奏韶乐，引来凤凰所率百鸟。

西江月·宁东能源化工基地兴建 <small>(新声韵)</small>

大漠婉而低暗，瀚海偶起嘶鸣。狂飙骤卷露狰狞，万仞丘峰涌动。　　井栈昂然雄踞，乌金鹊跃奔腾。煤油电业共称雄，塞上再添新凤①。

【注】

① 银川市俗称"凤凰城"。宁东能源重化工基地建成，届时，宁东大地将雄踞一座新的工业凤凰城。

破阵子·车行石中高速公路 <small>(新声韵)</small>

横卧丘陵沃野，蜿蜒宁夏平原。南北长驱数百里，电掣风驰几许还。天涯近在前。　　耳闻车鸣风啸，目接物闪天旋。蓦地村居扑面过，远眺山峦舞蹁跹，悠悠赛神仙。

秋波媚·重读郭沫若《甲申三百年祭》（新声韵）

千军横扫卷狂飙，直捣明王朝。残敌待灭，乾坤未定，大厦倾倒。　垂成功败雄图毁，祸起侈淫骄。甲申梦断，悲歌醒世，警钟常敲。

浪淘沙（双调）·《中国西部开发诗词大典》出版（新声韵）

诗苑露新芽，夏土奇葩，嫣红姹紫映朝霞。正是崛起西部时，锦上添花。　风骚遍天崖，句婉词佳，高歌劲奏大开发。新秀泰斗皆颂咏，一本精华。

临江仙·石嘴山矿区技改工程开工典礼（新声韵）

石嘴山一、二矿合并改造为一个年产450万吨的特大型矿井，于2004年4月30日举行开工典礼，掀开了矿区发展的崭新一页。

塞上煤城拔地起，四十六载①沧桑。朔方②发展铸华章。市场风浪险，船小难远航。　礼炮轰鸣雷声动，眼前一派盛装。矿区自此再翱翔。几多雄图绘，明日更辉煌。

【注】
① 石嘴山矿区于1956年兴建，1958年投产，历时46年。
② 朔方，宁夏的别称。

雨霖铃·谒乾陵 (新声韵)

梁山巍峨，乳峰双挺，大道宽阔。仰观朱雀门外，腾飞翼马，曲颈鸵鸟，执剑翁仲列阵，使臣自多国。两巨碑，风雨千年，寂寂无言任人说。　陵峰远眺心欢悦，众低峦，郁郁星捧月。松下二帝宫寝，人道是，辉煌卓越。地府阴曹，享尽哀荣富贵多。今却是，如织游人，携来新春色。

少年游·磁窑堡煤矿小考 (新声韵)

后宫佳丽雀喳喳，把碗未品茶。众相猜度，精瓷妙画，西夏有窑家？　河东山野采香砟，好炭铸精华。岁月悠悠，人非物是，古矿绽新花。

清平乐·磁窑堡的"香砟子"煤 (新声韵)

清香弥漫，焚尽灰如面。星火相吻方燃点，美名千年颂赞。　沙丘深处藏娇，贡煤犹具新朝。装点蓝天一片，燃出绿色风骚。

画堂春·现代化的磁窑堡二矿 (新声韵)

　　芬芳绿草遍地娇，腾空跃起楼桥。香径小园柳丝摇，灯火夜妖娆。　　似若蓬莱仙景，却是瀚海煤窑。精良现代领风骚，起步俱新高。

浪淘沙·北戴河海岸观雨 (新声韵)

　　窗外树呻吟，暴雨倾盆。灵机突动迅夺门。脚下不知水深浅，一路狂奔。　　碣石幸东临，胜迹欲寻。《浪淘沙》①处更牵魂。感悟伟人笔下雨，海岸凝神。

【注】
① 即毛泽东的《浪淘沙·北戴河》。

破阵子·凭吊灵州①古城遗址 (新声韵)

　　匡复江山社稷，运筹平叛勤王。边塞朔方州府邸，竟让天子坐龙床②。偏都助大唐。　　浩浩波涛荡涤，悠悠岁月流淌。昔日皇城今何在？绿树葱茏护农庄。振兴促富强。

【注】
① 古代灵州的州府，在今宁夏吴忠市利通区近郊。
②公元 755 年唐朝爆发了"安史之乱"，次年 7 月太子李亨在灵州登基称帝，并在此部署平息叛乱，复兴唐室大业。

江城子（双调）·青铜峡览胜 (新声韵)

长峡十里绕回肠，峦苍苍，水茫茫。侧畔洲绿，悠然鸟翱翔。游艇款款载惬意，赏水色，览山光。　　大河高坝造辉煌，令龙王，奏华章。灌溉发电，泽润鱼米乡。　穆帅禹神①刮目笑，新时代，好儿郎。

【注】
① 相传青铜峡留有穆桂英作战和大禹治水的遗迹。

卜算子·雪行 (新声韵)

纷洒漫天飘，怡自空中舞。倾尽宇宙万丈银，一裹山川素。　　仰首沁心扉，抬脚难出步，精妙绝伦鬼斧工，不忍瑕疵驻。

鹊桥仙·登王屋山极顶峰 (新声韵)

千峰暮锁，万峦云绕，独有雄颠傲岸。夕阳西下也登攀，为拜谒轩辕祭坛。　　太行威在，王屋依旧，万世愚公传赞。仙山胜地尽游观，顿觉得心爽神坦。

浪淘沙·大学同学聚会 (新声韵)

劫后梦终圆①，幸会长安，悬梁刺股奋追攀。四载寒窗丰羽翼，鹏翅高展。　　奋斗历苦甘，漫道雄关，如梭岁月蚀华年。相聚何言功名事，再造明天。

【注】

① 指"文化大革命"结束，1977 年恢复高考。

西江月·登南非开普敦桌山 (新声韵)

仰首碧空如扫，俯观云朵飞翻。轻纱漫舞透城寰，耳际涛声不断。　　山下大洋环绕，山头桌面平展。甘霖若是正洒间，定有群仙欢宴。

清平乐·南非尼克矿长夫妇盛宴招待宁煤考察团 (新声韵)

推樽换盏，夜寂难终宴。酒令不通杯尽满，醉迎宁煤宾伴。　　都城采买恭迎，入厨指点炊烹。献上中餐美味，难得一片真情。

清平乐·乘澳大利亚游艇览太平洋风光 (新声韵)

碧波万顷，风和浪难静。极目远眺天与共，几朵浪花泛动。　　游艇破浪向前，心旌鼓荡飞翻。驰骋大洋深处，风光不尽饱览。

清平乐·日本皇宫前感怀 (新声韵)

横遭核弹，百姓领劫难。吞并中华迷梦断，累累罪果饮咽。　　青山绿水多娇，谦恭有礼风高。国泰民安当惬，何劳再逆操刀！

清平乐·游日本箱根大涌谷 (新声韵)

轻纱弥漫，汽柱冲宵汉。汩汩汤泉流不断，可煮延年寿蛋。　　山虽其貌难扬，名非显赫昭彰。一蛋能增七岁，游人谁不来尝。

清平乐·韩国首尔民俗馆做泡菜 (新声韵)

掺调搅拌，料取诸瓶罐。菜叶层层皆抹遍，折捆装盘品看。　　行头一派韩装，俨然高丽厨娘。如法精心泡制，尽情领略邻邦。

浪淘沙·十月，慕尼黑街头漫步 (新声韵)

2007年10月中旬随团到德国考察，漫步慕尼黑街头有感。

　　薄雾透晨曦，寒气徐徐，满城空巷寂无息。偶尔车马呼啸过，略现涟漪。　　绿树露生机，葱茏郁郁，街旁路畔总相依。若是眼前飘落叶，美景难弃。

浪淘沙·柏林墙遗址 (新声韵)

　　横亘划东西，兄弟分离，两家争霸万家啼。冷战僵局打破后，千古名遗。　　墙倒众人欺，感叹唏嘘，硝烟不再宜常祈。渐硬西风几时久？难是唯一。

浪淘沙·丹麦首都安徒生铜象前 (新声韵)

　　播撒遍寰球，时代传留，人生大海启蒙游。哺育花蕾多彩放，功造千秋。　　扬善爱悠悠，嫉恶犹仇，情深意切笔尖流。童话国中百态谱，永驻心头。

浪淘沙·瑞典首都诺贝尔奖颁奖会址前 <small>(新声韵)</small>

生时建奇勋，满腹经纶，赚得财源浪花滚。
身后英名扬四海，岁岁推新。　　富甲不思淫，
设奖挥金，巅峰树起唤贤人。泰斗大师领世界，
五彩缤纷。

念奴娇·渭水① <small>(新声韵)</small>

浊流奔涌，浪涛起、浩荡不息东去。几叶扁
舟，钢索引、浪上蹒跚往返。绿野茫茫，村庄点点，
两岸风光艳。此番情景，仿佛黄河乡畔。　　谁
举无饵垂钩？渭河神钓鱼，千秋嗟叹。万古风流
乏后者，唯有子牙②鳌占。仰慕寻踪，徘徊已几度，
未偿心愿。今朝奇传，尚须吾辈创建。

【注】

① 渭水即渭河，是黄河最大的支流，发源于甘肃省渭源县，
东流横贯陕西省中部。

② 子牙是姜太公姜尚的字，自古有"姜太公钓鱼，愿
者上钩"之传说。

踏莎行·河南平顶山白龟山水库 (新声韵)

雪浪无垠，涌波击岸，寒风阵阵拂湖面。扁舟几叶不相闻，青山潇洒独依恋。　　蓄水截洪，桑农发电，奉献人类饱和暖。蛟龙山岳告臣服，造福后代千秋远。

李贵明

1946 年生，河北省威县人。系宁夏地矿局核工业地质勘查院（原核工业西北地质局二一七大队）退休干部。中华诗词学会会员，宁夏诗词学会常务理事、副秘书长。

咏 秋

（一）秋雨 (新声韵)

梦回檐滴一声声，丝雨悠然落晓庭。
若以闲情敲败叶，何如旱日济庄农。

（二）秋愁

密叶曾遮烈日炎，吟风诵雨影趋残。
霜刀一夜无情吼，秃树无衣怎御寒。

（三）喜秋

馥郁盈园果满枝，稷羹菊酒醉人时。
耕夫最喜收秋日，枣绛梨黄尽在斯。

（四）七夕 (新声韵)

良辰七夕鹊桥通，千古依依不了情。
难见银河郎女会，只缘灯火侵夜空。

（五）慰月（新声韵）

月光如洗洒中庭，香满一轮挂寂空。
桂下嫦娥休着急，故乡计日送亲情。

加入宁夏诗词学会感怀

比律排声咏古今，多情辗转觅诗魂。
仙宫遂愿开金阙，愚叟催腔抚玉琴。
畅志畅怀终有谱，吟霜吟雪渐无尘。
扬葩振藻足成趣，向晚风骚也醉人。

忆花儿①

英年找矿越重山，惯以花儿漫峤关。
堤柳岩松皆入韵，流泉林鸟尽欢颜。
隔崖起句乌鞘岭，临水应声海石湾。
暮岁捻须方解意，俚歌原本出民间。

【注】
　①　"花儿"为流行于甘、宁、青的一种民歌。回族群众亦喜欢唱之。

乙酉中秋望月有思

中秋耻日巧同侪，赏月情思别样稠。
倭寇生非凶作鬼，苍民厄运黯从头。
骨残命断遗千恨，国难家危留百羞。
但使琼杯斟满月，铭心饮痛防敌酋。

天路颂歌

冰峰草地披云霞，天路蜿蜒到藏家。
祥瑞正溶青稞酒，欢颜已赋雪莲花。
山明水秀吉星照，物阜年丰福祉加。
笛号锅庄相约起，蒸蒸边域颂中华。

读《湖海诗情录》有感

遐想彭公伴客吟①，终归感悟化精神。
倾心葵藿曾伤雨，如梦平生独爱春。
应叹沅湘忧国士，当歌朔漠尽忠魂。
纵游湖海诗情里，总教今人忆故人。

【注】
　　① 彭公，指湖南诗人彭锡瑞，其与夫人胡清荷合著诗词集《湖海诗情录》。

银川植物园成立二十周年志贺

装点郊园二十春，高台四顾碧无垠。
松亭喜聚延年鹤，野岸常留寻趣人。
曲径撷芳花带露，雕碑铭句韵凝神。
域中移得蓬莱景，伟业依然气象新。

重　阳

莫将塞地比姑苏，九月霜寒白草枯。
前幸友人酬旧酒，今蒙黄菊入蜗庐。
为期浮霭司晨早，抱憾烟云过眼疏。
愧学无成煞情致，重阳恰是花甲初。

秋　思

西风白草露寒凝，天际苍茫塞雁横。
闻道凉秋愁绪老，岂知热腑浪波腾。
席间寻韵三杯醉，梦里平章半句精。
但把朔方当故土，满园菊色也牵情。

侧柏迷宫^① （新声韵）

八阵移来侧柏中，迷宫游乐妙趣生。

葱茏渐掩三歧暖，茂密常存一豁明。

误解玄机徒积步，谙知哲理顿从容。

莫贪咫尺风情好，久困萧墙是败兵。

【注】

① 侧柏迷宫，位于银川植物园内。

聚会吉龙坡^①

吉龙坡里聚诗俦，煮酒湖城共解牛。

西岭松苍情已寄，东塘水碧趣当谋。

霜花此日传高唱，风叶何时作远游？

渴盼三春长灵气，邀杯小叙再从头。

【注】

① 吉龙坡：位于银川市西夏区怀远路的一家汉民餐馆，诗友常在此聚会。

朔方三月 （新声韵）

朔方三月燕初来，翻转啁啾觅旧台。

吐芽堤柳尚藏叶，向日棚桃已粉腮。

川袤风摇冬麦垄，池深鱼跃小舟排。

通村未见茅泥舍，抿翅择居红瓦宅。

沙湖印象

何由碧浪吻沙山？爱侣钟情守逐年。

山影朦胧犹可可，湖光浩渺自涟涟。

天留百鸟鸣新讯，水载荻芦栽玉盘。

沙地并非难插柳，不涂脂粉是天然。

塞上清风赞

塞上清风贯六盘，摇开滤网布山川。

千乡尽施"零招待"，万堡频添监督员。

正本诚为丰绿野，清源贵在亮长天。

涓流今起纯如许，汇入泾河卷碧澜。

【注】

据 2006 年 10 月 30 日《宁夏日报》载：银川市纪委实施"乡村清风计划"，规定村级公务实行"零接待"制度并挑选党员担任"纪检干部"负责监督。

万福陵园①赞

凤城郊外万福陵，斗拱牌楼气势宏。

涵碧阶台萦紫瑞，垂虹危塔荡银铃。

日暄芳漫九龙壁，月隐辉余八卦亭。

天遣晓风传雅乐，常为逝者报晨更。

【注】

① 万福陵园，位于银川市南郊，为汉民公墓。

枣乡行

漫步灵州①枣树荣，沙堤故道异香清。

花开花落沧桑事，枣绿枣红缱绻情。

早识垂珍耐贫瘠，何闻鲜果胜庄耕？

而今此物通灵性，每下枝头对笑声。

【注】

① 灵州，即现在的灵武。

李克昌

　　1956 年 12 月生，宁夏隆德县人。现在宁夏回族自治区草原工作站工作，农业技术推广研究员。宁夏诗词学会理事。

新　疆　行

乘火车过塔里木盆地

横穿戈壁日西沉，金色漠风留印痕。
铁臂飞龙长烟直，天山松雪铸诗魂。

在伊宁市林则徐铜像前

挥手海关①平毒潮，虎门烈火照天烧。
天山风骨英雄气，身与昆仑试比高。

【注】
海关指山海关。

春风已度玉门关

春风已度玉门关，云伴银鹰塞外旋。
瞰看西天景色秀，裁来几幅作诗笺。

从事草原工作三十年有感

追梦年年草上飞，漠风雪雨叙胸怀。
总将寸草作音韵，力谱春歌快乐哉。

李秀明

1937 年生，河南洛阳人。宁夏原太西监狱副监狱长、调研员，已退休。系中华诗词学会、全球汉诗总会会员，宁夏诗词学会常务理事、副秘书长，宁夏毛泽东诗词研究会常务理事。

春池柳影

东风着意春晖早，岸柳柔姿梳绿绦。
玉带桥边湖水静，顿生诗意漫挥毫。

草原牧炊

草原柔透霞光晚，白帐翔鹰伴牧炊。
阵阵清香沁人醉，斜阳深处牧羊归。

须弥山大佛

石窟高悬峭壁间，阿弥陀佛隐洞天。
丝绸路上多奇景，璀璨文明又一山。

济南长青

簇簇长青历下栽，何时移种北方来。
秋风摇响银铃韵①，不畏霜欺几度开。

【注】
① 长青一串串白花似串铃一样。

思　乡

同窗白发聚春迟，把酒凤城寄相思。
情系千山故国远，心连万水梦归时。

观青铜峡一百零八塔

两岸青山一水间，平湖①岸绿鹭飞天。
谁将白塔层层叠，高耸朔方不计年。

【注】
① 平湖指青铜峡库区。

红叶谷随笔 (新声韵)

才步山门又下坡，一池秋水戏天鹅。
亭台阁榭环溪布，远近高低游客多。
黄柿含情呈笑脸，圣泉着意送清波。
风光满目尝无尽，喇叭声声催上车。

宁夏扬黄工程"红寺堡"灌区开拓者

扬黄泵站展新遒，壮士心雄岁月悠。
血注黄龙交替上，汗随槽渡逐波流。
荒原昔日炊烟断，旱漠今朝绿色稠。
业绩辉煌功永在，山民不为水忧愁。

阳台放春

二月阳台气象新，千红万紫溢芳芬。
小孙争看雪天景，无意迎来八面春。

怀念邓小平同志

陨落巨星若许年，万民兴国忆希贤。
中原逐鹿歼顽寇，川贵攀山剿匪蛮。
改革蓝图双手绘，腾飞华夏一肩担。
英魂虽已乘风去，盖世功勋载史篇。

上庐山

腾云驾雾上庐山，跃上葱茏数百旋。
欲识匡庐真面目，深思不许俗尘缘。

庐山三宝树

仰看千年三宝树，参天蔽日傲匡庐。
镇山护寺砍难倒，历尽沧桑总不枯。

琵琶亭

琵琶亭秀临江岸，司马长歌动地喧。
韵雅声悲随水去，九江依旧思乐天。

吟友重逢

别君半岁又相逢，薄酒洗尘慰大熊①。
莫道湖城池水浅，赏荷胜过埠头东。

【注】
① 诗友，熊品莲。

井冈山黄洋界

黄洋界上雾重重，林密山高不见峰。
脚下昔闻鏖炮响，岭头今看哨营空。
敌军围困万千处，众志成城一树松。
不朽丰碑高耸起，游人但念战旗红。

井冈山水口瀑布

林密山重叠翠峦，悬崖陡壁落飞泉。
风扬瑞雪纷纷下，波击谷鸣阵阵喧。
横幕垂帘隐寒洞，清流婉转泻龙潭。
井冈妙景犹何处？五指峰前万竹园。

井冈山万竹园

茂林修竹漫群山，溪水潺潺绕翠园。
北客南亭尝茗味，井冈深处乐陶然。

上五台山（二首）

（一）

跃豁穿林上五台，云飞雾绕路漫苔。
秋山霜染景如画，山雀声声迎客来。

（二）

紫烟缭绕佛殊尊，络绎信徒朝圣门。
胜景灵峰来廓外，斜阳霞雾破红尘。

赞十佳新闻人物冯志远先生

风华正茂落鸣沙，三尺讲台视为家。
四十春秋伏教案，一腔汗血育新芽。
积劳盲目真情在，抱病残身壮志佳。
清烛尽燃光照世，诗花灿烂映天涯。

鹧鸪天·银川植物园登揽云亭

才看陵园一色青，攀梯又上揽云亭。兰山远
望时流翠，近树黄鹂自在鸣。　　林荫道、百花明。
青松翠柏慰亡灵。艰难创业漫漫路，人杰地灵自
有名。

苏幕遮·悼王其桢老师

噩音传，哀乐起。王老仙游，闻后盈盈泪。
良友吟师今别矣。泉路匆匆，唯有诗相祭。　　不
争名，何逐利？坎坷平生，岁月峥嵘逝。诗苑耕
耘魂未退。梦断骚坛，亮节人长记。

生查子·母女相逢时

去年除夜时，庭院灯如昼。女在历山前，母在萧关后。　　今年除夜时，山与关依旧。母女相逢时，泪湿盈衫袖。

忆江南·沙湖美

沙湖美，风景朔方殊。碧水金沙人尽醉，苇丛深处鸟音抒。谁不恋沙湖。

李楚芬

　　笔名楚子，女，1930 年生，湖南永州市人。宁夏医学院生理学教研室主任，生理学教授、硕士研究生导师，宁夏医学院学报副主编。出版《楚芬诗文小集》《楚子诗文选集》和《楚子诗文画拾零》。

无　悔

　　塞外痴情赋，丹心写汗青。
　　回眸卅九载，无悔慰平生。

忆上海读研究生

　　无边学海巧机缘，又上层楼喜读研。
　　申沪梧桐窗外影，朝朝伴我艳阳天。

读丰子恺先生画

　　树沐清风绿意浓，欣翻宝册乐融融。
　　千般妙趣生花笔，百态人生在画中。

忆一九五九年研究生学业完成赴银川工作

梅花二月吐清芬，四载辛勤学业成。

往岁时怀边塞梦，今朝远赴凤凰城。

青砖低炕燃煤火，黄土高原听晓铃。

豪迈人生欣起步，阳关西出上征程。

画　中　乐

年华七十学骚人，雅趣童心画里吟。

纸面白云飞紫燕，毫端翠竹响瑶琴，

熊猫憨态徐徐绘，玉兔丰姿缓缓临。

晚岁得暇心似镜，丹青戏弄兴津津。

李葆国

字源村，山东武城人，现在中华诗词学会学术部任职。

宁夏五十年大庆感怀

孤冢几度守灵丹，星塔月轮幕贺兰。
到处云楼明古邑，无边稻浪绘银川。
沙湖随看锦鳞跃，丝路永消驼梦寒。
一卷崭新开发曲，长河旭日颂征鞍。

杜桂林

　　1936 年农历五月初三生于河北滦南县马方各庄，毕业于北京大学中文系。宁夏文史研究馆员、宁夏诗词学会顾问。出版有诗词集《秋风》。

品　梅

　　　万物本同源，人花气质连。
　　　梅花开胜雪，香气惹春还。

春　意

　　　寻诗觅赋踏春忙，心旷神怡阅大荒。
　　　小燕衔泥芳草绿，东风送暖柳丝黄。
　　　窗前芍药开新朵，树上黄莺唱旧腔。
　　　日落黄昏成妙句，观星赏月少忧伤。

祭花魂

　　　桃花树下桃花冢，冢在桃源寂寞村。
　　　烂漫天真花满树，生离死别泪倾盆。
　　　焚香再奏桃花曲，舍瑟凝思树下人。
　　　往事悠悠千古恨，清明折柳祭花魂。

宁夏沙枣是谏果

　　古人因为橄榄的果味苦涩，咀嚼之后却又回甘味美，犹如忠言逆耳，所以称为谏果。宋赵蕃《章泉稿·倪秀才惠橄榄》诗之二云："直道堪嗟故不容，更持谏果欲谁从？"有一种苦笋也是初尝甚苦，食后甜味可寻，因此被称为谏笋。元周密《齐东野语十四谏笋谏果》云："（涪翁）尝赋苦笋云：'苦而有味，如忠谏之可活国'。"宁夏的沙枣花香异常，果实熟后显橙黄色，肉厚而可食，但初尝苦涩无比，细嚼则甘甜如饴，亦可谓谏果矣。宁夏的年轻人多以嚼沙枣为乐，以示敢于闯逆境。可钦可敬，赋诗赞之曰：

沙枣开花万里香，颗颗谏果泛橙黄。
初尝苦涩如青柿，细品甘甜似蜜糖。
沥胆披肝提议案，拾遗补阙为沧桑。
忠言逆耳传千古，最是魏徵名气刚。

偕友赏桃花

阳春三月风光美，塞上桃花满院香。
万蝶翩翩花上舞，千蜂袅袅蕊中藏。
清风爽爽迎宾至，细雨潇潇送客忙。
展眼春归红遍地，莘莘学子诵华章。

端午赏枣花

端阳五月枣花忙，叶片铮铮露水凉。
月照纱窗观倔影，花开半夜送芬芳。
风吹万籁霓裳曲，雨酿千盅福寿浆。
造化独钟宁夏枣，亲朋馈赠友情长。

棋 谱 诗

楚河汉界大交锋，将帅从来不出宫。
卫士宫廷斜道走，轻车战场纵横冲。
卒兵舍命无归路，宰相屯田有战功。
秘在车中先架炮，梅花古谱马屏风。

品尝榆钱

榆钱这个东西是个宝贝，和玉米面蒸面疙瘩，灾年可以救命，丰年可以尝鲜，贵贱不拒，老少咸宜。

琼花玉蕊榆钱串，手把枝条采满篮。
老少同尝风味饭，诗翁齐诵艳阳天。
觞飞盏落东家醉，碗净锅空贵客还。
岁岁榆钱开满树，年年此日会诗仙。

香 椿

香椿叶嫩味芬芳，沁润心脾赛酒香。
花小如星娇碧玉，身高似塔阅沧桑。
同尝美味邀亲友，共谱新诗颂小康。
君子之交淡如水，诗人兴会友情长。

咏白海棠

岁岁观花挤破门，题诗用尽墨千盆。
淳洁静谧冰雕骨，淡雅清虚雪化魂。
月醉星酣留倩影，风狂雨暴落伤痕。
诗翁唱和愁无韵，兴尽悲来日已昏。

清晨牡丹 (新声韵)

清晨挂露牡丹红，花瓣含羞自敛容。
醉月酣星刚隐匿，和风旭日又钟情。
云蒸霞蔚仙姿美，蝶恋蜂游春意浓。
自古文人词用尽，不知渠性爱和平。

古风·放风筝

年年正月春风早，片片风筝竞比高。

儿童曳线蹒跚跑，风筝东晃又西摇。

撒手不管风筝落，不敢撒手飞不高。

老叟拈须怡然乐，随风放线意逍遥。

手指微微抹复挑，风筝冉冉上云霄。

一张一弛自有度，文武之道在分毫。

如梦令·观大漠农家捡沙枣

只见风狂沙暴，不见白杨青草。我问老农民，
却道唯余沙枣。沙枣！沙枣！赶快退耕还草。

如梦令·中秋 （新声韵）

岁岁仲秋佳节，户户不眠之夜，大陆与台湾，
共赏一轮圆月。来也！来也！两岸杜鹃啼血。

采桑子·家乡月

最圆还是家乡月，院内窗前，院内窗前.
十五全家赏月圆。　　半圆也是家乡月，树下花
间，树下花间，七七姑娘乞巧欢。

沁园春·菊

万紫千红，苦苦争春，妒狠忌深。我栽菊满
院，金秋更美，采菊酿酒，颐养身心。博览群书，
留心礼仪，饭后茶余论古今。重阳节，备菊花美酒，
款待嘉宾。　　菊花潇洒如云。九月冷、清香不
腻人。最惹人偏爱，千丝万缕，花轻瓣瘦，分外
精神。两袖清风，一身正气，倜傥风流冠古今。
重阳节，办菊花诗会，饮酒弹琴。

调笑令·听蝉

知了，知了，蝉噪令人烦恼。无休无止唠叨，
声嘶力竭调高。高调，高调，吹到寒秋罢了！

风入松·清明

离乡背井怕清明，垂柳荡幽情。和风细雨离人泪，祝平安，折柳叮咛。走遍天涯海角，常闻柳哨伤情。　　花明柳暗又清明，游子泪晶莹。杨花柳絮飞天外，代儿孙，祭奠亡灵。春柳垂头致敬，条条都是碑铭。

渔歌子·童年的故乡

梦绕魂牵忆故乡，黄瓜韭菜最芬芳。河水绿，柳丝长，牧童口哨奏宫商。

满庭芳·两制统江山

鸟语花香，地灵人杰，澳门本属香山。桑田沧海，处处荡渔船。宁静和平快乐，弄潮汐，举棹扬帆。葡商黠，临时借住，久远不归还。　　年年睁眼盼，回归祖国，骨肉团圆。叹国家贫弱，往事如烟。改革春风浩荡，澳门岛，重返家园。全中国，狂欢庆祝，两制统江山。

忆秦娥·吊芦沟桥

鸱鸺咽，枪声惊破芦沟月，芦沟月，东倭进犯，满桥鲜血。　追怀抗日群英烈，年年祭奠清明节。清明节，芦沟桥上，白花如雪。

长相思

为儿愁，为女愁，愁去愁来白了头，甘为孺子牛。　为国忧，为民忧，忧去忧来退了休，黄河照样流。

醉花阴

久别重逢亲不够，泪水如金豆。正好是中秋，又要分离，忐忑心难受。　相思最怕黄昏后，独自观星宿。寂寞守孤灯，捉笔沉思，手指轻轻叩。

宋玉仙

女，1942 年生，河北保定安国城关药市街人。中师毕业，小学高级教师。退休于宁夏。现为中华诗词学会会员、宁夏诗词学会理事、宁夏老年大学诗词学会副会长。

初　秋

古有悲秋意，吾言重九香。

南山风日好，黄菊情丝长。

九野粮丰满，三山橘半黄。

文房挥彩墨，明月照纱窗。

咏 水 仙

绿影婷婷立素盘，鲜香袅袅满房间。

居身不恨方圆小，清水一杯自坦然。

赞 红 柳

喜居空碛碱滩旁，惯借凄风斗雪霜。

天赐霓裳红不褪，终身固土播春光。

汀　兰

寒草为邻汀是家，晨餐朝露夕披霞。
终生唯傍黄河浪，幽静零丁胜艳花。

紫丁香

风暖丁香睡眼开，绽新抖绿示胸怀。
浓香泼洒云天外，戏蝶招蜂越水来。

咏马兰

石罅悠悠念众生，栉风沐雨性坚贞。
不依归类邀偏宠，随遇而安一世清。

林业技术员李安宁 (新声韵)

山花未必少时红，夕照苍峰总是情。
巧嫁黄杨与绵木，卫茅叶绿秀寒冬。

雏燕高飞

雏燕羽丰高远飞，空巢冷寂伴斜晖。
帘栊半起抬望眼，岂逐春风一日回。

乌衣巷口遐想

十里秦淮两岸幽，绿杨深处几家楼。
古居王谢依然在，曲径亭台空自愁。
往昔浮云遮赤日，今朝画院锁清秋。
人生衰盛平常事，唯有长江滚滚流。

游锦溪①古镇

烟雨纷飞名镇游，拱桥花径水边楼。
巷深苔绿石铺路，阁巧灯红窗透幽。
几度沧桑恬淡月，一樽糟酒遣浓愁。
船娘古韵依然在，往事悠悠染白头。

【注】
① 锦溪：在上海西南 50 余公里。

西 塔

古塔悠悠气势雄，红墙黛顶接瑶宫。
层层八角悬铃响，寂寂千年守业忠。
月下蝉鸣西塔影，日高烟绕上苍穹。
红尘幻化春秋过，依旧昂然夕照中。

癸未抒情

夜阑思绪一何深，心事堪将付玉琴。
后羿望穿千古月，嫦娥不解一人心。
青春逝矣丹忱在，霜鬓飘然苦觅吟。
追忆花前携手处，清风明月漫芳林。

扶贫羊路小学

五月榴花照眼明，长郊秀野麦青青。
同心百里捐书急，羊路千童尽读声。
半亩方塘滋沃土，一张课桌献真情。
期望桃李家乡丽，花果山园赖雏鹰。

浪淘沙·为强锷校长祝寿

绛账启蒙童，乃是豪雄。三千桃李浴春风，
烛影蚕丝垂典范，泰岱尊宗。　　更喜晚霞红，
八秩师翁。老龄事业感情浓，重九举觞歌耋寿，
不老苍松。

鹧鸪天

万物循环各有缘，人间绚丽有情天。乐声总是琴弦配，寥落烟中一雁寒。　　思梦外，立窗前，偕听忆旧鸟关关。已知梅探轩檐雪，似见春光胜昔年。

清平乐·磁窑堡煤矿

磁窑画卷，碧树千花烂。翰海沙柔绌锦缎。紫气霞光红遍。　　山围绿绕煤城，八方来客繁荣。滚滚乌金浩渺，深藏难没香名。

扬州慢·游豫园

茶树嫣红，豫园佳处，绿筠正对梅黄。赏樟林秀谷，尽旖旎风光。绮龙殿、歌台舞榭，曲桥风韵，空镂朱窗。蕙风吹、香淡宜人，波绉池塘。　　构亭聚石，算如今、多少沧桑！叹惜帝国英侵、倭魈入寇，浑体鳞伤。卷雨穗堂仍在，楼闲锁、冷月如霜。念檐前秋雨、潇潇千古情长。

玉楼春·韩国之行

汉城大学风光好，峦叠秋枫烟雾渺，雨停空气爽陶陶，两两时禽枝杪噪。　　探京还梦归侵晓，西望家乡黄海淼，中庭月色正清明，寂寞梧桐纱牖照。

水调歌头·献给海棠诗社三周年

风暖草鲜翠，林苑满庭芳。海棠轻叠红靥，纤蕊靓绡缃。萼嫩青青如玉，晨露莹莹欲滴，脉脉遣情伤。丽日碧空熠，一派盛春光。　　云舒卷，花开落，叶青黄。三年诗社，秋影留照举琼觞。云水融融共步，杨柳依依偕舞，谁料月飞霜。冷暖自然事，撰写好华章。

长相思·白杨

赞白杨，颂白杨，志在西疆大漠荒。春天分外苍。　　战寒霜，斗寒霜，戴月披星做护防。无私自是墙。

临江仙·游北戴河

气爽天高烟雾淡，乘舟览海无边。白鸥点点舞翩翩。远山叠翠，海蜃更奇观。　　潋滟水波帆影乱，疏风拂面微酣。轻吟浅唱伴流年。画船拢岸，心比水云宽。

鹊桥仙

千秋翰墨，琴歌同趣，思去思来几度。醉扶孤石看风云，可记得、年前醒处。　　风摇翠竹，影斜纱牖，月下窗前独语。百花千草吐芬芳，恰又是、春风雨露。

谒金门·哀王公其桢

惊获悉，王老清魂安谧。痛断肝肠潜泪急。晦云萧瑟泣。　　忆昔授吾韵律，删改常忘身疾。此去泉台云路极，谒堂香炷揖。

鹧鸪天·游金水园

光照金沙古渡滩，春风旖旎染边关。蒹翻柔影千鸥恋，水泻平川两岸宽。　　情切切，舞翩翩，澄湖飞艇亦逍然。摩托赛场休闲处，羌管高弦唱九天。

苏幕遮·游生态旅游区长流水

碧云天，荒漠地。绿叠沙丘，谁点烟波翠？草掩清泉三股水，十里潺潺，峡谷深幽美。　　赏悬崖，观瀑沸。生态资源，一石千金贵。淳朴山卿宵不寐。燕带春风，催发寒梢蕊。

汪普庆

中华诗词学会原副会长。

家访回民村

喜访永宁县，回胞更觉亲。
纳村千载史，华夏一家人。
祖籍南边塞，子迁北燕岑。
黄河歌九曲，各族庆同欣。

[中吕] 满庭芳

西夏古垣，贺兰山麓，塞上江南，赞历代诗
文画卷。万紫红嫣，看百花争芳斗艳，鸟缨鸣管
笛琴弦，羡今年华光更灿、万卷倾歌寰。

沈　鹏

著名书法家、诗人，中国书法家协会名誉主席。

贺兰山岩画

亦神亦怪亦疑人，昔日山坡绿草茵。
仰看弥高岩石上，至尊端是太阳身。

沈华维

宁夏永宁县人，大专文化。宁夏消防总队原政治部主任，副师职，大校警衔。宁夏诗词学会顾问。

六盘山写意（四首）

晨景（新声韵）

无边旷野雾朦胧，山道蜿蜒脚步匆。
眼下庄稼流翠浪，远方几处有禽鸣。

牧 人

山高云淡马牛多，碧草风吹起绿波。
何事峰头闻笑语，牧童崖畔唱新歌。

夕 阳

漫天暑共夕阳去，遍野花香扑鼻来。
不叹黄昏无限好，枪尖光照映胸怀。

塞上江南

黄土高原纸一张，春来绿染景辉煌。
江南塞北图千卷，战士守边气自昂。

太湖水污染有感（二首）

（一）

太湖一夜起风波，不是清漪是恶魔。
政绩当年官狂庆，哪知今日苦多多。

（二）

天工万物巧安排，不许尔曹胡乱来。
浊水黑烟无止日，只因人祸胜天灾。

写在退休之时（二首）

（一）

脱下戎装心坦然，千金难买是清闲。
浮名已伴秋风去，平仄韵敲意自欢。

（二）

少时偏被乱时误，解甲归来苦读书。
半百生涯戎马过，今游学海意方舒。

塞上新农村建设即景（二首）

塑料大棚

腊月银棚绿意栽，春光任我巧安排。
枝头玉果盘中画，叶底金瓜入韵来。

万亩长枣园

满天红透漫云霞，果实压枝柳叶斜。
塞上秋来风景异，枣农脸上乐开花。

由海口到三亚

百里平畴草木稠，嫣红姹紫眼中收。
天高直觉胸襟阔，云淡不知意念忧。
细雨有情添烦恼，椰风无意送轻柔。
花开四季春常在，海角天涯自风流。

贺张苏黎先生八十华诞（新韵）

八秩沧桑笔未停，经风沐雨笑从容。
武如飞将戍边塞，文若坡翁唱大风。
敬业无言声自远，清廉有证映天庭。
泛舟韵海身心健，白首耕耘信有情。

夏日家中偶得

小区深处是吾家，雀叫犬迎意自暇。
庭院又来新燕子，门前怒放向阳花。
老夫静坐看书报，游子飘零闯美加①。
不慕官商和大腕，最迷风景是红霞。

【注】
① 指美国、加拿大。

军旅生活吟怀（六首）（新声韵）

部队故地行

自从离去梦中偿，千里归来太怆凉。
瑟瑟西风吹冷袖，严寒大雪漫圮墙。
当年战友今何在？列队群峰迷彩装。
百万裁军藏弩马，神兵勇将返家乡。

战友重逢

白头老友喜相逢，把酒泪盈话语频。
跃马高原五千里，挥戈紫塞二十春。
少年无患西风苦，朔气难消战履痕。
解甲归田豪气在，英雄回首任精神。

战备施工

凿洞筑壕防战争，贺兰山麓马嘶鸣。

铁锤砸碎霸权梦，血汗凝成万里城。

夏顶黄沙沙柳旺，冬披白雪雪光莹。

枕戈达旦安边塞，战士心忧天下情。

军事演习①

旌旗浩荡虎师雄，石走尘飞龙卷风。

案上沙盘天外事，阵前红绿②校场功。

能攻善守堪劲旅，博览深思出智能。

不敢藏弓鸟未尽，国家宁静赖精兵。

【注】

① 1982 年 8 月 26 日在贺兰山防区举行陆空联合军事演习，规模庞大。我时在演习前线指挥部。

②红绿，指演习对阵双方分为红方与绿方。

怀念老班长

同甘共苦六年头，流水兵营任去留。

众口锅中尝日月，一壶白水饮春秋。

行军路上负担重，深夜查房脚步柔。

万里迢迢常挂念，相逢不晓啥时候。

贺兰山阙①

东眺黄河西靠山，平原无际富桑田。

兵家血雨诗家韵，绘作长春望贺兰。

【注】

① 爱国将领岳飞曾在满江红词中留下"踏破贺兰山阙"名句。

大 散 关

秋风铁马去如烟，南北通衢扼陕川。

古道犹闻壮士曲，雄关罕见戍人还。

无端泾渭河边骨，化作帝王顶上冠。

鉴史观今思邈邈，生机不尽卷波澜。

杂 感

亦幻亦真醉眼瞧，红尘随意九霄抛。

书生欲仗手中笔，竖子深藏笑里刀。

鱼赶新潮群向海，鸟寻旧梦独还巢。

任它门外嘈声起，我自吟诗落紫毫。

肖　川

1944 年生，本名赵福顺，原籍河北。曾任《朔方》副主编，宁夏文联、作家协会副主席，宁夏诗词学会顾问。出版过诗集《塞上春潮》《黑火炬》等。

赠宁夏绒线厂高鸿喜厂长

有绪明言意不多，厂区原是北沙窝。
高峰低谷云涛幻，壮士英才日月磨。
闻道兴衰随气候，谙知成败在人和。
未因困忧乱方寸，挺立潮头又赋歌。

秋兴步杜甫原韵（二首）

（一）

白驹流韵日西斜，望似人生落岁华。
一叶皮舟横古渡，千重雪浪觅新槎。
无心合奏花间曲，偏爱独鸣塞上笳。
厚土雄风长嘱我，羞将青果慰春花。

（二）

良田从未自夸功，秋实累累寂寞中。
随便有无三月雨，任凭来去四方风。
嘉禾岁岁连天碧，茨果年年育血红。
君若谦恭学到老，信他不是等闲翁。

何南史

台湾著名诗人，文学博士。1992 年 8 月 15 日偕夫人何蔡秀莲女士访银川。

和董老登北塔诗

塔上悬铃俨大厦，赫连勃勃气凌云。
扬禅岂止三千界，列国何妨十六分。
日月同扶襟畔朗，乾坤悉纳袖边欣。
银川吐采凭何董，境界中华万里芬。

题吴尚贤

尚贤尚杰早流传，季札高风贰大千。
我自台湾挥彩笔，琼瑶遍布汉山川。

题强锷先生

强而且壮回民族，锷更能坚大漠雄。
此日银川欣把晤，支天浩气顶苍穹。

题张源先生

九龄金鉴重千秋，此日银川远裔留。
瓜果迎途秋色净，吟声定振古神州。

赠张心智先生①

大千世界系规绳，岂止银川哲嗣兴。
永葆青春公路树，同看西夏昊王陵。
残丘一带凄无限，野色千层寂可凭。
吊古苍茫稀过客，九重春梦坠荒藤。

【注】
① 心智先生为张大千先生长公子。

和张源先生赠诗

天骄弈代凤凰城，此日龙吟萃众朋。
总是中华盟万族，光明日月并环生。

附张源诗

贺兰山下凤凰城，鸣鹿呦呦迎远朋。
一见情亲如故旧，血浓于水共根生。

和秦中吟七绝（二首）

（一）

沙湖到后赫连塔，乳燕同携万里来。
宾馆更欣宁夏集，祥云瑞彩一齐开。

（二）

清真有寺度秋春，四百年来气象新。
辉古灿今多少事，群伦德业动天人。

附秦中吟诗（二首）

（一）

坚冰已破浪澎湃，海燕双双入塞来。
信息春风传万里，百花岂不朔方开？

（二）

先生喜到凤凰城，惊见边关柳色新。
美酒一杯身自健，朔方处处有亲人。

同游沙湖

1992年8月17日偕夫人何蔡秀莲、女儿嘉庆、随从秘书王
奇等同游。

名湖浪荡孕黄青，挹籁相偕并纵舻。
千苇咸陈分大小，亿沙无际蕴神灵。
风师迓我频群集，日驭迎宾偶一停。
老幼同游齐畅亮，水禽欣眺往来形。

访银川南关清真寺

清真大寺领南关，名世长堪重两间。
教化人心归正觉，宏声更使客开颜。

告别银川

塞上江南共举杯，群伦襟抱一时开。
再逢并展凤凰翼，分领银川浩荡来。

何敬才

又名何铮，号重阳，1944 年阴历九月九日生。大学中文专业。曾任银川市金凤区政协主席（副厅级），高级政工师职称。宁夏诗词学会顾问。著有诗词《蓝梦集》。

归　雁

萧瑟秋风天气凉，凋零草木露凝霜。
南飞雁字黄陵道，北望关山犹断肠。

为战友题国画云雾衔山（新声韵）

战友携画求题，言及转业，疑虑甚重。予以自身体验奉告，劝以淡泊心态处之，并题诗以慰勉也。

雾绕衔山千嶂漫，风云高处总清寒。
茅屋谷底人安稳，草自青青水自闲。

金陵缅怀母亲（新声韵）

身在异乡思故乡，南国北望路茫茫。
梦中依旧慈颜泪，坟上应知青草长。
三卷史书遗宝鉴，终身教诲傲强梁。
重阳不忘思风范，独放黄花满院香。

何志鉴

1935 年 4 月生，湖南省安乡县人。宁夏建工设计院原党委书记，高级工程师，已退休。现为宁夏老年大学诗词课教员、中华诗词学会会员、宁夏诗词学会顾问。出版《诗词曲韵谱及秋蒿拾零》。

鸣翠湖

鸣翠望无边，荷塘芦荡连。
一池粉莲放，两座水车旋。
飞鸟碧波戏，小舟丛苇穿。
迷宫难辨向，赖有舵公还。

火山口

谁惹天公怒，千寻烈焰喷。
熔岩摧万物，地表有遗痕。
坡陡皆奇树，坑深满绿阴。
今凌火山顶，鸟瞰海南春。

乡情

南腔北调贺兰山，青发霜丝四十年。
今日他乡若相会，都言故里是银川。

闲 赋

东篱菊艳远红尘，益友良师倍率真。
起舞放歌舒倦体，吟诗作画品甘醇。
可亏己处能亏己，得让人时且让人。
名利已为前日事，闲情逸致长精神。

登陵园揽云亭

一亭高耸出凡尘，拾级登临可揽云。
黄水悠悠穿北塞，兰山默默锁西垠。
青松疏影丹丘静，碧草丛生净土纯。
借问湘君何处是，黎民身后此归真。

登海宝塔远眺

廿寻尖塔刺青天，阅尽沧桑千五年。
西夏君王寝金塔，史前岩画现兰山。
高粱红出镇北堡，昊殿东临金水园。
更望南关新月挂，明珠颗颗缀银川。

石

不正不方难补天，水冲风蚀不知年。

依稀山在虚无处，隐约云飞飘缈间。

纹似清明上河景，状如南极老人颜。

多亏慧眼能相识，身价登时上万千。

忆江南·耆者乐（二首）

（一）

耆者乐，自乐遣时光。偶作歪诗三两句，间书狂草十余行。闲逸望西阳。

（二）

耆者乐，互乐遣时光。或与老妻相对弈，或携顽仔共徜徉。倦卧北窗凉。

长相思·荷塘双鸳

白头莲，粉头莲，两两同开直干巅。并头向九天。　碧头鸳，翠头鸳，对对共栖曲水边。相依到永年。

长相思·衣

新三年，旧三年，一件蓝衫四季穿。因无票和钱。　　箱内翻，柜内翻，件件衣裙时景迁，问君添不添？

阮郎归·咏紫荆花

朱门深院梦浓眠，西风扫玉栏。庭前多少绿红残，愁长比百年。　　经酷日，抗霜天，新容涤旧颜。莺啼燕语满园欢，紫荆花蕾妍。

阮郎归·咏莲

西风无赖搅波澜，摧残白玉莲。岸边妈祖泪斑斑，沉冤四百年。　　莲粒赤，藕丝连，污泥不染颜。东风已绿百花园，今添菡萏鲜。

诉衷情·百花园——香港回归十周年作 (新声韵)

　　紫荆绽放已十年，园里共争妍。五十六簇如锦，叶茂老根连。　　花纵异，品虽繁，尚非全。海峡东岸，有圃葩奇，尚待同园。

诉衷情·黄河长江 (新声韵)

　　一生劳务在他乡，早已淡潇湘。近来屡梦儿伴，憾醒月明窗。　　追往事，叹流光，暗忧伤。百思千想，权把黄河，当作长江。

清平乐·重九

　　细风送爽，大地铺金浪。塞上江南丰景望，回汉花儿同唱。　　晨曦初照东窗，古稀游子轻装。邀集乡朋三五，登高引领潇湘。

清平乐·重阳

　　金风拂帽，遍野黄花俏。满目青山风景好，古木小溪幽道。　　日斜飞鸟归巢，临行小草摇梢。满载诗情画意，一天不觉疲劳。

鹧鸪天·遣怀——退休一周年

岁月流痕额上堆，去年今日老休归。重重往事般般现，漫漫前途隐隐窥。　须渐白，发全灰，也该潇洒走一回。夕阳正艳及时乐，一曲清词酒一杯。

鹊桥仙·羊皮筏子

黄河古渡，羊皮筏子，千载行人惆怅。三年灾难酷寒冬，曾渡我、南沿勘矿。　黄河新景，羊皮筏子，今日游人飘荡。新元盛世艳阳春，又载我、中流戏浪。

踏莎行·西夏王陵怀古

黄水腾蛟，兰山跃马。刀光剑影相争霸。羌人党项竖龙旗，枭雄元昊称孤寡。　二百春秋，三分天下。古今评说何曾罢。任他千载朔风侵，犹存金塔光西夏。

高阳台·新纪晓思

百载归零，千年换二，悠悠永乐洪鸣。岁岁迎春，今宵别样心情。多欢五十生辰后，泛神舟，荷绽娉婷。好时光，亿众开颜，歌舞升平。　　如今尽洗前朝耻，望中华一统，以慰先灵。继往开来，东方古国重新。料孙待到余龄日，举家游，旅月成行。幻思纷，兴不成眠，弄笔天明。

永遇乐·感怀

羊拥银涛，稻翻金浪，丰景无限。电馈东西，车驰南北，一派繁荣现。萧关塞上，天时地利，再睹凤凰高展。历沧桑，青丝白发，流光一瞬如箭。　　昔年创业，初生之犊，不畏艰难困险。露宿兰山，风餐黄水，无悔青春献。如今年迈，眼花耳闭，难以再临一线。只能是，摇唇鼓舌，一旁助战。

沁园春·山里春光

春日寻芳，爽面和风，暖身艳阳。看兰山隐隐，层峦叠嶂，黄河漫漫，九曲回肠。铁马奔驰，银鹰起落，行客熙来攘往忙。须知道，那山中幽景，更若桃乡。　　老来常忆昔时，壮小伙、青春血气刚。总趁春赶早，进山测量，搭篷安灶，定线埋桩。柔柳迎宾，清泉款客，烂熳山花别样香。期有日，约旧朋重赏，山里春光。

[越调] 天净沙·四季（四首） （新声韵）

春

暖风淑气朝霞，嫩芽黄鸟红花，玉女金童姹雅。晨曦如画，上学路上唧喳。

夏

疾风骤雨霓虹，绿枝青草花丛，T恤时裙帅总。骄阳高控，熙熙攘攘匆匆。

秋

黄花红叶白霜，碧空归雁他乡，翳目灰头伴两。夕阳西降，琴棋书画诗章。

冬

北风白雪梅花，青松翠柏琵琶，银发金婚寿俩。老人星挂，天伦四代人家。

[黄钟] 节节高·奥运来了 (新声韵)

篆书文字，奖牌镶玉。福娃共举，祥云火炬。举国巡，珠峰到，四海及。华夏传统文化奥运里。

[正宫] 端正好·早市 (新声韵)

旭日东升，朝霞艳，金风细、除尽残炎。行人车辆相鱼贯，一派繁荣现。

[滚绣球]

大街那端，小巷里边，清晨起、许多商贩。有些人、就地摆摊，还有人、边走卖喊。上班族、不加盘算，痛快掏钱，抓紧时间。大娘买菜挑花眼，老汉掏包付菜钱，东看西观。

［叨叨令］

雪白的莲藕掰成段，包心的白菜分成半，新挖的大蒜编成辫，金黄的南瓜切成瓣。新鲜的韭菜也么哥！粗嫩的芹菜也么哥！两旁摊贩高声唤。

［脱布衫］

一筐筐咸淡鱼鲜，一箱箱红绿橘柑。一堆堆猪羊肉肝，一排排卤鲜禽蛋。

［小梁州］

锅碗瓢盆杯盏盘，一应齐全。布巾衣裤帽鞋衫，都比商场贱。巷那头还卖报纸期刊。

［幺篇］

那边有个小吃店，店门前蒸烤炸煎。热豆浆，稠稀饭。肚饥难按，请您坐下用早餐。

［尾声］

该买的全都已买，听哨声早市也该完。卖菜人眉开眼笑将钱点，小百姓称心如意回家转。

吴报鸿

安徽泾县人。原为国务院办公室干部、中华诗词学会副秘书长。

初访宁夏

塞上江南紫气临，珍稀五宝胜于金。

固沙有术创奇迹，瀚海翻为郁郁林。

吴 视

五十年代曾任诗刊编辑,六十年代在宁夏银川夜大任教。

欢呼古塞扮新装

——祝贺宁夏回族自治区成立五周年

回汉弟兄聚满堂,欢呼古塞扮新装。
乌龙摆阵穿岩矿,彩凤提花渡海洋。
绿漫农田渠结网,红栽学府树成行。
玉门遥接车窗外,一路春风到远疆。

吴宗渊

　　江苏省常熟市人，1928 年生。北京师范大学中文系毕业。原任宁夏大学中文系教授、语言教研室主任，宁夏诗词学会顾问。著有《词格例说》。

登嘉峪关

　　丝绸路上散油香，古战场边建酒钢。
　　嘉峪雄关来作证，人间正道是沧桑。

瑶池畅想

　　风和日丽白云开，大地春回不复衰。
　　阿姆靓装筵士女，雪山碧水伴游来。

〖中华诗词存稿·地域专辑〗

中华诗词学会 编

宁夏诗词选

（二）

宁夏诗词学会 编

中国书籍出版社

China Book Press

图书在版编目（CIP）数据

宁夏诗词选.二/宁夏诗词学会编.—北京：中国书籍出版社，2020.8

（中华诗词存稿）

ISBN 978-7-5068-7908-8

Ⅰ.①宁… Ⅱ.①宁… Ⅲ.①诗词—作品集—中国

Ⅳ.①I22

中国版本图书馆CIP数据核字(2020)第143305号

宁夏诗词选·二

宁夏诗词学会 编

责任编辑	李国永
责任印制	孙马飞　马　芝
封面设计	采薇阁
出版发行	中国书籍出版社
地　　址	北京市丰台区三路居路97号（邮编：100073）
电　　话	（010）52257143（总编室）（010）52257140（发行部）
电子邮箱	eo@chinabp.com.cn
经　　销	全国新华书店
印　　刷	北京虎彩文化传播有限公司
开　　本	710毫米×1000毫米 1/16
字　　数	378千字
印　　张	34.5
版　　次	2020年11月第1版　2020年11月第1次印刷
书　　号	ISBN 978-7-5068-7908-8
定　　价	798.00元（全2册）

目　　录

张　嵩

陆占洪

项宗西

段庆林

胡守仁

胡清荷

胡玉景

赵玉林

赵　庚

赵焱森

赵前

赵稳和

姚国伟

星　汉

俞安民

宣奉华

姜润境

秦中吟

新田园诗

塞上风情

腾格里放歌

谈文英

袁第锐

柴啸峰

唐甲元

贾朴堂

黄志豪

黄正元

崔永庆

强晓初

强永清

焦传忠

董家林

韩长征

蔡厚示

熊　烈

熊品莲

熊秀英

吴丈蜀

1919 年生，四川泸洲人。中国作家协会会员。曾任湖北省社会科学院文学研究所古典文学研究专业负责人。著有《读诗常识》《诗词曲格律讲话》等，中华诗词学会常务理事。

银　川

银川市建宁园碑廊，因赋一律，书之应约。

贺兰千仞护银川，西夏古都近皕年。
黄水滔滔通大漠，唐渠滚滚溉良田。
帝陵布列留残俑，宝塔巍峨屹故山。
古郡如今新貌出，欣看塞上是江南。

吴淮生

1929 年 8 月生，安徽泾县茂林村人。中国作家协会会员，一级作家。曾任宁夏作家协会副主席、宁夏文联文艺理论研究室主任、宁夏少数民族文学讲习所常务副所长、《塞上文谈》主编等。现任中华诗词学会名誉理事、中国散文学会理事、宁夏诗词学会名誉会长。著有诗集《塞上山水》《漂泊的云》《新声旧调集》《吴淮生诗词选》，散文集《梦里青山》《人世沧桑谁识》《思濂庐散文》，以及《诗词曲格律手册》等。

吉兰泰晚眺

偶客银湖畔，闲来步岸东。
蓝天垂大野，轻雾逐咸风。
盐砌冰山白，云烘晚日红。
明灯倏忽亮，轧轧采机隆。

由吉兰泰至乌达车中口占

列车行瀚海，草障筑篱笆。
铁轨尘埃净①，行人笑语哗。
边风吹朔漠，塞月照流沙。
涉目成诗趣，却忘云外家。

【注】
① 铁路旁筑方格草障固沙，保证铁路畅通。

述怀次林锡纯同窗韵

莫叹流光逝，案头馀打油。

书痴怀国事，战士忘私仇。

手执描春笔，情随逐浪舟。

此生无壮志，文苑作耕牛。

游贺兰山小口子

驱车从此入，山势卧长龙。

泉洗贺兰石，云横笔架峰。

朔方称宝刹，骏马护青松。

踏遍危崖路，诗情比酒浓。

夜宿六盘山顶

拔地三千米，凌空二岱遥[①]。

苍穹连玉阁，星月挂崖梢。

银汉峰前瀑，雁鸿云外桥。

天风吹猎猎，相送入灵霄。

【注】

① 六盘山相当于两个泰山的高度。

重游岳阳呈诗人李曙初、方华文二同志

初临洞庭水，重上岳阳楼。

醇酒主人意，渡船游客浮。

诗思追雪浪，朗咏忘归舟。

忽听车轮唱，别情曳泪流。

次韵呈臧克家先生

日照桑榆正蓊茏，童心长在未为翁。

诗人何必嗔台镜，霜叶春花一样红。

咏桃花四绝句次叶元章先生韵（二首）

（一）

绽苞带露溢清新，照眼绯云爱煞人。

风雪迷茫冬去后，芬芳又是一年春。

（二）

犹忆群芳争艳日，渠知冰雪矸元真。

罡风不是千年客，谢落春花香满尘。

（三）

树劲花红系一身，经冬风骨更无尘。
于今绿叶扶甘果，却把清凉遗路人。

（四）

十年风雨五年春，老去红颜几许人。
花落花开缘底事？莫为新蕾泣前尘。

访成都薛涛井

望江楼畔读遗篇，淡日凉风竹影翩。
唯叹我来千载后，吟诗不得浣花笺。

同游汉阳古琴台赠内

龙门曾叹扣难开①，似水流年我又来。
尘海知音长作伴，何须重访古琴台。

【注】
① 七年前曾访琴台，门紧闭，未得入而返。当时曾有一绝句。

题《茂林春秋》（二首）

安徽泾县政协文史办公室编辑《茂林春秋》一书，史存乡里，功在桑梓，德馨来者；亦兼慰远人之望。因赋二绝以志感忱。

（一）

往事钩沉出逝流，茂林风物入春秋。
客窗一卷如相伴，应忘飞沙屋外头。

（二）

梦萦濂水水长流，一别家山四十秋。
赖我乡贤传史笔，亲情点点入心头。

过昆明未访龙门

偶过春城印屐痕，西山日色正黄昏。
平生未解登龙术，故少机缘入此门。

遥寄故乡友人

天涯何处觅归舟？梦里江南五十秋。
犹记东溪堤上月，清辉曾照少年头。

贺友人新婚

天涯邂逅喜相求，携手同登幸福楼。

孤雁悄飞随逝水，长空比翼此从头。

芬芳沙枣开宁夏，花月春风下蜀州。

一曲恋歌天汉远，笑他织女与牵牛。

访成都杜甫草堂

蓉城腊月溢清芬，芳草柳烟环丽暾。

为慕高风传胜迹，遂教缘客入蓬门。

遗篇剑外千年韵，结屋荒江此日痕。

广厦连霄看不尽，云笺寄语慰诗魂。

阿拉善左旗一瞥

立马边陲古战场，江山洗尽旧凄凉。

流沙已让千林绿，麦浪新添万顷黄。

巴镇当时空定远①，雄关此日固金汤。

驱车烽火台前路，一曲花儿漫牧羊②。

【注】

① 旗政府所在地巴音浩特旧名"定远营"。

② "花儿"为流行于甘、宁、青之一种民歌曲调，回族人喜唱之。称之为"漫"。

初访苏州

初访姑苏入画来，锦山绣水傍楼台。
适逢絮雪纷纷下，却见园林树树开①。
罗汉传神惊匠巧②，虎丘含笑逛春回。
风光岂独江南好，万紫千红举国栽。

【注】
① 游时红梅正开。
②苏州西园寺有五百罗汉塑像，无一相同者。

昆明大观楼

昨宵梦入大观楼，楼上长联湖上舟。
满目柳烟人欲醉，四时花信岁无愁。
远山含黛黛如洗，近水闻歌歌亦流。
羡煞春城常住客，一生未解夏冬秋。

咏 兰

自居空谷自芳菲，不向尘寰向翠微。
重紫浓朱难作伴，清风朗月却相依。
欣将玉影临深涧，闲沁幽馨入洞扉。
山里香飘山外去，谁云寸草负春晖！

游黄山归途口占

云屏雾嶂忆仙姿，乍别群峰步履迟。
迎客松前看晓日，飞来石畔度秋时。
牵猴观海树吟曲，梦笔生花人赋诗。
采得天都茶去后，芬芳一路撒情丝。

过黄山立马桥

曳雾牵云立马桥，有诗无马也逍遥。
回头海拔千公尺，放眼天梯百丈迢。
玉瀑帘垂幽谷底，冰痕链挂半山腰①。
为寻仙女真风韵，踏遍峰峦上碧霄。

【注】
① 青鸾峰上有第四纪冰川擦痕，如链状。

桐城客舍赏腊梅

风韵天成异众芳，独开小院沁幽香。
客中伴我若良友，月下为君吟短章。
不向人间争秀色，愿将岁暮绣春光。
可因思念林和靖，减却红颜作淡妆？

参观武昌起义纪念馆

秋雨春风七十年，漫将青史付云烟。
沉雷惊破君王梦，碧血难描百姓篇。
一代英雄随逝水，三城儿女入新天。
何时唱彻归来曲，海浪江潮共管弦？

登岳阳楼

客中偶上岳阳楼，雪浪烟波何处舟？
情绕君山难划却，心随湘水未平流。
便无李白当时醉，也效徐霞此日游。
不是诗人不荡桨，无缘傍岸度春秋。

夜过阳平关怀古

十年三过古雄关，丞相兵机未许看。
树影婆娑旌帜动，车声鞋鞳凯歌还。
金戈铁马入尘梦，羽扇纶巾垂宇寰。
指点当时征战处，浑茫夜气罩苍山。

利州怀古①

踏月云游到广元，嘉陵江上看风烟。

浣纱西子能存国，出塞明妃为睦边。

旧里遗踪皇泽寺，竹书勋业太平年。

蛾眉不上东施脸，颦效何如武则天。

【注】

① 利州，今四川广元市，武则天曾居此，遗迹有皇泽寺。

忆采石矶太白楼

碧天皓魄照平沙，谁系扁舟泊酒家？

旧说荒唐江底月①，新栽疏密岸边花。

三章春曲清平调，一渡秋思采石茶②。

最忆翠螺山下路，楼头掩卷听琵琶。

【注】

① 俗传李白舟中醉酒，于此处水底捞月，沉江而死。

② 渡口原有茶肆。

乘江轮过马鞍山

曾忆当年出白门，轻舟一叶过荒村。

秋风彻骨芦花瘦，暮霭笼江月色昏。

钢铁铸成新闹市，烟波难觅旧精魂。

楼船傍岸华灯里，笑把沧桑仔细论。

塞上即景

长河洗却笛箫愁，浪逐年华廿五秋[①]。

骏马腾飞堪勇健，凤凰翔舞自风流[②]。

银川城上银灯灿，石嘴山中石炭稠。

欲访贺兰烽火迹，墩旁绿树傍红楼。

【注】

① 此诗写于 1983 年，时宁夏回族自治区成立 25 周年。

② 贺兰山又名骏马山，凤凰城为银川的别称。

和羊令野先生韵[①]

（一）

寄语东流雪浪花，何时归看柳丝斜？

江南春雨香梅李，故里秋风熟豆瓜。

老病投医犹可愈，兴豪沽酒不须赊。

乡情也似诗情炽，应向杯弓笑影蛇。

（二）

卅年海浪幸余生，客馆何堪杜宇声。

宣纸云铺俟手笔，泾川日照正天晴。

同时同里难同识，有卷有才知有名。

倘赋归来桑梓友，西窗煮茗论诗情。

（三）

音书景物两依稀，回首当年人事非。

半世飘零伤客舍，少时踪迹叩心扉。

东行白发几茎落，西望长安何日归？

应是梦魂拦不住，凌涛夜夜逐风飞。

（四）

故园芳草年年绿，遥念孤檠漏夜迟。

四度达摩羁海壁，三千弱水濯鬟眉。

情弥手足当时乐，梦寄家山此日悲。

东去峡云如有意，也携诗简向窗垂。

【注】

① 台湾诗人羊令野先生，原籍安徽泾县，与予同里。

偶感（二首）

（一）

自拨琴弦自理筝，无烦师旷辨歌声。

功名富贵尘寰物，风格文章肺腑情。

枕畔残存桑梓梦，山前却赋塞垣行。

炎凉变幻催人老，犹作衰牛尽此生。

（二）

文坛宦海两无门，淡月清风垂老身。
名利场中冷眼客，作家群里小诗人。
愧疏佳什惊天下，幸有俚词聊自珍。
酒罢狂来歌一阕，任他闾巷自评论。

看回族女画家曾杏绯画展

国色天香纸上春，仙姿爱煞看花人。
丹心未老丹青老①，画笔难新画意新。
铁骨红梅傲雪夕，柔枝绿竹笑风晨。
洛阳名蕊从何觅？艺苑芳馨胜酒醇。

【注】
① "丹青老"，取"庾信文章老更成"之意。

次鲁迅韵答林锡纯同窗

韶华空负少年时，犹吐春蚕未尽丝。
卅载边风频入梦，半生文苑合摇旗。
不谙竽调难吹曲，偏爱真情好赋诗。
灯下双撑老花眼，赶为邻女制新衣。

乘江汉 57 号轮口占

航船西去拂秋风，无限关山尽览中。

江窄初惊三峡险，湖平犹记葛洲雄。

明妃去后人无迹，屈子归来魂有踪。

神女芳姿应未减，柔纱掩处总朦胧。

过 夔 门

星槎向晚入夔门，灯闪航标疑远村。

起伏江声潮浪激，嵯峨山影月云昏。

才从巫峡窥神女，又近丰都问鬼魂。

白帝孤城犹有迹，何劳青史作评论。

次韵答资生同志①

雁迹西陲卅二秋②，天涯旧识月如钩。

荆钗虽老堪为伴，戎马无缘未觅侯。

诗国风骚争李杜，红尘游戏笑巢由。

人间毁誉寻常事，不向心头向逝流。

【注】
① 周资生，湖南支宁战士，中华诗词学会会员。
②此诗写成于 1990 年。

偶 感

平生只合结诗缘，湖海萍踪四十年。
不恋芝麻官七品，但萦书画屋三椽。
新篱待土栽山菊，旧几除尘供水仙。
闹市清居交物外，桃源何必在溪边。

乘汽车由陕入川过汉中怀古

云栈盘旋几百重？飞车川陕历岿雄。
谷深惊见来时路，峰险全凭驾驶功。
六出军师师未捷，三分棋局局成空。
古来多少兵戎事，都入行人笑语中。

题银川植物园

绿色名园何处寻？银川城外树森森。
葱茏四季常春色，游旅八方融笑音。
花发幽兰舒蝶意，蕊开玫瑰沁人心。
朝随诗友采风去，亭午归来香满襟。

银川鸣翠湖

夏日酣游鸣翠湖，湖光野色竟何如？

红莲款款花摇曳，芦苇亭亭叶密疏。

傍岸水车翻碧浪，波间小艇戏游鱼。

欢歌笑语迷宫里①，天自清凉意自舒。

【注】

① 舟行芦苇丛中，九曲十八湾，人称之为迷宫。

无　题

时空无极两茫茫，偶在人间走一场。

清逸自惭曹子建，疏狂已效贺知章。

文君司马终成俪，咏絮吟盐孰更良。

豪气不争苏陆句，潇潇暮雨入诗行。

哭臧克家老人

龙蛇笔下老难休，世纪风云一百秋。

载誉文坛驰老马，充军湖畔唱耕牛。

华章留得三千首，诗国堪称万户侯。

韵和述怀怀立雪①，从今吟罢泪双流。

【注】

① 予曾有和克家先生述怀诗。

采桑子·青城来去①

　　乍来惊见青城美，极目高楼，楼外高楼，身在他乡不觉愁。　　归程欲绘青城美，诗笔难休，画笔难休，吟罢春光又写秋。

【注】
① 青城，内蒙古呼和浩特的别称。

如梦令·三访吉兰泰盐湖

　　隔岁重来旧宿，又踏雪山冰陆。风送采盐歌，唱得卤波常绿。常绿，常绿，春漫湖中一曲。

醉东风·双塔并峙

　　承天寺塔与海宝塔，立于银川西城与北郊，历千百载，今尚完好。"双塔并峙"为银川八景之一也。

　　凌云双笔，千载锋犹立。竖写尘沙横奏笛，人世沧桑谁识？　　而今我上层楼，俯看绿满红稠。溅起诗思似水，拈毫新作春秋。

蝶恋花·看内蒙古歌舞团二队在银川演出

清脆驼铃融作舞①，孔雀开屏，瀚海抛花雨。骏马银鞍驰骋处，欢歌唱彻内蒙古。　　水远山高情几许？塞上江南，惊把芳华睹。笑挽贺兰留客驻，登攀同步彩虹路②。

【注】

① ② 演出节目中有《驼铃舞》《彩虹舞》。

相见欢·昆明翠湖春景

闲看水榭朱楼，画中游，云影天光湖上荡轻舟。　　柳拂面，花飞片，梦长留，溢翠流红点点入心头。

调笑令·安徽桐城客舍寄内

华发，华发，忆否红颜似画？争教岁月欺人，仙姿渐让皱纹。纹皱，纹皱，笑我深情依旧。

临江仙·初访安庆

千里家园初识，岸前水阔云长。高楼车马古城旁。菱湖留塔影，新月照秋江。　　惊梦几声鸣笛，客轮清夜将航。故乡送我去他乡。天涯芳草绿，何必彩云忙。

减字木兰花·再宿桐城县招待所

重来小住，庭院悄然闻笑语；迓我新归，一树清香绽早梅。　　上元佳节，客里偏逢天际月；遥望妆楼，情寄朔方水漫流。

浣溪沙·和富寿荪先生韵忆江南友人

犹记濂溪陌上行，落红逐水水漂盈。于今客馆怕闻莺。　　梦里江南垂柳岸，醒时塞北故人情。伫看漠外夕阳明。

踏莎行·赠家乡青年诗友吴沐农、吴报录

漠北风尘，江南夜月，梅花梦里香飘彻。归来谈笑论诗文，濂溪深处霜如雪。　　旧雨情深，新知意切，数杯腊酒心头热。相逢恰在忘年中，青春更遇佳时节。

忆秦娥·青城玩月

霜娥洁，流连初遇青城月。青城月，他乡旧识，镜明无缺。　　马琴吹彻清秋节，朔方何处沙如雪？沙如雪，红尘景易，玉楼琼阙。

江城子（双调）·赠故乡友人葛兆铣、朱普乐同志

故乡明月梦时圆，醒扶栏，望南天；回首西窗，诗酒笑灯前。思绪常萦溪畔竹，情欲寄，拂云笺。　　相逢几日别家园，路三千，共婵娟；浪起心湖，推我向琴弦。流水高山皆入谱，词一阕，忆华年！

一剪梅·寄少时诗友吴孝莲同窗

长忆江城听管箫，客里秋宵，堪慰岑寥。少年清气总难销，自许孤高，颦效离骚。　　卅载衡阳归雁遥，梦也迢迢，路也迢迢。风波未把壮情抛，塞上春潮，楼上心潮。

八声甘州·遥寄故乡吴海林、凤兆瑞、梅盛春诸友

望江南近在梦魂边，依旧杜鹃红。忆濂溪澄练，云峰拱秀，新埂凉篷①。携手山村古道，言笑溢情浓。遥指斜阳外，雨后霓虹。　　此日天涯怀友，又清秋塞上，明月边穹。问何时生翼，万里越飞鸿？纵衡阳、雁回三度，枉留痕、来去每匆匆，风尘客、过萧关去，立马崆峒。

【注】

① 濂溪、云峰、新埂，皆故乡山水地名。

调笑令·访边城

边塞，边塞，镇日驱车瀚海。风尘戈壁人烟，楼台蜃景面前。前面，前面，繁丽城池忽现。

蝶恋花·访六盘山区

若问秋光何处好？千里飞车，跃上盘山道。不识高原寒意早，红花黄叶缝新袄。　　一路清歌歌韵袅，古戍萧关，笑看行人闹。携手天涯情似燎，相逢忘却人将老。

菩萨蛮·为茂林小学成立八十周年作

　　西山红透娑罗子，故园风物音书里。濂水绕魁峰，青碑连碧穹。　　流光何处迹？林木依云立。兰菊竞芳菲，朝晖与夕晖。

忆江南（三首）·哭幼京①

（一）

　　风雨尽，相共迓新晖。犹记前年赠尔句：长空从此任鹰飞。何故去无回？

（二）

　　伤心事，最是丧青春。绿叶凋零黄叶在，白头竟送黑头人。无语泪沾巾。

（三）

　　春花好，秋叶寄情真②。才得惠风催蓓蕾，竟抛泪雨吊诗魂。魂去卷留痕。

【注】
① 青年诗人陈幼京女士不幸于 1984 年 11 月 3 日逝世，终年 29 岁。
②《春花秋叶》为幼京诗集名。

丑奴儿（三首）·和刘夜烽同志韵

（一）

风波尽处看朝日，笔稼人间，收获人间。艺苑耕耘帜正丹。　　无暇去探桃源洞，怎效陶潜？更笑陶潜。碌碌红尘劳不蠲。

（二）

偷闲偶拾新诗句，虽盼人知，却少人知。流水高山何处知？　　年光忽忽忙中度，欲傍鱼池，难近鱼池。案牍劳形钓墨池。

（三）

书痴只有诗文愿，不是方家，难做方家。摘句寻章始信差。　　清风两袖犹馀笔，梦见开花，竟未开花。何日春深才遇他？

一剪梅（二首）·怀少时友人吴白涛同学

（一）

天地茫茫何处君？幼梦留痕，别梦销魂。依然新埂傍齐云，濂水风苹，江畔前尘。　　昨日寻踪到海滨，游客芸芸，不见斯人。流霞终未忘昆仑，朝出山村，暮去山邻。

（二）

朔方大雪

玉树琼枝耐寂寥，檐塑冰雕，窗挂鲛绡。瑶台青女水晶桥，步出灵霄，悄落尘嚣。　　不许人间污水浇，清白为高，洁字难抛。银装素束度今宵，梅李争娇，且让花朝。

八声甘州

参加于甘肃张掖举行之西北五省区文学评论家座谈会①

踏金风初到玉门关，几处是新洲？看祁连积雪，沙原瓜熟，楼阁甘州。驰骋丝绸古道，翻作少年游。梦里无蝴蝶，也效庄周。　　文友河西聚首，听雄谈四座，艺苑宏猷。酌葡萄美酒，清兴醉难休。更弦歌、阳关三叠，共抒怀、唱罢不知愁。相期许、散天涯去，各写春秋。

【注】
① 张掖，唐之甘州也。

和宁夏军区离休干部周资生同志韵（二首）·清平乐

青春已杳，诗笔寻边草。落叶秋风情未夭，谁说冯唐已老？　　夕阳犹染霞绯，江南梦里当归。醒看贺兰山下，枝头一树红梅。

浣溪沙

半世萍踪逐水流，江南塞北片云游。诗情汩汩脱心囚。　　羌笛柳杨歌瀚海，朔方冰雪沃平畴。何愁鬓影镜中秋。

转应曲·留别青岛

青岛，青岛，欲做神仙未了。云车再返人间，桃源别后忘难。难忘，难忘，何日重来咏唱？

南歌子（双调）·为广东《当代诗词》创刊十周年作

塞北黄云远，南天白日长。紫荆曾忆话衷肠，二度鸿泥十载沐诗香①。　　海内传新韵，寰球听吕商。艺园树木木成行，领袖风骚传统赖弘扬。

【注】

① 近十年间，予两赴广州，均晤主编李汝伦同志。

望海潮·出席于青岛举行之中华诗词学会首届三次常务理事扩大会议

云踪流迹，初栖青岛，涛声旦夕喧哗。澄海碧天，渔舟竞逐，风波极目无涯。终古浪淘沙。步栈桥地角，疑泊仙槎。蓦顾尘寰，绿荫朱阁是谁家？　星群烁烁聚嘉，有诗坛耆宿，词苑新葩。慷慨论文，倾心说艺，矢志振兴中华。愿作报春花。一脉风骚继，融合胡笳。传统弘扬，华章昭日灿于霞。

菩萨蛮·题同族先贤书法大师吴玉如先生书法艺术报告会

先贤遗范真风骨，亲情桑梓心犹切，笔下走龙蛇，年深更觉华。　仙踪何处觅？瑰宝光盈壁。后学仰观时，此生唯叹迟。

浣溪沙·题蔡厚示兄《唐宋词鉴赏举隅》次东坡韵

独柳居前海浪飞，护花何虑作春泥。西窗吟罢揽襟衣。　日报天涯清札至，夜观佳什晓鸡啼。高风云谊远人知。

菩萨蛮·重游黄山

天都始信光明顶，仙缘有分重临境。云海正茫茫，风吹衣带长。　　别来十五载，知我容颜改？奇石挂松枝，青山如旧时。

清平乐·偶感

梦魂难渡，情断江淮路。望尽南天云与雾，越鸟栖枝何处？　　濂溪牵我归心，塞风拂我衣襟。犹幸乡音未改，声声拨动弦琴。

虞美人·月下

忆曾玩月东溪上，歌逐银波荡。乡愁吟月旅边穹，万里家山长在梦魂中。　　白头看月珠江畔，光照双昏眼。昨宵花市偶然来，姹紫嫣红惟对少年开。

风入松·偶感

逢春几度在天涯，无意去看花。昨宵梦里临村肆，偕诗侣、煮酒烹茶。还是当时情景，小桥流水人家。　　何当万里骤飞车，漠北卷尘沙。边城岁月匆匆过，听黄水、波浪喧哗。塞上天风遒劲，吹浓两鬓霜华。

念奴娇·六十初度自识（拟"大江东去"格）

梦归何处？怅无计、留得匆匆年月。甲子花开，遮不住、摇曳枝头瘦叶。世海波澜，人间变幻，却结晶风节。飘零萍影，笑声珠泪谁撷？　　衰鬓无分功名，只诗书旧识，情萦难绝。艺苑沉浮，休问也、闲里清歌成阕。悄立斜阳，燃红霞几许，可辉霜雪？烟消冰解，水流犹自明洁。

满江红·题三峡工程试和毛泽东同志韵

万里洪波，惊雷炸、夔门峭壁。怀往旧、大江鸣咽、旅人抽泣。虎啸猿啼哀险峻，平湖高峡谈何易。只扁舟、一日到江陵，似飞镝。　　改革事，金鼓急；驰快马，追风迫。要争天斗地，不输朝夕。横断狂涛雄坝耸，力摧骇浪歌声激。看今朝、奔电送光明，何人敌！

菩萨蛮·题京剧剧本《红娘子》，石天先生之代表作也

先生笔底风云气，挽戈列阵红娘子。咏史写烽烟，甲申三百年。　　鼓铖惊敌梦，撷古为今用。粉墨唱银筝，胜过千万兵。

[双调]楚天遥带过清江引·赠赵其钧兄

接其钧惠寄所著《元曲二百首注释》，读之，诠释确当，导读精要，如逢旧友。喜甚。因效颦填制带过曲以赠。

雁自楚天来，心逐浮云去。白头对落花，难把青春驻。艳艳赭山晴，点点陶塘雨。梦里少时魂，醒读宫商注。　　遥望故山低不语，山在天深处。归思涌似潮，纷乱何时去？且随塞鸿飞旷宇。

吴国伟

宁夏贺兰县人。已故。生前系宁夏农林科学院党委书记、宁夏诗词学会顾问。

园中葡萄

万架葡萄接翠微，长廊玉砌夜生辉。
谁知几许员工汗，染得春浓鸟不飞。

吴再德

1932年4月3日出生。曾在文教、商业、供销部门工作，已退休。现为宁夏回族自治区诗词学会、全球汉诗学会会员。

夜宿贺兰山庄

兰山滚口碧空晴，日暮松涛有响声。
朗月清风催客醉，香眠不觉已天明。

瑞 雪

临冬突地落银花，万里山川披白纱。
玉屑温柔滋厚土，墒情深保乐农家。

捣练子·摘枸杞

红玛瑙，绿荆枝，手捧圆珠乐不支。它日酿成滋补酒，玉杯斟上敬吾妻。

长相思·清明扫墓

风一程，雨一程，绿柳青山相送迎。谁知离别情。　新泪横，老泪横，偕老相携终未成。影单伴孤灯。

张　璋

中华诗词学会原副会长。

定风波·吟宁夏

九曲黄河一大湾，横空驰骋贺兰山。塞上江南天地阔，阡陌，苍天独赐米粮川。　　昔日烽烟边塞乱，肠断，江山易代换新天。回汉心连情意重，堪颂，再吟边塞唱新篇。

忆秦娥·塞上中秋

清秋节，太阳楼上观明月。观明月，大河上下，贺兰山阙。　　高谈纵论诗边塞，千言万语情何切。情何切，花间留影，长更话别。

张贤亮

1936 年生，江苏盱眙县人，已故。曾是中国作家协会主席团委员，宁夏文联、宁夏作家协会名誉主席。

黄 河 古

昆仑一出嶂峰开，万里云天任往来。
莫道缓时平若镜，浊水深处隐惊雷。

陨 石

流光似水落蛮荒，铁魄钢魂体内藏。
三界周巡方悟道，凌霄未必有天堂。

张进义

河南省诗词学会常务副会长。

赞中卫固沙林场

花棒任披虹，坡头戏塞风。
呼来换天术，绿事锁黄龙。

谒西夏王陵

雾里兰山看未真，雨中西夏觅王魂。
残垣断壁无穷恨，留下荒凉伴月昏。

宁夏行

征旅匆匆汗未干，来看塞北有江南。
凤凰千里今寻见，带我诗情上六盘。
旱莲迎额为秋妍，黄水青云绕贺兰。
今日开怀思吐玉，拾来诗句颂银川。

张　源

河南孟县人。30 年代满怀抗日救国的壮志豪情参加革命。生前曾任宁夏日报总编辑，中共宁夏回族自治区党委宣传部部长、自治区政协副主席，宁夏诗词学会会长，中华诗词学会顾问。

贺张鲁老画展

腕力老愈健，丹青篇复篇。
山风拂花雨，浓艳洒人间。

讽媚外

身为华夏子，心羡欧美邦。
嫁女英佳婿，教儿德学堂。
月乃外国亮，屁亦异域香。
枉作炎黄裔，有臀无脊梁。

西湖行

——赠黄冰同志

久为塞上客，素慕杭州名。
西湖见君颜，依然大姐风。

瘦弱常含笑，静居孤山东。

平湖赏月圆，白堤步柳青。

忆昔内乱时，奉帚扫楼庭。

处处遭呵斥，南北分不清。

心底诚善良，难中伴素本。

我与君同运，更兼锅炉工。

一别倏十载，大是大非明。

恍惚如做梦，冉冉入老境。

伏枥志犹壮，跟队继长征。

劝君继为文，写史效蔡卿。

神州逢盛世，喜赋牡丹红。

谒雨花台

传说有圣僧，讲解法华经。

林鸟息鸣啼，鲜花落紫溟。

吾党主义真，工农传福音。

万斛先驱血，洗刷江山新！

恭瞻烈士馆，壁上见高波①。

君节越苏武，泪流予最多。

【注】

①　高波同志原任陕甘宁边军分区新十一旅一团政治委员。1947年3月因团长赵级三叛变出卖而被捕，押送银川、兰州。1949年2月被押至南京，在雨花台被害。高波狱中赋诗："本为民除害，那怕狼与狗；身既入囹圄，当歌汉苏武。"

河阳梦

悠然回家乡，家乡大变样。

远山蓝欲燃，近岭成沧桑。

岭下炼油厂，油味喷喷香。

马路平且直，汽车通城庄。

楝花耀眼紫，太阳何辉煌！

杜鹃声声啼，麦黄风摆浪。

起早赶麦场，手巾包干粮。

隔墙喊伙伴，相见喜洋洋。

麦田见于叔，说我长得壮。

唰唰割三趟，天边放霞光。

直腰歇一歇，抬眼东南望。

黄河白玉带，环护金河阳。

铁牛祭 （五首录一）

银川市中山公园湖滨置一铁牛。神态刚毅，栩栩如生。每触景生情忆及以"铁牛"为笔名的前妻李素本。她是辽宁满族人，1942 年投奔延安参加革命，就学于延安自然科学院；后任三边公学生物理化教员。解放战争乍起，她毅然带领多名学生参军。组织上分配她担任西北野战军医院护士长，曾荣立人民功臣一等功。1949 年 9 月她参与宁夏解放，先后任宁夏女中校长、区科协书记、宁夏日报副总编辑等职。"文化大革命"中遭受残酷折磨致死。每年清明怜而祭之，今录祭诗。

长白铁牛奔朔方，萧萧摇落满天霜。

尖尖双角风抵雪，薙露易晞寸断肠。

咏鸳鸯林

涤叶音清兴庆雨，生花娟秀贺兰云。
新松嫩柏栽深土，千载青莹伉俪心。

庐山情 (新声韵)

天涯来访慕芳名，裹雾缠云难睹容。
遍岭杜鹃苞满树，红心待客更多情。

除 夕

——步吴尚贤同志韵

太平盛世复何求？俯首孺牛多杞忧。
不忍社风逐日醉，从严治党须从头。

喜 晴

楼临树谷听溪声，窗外莲花裹雾屏①。丽质
天生常沐雨，千金难买黄山晴。

【注】
① 黄山有桃溪莲花峰。

观《开国大典》感怀

忘情过去即背叛，弹指升平双廿年。
内外风云多变幻，当权应忆立邦艰。

水 龙 吟

——赋青铜峡水力发电厂

叱咤风云生自天，黄河能量大无边。
青铜高坝斩流断，峡底涡轮飞转欢。
金缆远通千厂动，银丝近接万家欢。
风光塞上此独好，水上龙吟锦绣篇。

塞上喜雨 (新韵)

久旱南山心似烹，欢听甘雨沥淋声。
盐同①春麦笑含穗，固海②秋苗怒放英。
窖满庄庄蓄福水，情豪处处话中兴。
落珠哪胜及时雨，天助人勤夺岁丰！

【注】
① 盐同：盐池县、同心县。
② 固海：固原县、海原县。

怀延安

全民抗战乃心脏，宝塔蔚霞放异光。
延水清清南涌急，青年切切北来忙。
陕公抗大亲情暖，土炕泥窑小米香。
焉可退回数十载，重新求讲延河旁。

检查西吉防护林工程志庆

春来回汉气方豪，火焰山头斗旱妖。
巧绣童山千叠翠，浓妆赤谷万峰娇。
麦黄荞粉燕回舞，牛壮羊肥笑语飘。
更喜甘霖常遍洒，"反弹琵琶"凯歌高！

青海赋

皎如玉镜临初日，蓝借晴晨半壁天。
白鸟纷翔湖畔岛，湟鱼群戏海心山。
依依帐幕炊烟起，点点牛羊牧场宽。
汉藏情亲似兄弟，高歌圆舞笑婵娟。

张　嵩

1963年8月生于宁夏固原，祖籍甘肃镇原。现任固原市委政策研究室副主任。系中华诗词学会会员、宁夏诗词学会副会长。出版散文诗集《遥远的岸》。诗《重读"清贫"有感》获"塞上清风"全国廉政诗词大赛一等奖。

卢沟桥感怀

卢沟晓月远来寻，永定河枯留草痕。
桥体斑驳一段史，石狮五百裹烟尘。

香山黄叶村曹雪芹纪念馆

秋叶正黄黄叶村，红楼梦醒觅前踪。
参天古树绕庭院，几许辛酸在此中？

夜登中央电视塔

塔高万丈刺晴空，灯火如星天地通。
旋转厅中观夜色，手伸可触广寒宫。

泾源行

泾源位于宁夏南部，属六盘山区，是著名的旅游胜地。

登卧龙山

山似卧龙龙似山，物华天宝脉相连。
登临高处向原野，满目尽是丰产田。

胭脂峡上眺望泾河源头

河穿峡谷掉头东，点染胭脂真不同。
泾水岸边多美女，身姿端丽脸庞红。

秋千架

突起双峰向日边，仅留一隙见云天。
若能在此秋千荡，哪个凡夫仰慕仙？

游小南川

清水拍石绿嵌边，山中无处不新鲜。
侧身如沐洗浮气，莫染一尘心自廉。

远眺老龙潭遐想

登高一望架长空，多少传言有影踪？
神秘本是人臆造，龙王谁见住潭中？

二龙河

飞瀑响泉掩绿洲，涛声拍岸绕山流。
二龙交汇腾神气，荡尽尘埃唱自由。

读《塞上新咏》并赠秦中吟老师

白发难掩赤诚心，首首诗词写率真。
正气冲天谁可比？一支妙笔胜千军。

读崔永庆先生诗集《绿野春秋》有感（二首）

（一）

平畴绿野蕴空灵，数载耕耘有盛名。
明月清风随左右，于无声处见真情。

（二）

勤政一生莫论私，历经风雨寸心知。
铅华洗尽初衷在，无限夕阳正入诗。

作客龙井村

青山秀水掩茶村，好客人家作上宾。
一盏清旗含玉露，芳馨三载到如今。

苏州枫桥

寒山寺畔小桥东，孤月千年挂碧空。
长忆襄阳才气在，与诗相伴夜听钟。

纪念红军长征胜利七十周年（五首）

夜宿单家集

　　1935 年 10 月 5 日，毛泽东同志率领中央红军长征途经回族聚居区西吉县兴隆镇单家集，并夜宿于此。红军纪律严明，尊重回族风俗，被当地群众誉为"仁义之师"。

军旅南来气不凡，露营户外任霜寒。
民俗禁令人人守，仁义之师美誉传。

翻越六盘山

1935 年 10 月 7 日，中央红军翻越了长征途中最后一座高山——六盘山。毛泽东同志在此构思了壮丽词篇《清平乐·六盘山》

气爽天清大雁飞，挥师北上解艰危。
临风寄景凌云志，不缚苍龙誓不归。

激战青石嘴

1935 年 10 月 7 日，中央红军到达六盘山后，毛泽东同志亲自部署，对山下堵截之敌发动猛烈进攻，并迅速解决战斗，为红军胜利翻越六盘山，继续东进扫平了道路。

前后追截奈若何？神兵天降捣敌窠。
征程万里关山越，一路驰驱奏凯歌。

会师将台堡

1936 年 10 月 23 日，红一、二、四方面军在西吉县将台堡胜利会师，标志着长征的结束。

相逢时刻最开怀，万丈豪情向未来。
烽火前线击日寇，再上革命点将台。

访寻长征途中毛泽东同志在彭阳县小岔沟住宿之窑洞

小村绿掩少埃尘，水绕山环细访寻。
领袖当年留宿处，土窑一孔感来人。

补 丁 颂

　　毛泽东同志生前有两件毛巾布做的睡衣，穿了几十年舍不得扔掉，一直陪伴他到逝世。后来人们数了数，两件睡衣分别打着 59 块和 67 块补丁。

补丁片片不沾尘，领袖情怀系万民。
金缕玉衣应愧怍，人间最富是精神。

艾 依 河

艾依碧水眼中流，洗去尘埃何所求？
美女如花开两岸，惹来游客醉双眸。

张思德墓

死后何须墓志铭，万千追念慰英灵。
常思领袖亲民事，千古文章千古情。

云

白云无意挂枝条，来去穹空绕碧霄。
化雨为情答万物，狂风吹散也清高。

怀 远

诗育青春意气投，豪情相伴任神游。

萧关一别二十载，梦里逢君同唱酬。

获"塞上清风"全国廉政诗词大
赛一等奖赴银川领奖有感

花开四月酿诗情，黄水兰山共争鸣。

沐得清风朝塞上，凤城无处不空灵。

赠诗人星汉先生①

梦圆戈壁赖耕耘，曲雅词丰每每闻。

风采高枝结异彩，天山南北育诗魂。

【注】

① 星汉（1947—　），山东东阿人。新疆师范大学教授、
中华诗词学会副会长。

诗人刘章先生赠《行吟集》读后有感①

一路寻诗一路来，口吟笔记尽题材。

出神入化显灵气，衣袋满身情满怀②。

【注】

① 刘章（1939— ）河北兴隆人，《诗刊》《中华诗词》编委。

② 刘章先生不穿无兜衣服，身上的每个口袋都装有笔和小本，每到一地，口吟笔记，恐灵感稍纵即逝。诗人苦苦行吟可见一斑。

凭吊汉代古战场

汉代兵戎卷塞风，原州落日照荒村①。

弓刀响处单于血，剑戟声中将士坟。

去后英雄皆壮烈，来时岁月更纷纭。

世间多少兴亡事，都是今人吊古人。

【注】

① 原州，今宁夏固原。

过六盘山吊成吉思汗

1227 年闰五月，成吉思汗避暑六盘山麓，并逝于此。

西风猎猎裹旌麾，车马辚辚扬虎威。

万里纵横天下走，千军征战草丛飞。

陇山避暑中原定，泾水御寒骄子归。

朔北今留豪气在，射雕大漠敢同谁？

晚 秋

飞霜动地降寒凌，冷月孤悬似水凝。

南雁追云应有意，北风绕岭自多情。

面朝萧瑟除愁怨，心对凄凉写沸腾。

纵是饱经忧患苦，不和秋草共悲鸣。

无 题

十年书卷寄寒窗，立志踌躇不躲藏。

锐气足时遭损害，锋芒露处受创伤。

雄心常欠平和水，壮语难调顺畅汤。

每遇人生筋骨事，一样争奇斗芬芳。

壬午孟春大风记事

暮色低沉风意浓，欲从何处掸埃尘？
心怀忧郁皆由怨，胸隐恐慌多为贫。
无悔化成无愧去，有情当作有钱存。
长吁一气经天地，自在人间写坦诚。

山区抗旱

旱魔肆虐太猖狂，田野干结草木黄。
雨洒梦中常泛滥，水淹心底总汪洋。
挖渠筑坝无松懈，打窖修塘正赶忙。
一曲清流穿地走，万民欢跃泪千行。

小流域治理

荒野连绵千里岗，山塬破碎堪忧伤。
狂风起处沙扬土，暴雨来时泥变汤。
种草生根除患水，造林固本保良墒。
田园旧貌几多改，治理河川功显彰。

千村扶贫

躬耕劳瘁费思量，广种薄收空肚肠。
脚下四周皆苦土，身边百里是秃墚。
进村包户结农友，牵手并肩扫科盲。
肺腑相交留话语：共同富裕莫彷徨。

彭阳颂 （新韵）

秋风劲爽果飘香，百鸟喁啾呈瑞祥。
栖凤山青披锦绣，茹河水美裹罗裳。
田间林网织绸带，塬上草丛作丝床。
一改旧时黄土貌，绿拥沃野不祈禳。

雪

雪开天际本琼花，姿态翩翩若舞纱。
绽放瞬时留倩影，消融片刻去沉渣。
素身犹系高空梦，灵气常存百丈崖。
清白写成一世愿，不容半点有疵瑕。

雨中凭吊任山河烈士陵园① (新声韵)

苍天有意亦哀愁，雨落无声自在流。

千树青松生墓畔，万棵绿草上坟头。

为将碧血冲三界，常把丹心照九州。

仰望旌铭怀壮烈，默读时节泪难收。

【注】

① 任山河烈士陵园位于宁夏彭阳县境内，安葬着 1949 年 8 月为解放宁夏而牺牲的解放军 19 兵团 64 军官兵 340 余名。

登六盘山感怀

风云一页荡心胸，重上六盘看劲松。

水有精神凭浩气，山存魂魄赖奇功。

痛歼倭寇边关外，誓缚苍龙洞府中。

唤取和平长久住，花开峻岭更娇红。

雨中登居庸关长城

云飞雾散势崔嵬，平地松涛裹落雷。

大雨狠浇难畏葸，狂风劲吹不徘徊。

仙人驾鹤随缘去，凡客登山有意来。

满腹豪情何处诉？长城绝顶走一回！

咏　月

月隐云中不显扬，何来投影向高墙？
阴晴为伴同寒热，圆缺相存共暖凉。
星斗如珠缀脖颈，风雷若扇拭胸膛。
纵然黑夜难寻汝，天外依然放光芒。

赠诗人秦中吟先生 (新声韵)

皓首银丝凝赤诚，诗心不老缚鲲鹏。
李白豪气常能遇，伯乐衷肠最易逢。
与世无争见胸臆，为人作嫁启童蒙。
莫言树下成通道，独笑秋风意纵横。

祭父诗（三首）

先父丙子年五月病逝，倏忽十载。日思夜梦，不胜哀伤。忆昔养育之恩，悲戚难尽。特作古风一首，以悼先父在天之灵。

（一）

人生何事最哀伤？莫若失父泪泱泱。
一去府城千万里，天地相隔两茫茫。
家有大事可问谁？面对苍山常恓惶。
妻思丈夫黑发尽，儿女想父欲断肠。

天不永年赍志殁，每思至此心如霜。

十年三千六百夜，夜夜梦中倚父旁，

音容笑貌难改变，举手投足像往常。

携儿牵女出门去，面无愁容意气扬。

教女采花细装扮，促儿奋勇攀山冈。

蝶舞雀飞眼前过，田野四处正芬芳。

情景历历却隔世，失怙丧父家已殇。

天伦何来变天灾？梁摧柱折少日光。

养育亲情深似海，儿女何以来报偿？

思念化作千条线，线线直通地中央。

父若有灵把线牵，生死从此无界疆！

（二）

父籍镇原新城庄①，家境贫寒常饥荒。

一家六口难度日，为人打工吃稀汤。

夜住破窑不遮风，日耕荒野总奔忙。

祖母患病撒手去，父亲年幼何凄凉？

祖父无力养家口，两个女儿换米粮。

父有一弟襁褓中，送与人家当儿郎。

家破人亡向何处？由是借居在野王②。

离乡背井寄人下，饱经辛酸历沧桑。

食不果腹衣难暖，少年时节最寒怆。

父幼好学初识字，甫一解放入学堂。

翻身做主换新天，年满十七穿军装。

部队历炼五年整，勤学苦练在营房。

入党提职排头兵，战友常说老班长。

热血满腔献祖国，六十年代到地方。

维护治安做警察，屡破案件题红榜。

殚精竭虑谋公事，二十五年不彷徨。

苦寒门第怎忘本，敦厚诚实第一桩。

为报平安常劳瘁，十年浩劫也遭殃。

腰身受损皆无畏，是非分明对冷枪。

亲朋好友传佳名，品行高洁赛春阳。

后入法院承重任，夙兴夜寐兴家邦。

为人处事凭正气，奸佞鼠辈少提防。

忽遭嫉恨降灾祸，皆因不识中山狼。

盛年受冤不可申，多少悲屈一人扛。

内心激愤强隐忍，由此积郁损健康。

事分辨证评好坏，国以荣辱论兴亡。

浮云蔽日难长久，何来此事费思量？

自古公正成大道，强权岂可欺善良？

抱憾归去终成恨，更叹人世多烟瘴。

上问苍天无回应，下拷大地生墓圹。

万般凝成无尽泪，长哭慈父焚五脏。

愧对今生养育恩，刻骨铭心莫能忘！

君不见涓涓河水奔腾去，热泪颗颗汇成行。

君不见滚滚长江东逝水，热泪无数在流淌！

（三）

阴霾过后日辉煌，云雾散尽月圆朗。

为人一世树高格，正义从不怕魍魉。

邪恶终归化粪土，是非评说总昭彰。

父如能知今日事，未必转身向野荒。

一来一去一张纸，一言一语一炷香。

思念从此无穷尽，亲人永留是病疡。

长歌当哭无限悲，化作祭父诗一章。

儿女失父切肤痛，千呼万唤急呛呛。

慈父何不回回头，春暖花开好还乡！

2005 年 12 月 18 日初稿

【注】

①　父亲原籍甘肃省镇原县新城乡。

②　新中国成立前父亲随祖父给人拉长工流落到宁夏彭阳县红河乡野王村并定居于此，直至 1956 年离开。

重读《清贫》有感

方志敏烈士70余年前所作《清贫》一文,朴实无华,情节感人。今日重读,深感其教育警示作用更值得人们沉思。

开卷见心丹,衷言披胆肝。身虽陷囹圄,《清贫》气势轩。正义磅礴冲云霄,豪情铿锵感人间。曾经过手百万财,何曾昧心一文钱。每每情牵贫民衣,常常身着补丁衫。房烧屋毁遭浩劫,情真意切释"公权"①。"清贫树"上红星袋,怀玉山下白素莲②。十分俭朴本平常,千秋理想不一般!出师向北去,慷慨赴危难。拳拳报国赤子心,漫漫风雨知忧患。青史留遗恨,总使神州黯!受伤被俘遭搜查,浑身无有一铜板。甘愿清苦为大众,不肯屈服向敌顽。君不见古今多少生死事,英雄总笑谈。纵然人身不自由,境界高九天:潮湿茅棚愿居住,华丽大厦莫希罕,苞粟菜根常吞嚼,西餐大菜难下咽。猪栏狗窠当住所,钢丝软床不留恋③?气贯长虹何壮哉,大义啸天自巍然。烈士"富有"谁堪问?愈是清贫志愈坚!赣江浪涛结珠泪,庾岭草木织花环。碧血缀彩虹,白骨化玉兰。躯体乘风去,精神奏凯还。清明廉正祛骄奢,洁白朴素战困难④。头颅铸就无字碑,财富谁比清贫观?创业艰难须记取,贪图享受应汗颜。呜呼!君不闻灯红酒绿夜夜歌,纸醉金迷日日宴。天价大厦办公楼,超等轿车扶贫款。豪奢竞相逐,心痛怎能安!煤炭染血成紫色,官商合股抽"红板"。大腕出场敛横财，"富姐"漏税聚细软。良心作消费，廉耻填钱眼。贪婪有术眼生金，欲望无度头悬剑。面朝《清贫》扪心问，莫忘荣辱看先贤。振聋发聩常警觉，廉洁自律开新篇。《清贫》一曲唱天地，"两个务必"担双肩。廓清腐败对苍穹，告慰忠魂在九泉。每读华章心肠热，掩卷长思泪潸潸！

（本诗获"塞上清风"全国廉政诗词大赛一等奖）

【注】

① 方志敏的家被敌人烧毁多次，母亲无奈向他要钱，他耐心向母亲解释说："我当的是穷人的主席，哪里有钱。"

② 1935 年 1 月，方志敏为了侦察突围路线，来到江西上饶怀玉山下的一棵大树旁休息，把望远镜和一个红星布袋子挂在树上。村里一家老妈妈得知方志敏几天没有吃饭，就用玉米饭招待。临别，方志敏深情地说："我们现在没有一文钱，就把望远镜和红星布袋子送给您，等革命胜利了，我们再来给您还钱。"方志敏洁白高尚的品格有如莲花，后来他牺牲了，人们就把这棵树亲切地称为"清贫树"。

③ 见方志敏的另一篇文章《死》。

④ 《清贫》结尾道："清贫，洁白朴素的生活，正是我们革命者能够战胜许多困难的地方。"

张程九

1928年1月5日生，安徽泗县人。供职于宁夏送变电工程公司，离休干部。中华诗词学会会员。著有《晚晴室吟草》《诗词曲格律及创作》《雁韵鹅声》《棠棣诗书画集》等。

赴阿拉善左旗拉羊粪之一

——车上贺兰山

车上贺兰山，蜗牛爬壁难。
杨花飞几片，雪夜不堪眠。

朝天椒（二首）

（一）

盆盆青欲滴，灌叟育何忙①。
此处无佳卉，辣花是国香。

（二）

个个强而健，丛丛纤且尖。
不甘居叶下，总是首朝天。

【注】
① 灌叟：灌园老人。代种花者。

芒 种

小立渠桥观水悠，波摇柳叶作纹流。
蛙鸣偶破晨曦静，远处秧苗撒入畴。

吟闽宁谊

远有古田军负缨，六盘山上叹苍龙。
而今兄弟合双臂，伫看回疆日日隆。

读大学孙女打工（三首）（新声韵）

（一）

南学归来卖鳄包，三天未使货山销。
商贤笑谓有商语，不尚价廉称赶潮。

（二）

四遭亲问有绩无？淡谓摊偏顾主疏。
佳酿不愁深老巷，此言己古不时孚。

（三）

理财本是孙专业，贵在铜元涂血痕。
经手皮包勤历练，小丘积处是昆仑。

索 诗

1980 年 3 月 3 日，获再次平反，停止 14 年党籍得以恢复。故向表兄作《索诗》一首。

十四年居凄恻地，喜逢雨住晚晴天。
我兄①何吝璀华句，逼得残砖抛面前。

【注】
① 刘尚时，大姑妈之子，1942 年参加革命。此时任杭州市政协文史资料室主任。

返里省亲兄弟唱和（三首）

（一）

流光廿载洗青丝，乍见皆言发福时。
且喜劫余吟盛世，上坟拜祭两亲知。

（二）

淮泗春风照柳枝，难逢怎忍唱骊诗。
江南若遇两兄弟，却话乡音依旧时。

（三）

风尘一路经南国，省墓探亲慰有思。
且喜钱塘昆仲健，骊歌唱罢赋新诗。

"七一"感怀

"七一"年年载誉还，不歌功德总难安。
江公倡导"三代表"，赤帜翻新分外妍。

赴阿拉善左旗拉羊粪之三

车下三关入雾怀，路沉山阻总徘徊。
前途早定直须走，千万银花迎我开。

同题之四

月光如洗照毡房，笑语欢声携酒香。
还是蒙民憨厚甚，车车装满促还乡。

赞九月菊

满院金黄竞风姿，一花独放傲霜枝。
三秋开罢何曾了，化作名茶沏四时。

问 燕

忆否童年即相识，呢喃好语过重门。
缘何也到严寒地，挣得喉僵不启唇。

寄川南诸战友

川南征剿岂能忘，慷慨同袍饮大江。
投笔情澜连广宇，操戈气壮搏沙场。
相思难奈长离苦，雅会如何老病怆。
且看酒阑明月夜，臂寒心暖立回乡。

【注】

川南老战友聚会，约余前往。因心脏病初缓，未敢跋涉，赋
诗以寄相思。

和郭绍英诗丈韵

——纪念抗日战争胜利60周年

降罢降旗思旧时，气从沆瀣步随姿。
东条社庆招魂首，岸信官兴相外揆。
海上演兵温故技，童心篡史放狂辞。
时人贵在能清醒，习武修文硬手持。

贺三哥鹏选七十寿辰

一世书虫两卷诗，低吟乡土铸新词。
钱塘旧梦潮吞岸，张店家居杏展姿。
针灸医疗施惠济，耕耘瞻养奉严慈。
七旬初度酬应付，鹤寿松龄方是时。

读五弟赠三哥诗暨三哥转和五弟诗后

读罢华章东望乡，高吟手足至情长。
歌昆五弟多文彩，咏仲三哥倍暖香。
宝树才成八斗富，钱塘学得五车强。
愧吾拘事读书少，声韵联篇常少光。

赠 送 电 工

层楼已上数重天，喜见后昆人不凡。
产值常闻成亿变，项优谁记几番连。
风头首架七旬万，喜匾高悬一二三。
祝福当年擒虎手，承传薪火到明天。

园 丁 颂

雪压春城欲致倾，飚飘横扫九州明。
新兰顶雪根当壮，老柏经霜叶更清。
笑看松梅枝梗满，欣闻桃李担箩盈。
百花从此重争艳，万户开颜唱苑丁。

澳门回归随想

代代皆闻嘘叹声，同胞祭祖愧同陵。

羞言隐隐全民恨，苦盼昭昭半岛明。

妈祖归来喉鲠解，尧天直上日曦晴。

紫荆树侧磨长剑，三截昆仑天下平。

参观白芨沟宁夏少年军校感怀 (古风)

雄强威武杀杀声，唤我当年军旅情：

初唱浩歌"跟党走"，复聆"追寇"到穷程。

林中膝桌稳无滑，帐内战朋鼾不惊；

漆夜行军前脚引，打包摸黑手生睛；

八千里路风和雨，六九区情知共行；

生死关头有人励，艰辛路上靠自争；

戎装卸却数十载，魂绕梦牵刘邓营。

潇洒黄毛气方盛，凋零白齿志尚雄。

三山已倒四山在，攀顶全凭斯后生。

水调歌头·老年大学颂歌

"老大"我真爱，恰似馥温家。晚来情寄诗书，指点门球赊。既有同壕战友，又有新朋常聚，砥砺品名茶。世上几时见？恩广党无涯。　忆当年，愁苦际，泪含花。靠边高挂，倚楼空对夕阳斜。缺少潮儿本领，没了同仁絮话，结发染黄沙。终日无声处，忽报管弦哗。

清平乐·纪念毛主席《六盘山》发表 60 周年

清商鸣雁，又是高云淡。塞上风光殊灿烂，六十周年巨变。　转谣不再夫嗔①，交天导线塔森。扬水诗云稻浪，六盘山匝垂勋。

【注】

① 谭嗣同《六盘山转饷谣》中"舆夫舆夫尔勿嗔官"之句，极言道路之艰险。

渔歌子·屏幕看神舟 5 号飞船往返

河西宝地一声隆，姣女敦煌飞出宫。红雾吐，桔烟冲，潇潇洒洒奔太空。　　穹窿飘降伞神兵，直下家山落地平。骚客意，画工情。老夫欲待泛天泓。

渔家傲·古渡今昔

岸阔沙平波不起，残阳朝雨喧声吹，驿马明驼足力惫。阅往事，管弦鼙鼓交相替。　　岁月茫茫人不记，荒津寂语缣空譬。横跨长虹坪道砌，连洲际，轻车银燕烟尘里。

浪淘沙·代老战友拟

塞上话凉炎，一日三迁：早裘午裼晚炉边。沙暴轮番从来急，难毁人间。　　颠沛复流连，过眼云烟。林梅两折总情牵，新赴峡区操旧业。夕照盈天。

诉衷情·七八述怀

当年投笔不言愁，愁在古兴州。水淹电殛神惫，一梦十年休。　　前路锦，鬓先秋，更何求。眸凝北斗，寿借南山，愁付东流。

水调歌头·赠在台藩秀表兄

引领东南望，可叹无数山：更兼汹涌一水，隔断日月潭。枉有艨艟巨舰、往返神州飞船，高技奈何天！亲表无相见，愁对月儿圆。　　忆往昔，双亲在，任流连。赤山左右，乱谈国事空嘘叹。一个竭诚抗战，一个书几难伴，犹记说吾言。谁料强梁劫，遗恨复绵绵。

渔歌子·鸣翠湖

鸣翠湖连七二泓，银川自古绿还明。鸥鸟盛，苇花荣，迷宫巧作送轻盈。

贺新郎·致郭绍英诗丈

郭子尊前好！几千程雪丝愚老，诗都求教。前信不恭可曾恼？作业璧完返赵。竟使得狐疑心跳。爽直一生言总拗，剖诚心，欲饷删增巧。情谴绻，自难料。　　从来章句须同道，但词人常常离谱，翻成新调。诗韵叶通非今始，萧共肴豪通炒。自此后，尊师崇道。诗韵首推新韵好，但求师，文质浑融造。隔千山，互关照。

西江月·平罗采风之玉皇阁

菩萨迟来伟岸，天尊早上重銮。阁中此碗水平端，一曲和谐礼赞。　　观外芸芸百姓，眼前碌碌常年，个中谁主拜神仙？据说颇为灵验。

西江月·谒俞德渊祠

后殿园残仍穆，石狮颓落犹庄。翰林风雨可曾忘，且喜今朝崇仰。　　陵墓去他俗顶，麦禾还你诗行。羊群流似两淮滂，盐塑转吾塞上①。

【注】
① 俞曾任两淮盐漕转达运使。

张苏黎

字冰白，回族，1928 年出生，河南固始人。宁夏武警总队副师职离休干部，宁夏诗词学会顾问。

草原春日

辽原雨后草青青，日丽花妍雀子鸣。
羊入圈中客入户，毡房响起酒歌声。

山枫

飒飒秋风雁唳寒，霜摧万树百花残。
因何独爱山枫韵，留给人间一片丹。

蝉吟

历雨经风栖绿荫，朝朝饮露洁躯身。
繁华闹世辨清浊，声正无污自动人。

乳牛

山边场舍度年华，草水稍丰心足然。
乳液甘甜泉水涌，深情默默注人间。

温总理心系平民

十届全国人大五次会议前，温家宝总理首次邀请工人、农民、中小学教师、商店营业员、失业救济金领取者等平民代表多人，到中南海座谈对政府工作的意见。令与会者十分感动，特书以赞。

平民邀进中南海，难抑激情抒爱怀。
总理人民心贴紧，何忧万险不堪排。

梦登泰山

五岳尊为首，登巅探九重。
遥观腾海日，近品御碑风①。
墨客吟精气，游朋仰峻容。
神州多胜境，万代誉寰中。

【注】
① 大观峰御碑群。

端午怀屈原

雾漫郢都愁煞人，汨江波涌愤声频。
君迷酒色朝中乱，臣爱国民坰外吟。
美政难行屈子恨，离骚有韵楚歌存。
中华千载传斯史，香粽龙舟吊伟魂。

农民工问

青壮农民工，离乡到市中。
心潮波浪涌，城里架长虹。
淡饭勉安体，陋棚度夏冬。
新楼时耸起，民住乐融融。
喜至年终日，结薪还算丰。
那知辛苦费，老板俱吞空。
再次求支付，冷言瞪眼凶。
滞留工地上，家事绪重重。
儿学无钱就，娘妻何养奉？
今身驱困境，谁助释愁容？
忐忑思无计，抬头问宇穹。
合同难兑现，怎治害人虫？

临江仙·归乡

日照平畴秧翠碧，鸭鹅欢闹清塘。村边高树绿荫凉。匆匆归路上，人笑论蚕桑。　　走到家门心悦慰，茅庐今换砖房。弟忙迎进互观长。孙端瓜果让，相聚喜洋洋。

沁园春·贺建国五十周年

五十华辰，几番祝酒，笑语欢歌。忆井冈星火，燎野熊熊；长征险履，青史名标。宝塔山前，运筹灭寇，腐恶清除领风骚。铸基业，广场立丰碑^①，与日同昭！　　江山何使更娇？惟行社会主义鸿韬。今深圳诸邑，明珠灿烂；华西等业^②，春笋吐梢；科教方兴，扬鞭四化，处处城乡歌舜尧。新世纪，看竞航千舸，龙骧云霄。

【注】

① 广场，指天安门广场。

② 华西等业，指江苏江阴华西村等乡镇企业。

张　鸿

女，1953 年生于四川。原为宁夏西北轴承厂企管部经理助理，宁夏诗词学会会员。

良妇吟 (古风)

贺兰有良妇，停窗问明月。明月照杨柳，关山远难越。君去几多时，何日是归期？去时月正圆，月圆小楼西。临窗语窃窃，彻夜备寒衣。此去几万里，天寒何处栖？娇儿弱无力，随父初远行，千障阻三秦，母忧牵五津。南国多烟雨，山高涧水曲。深潭莫轻越，涧水莫轻掬；巴陵势险阻，瞿塘气啸狞。猿啼悲四野，空谷转幽鸣。江风吹夜雨，恐湿郎征衣，愿君勤护持，为儿备晨炊。长风几万里，送郎出关西。北固有狠石，试剑图展翅，吾夫当若何？愿效仲谋志。叱咤封疆土，风流垂千史；金陵十二钗，石头去无迹。唯有雨花石，唾手幼子拾。好教学楷模，锦心须得识。塞北封冻土，江南梅先知。吹笛闻柳怨，鼓瑟送离危。君住西湖边，妾住陇头西，西湖多丽质，梅园最相思。劝君寄鱼书，勿忘侬无依，有约在歧路，无信非夫妻。迢迢关山路，雁去无消息，娇儿牵人肠，慈母泪沾臆。拥被卧南床，愁秋五更鸡。伊人长不归，最恨是别离！！

张树林

宁夏盐池县人。档案副研究馆员，宁夏诗词学会会员。

盐池灌区行

旱海滩头忆旧游，碧波不再使人愁。
粮丰林茂皆诗画，千古沙荒变绿洲。

参观盐池扬黄新灌区

黄河流水上高原，千古荒原变水田。
鸟语花香蜂蝶舞，几疑一夜到江南。

张俊奎

1968 年 10 月生。创办了《雏凤》文学社，推广诗教。现为固原二中语文教师、宁夏诗词学会理事、中国教育学会中语会会员。

教师节抒怀

寻常巷陌闻琴韵，蓬鬓布衣意不穷。
黄卷青灯映旭日，红颜绿酒照书丛。
谁家寒夜愁形影？何处荒丘念彩虹？
但使穷乡多俊秀，粉尘做冢亦英雄！

登六盘山

驱车破雾盘山道，疑是昆仑塞上巡。
地转苍茫翻碧浪，天回浩渺荡青云。
萧关牧马思骁将，古道挥师喜大军。
会驾青龙持玉策，长风万里化甘霖！

牵牛花 (新韵)

蜂争蝶戏倚殊荣，篱畔庭前诗画新。
不是高枝撑媚体，林薄淖处泣残魂。

陈文举

1945 年生于甘肃西峰，大专文化。曾当骑兵，转业为自治区林业局干部。现为宁夏老年大学学员、宁夏诗词学会会员、宁夏毛泽东诗词研究会理事。

凉殿峡游览有感

重山复水树成林，沿路偶看古车痕。
断壁曾粘妃子血，毡包犹见士卒魂。
曲高音正千山动，韵美声平万马奔。
引领征夫三碗酒，浓情一片待游人。

参观长征纪念馆有感

萧关欲过露盈门，松柏森森少纤尘。
高路盘缠千仞壁，亭堂辉映万重云。
馆陈烈士英雄号，心忆中华民族魂。
今日长征新拓路，风流自有后来人。

杨　柄

中国社会科学院研究员。已故。

宁夏纵横

哪知驼鸟变驼峰，此域风光本郁葱^①。
大夏千年昭史册^②，新天万彩赖工农。
云中骏马关河锁^③，轨上游龙海岳通^④。
树逼狂沙人植树，环球齐赞我神功^⑤。

【注】

①　宁夏历史博物馆展出了宁夏出土的驼鸟卵化石，证明今日之黄河流域在亿万年以前属于热带，变成沙漠、干旱寒冷地区是以后的事情。

②　公元1038年在今宁、甘、陕以及内蒙、青海等各一部分地区建立并持续了190年的封建国家，名叫"大夏"，后来中原修史者以自己为主，将西边的大夏国叫"西夏"。

③　贺兰，蒙古语为骏马。

④　海，东海。岳，昆仑山脉。

⑤　宁夏中卫固沙林场是人类治沙的创举和奇迹，获国家科技进步特等奖，又获联合国"全球环境保护五百家先进单位"光荣称号。已有60多个国家的政府首脑及多方面人士前来参观考察，众口交誉。

登银川二塔

黄水真如甘露化，银川确是米粮川。
红军卅四年前过，秋爽凭轩望六盘。

杨世光

云南人民出版社副总编辑。

枸 杞 子

西夏珍奇见大观，秋园连市耀朱丸。
灿成如意珠千斛，艳比相思豆万盘。
玉碗茶浮红钻石，银杯酒亮赤金丹。
普天美饮抖神气，百岁犹如童子颜。

杨小源

黑龙江省诗词学会常务理事。

西部长城吟

头枕东溟浪，尾摇西夏宫。

千秋曾野战，万里息边烽。

相伴驼铃梦，遍吹丝路风。

秦时明月朗，当代大都雄。

耀眼沙坡绿，骄人镇北红。

迎来新世纪，开发奏奇功。

星际回看处，神州腾巨龙。

杨发第

1927年生，宁夏银川市人，回族。长期从事编辑工作，生前为宁夏回族自治区人民政府参事。宁夏诗词学会常务理事。

沙湖行吟

激滟沧波水拍堤，风光旖旎鸟栖迷。
若非稀世奇珍列，苇泊谁知产宝鳍①。

【注】
① 宝鳍，即娃娃鱼，曾捕获两条，在沙湖展室陈列。

宁夏川景

眺望平川景色新，飞金流翠尽争春。
麦苗盈野连天际，夏桂香飘月夜魂。

银湖泛舟

湖水汪汪似镜平，波光云影足怡情。
浆声摇得闲愁去，不负中流载酒行。

银川植物园（二首）

（一）

异木奇花广引栽，精心培育有人才。
他年叶茂浓荫展，惠及儿孙福自来。

（二）

红摇绿舞景舒怀，都是春风巧剪裁。
处处花开香漫道，频勾画意有诗材。

八月银川

银川八月好风光，田野碧油瓜果香。
稻穗扬花鱼跃水，游人至此忘还乡。

塞上春意

艳阳三月柳抽丝，花草齐苏发嫩枝。
不尽春光千里美，绿畴似画景如诗。

过昊王墓有感（二首）

（一）

一代丰功成旧事，千年白骨葬荒丘。

弯弓毕竟难持续，不及夏文天地悠。

（二）

鹊台碑址证无讹，瓦砾残存伴碧萝。

凭吊游人评大夏，千秋业绩不堪磨。

古尔邦节（三首）

（一）

千冠洁白万躬清，一片虔诚聚大厅。

有寺穆民皆色舞，新花曲曲伴春晴。

（二）

香飘千里漫山川，彩服新装色泽鲜。

每岁开斋欣喜日，清真寺里绽银莲。

（三）

沐浴更装喜气洋，万家厨灶溢油香。

今朝政策宗教暖，是寺隆迎古尔邦。

滩羊皮

质地轻柔九道弯，身披傲雪过天山。
旧时豪吏比身价，今日为民展俊颜。

南部山区赈灾掠影

连年旱困土生烟，待赈民心似火煎。
闻讯八方同献爱，排忧各界踊支援。
钱粮远路车车运，人畜寒窑户户全。
盛世灾区无饿殍，欢歌不尽唱新天。

塞上三渠

秦汉唐渠衣食源，滋民生息越千年。
流经田野禾苗壮，漫过丘原草木妍。
天府风光起漠北，朔方景色媲江南。
历来候鸟追春日，总把鱼乡当乐园。

边塞农家

农家小院树长青，蛱蝶穿花满户晴。
苹果压枝枝欲折，葡萄坠蔓蔓难撑。
檐前紫燕歌春曲，枝上黄莺竞脆声。
人品香茶随处坐，悠然自得乐躬耕。

杨金亭

山东人，中华诗词学会原副会长，现顾问。《中华诗词》主编。

新边塞诗会志贺 (新声韵)

郁郁青杨萃凤城，黄河九曲稻粮丰。
列车来往通边塞，银燕翱翔落太空。
乐府盛唐存浩气，新诗西部唤雄风。
关山壮丽多才士，铁板铜琶谱正声。

【注】
1995 年 9 月 3 日—9 日在银川召开了全国第八届中华诗词研讨会，主题为当代边塞诗词与爱国主义。

赠宁夏诗友

一自红旗卷六盘，黄河绿染碧云天。
贺兰山下英雄气，化作新诗壮塞川。

车窗远眺

穹庐望断起楼层，敕勒川遥白絮轻。
西去列车窗口外，贺兰山色稻青青。

访西夏陵 (新声韵)

荒陵何必叹衰兴，霸业由来白骨撑。
可汗昊王成漠土，骈阗百族共春风！

银川抒感

铁骑悲笳识贺兰，秋风吹鬓到银川。
夏王陵墓颓残瓦，绝塞城乡杳战烟。
沙绿稻田河套富，草肥漠野马蹄欢。
花儿唱彻关山月，诗兴撩人上碧天！

梦驼 (新声韵)

征尘漫漫四蹄风，万仞沙山背作峰。
大漠乘舟君渡我，归来一梦化驼铃。

游沙湖

柔风细雨倚严妆，幽绝塞湖水一方。
十里画船诗境里，情牵梦绕到苏杭。

访中卫固沙林场 (新韵)

长河九曲漠云横，一路城乡柳色青。

回汉弟兄挥汗雨，力锁黄龙走铁龙。

参观银川植物园

园中千树绿如油，墙外依然大漠秋。

一代拓荒多壮志，沙丘崛起百花洲。

杨石英

女，生于 1933 年，湖南省邵东县人，新中国成立前曾就读于邵阳爱莲女子师范学校，新中国成立后考入中国人民解放军十九兵团军政干校，曾入朝参加抗美援朝战争，在后勤部门工作。转业后在地方企业财务部门工作至退休。现为宁夏诗词学会副会长，中华诗词学会、全球汉诗总会会员，西夏诗社社长等。出版《秋韵》诗词集。

慰　问

2000 年 10 月 25 日，值抗美援朝五十周年纪念日，当天自治区领导亲临慰问抗美援朝战士，因有所感并有所忆。

平生原有志，报效愧无能。
感此中肠热，悠悠故旅情。

大谷朋代① (新声韵)

万里东来客，何缘一得逢。
伤心成往事，隔海有良朋。

【注】
① 大谷朋代，日本在中国留学生，孙女王凡女友。

咏燕 （步前人咏燕诗韵）

春日寒犹重，楼高气力微。
衔泥寻故第，是处误双飞。

俞翰林墓①

寂寞双狮子，荒村守墓祠。
天曹原少报，世道本多私。
文革遭新祸，左倾殃古尸；
俞公清政在，千载有人知。

【注】

①　俞德渊，宁夏平罗人，清乾隆四十二年进士，官至两淮盐运使。"文革"时红卫兵挖坟焚尸。

闻顺卿去世甚悲

祖师端一号①，分别各东西。
古邵愁云起，资滨夜雨凄。
乡音谁复送，游子更何依②。
忍看残时月，团圆未可期。

【注】

①　小时候人们呼我为端一道士，顺卿为祖师菩萨，不知其来由。②　每次回南，诸姐妹都到顺卿家相会。

康熙饮马湖

饮马荒郊甸，休兵古朔方。
昔时平虏地①，今日睦民乡。
翠鸟鸣芳岛，蒹葭散暗香；
诗人多盛会，把酒论沧桑。

【注】
① 清初改平虏为平罗县。

咏　雁

雁序凋零亦已哀，秋风春雨日徘徊。
遥知衡雁回峰处，定送乡音万里来。

伤　母

　　新中国成立初，母尹二祯遭诬入狱后，我要求部队组织帮助调查，经查拟无罪释放，然狱中二年身弱多病竟死，死后半年军队领导告知。

生吾四岁父归天，冷落诸孤母最寒。
心血耗干何所有，惟留万古不明冤。

师生乐兼呈文学班诸学友

秋月春风不问年，师生同室学诗篇。
千山万水心难老，最乐渔舟唱晚天。

袁 世 凯

摧残变法助妖氛，民国招来一祸根。
八十三天洪宪梦，莫非王莽是前身。

河东机场

昔日荒滩不见烟，立交公路向谁边。
近前楼厦凌空起，乐看银鹰上九天。

忆归国夜渡鸭绿江 (新韵)

我入朝时，队伍步行，士气昂扬，撤回时坐车，秩序井然。联合国侦察小组在，部队夜渡不得喧哗。忆及当年，诗思如潮。

进兵威武退从容，鸭绿江边热泪盈。
夜渡三军人马寂，归来祖国正繁荣。

埋香藏玉

罗院小花圃，秋天繁菊竞放，使人驻步，入冬罗君将枯叶杂泥沙拌盖为其保护，春来则去其保暖层恢复元气，秋来又开花。

塞上陶翁善护花，埋香藏玉复泥沙。
芳灵自解人心苦，情续来年又发芽。

游书山自慰

书山漫步夕阳斜，珍重黄昏莫自嗟。
万种风光观不尽，心随明月到天涯。

银川火车站送别甥女芝芬、丽青并甥孙女旭亮^①

岁暮天寒万里程，北来探我慰亲情。
临行一把辛酸泪，休到江南念凤城^②。

【注】
① 芝芬，芙姐之女；丽青，二姐大女；旭亮为芝芬之女。分别自湖南、广东来。
② 来此住月余即南归，临别依依，我嘱其再休念我也。

赞赵前先生《爱心集》

爱心一卷暖心怀，不羡黄金羡砚台。
布雨播云花万种，如今朵朵向阳开。

宿黄山汤口镇

世外桃源世外天，人来车往白云间。
休言此处无佳酿，客满天天有醉仙。

白鹿洞书院①

青松绕院水溪流，桂覆丹墀石径幽。
朱子当年讲经地，书香依旧袭心头。

【注】
① 书院在九江市郊

访鸿门宴旧址

此日鸿门杀气休，几尊塑像立村头。
依然项羽英雄汉，天下而今不姓刘。

沅江夜步

2006 年参加常德第三届诗人节盛会，时值端阳节前夕。住芷园宾馆，离江边诗墙极近，兴奋不已，夜起散步，见沿岸灯光辉煌。远处沅江大桥，如彩虹悬于天际，桥上行人车流不断，形成一副绚丽的动画，因夜色苍茫而沅水顿失滔滔。吟成小诗。

苍茫夜色失沅江，两岸楼窗迸玉光。
远望飞虹车驶处，此身便入彩云乡。

参加宁夏诗词学会有感

每忆当年五尺枪，妆台不爱爱沙场。
今番洗砚黄河水，敢笑木兰织布忙。

自　嘲（二首）

（一）

寂寞时光好读书，精明表面实糊涂。
亲朋离散知音少，乐看《聊斋》道鬼狐。

（二）

日上三竿懒起床，久忘当日练兵场。
迟迟步履知身老，犹梦当年少小狂。

开放西夏陵区有感

吾侪此日谢人民，开发贺兰聚宝盆。
武穆当消千古恨①，而今各族一家人。

【注】

① 岳飞《满江红》词有句云："驾长车踏破，贺兰山缺……"

端　午（二首）

2004年6月24日"端阳"诗人节，宁夏老年大学海棠诗社
同西夏分校诗社诗友们同游鸣翠湖。

（一）

诗人佳节庆相逢，况是端阳兴更浓。
鸣翠湖中歌盛世，清风伴奏动芦丛。

（二）

今日划船忆屈原，江河万里楚声传。
离骚一读哀思动，投粽从来不计钱。

骏马吟①（五首）

（一）

童山未老雪盈巅，伯乐难寻总喟然。
应羡张公谙马性②，转驽为骏结财缘。

（二）

兰山石砚精无比，墨客书家仔细观。
"马上相逢无纸笔"，人言笔架在云端③。

（三）

辉煌岩画万斯年，走兽飞禽别有天。
禅院道场清静地，祥云缭绕笼山川。

（四）

风沙千里赖为屏，寂寞驼铃不可听。
铁路于今又公路，当先一马赛流星。

（五）

气势雄威耸入云，振兴西部唱新春。
戍边战士精神爽，雏不卸鞍十万军。

【注】

① 贺兰山素有骏马之称。

② 张公利用其荒凉之地，居然建起影视城，尽地利辟财源真识马者也。

③ 笔架峰在滚钟口。

读《秋悦平畴》有感呈崔永庆厅长（二首）

（一）

涉水登山几十年，一腔热血注荒原。

渐宽衣带终无悔，织锦缘由绿梦牵。

（二）

《秋悦平畴》稻麦香，万山耕遍粮满仓。

崔公最是精神健，乐种诗田冠一方。

读秦中吟先生长篇小说《梅花开了杏花红》有感

《梅花开了杏花红》，大地迎春又送冬。

白雪皑皑堪洁世，青松凛凛傲苍穹。

《夏风》遒劲苏千卉，秋实充盈酿万盅。

已令诗坛星斗醉，先生西部建元功。

钟点工乔子芳

　　乔子芳系陕西定边人，因收成不好，又娶儿媳欠账，与丈夫双出来银打工，留儿媳在家种田。其女儿来银打工已九年，生有子女，准备积钱买房再不回乡。乔子芳今年三月来我家干活，（下午到邻家）人善良勤快。

山村大嫂乔子芳，从进我家里外忙。
岁旱无收人不寐，时愁欠账鬓添霜。
今年葵籽收成好，合计工薪债务偿。
昨日南门市场去，春风满面选新装。

咏浮萍

风吹雨打倍精神，品质天生不染尘。
乡土远离常叹我，凌波坦荡首推君。
浮生一梦情何寄，根泛五湖到处春。
好洁如斯惟伴水，不图富贵倚豪门。

杜　鹃

天凉喜见杜鹃开，绿叶红花上案台。
春色三分添雅意，良宵一伴释愁怀。
相逢异地非新友，久别南窗梦里猜。
塞外多寒宜善养，丹霞朵朵吉祥来。

石钟山

江湖清浊两分明，彭蠡烟波动客情。
青竹竿竿插崖住，白帆片片飞浪行。
眼收庐岳千重翠，心辨石钟几次鸣。
诗载前人多少首，《石钟山记》①有苏评。

【注】

① 宋元丰九年苏轼游石钟山作《石钟山记》。

游滕王阁

浩瀚烟波撼古城，洪都旧事几番更。
衡阳雁断滕王去，赣水渔悲彭帅行。
江渚犹存盛唐景，楼台却已电梯兴。
鸿文不老千秋唱，桂殿空空暮色暝。

常德诗墙

江滨何处散芬芳，多少游人醉德乡。
兰芷飘馨思屈子，柳桃吐艳忆刘郎。
皆因诗祖行吟苦，遂令骚仙纵笔忙。
古圣今贤歌不绝，纷呈珠玉满廊墙。

过包公墓①

森然古树神道明，乌紫楠棺墓室清。
静静包河迎过客，喧喧街市系游情。
仁宗纳谏成佳誉，孝肃惩贪有令名②。
端亮胸怀除吏弊，亿民钦仰谒包陵。

【注】
① 墓祠皆沿包河而建，据说河为包公死后皇帝赐名。
② 包公死后谥孝肃。

有感于当年红军挺进六盘山

天兵忽报过岷山，将抵六盘敌胆寒。
草地雪山留印记，固平渭水巧周旋。
追随领袖图驱日，挣脱魔圈复主权。
七十余年重读史，心潮滚滚仰延安。

赞《铺路石》

　　湖南郴州市诗词学会，诗友许柏舟先生赠我他所著的《铺路石》一书，书中主人公曹爱佳是农民企业家，投资修路事绩感人。因作小诗一首。

未负娲皇亿世恩，炼成五色显灵氛。
补天巧用斑斑石，铺路犹须块块金。
扛鼎已知爱佳力，扬帆当见柏舟殷。
我惊华夏多骄子，欲造神州万里春。

西部影城

沙滩孰料宝成堆，财富皆由智慧来。
上下千年随意取，乾坤万里巧心裁。
沉沉大院兴亡诉，默默城门日夜开。
影界钟情西部景，兰山起舞春色催。

登岳阳楼

临湖探访一名楼，楚地风光尽此收。
万顷碧波容四水，一篇宏论动千秋。
君山隐没烟云里，帝子长埋海雾洲。
惆怅二乔安息处，荆州枉费蜀吴谋。

赞常德市组织第三届诗人节活动

武陵春色不同前，沅水滔滔迓众贤。
碧海龙舟传楚韵，蓝天雁队送鸿篇。
屈原故里逢骚客，陶令篱边见醉仙。
诗国泱泱神往处，中华吟帜正高悬。

访 桃 源

渔人今日访桃源，陶令之乡不问年。
犬吠柴门青草地，鸟啼暖阁白云天。
武陵秘秘桃花笑，澧水潺潺杜宇喧。
阡陌纵横田舍乐，蓑翁何肯恋钱权。

致魏成矿长

昨日荒原响迅雷，前沿难得水盈杯。
家门阔别寒生夜，矿井留连意在煤。
身许中华忘自我，汗流夏土饱秋葵。
敬君赤胆惊神鬼，送暖催明大业垂。

贺兰山下的将军晚年（二首）

（一）

今日山河分外妍，西疆开发亿民欢。

身残特喜阳光暖，骨疾犹愁夜半寒。

思友长离永宵立，怀乡远别怕凭栏。

孩童好问从前事，抚我伤痕细细看。

（二）

高山往昔走泥丸，笑我如今举步难。

去日英风吾不再，明朝科学汝登坛。

功名岂是百年梦，离职犹存一寸丹。

扫北征南付青史，锦篇留与后人看。

纪念银川植物园成立二十周年

百卉园中百卉妍，林间禽鸟纵情欢。

迷宫曲曲人生路，芳径幽幽画里缘。

当信艺师廿年苦，平添游客一番甜。

眼前美景难观尽，留取痴心待翌年。

祝贺中华诗词学会成立二十周年

引领诗坛二十年，龙吟虎啸动山川。
花红柳绿连阡陌，月白风清抱管弦。
屈子精神千代继，仲尼文化五洲传。
践荣知耻歌当世，诗礼之邦国祚绵。

奉和秦中吟会长《七秩感怀》（次原韵七、九二首）

（一）

未见先生片刻闲，时闻健笔出新篇。
《夏风》一夕千山秀，书案七旬两鬓斑。
尊老敬贤言路畅，扶苗润物芳圃安。
骚坛岁岁风光好，为报耕耘不计年。

（二）

遍读人间万卷书，修来风骨韧如初。
汗流九土期春暖，心向亿民唤意苏。
铁帚除尘清世道，素绢点染构吟图。
天伦聚少忧时短，风雨匆匆又一途。

农民作家许先生①

征士归来又务农，育雏携妇乐融融。
著书设帐成文士，办企兴林创业雄。
日进几元家底薄，年盈百万公库充。
先生此际精神好，受聘帮工志不穷。

【注】

① 许柏舟先生当过兵、教过书，著有《绿洲滴翠》《绿洲凝珠》《绿源》《野草集》等诗文集。现为湖南省诗词学会会员、省作家协会会员、中国企业文化研究员等。研究并兴办企业，年创利百余万元，数年累计为国家创利税上千万元，先生自己无所取。退休后，筹资为县诗词协会办诗刊，任执行主编。近日受聘于某公司经理助理，以工资维持生计。

登镇北台①

万里长城第一台，咽喉南北今日开。
登高心怯残年力，揽胜眸收漠北垓。
难问古榆寿多少①，粗知要塞历兴衰。
营房将卒烟销尽，唯见石基固未歪。

【注】

① 镇北台属万里长城防御体系之一，共四层，高三十余米，是长城三大奇观（东有山海关，中有镇北台，西有嘉峪关）。居高临下，控南北咽喉，距榆林市区七公里。

银川玉皇阁新修落成志庆（二首）

（一）

谯楼今日展雄姿，暮鼓晨钟报漏时。

壁有文章台有戏，座无虚位意无私。

"河山一揽"呈仙境，霓彩万端入妙诗。

夏器陶铜凭鉴赏，想君到此也情痴。

（二）

玉皇高阁落城中，栖凤居凰百丈桐。

东去黄河流日月，北来骏马入苍穹。

修台贤主多才俊，赴宴嘉宾纵笔雄。

作赋兰亭诚往矣，星移物换古今通。

呈宁东煤业集团公司的职工们（八韵）

矿区一片静幽幽，花海鱼池任我游。

开发宁东旧荒地，经营灵武大芳洲。

于无烟处蓝天丽，但有楼群绿草柔。

主帅献身挑重担，员工挥汗创丰收。

通风净水长安计，换气排污总运筹。

高架如今为底物，钢城此后有源头。

乐观长夜灯光亮，且享严冬暖气流。

宝藏如斯长惠我，黄河着意把春留。

鹧鸪天·和向阳弟词

表弟尹向阳，1989年去世。1987年我回湖南探望，弟喜。临行席间赋诗《赠别》，是夜弟心脏病发作，竟不起。然病中时有诗词来，《病中寄石姐》词是弟最后一次作，当时我不懂词律未能答，今捡出一二作答，以酬泉下。

往昔投身志愿军，少年气傲美英兵。当时慨论捐躯义，此日惟求病体宁。　　伤逝水，叹流程。人间几本顺风经。心忧故旧尘缘尽，寂寞黄昏谁共鸣。

附：

鹧鸪天·病中寄石姐·尹向阳

回首方惊岁月忙，笑凭云月忆戎装。一生足迹千山雨，百战征途两鬓霜。　临逝水，岂悲伤。大江偏喜海苍茫。人间工筑通天塔，塔上相期话健康。

沁园春·忆长沙 (新声韵)

爱晚亭边，石傍池清，草盛木荣。看麓山枫醉，攀登曲径，湘江碧染，浪激舟拥。楚水长流，屈原迹杳，留得声名日月同。千秋恨，贾长沙寂寞，一切皆空。　南来北去湘龙。何事急，忙忙奔洞庭。奈江流浩浩，心潮怎抑，秋风阵阵，日暮愁浓。后觉寻踪，先贤墓畔，血染江山此日红。回头望，见浮云一片，古树千重。

1987 年经长沙游岳麓山

江城子·看《激情燃烧的岁月》有感

老来留恋旧生涯。弹飞花。铁犁耙。种菜栽蔬，细柳有人家。已是黄昏闲不住，人在梦，夕阳斜。　　相逢话旧酒如茶。若谈她，岂怜咱。收拾山河，怎顾鬓丝华。儿女夫妻恩爱事，行令易，解情差。

忆秦娥·洞中年月

回国前夕，组织上告知母死情况，时已半年，兄死在母之前。

军号咽，从军万里心如铁。心如铁，援朝抗美，炮声隆烈。　　餐风露宿何曾怯，亲亡兄故音尘绝。音尘绝，异乡他国，洞中年月。

沁园春·缅怀毛泽东主席

想我中华，历史悠长，百载受欺。幸毛公领导，燎原火起；终除蒋害，合扫东夷。国建共和，复兴华夏，抗美援朝举世奇。辉煌业，倡马列主义，高举红旗。　　勤劳国事忘疲。挥巨手工农斗志齐。叹深谋远虑，先研核弹；防荒备战，以固邦基。提倡清廉，弘扬正气，腐败贪官顿见稀。悲风起，"四人帮"乱国，红日沉西。

西江月·忆杏花

　　春意迟迟怎奈，芳心细细安排。桃红柳绿自徘徊，抢占春风尽快。　　昨日薰风报信，今晨细雨频来，无瑕痴玉为谁呆，难得东皇顾爱。

杨森翔

1945 年 3 月 5 日出生，宁夏灵武人。曾任吴忠市人大常委会副主任、吴忠日报总编辑。高级编辑、编审。中华诗词学会会员、宁夏诗词学会副会长。

杏 树 台①

杏树台边立，龙蛇竟可哀。
飞云横八表，倚剑叹雄才。

【注】
① 杏树台，在宁夏灵武市长流水风景区。历史上，这里是兵家必争之地，明代著名的"长流水大捷"就发生在这里。

十七岁初度

少年有志披荆莽，浴雨披风甘苦尝。
不爱中庭杂树色，情钟崖上腊梅香。

雨 花 台

雨花台上雨花红，犹自高歌咒祖龙①。
碧血铸成新日月，来人千古仰高风。

【注】
① 祖龙，指秦始皇。此处代指历代统治者。

太阳山温泉

仙踪佛事迹难寻，鬼斧神工未着痕。

暑往寒来无岁月，濯缨濯足水常温。

【注】

　　太阳山温泉在宁夏吴忠市东南 180 余里，早在东汉时就很有名。郦道元在《水经注》中就指出："（三水）县东有温泉，泉东有盐池。"唐代还曾在这里设置温池县，"温池"之名就是由温泉和盐池各取一字而来。

凤凰台①

浩然心事任悠悠，暮色登临近斗牛。

难得轻纱明月夜，万家灯火耀灵州。

【注】

　　① 凤凰台，又名凤凰山，是宁夏吴忠市太阳山开发区的一个制高点。登上其峰可看到太阳山全景。吴忠为古灵州所在地。

长 流 水①

瀚海奇观到此来，登临顿觉壮怀开。

愿将一涧长流水，洗却黄沙万里埃。

【注】

　　① 宁夏有三处叫长流水的地方。此长流水在灵武市东南，俗称"七百里旱海"的西北缘，四围都是沙漠，是著名的"旱（又写作'瀚''翰'）海奇观"。

到韶山

长沙饮水口犹甘，又赴韶山我有缘。

万里烽烟怀壮岁，千重稻浪看新天。

云旗连宇迎风舞，花木迷人向日妍。

天下名山兹第一，谁人来此不流连。

赠　别

五载同承雨露甘，一朝分袂欲何言。

幸偿近日平生愿，难抑恋都一寸丹。

道路未容常置腹，云天当许共披肝。

东风万里前程好，愿把教鞭当祖鞭①。

【注】

① 祖鞭：《晋书·刘琨传》："（琨）与范阳祖逖为友，闻逖被用，与亲故书曰：'吾枕戈待旦，志枭逆虏，常恐祖生先吾著鞭。'"后作勇于进取的典故。

彩　笔

彩笔殷勤赋尽愁，一丝感慨一丝忧。

正当年少风华茂，何谓头斑壮志休。

日丽风和堪乐畅，天高地广任遨游。

苍松自有千年翠，只待身心献壮猷。

八达岭

江山何处觅峥嵘，且上长城第一峰。

一水挥鞭驰大漠，群山纵马赴居庸。

旌旗映日连天壮，堡堞横空作势雄。

借问千年鏖战地，虫沙多少是胡骢？

长　城

莽莽长城万里长，千秋功罪孰评章？

崖肤历染兜鍪血，城下长埋苦役肠。

谁见皇冠同日月，空留叠堞证沧桑。

今来登上新天地，满眼山花扑鼻香。

读陈毅同志梅岭三章①有感

文章血性亦如君，诵读铿锵倍振神。

浩气惊天天失色，精诚感地地回春。

卅年血战艰辛极，一旦功成日月新。

料得泉台今亦此，帅旗当是故将军。

【注】

① 《梅岭三章》是陈毅同志的不朽诗篇，写于革命斗争最艰苦的 1936 年冬，外有敌人重重包围，内有叛徒告密陷害，他自己又身负重伤，弹尽粮绝，到了最危险的生死关头，但作者献身共产主义理想的坚定意志不变。他视死如归的革命豪情形成了

这篇足传千古的无产阶级正气歌。1971 年和 1972 年，这几首诗在大学生中特别流行。

陈毅《梅岭三章》："断头今日意如何？创业艰难百战多。此去泉台招旧部，旌旗十万斩阎罗。""南国烽烟正十年，此头须向国门悬。后死诸君多努力，捷报飞来当纸钱。""投身革命即为家，血雨腥风应有涯。取义成仁今日事，人间遍种自由花。"

车过西安怀友人

满眼风光尽平畴，驱车千里访古都。
春风拂柳翻波浪，弦颂缭云绕彩楼。
三载重来寻旧迹，一生心愿却难酬。
且铺霜纸挥诗笔，又见东天月似钩。

江南塞北

江南塞北两牵情，万里春风颂太平。
卅载风尘随夜去，千枝桃李向春荣。
曾于昔岁逢乡使，闻道今年寿老彭。
若是夏长能共坐，凉风习习学吹笙。

杨玉杰

1940 年 2 月生，陕西富平县人。原宁夏第五建筑工程公司纪委书记、高级政工师，现为宁夏诗词学会理事。

海啸赈灾义卖有感 (新韵)

海啸无情人有情，街头义卖正隆冬。
寒风刺骨心头热，尽有丹心似火红。

赞"塞上清风"诗词大赛 (新韵)

塞上清风惠众生，引来骚客唱心声。
扬清激浊明泾渭，由此兰山花更红。

荷塘观鱼

岸柳荫浓夏日长，痴心游子恋荷塘。
娇花若玉亭亭立，翠叶如裙片片扬。
锦鲤迎光翻碧浪，青芦弄影送清凉。
凭多情趣人皆乐，倍感和谐意味长。

杨作枢

1951 年 5 月 15 日生于平罗县黄渠桥镇。现任平罗中学高级历史教师。平罗县政协委员。中国毛泽东诗词研究会会员。宁夏诗词学会理事。平罗县诗词学会副秘书长。

坟前悲思

有子方知母爱深，清明墓畔唤双亲。
黄泉相隔难相见，愧觉生前少孝心。

昭 君 赞

胡骑阵阵狼烟起，塞外和亲鹿砦稀。
粉黛后宫千万数，谁堪史册并君题？

校园晨读

露草如茵花正红，莘莘学子兴致浓。
书声虽未冲牛斗，心志却先入桂宫。

夜 读

夜闻娘子扯轻呼，笑靥甜甜梦有无？执教天天堂上站，更深焉敢不攻书？

黄河边垂钓有感

世上人人握钓竿，钓官钓利钓婵娟。
我研翰墨化神钓，乐钓人间圣与贤。

敕勒川叹

敕勒川前觅草迹，牛羊不见卷黄尘。
何时再赏天低树，复现青青春色深。

雨中赴玉龙雪山有感

雨里乘车赴雪山，浓云密布朔风寒。
玉龙吐雾九天落，我自心中涌碧澜。

赞农民画家王洪喜

沃土耕耘几十春，偷闲忙里画乡容。
手描大地珠光翠，笔染农家日月红。

芦沟桥重祭

再祭芦沟思国仇，石狮个个恨悠悠。
巨鹏翅展九千仞，不忘倭夷窥九州。

林　锴

生前任中国中央文史馆馆员、中华诗词学会顾问。

初乘羊皮筏

九曲飞流千折波，每将生母比黄河。
百年乳哺惭无报，还卧摇篮听母歌。

塞上骑驼

海潮天上梦常经，莽莽流沙万里征。
今日骑驼临塞上，驼铃犹作梦中声。

林 凡

上海书法家、诗人。

念奴娇·咏六盘山

《六盘山》句，是毛公，专向红军宣说。"不到长城非好汉"，二万行程能越。手执长缨，风翻东帜。欲缚苍龙孽。天高云淡，目穷南雁心切。　当日凉爽名山，帝王曾驻此，避宅炎热。开改神州经济起，温饱人们皆悦。重治歪风，严惩腐败，信仰持坚决，力攀峰顶，步趋先辈英哲。

林 锋

广东揭阳人，生于 1925 年元月。黄埔军校第四分校 19 期毕业。曾任新疆生产建设兵团农八师绿洲食品厂生产技术股长等职。离休后任宁夏黄埔军校同学会副会长、中华诗词学会会员、宁夏诗词学会顾问。著有《林锋诗选》。

庆祝党的十六大召开（二首）

（一）

神州百族展华姿，胜日和风面面吹。
三代精英歌鼎盛，五湖黎庶庆宏基。
与时俱进腾飞日，改革创新着意时。
民族中兴呈锦绣，千秋国祉树丰碑。

（二）

南湖接力继前贤，尽瘁为民代表篇。
港澳珠联皆璧返，台澎宝岛待瓯圆。
和平发展峥嵘日，国富民强大有年。
华夏只缘沾造化，向阳万物竞争妍。

深切怀念邓小平

驱散阴霾别有天，文韬武略史无前。
南行丽日春光好，温饱庶民念涌泉。

连战先生率团访问大陆和平之旅有感（二首）

（一）

丽日新妆展笑眉，相逢恨晚不违时。
和平之旅垂青史，共谱神州动地诗。

（二）

海峡一湾春水暖，京畿握手两相欢。
启开世纪新天地，发展和平两地安。

南京谒拜中山陵

物换星移六十秋，金陵祭奠缅宏猷。
孙公遗训犹在耳，奋斗和平拯国忧。

西安古城寻旧

游子童颜离故里，归来已是古稀年。
欲寻昔日防空处，只见琼楼凌九天。

赞郊区田家炳高级中学

杏坛学界一奇葩，科学熏陶育翠华。
道德文章欢沐雨，阳春白雪有人家。

鸣翠湖即兴

郊区东去 10 余里，有鸣翠湖者，占水地 5000 余亩，碧波如镜，芦苇密茂，迂回曲折，如入迷宫，行舟穿过，群鹭闻声腾起，一片如画景色。

流火伏天何处去？欲之鸣翠碧湖中。
清波荡漾通幽径，绿苇葳蕤入"迷宫"。
白鹭翩翩迎客舞，水车辘辘展民风。
荷花最是讨人爱，不染污泥众所崇。

为五十里长街亮化而作

塞上明珠呈异彩，银花火树竞辉煌。
长街夜夜欢除夕，共庆升平话小康。

贺宁夏粤人科技经济工作者协会成立（二首）

（一）

凤城此日聚乡亲，畅叙岭南故里情。

更喜春光临北国，敢为西夏点龙睛。

（二）

西来开发热潮高，塞上明珠尽圣豪。

欲把山川施粉黛，浓妆艳抹竞风骚。

贺《中国西部开发诗词大典》问世（二首）

（一）

三月阳春暖贺兰，嫣红姹紫众芳妍。

桥山极目皆华黛，边塞还吟动地篇。

（二）

西疆开发梦今圆，倒海移山势万千。

虎跃龙腾惊玉宇，招来娲氏补穹天。

为《夏风》改刊而作

鼓乐声中庆瑞年，凤城灯火水连天。
夏风新貌千姿态，北国诗坛百卉妍。
开卷纵观均丽品，临池走笔尽华笺。
贺兰今日风光好，春色满园竞自然。

延安宝塔山

巍巍宝塔欲凌霄，极目葱茏柳絮飘。
两水①襟围如纽带，三山②毓秀更多娇。

【注】
① 指延河和南川河。
② 指清凉山、凤凰山和宝塔山。

游铁门关

重游故地铁门关，带水襟山几往还。
古道楼兰何处去？凌霄高阁换新颜。

九寨沟秋韵

玉海碧波一镜圆，群山倒海水中天。
枫林尽染红如火，绿竹环湖滴翠连。

林海雪原

栈道蜿蜒上顶峰，无边林海雾烟中。
雪原皑皑增寒意，一日山中秋复冬。

八十抒怀

天山屯垦学吴牛，老骥躬耕志未休。
大漠和风惊闹市，长河丽日起琼楼。
风流自有红妆美，潇洒当无白发忧。
最是丹心情未了，珠还合璧补金瓯。

香港行吟（四首）

丙戌之秋赴香港参加世界华人退伍军人联合总会年会即兴。

（一）

躬逢盛会话生离，正是台澎倒扁时。
百万精英齐上阵，波澜壮阔斗熊罴。

（二）

大会宣言情激昂，和平统一步康庄。
当年浴血驱倭寇，今日长缨缚虎狼。

（三）

天高云淡聚香港，四海老兵共此欢。
一脉相承浓于水，八年抗日息烽烟。
静观绿岛云遮日，喜见星河欲曙天。
自是峥嵘垂史册，还将浩气火薪传。

（四）

欲览名幽信步游，太平山麓仰危楼。
山头琼阁凌霄汉，碧海苍茫一望收。

会台湾故人

重逢粤海已金秋，犹记沙场荡寇仇。
对酒谈心怀少壮，茗茶促膝叹"白头"。
河山新貌千姿态，故梓多娇万象优。
应是金瓯无缺日，相期痛饮数风流。

郑凤林

广西诗词学会原会长。

夜过六盘山

云烟如罩掩重峦，早有雄心上六盘。
一曲清平无限壮，长缨在手换新天。

西夏王陵

今日王陵土一丘，昔时赫赫万金修。
兴亡元昊因何事，水可载舟亦覆舟。

登海宝塔

宝塔高高接九天，遥看大地秀银川。
奔流黄水波涛涌，飞峙贺兰烟雾连。
幢幢高楼起塞北，层层稻果胜江南。
青铜峡电万家亮，歌舞升平喜万年。

菩萨蛮·塞上金秋

金秋塞上瓜香棒，黄河稻菽翻金浪。圆月照他乡，故乡月更光。　　六盘饶野翠，灵武关雄最，送电有青铜，万家情意融。

欧阳造极

甘肃诗词学会副会长。

吊西夏王陵（二首）

（一）

拓土开疆忆昊王，兴州定鼎势豪强。
当年殿阁今何在，几处荒陵伴夕阳。

（二）

折戟歌残帝业空，无边衰草泣征鸿。
从来褒贬由人论，都付斜阳塞上风。

观西夏碑

举石仅存西夏碑，奇文细览愧无知。
古来瀚海洵珍品，且对前贤唱赞诗。

在银川研讨会上论诗（二首）

（一）

鼓舌吹毛非特色，扬廉刺腐为兴国。
诗人若不恤民忧，罔在骚坛弄笔墨。

（二）

继承开拓代传薪，师古不泥非效颦。
诗步三唐题避旧，词崇两宋意翻新。

参观中卫固沙林场

绿化包兰路，飞沙不复来。
花围腾格里，风卷画屏开。

苑仲淑

　　女，1927 年 11 月出生，河北省安平县人。宁夏政协离休干部。曾为中华诗词学会会员、宁夏诗词学会常务理事、宁夏老年大学诗词学会副会长。出版诗词集《秋叶篇》。已故。

春　雨

细雨濛濛下，庭前新绿添。
容颜菱镜老，春色染心间。

登长城

巍伟古长城，中华一巨龙。
名扬洲内外，威震海西东。
红日山头起，白云脚下封。
登临天地广，极目看苍穹。

迎香港回归

百年离散泪，一纸丧权文。
国弱山河碎，民忧积怨深。
风雷平地起，华夏转乾坤。
大业宏图展，回归振国魂。

思亲（三首）

辛酉中秋夜，与心智思念海外双亲，追抚往事，感慨万千，同凑句拈诗叙怀。

（一）

几番梦里返家乡，恍若堂前拜爹娘。
沧海桑田多少事，天涯无处不牵肠。

（二）

年年把盏话中秋，此恨绵绵何日休？
共看月圆同落泪，乡心一片几家愁。

（三）

清风皓月奈何天，一水盈盈欲渡难。
鹊鸟如怜人世恨，亦当飞架海波间。

缅怀先公张大千（二首）

1983 年 4 月 2 日，先公张大千先生病逝台北。哀痛之余，谨写吟此诗颂先公画业，并表崇敬之情。

（一）

天涯海角任飘游，飞墨纵横遍五洲。
神笔尽涂尘世色，袭人光彩照千秋。

（二）

写罢《庐山》气若虹，飘飘洒洒去无踪。
人间已是云游遍，何处仙山留阿公。

赠银川育智学校

喜看春风送暖来，幼苗滋露向阳开。
园丁沥血培育苦，为盼他年俱成材。

游汉明妃昭君墓有感

千年古冢今犹在，胡汉和亲佳话传。
女子谁言无壮志，一妃能顶半边天。

上六盘山

风摇古树路飞旋，拼却豪情上六盘。
壮举^①惊天留足迹，炎黄代代仰前贤。

【注】
① 指红军长征。

寄语少管所失足少年

暗云遮目入歧途，悔恨当年泪已枯。
幸有东风来送暖，洗心革面绘新图。

登贺兰山

群峰耸立壮山川，天地悠悠气浩然。
武穆豪言千古唱^①，青松不老忆当年。

【注】
① 岳飞《满江红》词，内有"驾长车，踏破贺兰山阙"句。

元宵节寄语台北亲人

良宵美景动人情，两地思亲伴月明。
何日同尝家酿酒，观灯不忘庆升平。

贺母寿 （三首选二）

壬戌农历九月初九重阳节为居住兰州的高堂老母八十寿诞，写七绝三首，以贺大寿之喜。

（一）（新声韵）

佳节重阳秋意浓，登高极目望金城。
晚霞夕照红林染，笑看南山不老松。

（二）

辛勤劳碌八旬春，子累枝头树满荫。
花好月圆人永寿，儿孙戴德沐芳芬。

枸 杞 赞

红宝扬名四海销，珠玑粒粒价身高。
灵丹入药延年寿，美酒飘香塞上骄。

沙漠之舟——骆驼

生来傲骨首难低，沙海茫茫路不迷。
负重岂曾为忍辱，为民奉献走东西。

为心智《献舞图》题诗

眉黛传神喜满怀，罗裙风卷下妆台。

江山已是春光好，更有仙姿献舞来。

亲人故乡重聚（二首）

壬戌夏，随心智返川省亲。为重建"大风堂"事与心奇五哥嫂、心俭八哥嫂、肖兄建初、十姐心瑞在家乡内江团聚十日，有感叙怀。与心智凑句写此。

（一）

甜城①把酒话当年，生死分离两渺然。

骤雨乍晴山自绿，举杯一醉庆团圆。

【注】
① 甜城系内江别称。

（二）

犹记儿时嬉弹丸，重逢皆已鬓丝斑。

落花流水春归去，秋色清清入画坛。

离休抒怀（二首）

　　1988年元月由宁夏政协离休后，在老年大学学习，深感老有所学、老有所乐。精神振作，心情愉快。写小诗两首抒怀。

（一）

千年老树尚葱茏，白首休言万事空。
思句吟诗堪自慰，凝神走笔乐无穷。

（二）

冬来秋去送流年，老大常夸鬓未斑。
莫对黄昏悲暮色，夕阳尚好晚霞燃。

咏 梨 花

几经夜露伴晨霜，素裹云裳淡淡妆。
"质本洁来还洁去"，小园终日有余香。

赞老年大学合唱团

风霜雨雪几春秋，两鬓斑斑不计愁。
一曲长歌情未尽，余辉散教晚霞留。

哭慈母①

情涌金城②珠泪涟，魂归杳杳碧云天。

缅怀懿德哭慈母，望断兰山③不见还。

【注】

① 母亲赵兰如于 1997 年 6 月 1 日在兰州病逝，享年 95 岁。

② 金城系兰州别称。

③ 兰山指皋兰山。

先公大千先生颂

——纪念先公张大千诞辰 95 周年

蜀水巴山五百①年，神猿转世②一大千。

沱江乡土滋灵秀，沃野神州任遨旋。

汗洒敦煌成壮举，墨飞四海蔚奇观。

氤氲腕底云霞染，光彩千秋照画坛。

【注】

① 徐悲鸿先生有"张大千，五百年来第一人也"语。

② 出自黑猿转世传说。

谒西夏王陵感赋

苍茫暮色罩陵园，人迹寥寥野鸟旋。

十世辉煌成霸业，一朝烽火化云烟。

干戈铁马说元昊，断瓦残碑忆盛年。

功过任随流水去，古冢千秋月光寒。

鹧鸪天·赞老年艺术团

莫叹妪翁鬓已秋，歌台舞榭竞风流。欣逢盛世精神爽，绿扇红装映白头。　笙管起，步悠悠，高歌一曲意难收。朱颜易老情难老，多彩人生尽忘愁。

浪淘沙·游子吟喜迎澳门回归

碧水接长天，举目无边。惯听海啸望家园。家祭名言①传四纪，归梦难圆。　旭日照中天，浪涌波翻。香江引路有归船。打点行装忙祭祖，共赋新篇！

【注】

① 南宋诗人陆游《示儿》诗中有"王师北定中原日，家祭无忘告乃翁"句。

鹧鸪天·香港回归颂

情洒香江苦泪流，苍天碧海恨悠悠。无能清帝明珠让，拱手求和万户愁。　　天地换，展宏猷，炎黄热血写春秋。太平山顶英旗落，还我河山固金瓯。

瞻仰先公张大千台北故居"摩耶精舍"（古风）

秋雨潇潇乍放晴，"摩耶精舍"祭先灵。
鲜花和泪情难忘，夙梦终圆感苍冥。
寂寞群芳开无主，凄凄双水起悲声。
多情猿鹤长相伴，滴翠苍松永守陵。
画室依然惜旧貌，楼空人去倍伤情。
明朝两岸团圆日，魂返巴山满目青。

罗雪樵

甘肃人，（1902 年——1986 年）生前系银川一中教师，多年从事西夏文研究。

望　月

今夜月儿分外圆，举头遥望思联翩。

姮娥早有回乡意，借得光明照大千。

沙坡头

黄河岸上沙坡头，莽莽荒沙不计秋。

大漠而今成沃野，欣看遍地大丰收。

周笃文

湖南人。中华诗词学会原副会长，现顾问。

宁夏吟草沙坡头放歌

贺兰山色莽苍苍，大漠长河拥朔方。
独立坡头一吟望，绿洲无际野花香。

银川印象

大野商城气象雄，琼楼座座欲凌空。
秦渠汉堑连新绿，塞上明珠报岁丰。

西夏王陵

拓拔雄图久已残，空余坯土向荒山。
千卤高篆销兵气，匝地欢歌绕贺兰。

沙湖即兴

千里沙洲景绝奇，碧波渺渺画船移。
翩跹白鸟连天苇，队队渔郎负网归。

赠中吟兄

回来十日共行吟，沙海苍山谊自深。
拾得贺兰贞石在，白云明月证诗心。

周毓峰

湖南益阳人。1949 年参军来宁夏，1998 年回湖南。曾任宁夏诗词学会副会长。

沙坡头行吟

轻车夹道柳枝弯，草色青青水色蓝。
不是驼铃惊入耳，无人知是到边关。

咏防风林带（二首）

（一）

大漠沙飞日色黄，谁栽远树绿千行。
一声芦笛春风暖，从此征人不望乡。

（二）

碧浅红深着意栽，画屏千里一时开。
谁将塞北风沙地，绘出江南景色来？

宁夏三章

（一）

地据长城塞上雄，荒陵曾记昊王功。

春渠闸涌天河浪，秋野雕盘大漠风。

烟染垂杨千户绿，香飘沙枣万株红。

驼铃汽笛声相和，奇绝鸣沙响客踪。

（二）

境入回乡若有情，六盘千里树青青。

“花儿”韵美低低唱，盖碗茶香细细烹。

天外嘉宾阿拉伯，寺中礼拜穆斯林。

旌旗十载欣开放，丝路条条接凤城。

（三）

不尽黄河浪有声，凭谁击水起鲲鹏。

红旗白雁①当年路，大略雄图此日程。

地拥明珠②称塞上，人皆好汉到长城。

山川更有凌云气，恰引龙吟与凤鸣。

【注】

① 《古今诗话》："北方白雁，秋深乃来，来则霜降，谓之霜信。"

② 银川有"塞上明珠"之称。

青铜峡水电站放歌（二首）

（一）

挟浪奔雷巨坝横，开河神禹亦心惊。
崖边百塔风烟净，水下千门气象宏。
电走长空通陇塞，云飞高峡接秦城。
夕阳莫怨黄昏近，万里明珠照夜晴。

（二）

禹迹青铜昔日艰，万家楼阁换新颜。
绿垂红绽秋先熟，车涌人流富不闲。
高坝网分天上电，大河水控峡边山。
画船指点平湖景，神女翻疑到此间。

黄河颂（二首）

（一）

长风巨浪破千秋，一出昆仑便不休。
尽有乱云迷古峡，断无沧海拒斯流。
艨艟春水连欧亚，孳乳洪波系乐忧。
最是重洋儿女泪，黄河心底即神州。

（二）

百代文明万代承，寰球一道大河横。
望穿西海烟波暗，目尽中原旭日明。
肝胆宁忘酬故国，文章岂忍负苍生。
不须浪作河殇曲，正是春潮入海平。

银川植物园揽胜

天下奇观聚此园，芳菲十里景无边。
名山胜迹来天外，大漠风光到眼前。
红染一秋千树醉，绿遮四里万花燃。
却迷塞雁归飞路，误认江南不肯旋。

植物园中沙拐枣赞

扎根原为绿天涯，绝域无边道路遐。
不向江南争锦绣，偏从漠北斗芳华。
千年朔雪消戈壁，万里春光遍塞沙。
始信尘寰真傲骨，羞凭雨露发繁花。

访预旺堡

古堡添新锦十重，却寻野老话遗风。
星星火举燎原势，猎猎旗开辟地功。
巨手昔曾擎赤帜，长缨昨已缚苍龙。
天高云淡南飞雁，可识红军万里踪？

鹧鸪天·银川名酒赞

昊酒香醪注玉钟，万人拼却醉颜红。何时大圣闻香到，花果山中醉亦同。　　从地上，忆天宫。蟠桃王母宴仙翁。休夸玉液千杯好，未抵银川酒一盅。

一剪梅·塞上绿化情

剪碧裁红绿满城，引得春来，留得春情。西风恼煞意难平，更看年年，更道青青。　　远树连云近树荫，树上黄鹂，楼上琴音。行人何处欲相寻，花下阑干，月下街心。

水龙吟·贺兰山

古来险限华夷，而今一脉连兄弟。重峦叠嶂，迎来红旭，云开雪霁。横揽东西，纵驰南北，春风万里。甚穹庐大漠，雄关远堠，都化作，莺花地。　　虎踞龙蟠难比。望山形，神奇谁似？衡宗岱岳，争雄逞魅，只堪驱使。破雾腾空，千秋骏马，此时飞起。听声鸣霄汉，万山斯应，奋凌云志。

摸鱼儿·过银川军中旧居

问秋风、旧居何处？满城黄叶如许。几回不识新来路，依约斜阳草树。还记取，望八一军门，倚剑灯前语。湖湘儿女，赴塞上旌旗，雕鞍年少，共听曙鸡舞。　　归来也！漫道王孙迟暮，青衫早被轻误，卅年冷落吴钩去，消受人间风雨。今无据，算一卷兵书，换了闲情赋。狂奴仍故，但醉罢葡萄，拈来清韵，笑把新词谱。

高阳台·银湖初夏感咏

水榭招凉，虹桥弄影，银湖细雨笼晴。十里波光，垂杨绿到湖心。红妆小浆凌波去，倩画船，载取柔情。快扬舲，水面沦漪，摇破青溟。　　重来燕子归何处？正红楼盼晚，待诉飘零。看尽繁花，题诗可向林亭。旧游今日添妩媚，对芳尊，鬓染山青。欲黄昏，挽住斜阳，再听银筝。

沁园春·怀原宁夏军区三湘战友

北上从戎，匣剑尘封，久矣不鸣。念江南游子，老来意气；湖湘儿女，少日豪英。大漠风高，长城月冷，踏破烽烟万里程。今头白，把吴钩看罢，犹剩诗情。　　卅年风雨频仍，记射虎闻鸡战友盟。对盈盈翠袖，休弹清泪，萧萧华发，且诉飘萍，一往情深，军中岁月，恍听金戈铁马声。新征路，喜青山相顾，依旧峥嵘。

水调歌头·煤城新咏

北枕黄河曲，西倚贺兰峰。煤城百里，风沙四面拥葱茏。谁挽钱塘潮水，卷此乌金涌浪，滚滚势如龙。挥手擘山坼，气比项王雄。　　发幽潜，开混沌，宝藏丰。飞车竞运，排云破雾九州通。驱动钢花电火，送遍炉红雪暖，无处不春浓。自昔荒寒地，楼阁换新容。

木兰花慢·观电视《将军暮年》怀牛化东司令员

乍荧屏试映，识当日，旧元戎。记塞上旌旗，军中词笔，帐下春风。如虹，峥嵘剑气，是将军起舞夜横空。潇洒梅边雪老，虬枝未谢春红。　　飘蓬，得失笑鸡虫，慷慨与谁同！念湖

湘儿女，三边子弟，此际难逢。沉雄，白头旧部，
拥兜鍪，犹可壮军容。似听连营笳鼓，吴钩尽破
尘封。

出塞行

朔方三月春风来，吹绿平沙万里埃。
黄尘百丈城陈迹，一带芳林秀色开。
造林人在楼头立，长空塞雁归飞急，
雁声乍系故园心，遥望南天泪沾臆。
故园更在南天南，雁飞不到未曾谙。
生小木棉花下住，椰青蕉绿海波蓝。
采珠拾贝多游侣，中有娇娃心互许。
潮生潮落弄轻帆，雾鬓风鬟共烟雨。
十五同行上学堂，羊城花月伴芸窗。
夜吟替理风前鬓，晨读频依柳下妆。
十八独离琼岛去，别情如月满江树。
君向京华负笈行，侬还归作渔家女。
渔家小艇载相思，海水天风长忆汝。
二十支边过六盘，长征路上鼓声欢。
应知烈士当年血，染出红旗一片丹。
茫茫塞外风沙酷，蓬飞石走云相逐。
始信征人昔望乡，玉关杨柳春难绿。
我来今日治风沙，碛里荒寒欲作家。
愿借海南春草色，妆成大漠碧无涯。
殊方旦暮多霜雪，种树无成种草灭，

苦育青松一尺高，枝枝叶叶皆心血。

谁道攻关苦用心，无端飞祸骤相侵。

一旦忽焉成"右派"，百年壮志付流凌。

琴书半箧风萧索，黄云鬼火遮荒漠，

发配从兹到极边，几番濒死填沟壑。

尚有丹忱一息存，誓从沙上建新村，

一肩寒月半锄雪，撒下明朝遍地春。

辛苦经年春尚渺，树未抽芽人渐老。

月夕风晨忆故园，玉人何处音书杳。

忽然一夜灯花红，平明迎客沙丘东，

淡妆原是渔家女，垆头一霎生春风。

相对无言疑是梦，相寻万里情何重？

知君耿耿困风尘，生死来依终与共。

从此双双筑室居，穿花觅路鸟相呼。

陇外羊归明月夜，柴门烟上夕阳墟。

幼林渐作参天势，果园新架葡萄翠。

杜鹃啼处未知愁，世外岂闻风雨厉！

待把沙滩变绿洲，何期动乱起神州，

狂风吹暗中天日，错认民人作寇仇。

此时夫妇难相守，夫入囹圄妻押走。

心血浇成一片青，林毁人亡心亦朽。

十载妖氛一旦收，英明政策暖孺牛。

重来旧地人何在？唯见颓垣狐兔游。

梦里雄图心未折，镜中衰鬓今如雪。

为感糟糠报旧情，力挽前功追岁月。

裁红剪绿又如新，奋起牛棚归去人。

虬松百尺亭亭立，却傲风霜对夕曛。

中枢决策营"三北"，芒鞋踏遍天山侧。

绿色长城似画屏，画屏开处风沙隔。

羌笛愁春昔怨嗟，今来塞外皆春色。

漫天柳飔亦花飞，绿绽红垂更足奇。

游人中外莫令见，一见流连不得归。

自从出塞终无怨，怪雨盲风俱历遍。

四十年间度劫波，此际情丝犹未断。

与卿值乱长别离，千回万转难相见。

闻道赶迁返海湄，椰风蕉雨不胜悲。

蛾眉泪尽殉情死，至死依依向北陲。

我今独向南天泣，身隔人天更相忆。

梧桐半死万缘非，魂魄终将与卿接。

君不见海南木棉花正红，雁飞塞北亦葱茏。

神州儿女多奇节，谁解平生际遇穷？

屈原九死其无悔，李广捐躯不受封。

一篇《出塞》为君唱，筚路宁忘当日功！

周资生

1930 年生，湖南益阳人。曾任宁夏军区政治部秘书处长、宁夏诗词学会原理事。已故。

赠牛化东老将军

将军一世拥高旌，陕北宁甘负盛名。
沥胆披肝牵恶虎，出奇制胜扫狂鲸。
沙场拔剑邪魔缩，菊园挥毫正气生。
熠熠红星凝伟绩，光华彪焕映长庚。

归田感怀

解甲归田辞国事，琴书诗酒伴生涯。
弦夸兰柱鸣鸾凤，毫赞梅松泣雀鸦。
来友举杯如对月，读经明义胜观花。
劝君莫恋晨曦景，无限风光在晚霞。

周 茵

字少农，号岁耕，笔名弧烟，湖南省祁东县人，1933年5月3日生。1956年考入北京政法学院，毕业被分配到宁夏日报社工作，1980年调入宁夏高级人民法院工作，已退休。宁夏诗词学会理事。

塞 外 吟

塞上蓝如染，鱼肥稻亦香。
冬来南去雁，总觉在衡阳。

太汾道中

借得牧童遥指引，偷闲来到杏花西。
畅怀痛饮前朝酒，也学杜翁吟小诗。

塞外春日即景

渠中雪化浪翻花，原上雨滋草发芽。
鸭戏金波声调脆，欢歌响入穆民家。

银川春日郊景

黄河冻解逐冰渣，四月边城也著花。
南雁归来寻旧里，野田春闹麦生芽。

呈邓昊明老

谬赞精英说小周，镜中华发已盈头。

无才难问安邦事，却有深情学海鸥。

论世事感怀

弄权作祟谁能禁，圣主明时有逐臣。

检点平生聊自慰，风沙抖尽更精神。

花甲后第十三春生日感怀

思乡不敢谈家乡，人事依稀诗礼亡。

门外春波曾照影，闲来犹忆旧池塘。

感怀次韵和梁国英同志《感事抒怀》

青风受命出燕山，电击风驰越险关。

苦雨征程披汗土，严霜行径大秦烟。

精忠难免屈原恨，矢志应怜吴起坚。

纵有浮云能蔽日，无私心底自安闲。

北政1956级五班同学重聚感怀

五十年来常念君，时深更觉弟兄情。

同窗昔日期振奋，重聚今朝见业成。

报国何曾忧险道，为民哪惧卧寒冰。

一堂幸会思往事，把盏频频庆此生。

陆占洪

1961 年出生，宁夏永宁县人。现任银川市青少年宫主任。宁夏社会科学界联合会委员、宁夏诗词学会常务理事。

五月观塞上农村

花开春一院，麦绿映农门。
斜燕擦肩过，低飞嬉主人。

观 天

农家期数月，忽有几丝阴。
最恨长风入，尽驱含雨云。

倒 水

踏尽荒山路，访贫回到家。
端盆难倒水，应洒润桑麻。

观黄河滩割麦感赋

河滩金色里，麦穗认骄阳。
鸟渡嫌天远，风吹怨地长。
银镰追麦浪，河水送流香。
红日频频顾，痴迷富庶乡。

山乡月下漫步 （新声韵）

扑面山风忙扫叶，满田细语自开怀。
月知孤客无人伴，不管圆缺夜夜来。

日暮观塞上秋影

河滩一色秋风染，稻浪茫茫落日圆。
饱览金黄情未尽，一勾斜月锁青天。

踏 春

燕子随心追远绿，田园铺锦续春长。
梨花耀眼千堆雪，却醉春风一缕香。

咏 月

不惧天庭云薄厚，几时入目几时新。
圆缺不改心如玉，洁净一身常照人。

割麦小景 （新声韵）

银镰扑穗翻金影，一色田园向日晴。
绿树多怜耕者热，叶摇小扇送凉风。

山村观暮

天色溶溶地布影，群山争浴晚霞晴。
白云无主随风散，落日有家共暮行。
归雁门前天闭目，离人头上月常明。
牧童柳下欢声过，一路尘风带草腥。

致宁夏军区百井扶贫给水团

绿色军营安塞外，霜欺风袭梦犹香。
铺开大漠当图纸，踏破荒沙摆战场。
泥水沾衣充铠甲，雪花拂面化银妆。
穆民掬起甘泉水，滴滴如金意味长。

致支宁老教师

辞别家乡花送泪，扎根塞上柳欢言。
鬓丝白若贺兰雪，心底宽如大漠天。
窑洞闻声添雅趣，高原传语换新颜。
但栽桃李关山外，不慕秋鸿向暖迁。

菩萨蛮·山乡夜宿

繁星点点天如港，叶儿簌簌风来访。一夜月临窗，山花扑鼻香。　宅音听万遍，最是雄鸡健。不待主人言，叫红含月天。

破阵子·山村小学

山谷半含红日，杏花一地晨曦。孺子读书乡味重，戏鸟藏枝柳叶啼。飘飘一面旗。　柴棍手中代笔，林荫百遍唐诗。习字多从临地写，勤奋何忧认字迟。看花红有期。

虞美人·贺兰山下移民吊庄

背井离乡开荒早，甘苦谁知晓？开渠种树劈良田，白手起家沙上建家园。　秋黄夏绿渠环绕，秋色知多少？春风为介果飘香，翘首吊庄戈壁变粮仓。

项宗西

笔名宗西，1947 年生，浙江乐清人。高级工程师。曾任宁夏银川市常务副市长、自治区发改委主任、自治区政府副主席等职，现任中共宁夏回族自治区委员会常委、自治区政协主席。中华诗词学会会员、宁夏诗词学会、宁夏毛泽东诗词研究会总名誉会长。

塞上重逢

少小结同窗，漂泊各一方；
难得西北旅，相见鬓已霜。
归雁长河歇，疏林大漠黄；
韶华虽易逝，秋色胜春光。

海南行三亚

崖州何处觅？碧海茂林中；
一去三千里，亚龙花正红①。

南 山 寺

南山福寿地，六渡鉴真功②；
佛祖潮头立③，椰风送晚钟。

天涯海角

谪臣肠断处，山海绿葱茏；

俯仰思今古，南天一柱雄。

【注】

① 三亚古称崖州，亚龙湾为其著名景区。

② 鉴真和尚东渡日本，第五渡漂回南山，六渡才得以成功。

③ 南山观音像高 108 米。

压砂瓜 (新声韵)

甘霖求不得，漠北苦无涯；

谁解公仆意，情牵百姓家①。

千车驱重载，万众覆石砂；

汗滴催苗立，凌风枝蔓发。

绿染芊芊叶，香飘累累瓜；

荒塬流碧翠，壮哉缚旱魃。

【注】

① 2006 年春，宁夏重旱，上下牵挂，温总理亲临灾区视察并与群众一起种植压砂瓜。

羊年春节回乡有感（二首）

（一）（新声韵）

阳关西出路八千，佳节归来尽笑颜；

春报钱塘梅欲绽，寒消朔北雪犹残。

万松岭翠荫书院①，天竺溪清涌玉泉②；

慈母亲情游子意，一湖碧水映长天。

【注】

① 杭州万松岭上万松书院相传是梁山伯与祝英台读书的地方。

② 天竺、玉泉，均为西湖景区地名。

（二）

杭城久别几相逢，万里湖山入梦中；

花港刘庄环碧水①，南屏古刹矗雷峰②。

书生老去思白发，故友重来忆旧容；

再赴征程唯祝愿，江南塞北共春风。

【注】

① 花港、刘庄均为西湖景点。

② 南屏山、净慈寺及重建的雷峰塔。

凤凰城新歌

凤凰城里凤凰游，凤去城留岁月悠；
沃野千湖波涌碧，骏山①万壑松拂幽。
广场绿苑舞花影，大道华灯映锦楼；
塞上山河惊巨变，壮歌一曲动神州。

【注】

① 骏山指贺兰山。贺兰，蒙古语骏马之意。

教师节观影片"冯志远"有感

杏坛苦旅欲何求？桃李芳菲数十秋。
赤子魂牵黄土地，书生情动"岳阳楼"①。
驼铃沙海青春逝，潮涌浦江壮志酬。
尺素遥托北归雁②，师恩浩荡遍神州。

【注】

① 影片情节：冯志远精心教授《岳阳楼记》，勉励学生"先天下之忧而忧，后天下之乐而乐"。

② 冯志远先生五十年代从上海支教来宁，现卧病东北吉林。

参加党的十七次代表大会有感

金秋十月谱华章，盛会京门沐艳阳；
卅载征途花锦簇①，千年伟业景辉煌。
飘摇宇内多风雨，崛起神州尽芬芳；
跨越宏图催塞北②，旌旗百万驶康庄。

【注】
① 指改革开放至今已近三十年。
② 自治区第十次党代会号召跨越式发展。

题沈利萍同志献给十七大《盛世和谐图》

万顷碧莲绿映红，喜逢盛世绘清风；
湖城塞上和谐曲，多少诗情入画中。

祝 捷

——银川至青岛高速公路银川机场段通车前夕赞我交通筑路大军

巨龙东去贯银青，千里坦途锦绣程；
朝发朔方迎晓日，夕达齐鲁看潮生①。
双桥灯放辉金水，绿带花繁映凤城②；
最喜铁军双奏捷，南征还欲请长缨③。

【注】

① 国道35号高速公路全程通车后，银川至青岛朝发可夕至。

② 横城古渡黄河上将有两座公路桥，另一座为辅道桥；"绿带"指路两侧各五十米宽的绿化带。

③ 双奏捷，指"抗非"和生产双丰收；南征，指银川至武汉段高速同心至固原段即将开工。

三角梅①

迎冬盛放遍千家，五彩裁成织锦霞；
丽质生来远霜雪，嫣红姹紫笑天涯。

【注】
① 三角梅，花分多色，系三亚市花。

沪京道中

京津宁沪画中收，河海江淮天际流。
莫叹路遥愁远客，春风一夜过沧州①。

【注】
① 铁路提速以后，上海至北京夕发可以朝至。

赠党校同学

春风三月聚京城，百日同窗四海情；
掠燕湖边数归燕，荟茗园里品香茗①。
穷经论典读马列，求索开新颂小平；
临别声声道珍重，帆悬风正再远征。

【注】

① "掠燕湖""荟茗园"均为中央党校院内园林名。

固原返银途中遇雪

纷飞瑞雪报春萌，玉叶琼枝妆凤城。
喜入农家逢"两会"①，银装万顷兆年丰。

【注】

① "两会"：指全国人代会和政协会

丁亥春登杭州吴山城隍阁

江流天际色空朦，西子春深绿胜红；
十里吴山千叠翠，凭栏雨霁醉东风。

水调歌头·送友至沪

酒应今日醉，月是故乡明。送君望远桥畔，云淡晓星沉。此去浦江激浪，洗却烟尘塞北，风雨任平生。海阔碧空净，万里壮行程。　　长河落，渔帆起，雁南征。无边秋色，应是宏志胜离情。更遣生花妙笔，写尽风云百载，银汉自天倾。北国知音在，何时会群英？

忆秦娥·塞上情①

乡思切，江南烟柳长城月。长城月，重游故地，沧桑今阅。　　征途千里凌霜雪，曾将热血书忠烈。书忠烈，豪情长系，贺兰山阙。

【注】

① 近日有百余名六十年代支边的杭州知青集中返宁，重访魂牵梦萦的"第二故乡"宁夏川。词以记此。

鹧鸪天

丙戌岁末获南归学友贺岁词章，填此阕以回赠。

塞上耕耘砺志艰，南归创业续佳篇。千声爆竹辞旧岁，一阕新词贺锦年。　　东海阔，朔天蓝，春回西子绿初妍①。东风欲借双飞翼，万缕乡思送江南。

【注】

① 西子：即杭州西湖，又名西子湖。

段庆林

1963 年 9 月出生。现系宁夏社会科学院经济研究所所长，研究员。辑有未刊稿旧体诗词曲集《念珠集》，新体诗集《夏日的激情》（合著）、《岩画船歌与香客》。中华诗词学会会员、宁夏诗词学会副会长。

春游苏峪口

游兴早破晓，清明车尘扰。
积雪山应老，脱俗城渐渺。
峭壁灵溪润，沟壑鬼斧造。
攀援形如猿，临风神似鸟。
野餐留影乱，长啸回声缭。
练白黄河套，茵绿左旗草。
敖包佛光罩，松涛闲云扫。
不堪荒鸡叫，天短晚霞少。
归途腿脚酸，谈资旅袋饱。
遥顾苏峪口，应笑行人小。

腊　梅

淡影疏疏瘦，清香暗暗遮。
标新似有意，雪被更无邪。
东驿西风急，掌心唇气呵。
孤山矜绝色，不向早春赊。

开封怀少奇

潮侵百丈堤，云压雁声迷。
锻铁双襟热，扶犁一脚泥。
世因昭雪白，脸为庶民黧。
莫恃包衙近，青天宿草萋。

香山秋望

西山装饰重，朔气洗苍穹。
天过重阳冷，枫迎霜降红。
轮回三界里，兴废一城中。
秋上香峰顶，青丝乱似蓬。

赠嵩山中华禅诗研究会

过眼尘缘散，缨冠许未簪。
天风空绮语，花语满龙潭。
诗向高僧问，禅从市井参。
闲来耽妙悟，新月破迷岚。

敦煌（二首）

（一）

年年苜蓿花，湖月耐龙沙。
惊问飞天女，因何欲出家？

（二）

慵修八阵图，贱卖一车书。
难怪莫高窟，高僧有也无。

三 湖 行

1994 年 6 月 21—22 日，应邀赴石炭井矿务局采风，游其新辟三湖旅游区，即席赋诗。

暑气蒸腾伏夏苦，戈壁捧出小三湖。
贺兰膝下似楚女，蓬门胭脂未曾敷。
煤城南，双千亩，襟天依市傍通途。
镜鉴浩淼碧玉璞，绿水蓝天白云舒。
浓荫阳伞嗔日毒，骤雨花水嚎麻姑。
驭风汽艇凉肌肤，龙门鲤鱼惊客呼。
游兴新随境界出，曲堤通幽宜跣足。
芦花荡，一簇簇，腰肢婀娜两丈五。
秋来芦花扑簌簌，牧歌芦笛吹一路。
红柳岛，闲听鸟，野鸭误凫鸳鸯浦。

垂钓渔父鹭鸶数，塞外倾城鱼汤馥。
美景美意难尽收，骚客狂草赋情愫。
石炭井，东道主，珠联璧合兴业富。
下车湖畔久踯躅，又把乌金细细抚。

偶　成

功名淡似白莲花，卧看诗书就苦茶。
不入寒冬与酷夏，春秋勘破乐天涯。

洛阳牡丹

独领风骚各短长，信风从不惜流芳。
洛阳城下花如海，可是姚黄魏紫彰？

朔方柳枝词（五首）

（一）

依依柳笛柳前吹，折柳妮儿柳叶眉。
不问阿哥留下否，低垂泪眼默相随。

（二）

山妞转眼长成花，欲语还羞总避他。
七七河边又相会，犹思两小过家家。

（三）

勤劳致富戴红花，台上相逢不用夸。
"俺是河滩挑菜妹，莫非沙漠放羊娃"。

（四）

更深犹自点红釭，新盖瓦房喜字双。
今日娶来新姐姐，村童争看满纱窗。

（五）

撒下醇香挡下沙，麻麻一树小黄花。
宛如小户寻常女，地角房前总护家。

无名寺

野谷空蒙日月低，清溪闲鹤洗禅衣。
无名山里无名寺，万朵红莲香客稀。

蝶恋花·题宁园小照

乍入芳菲初碰手，信步闲游，触目花枝秀。情若曲廊深闭口，相依羞看鸳鸯逗。　　不是鸳鸯休聚首，苦酒幽愁，萦绕西墙柳。却怕旧游重到后，腊梅疑我因她瘦。

长相思·夜景

燕呢喃，人呢喃，落日羞红半壁天，秋波更湛蓝。　　人儿圆，月儿圆，鼓噪蝉儿栖不安，夜阑谁未还？

渔家傲·雾夜送别 (新韵)

夜锁西桥车锁雾，为何难锁天涯路。泪蚀残妆郎画补，重叮嘱，相拥相焐缠绵苦。　　小别生涯应懒数，星辰今夜知何处？身似萧萧黄叶树，风休住，良晨早被黄昏误。

沁园春·沙坡头 (新韵)

望断西天，黄沙漫漫，贺兰坍塌。敬华年白发，秸网野马；身如绿树，血浸红花。百尺沙坡，鸣沙划下，疑是沙场乱奏笳。嬉游处，恋涓涓流水，芳草人家。　　黄沙脱去沙峡，滔滔浪、依然卷巨牙。忆丝绸之路，浮槎弱水；和番发配，如去天涯。羊皮方筏，而今戏耍，尽兴蒹葭暗晚霞。归去也，看车穿沙漠，驼老难爬。

虞美人·钟鼓楼

有情岁月无情月，唯有楼依旧。晨钟暮鼓韵悠悠，阅尽沧桑变幻话春秋。　　摩天商厦摩肩候，脚下车流骤。卅年成就费歌喉，妙手丹青着意弄潮流。

满江红·黄河

强锷嵯峨，任消解、西天瑞雪。银河落、喷冲宣泄，回肠情热。一脉龙涎滋万壑，古藤犹蘸先驱血。望辽阔、惊碧绿无多，雄心越。　　黄土地，风沙歇；扬水线，田园列。倩乳汁消却，百年饥渴。座座青山如海市，川川灯火疑仙阙。舞狂龙、高唱大风歌，千帆发。

水调歌头·西夏

骏逸边山皱，龙蛰大河流。一川风物潇洒，点缀几荒丘。赵宋难消浊酒，可汗能遗鹰鹫？夏国劫灰休。谁识蕃文逗，羌笛未悠悠。　　潼关谷，萧关牧，玉关油。怕应难料，早是世界着丝绸。铁路通欧贯亚，百族齐心携手，边贸势方遒。但使江山秀，来供后人游。

贺新郎·反腐败步稼轩韵

世事休堪说。甚名场、一人当道，犬鸡瓜葛。每席万钱销国帑，未解人间风雪。便志士、愁生华发。私事假名公事作，弄机谋，惯向东窗月。恐语泄，尘封瑟。　　苦无金镜相区别，是何人、清芳独报，更羞苟合。谁起龙图惩腐恶，显我铮铮铁骨。令正气、廉风毋绝。通告皇皇须知悔，返迷途，莫使心如铁。群扼腕，肝胆裂。

摊破浣溪沙·赠边疆农业科学家

一任沧桑是故乡，一茬霜鬓一茬秧。敢比神农尝百草，育种忙。　　九转热肠萦热土，几行沙树挡沙梁。犹说边疆天地阔，任翱翔。

浣溪沙·塞上江南

塞上休言少翠微，黄河两岸鲤鱼肥，稻花香里鹭鸶飞。　　茨果万畦花自醉，牧歌一曲逗斜晖，江南游子不思归。

临江仙·珍惜耕地

国国何曾矜大，家家岂愿为轻。沉沉心事诉
无声。拓边三代代，梯地一层层。　　处处抛荒
何故，纷纷圈地堪惊。除非息壤济苍生。但存方
寸土，留与子孙耕。

醉花阴·农闲酒趣

农活已收青杀口，余事唯数九。婚嫁任轮流，
聚聚酬酬，酒似人情厚。　　席上扶来休笑丑，
醉了馋毛狗。底事让爹羞，妹妹哥哥，偷喝交杯酒。

南歌子·小尾寒羊

曾饮梁山水，才知塞草肥。高天阔地白云堆，
一脉黄河两地共朝晖。　　梳洗皮毛美，撒欢体
格威。滩前小尾莫相垂，满圈咩咩繁育乐煞谁。

行香子·悼母

地费胼胝，箱惜鹑衣。惭反哺、饸饹汤稀。
幡疑游梦，纸化桃蹊。痛鬓熬白，心操碎，气强
支。　　爹爹乍老，弟弟堪期。俏妮妮、姥姥含饴。
休相惦记，志励荒鸡。怕重阳菊，清明雨，想家时。

玉楼春·村妮

村妮泼辣鹑衣彩，麻利争强抓骨拐。揪花挑菜念书来，羞露新包红指盖。　　春花秋月流年改，拉扯孩们还宿债。犁田养蟹摆茶摊，富冠前街谁觉矮。

南柯子·海湾战争

戾戾海湾鹭，啾啾沙漠鸥。惊闻沐寇亦称侯，可叹石油血恨向西流。　　苦苦和平口，嚅嚅霸主喉。暴风如帚战声稠，试看黄粱美梦几时休。

鹧鸪天·内蒙古风情

奶酒醇香八里酣，怜君沉醉似阴山。云飘疑是羊群散，梦里悠扬套马杆。　　银碗满，烤羊全，殷勤德吉照天弹。英雄胆气凭谁塑，总学苍鹰草上旋。

鹧鸪天·开斋节

　　淡雾清梆透曙光，声召会礼韵悠扬。欣同圣地逢新月，更祝回乡进小康。　　搓馓子，炸油香，阿訇趁热粉汤尝。商城紧靠清真寺，绿盖羞来白帽忙。

鹧鸪天·同心

　　排闼蠡山拥翠宫，扬黄沃野赛春风。已将塞外金商埠，串入通欧铁路中。　　抓发菜，贩羊绒，走南闯北显神通。口弦倾诉经营策，白帽丛中格外红。

鹧鸪天·古尔邦节

　　朝觐先期到麦加，宰牲赛马在天涯。葡萄绿遍丝绸路，好个清真百万家。　　思往事，孰堪夸，漫刮喷香盖碗茶。富民政策民同富，乜贴如今散尕娃。

[中吕]山坡羊·下海者心态

　　光阴如兔，年轮如树，春山难挡秋山住。望尘浮，意踯躅。　　清茶早报难为肚。年少壮怀应缚虎。走，休怕苦；留，谁做主？

[中吕]阳春曲·懒婆姨

　　粗活已怯纤腰力，白脸新纹大眼皮。抹油如我上墙泥。庄稼地，糊弄懒婆姨。

[越调]天净沙·牧羊人

　　贼湖护养芦花，奶茶泡软风沙。荒漠窝棚瘦马。半轮月下，情歌唱给篱笆。

[双调]雁儿落带得胜令·读中国革命史

　　读读西柏坡，忍数雄鹰过。扯下闲云蘸酒搓，豪气生襟末。　　倚马唱山歌，触目杜鹃多。安得松鏊齐相和，来推江浙波。先河，自有红旗舵；巍峨，江山永未挪。

[花儿体] 土族令·陶横途中

明代的边墙秦代的墩，墩连墩，只剩下黄沙埂了。　　灵武的林场陶乐的村，村连村，都当是新风景了。

[花儿体] 当啷啷令

我下过海来你上过山，铁饭碗没轮到他端。　　老三届酒家新马路边，小算盘拨拉去辛酸。

[花儿体] 尕呀呀令

车把式鞭梢儿甩得花，累坏了拉辕的尕马。　　你唱罢大风歌想谁家，泪蛋子悄悄地滚下。

[自度体] 夕阳红

为问退休习惯否，老友常聚首。你画幅丹青，我书笔柳。绿袖红绸还大街上扭，余热重抖擞。　　管住老头别醉酒，就是贪两口。我练套轻功，他抹脸丑。电脑钢琴给小孙女授，谁教期望厚。

胡守仁

江西吉安人，1908 年生，江西师范大学教授。曾为江西省古代文学研究会名誉会长、中华诗词学会顾问。

塞上江南

北周迁国到灵州，种稻养蚕生计优。
"塞上江南"得名始，黄河富庶此中游。

胡清荷

女，1925 年 7 月 8 日生于湖南省桃江县。一直在宁夏吴忠商业局工作到离休。中华诗词学会会员、宁夏诗词学会名誉理事。

白　发

白发频生顾自忙，藏身书海独徜徉。
有时读到精深处，笑与老头共品尝。

久旱喜雨

绵绵细雨密如麻，点点敲窗乐万家。
久别今才谋一面，城乡一片笑声哗。

悼念亡夫彭锡瑞同志

一缕青烟飘九重，天涯何处诉离衷。
家书修得无从寄，天上人间路不通。

奉和熊康龄七十感怀

珍贵人生七十秋，满山新绿复何求。
稀罕尽享耕耘乐，晚节常持壮志酬。
总角之交童谊重，乡思难耐暮年稠。
桑榆夕照齐天乐，莫遣飞花上白头。

离休赋怀

似水韶华塞外过，当年投笔共操戈。
六千里路形随影，四十年光苦伴歌。
迢递征程同跋涉，峥嵘岁月任蹉跎。
神州何事多风雨，一念参差剑乱磨。
揖别湖湘边塞行，终军有志请长缨。
东邻烽燧凭空起，北漠烟尘放眼平。
罪以莫须愁怎释，瓜牵藤蔓屈难鸣。
卅年风雨频仍过，雨后青山赏嫩晴。
骤雨惊风眼底消，人生经得几回遭。
百年误矣珍分秒，千里差之失半毫。
可笑张冠常李戴，何堪冻雨滞春娇。
余生有幸纠偏错，逝水难收亦枉劳。
一缕乡情绕梦思，江南三月雨如丝。
春归花落鹃啼血，草长莺飞燕剪诗。
桃仑山头留稚影，三重塘畔倚高枝。
龟台江月清如许，应照离人似旧时。
赋罢新诗感岁华，庭前儿女各当家。

明妃出塞留青史，苏武持旄老北沙。

佳话睦邻成往事，族民团结灿金霞。

三湘子弟遍河朔，后世寻根问水涯。

一剪梅·山区扬水工程赞

干旱山区往日愁，滴水如油，播种难收。黄河扬水上荒丘，绿了平畴，熟了金秋。　　幸福生活暖心头，党为民谋，人竞风流。扶贫政策解民忧，再展宏筹，更上层楼。

浣溪沙·春雪

天女散花一夜忙，荒原朔漠换银装。山农牧户笑眉扬。　　待得春风苏万物，新苗破土润琼浆，今年补我去年粮。

胡玉景

1926 年 10 月出生于山西长子，1946 年 3 月在太岳军区参加工作，1985 年离休。宁夏诗词学会会员、宁夏毛泽东诗词研究会理事。

庭 院 柳

三月春光柳色新，万绦拂荡奏谐音。
风帘半卷含烟叶，斜照夕阳一树金。

游明长城有感

登上长城思绪迁，当年征战几人还。
征人埋骨边关地，多少妻儿眼望穿。

红石山赏梅

红石山高云雾中，神奇独秀出群峰。
白梅仙子何居此，幽谷空灵味更浓。
迎面阳春春吐翠，赏梅香艳艳阳红。
今生偏有好心境，观罢山梅醉妪翁。

赵玉林

福建诗词学会原常务副会长，现顾问。

谒须弥山石窟有感

由来佛力世无俦，佛法弘扬始魏周。
为问千年广布泽，几人脱了利名钩。

登六盘山

六盘山上沐雄风，远近岗峦拱北崇。
万里长征辉史册，还须永葆此心红。

西部影视城

世间万态总纷纭，意外奚如是我闻。
造化人工堪一境，凭空大地泛风云。

凭吊西夏王陵

神墙内外怅崚嶒，大土馒头蕴废兴。
墓道祭台遗址在，荒凉无过夏王陵。

驰车访贺兰山岩画

贺兰山下草兴衰，游牧天涯任所之。
崖壁留痕能万古，先民情意系吾思。

银川晤秦中吟兄，有赠

重熙累洽百愁蠲，诗事新来别有天。
自爱平居矜节义，秦郎豪气满银川。

纳家户清真寺

清真无二纳家户，古教正宗推永宁。
安静谦和迎远客，中华民族一枝馨。

赵　庚

（？—1985 年）原中华书局、宁夏人民出版社编辑。曾为宁夏诗词学会理事，参与《历代诗话》编辑工作。

银川杂咏（九首）

（一）

贺兰如砥带黄河，汉渠秦渠沃土多。
解缆今朝江海去，要看古水泛新波。

（二）　（新声韵）

元昊当年称世雄，无多遗迹画图屏。
尚余古塔孤冢在，错落山河入望中。

（三）

话语虽殊自觉亲，只缘同绣朔方春。
偶然邂逅谈乡里，多是东西南北人。

（四）

碧浪参差百顷裁，麦收才过稻花开。
渠头自有黄河水，不待天公作雨来。

（五）

春风早绿江南岸，细柳才抽塞上枝。
日暮山头来急雨，寒流催我换棉衣。

（六） **（新声韵）**

枸杞乘船西复东，外商远客笑相迎。
黄河之水来天上，灌出珍珠照海红。

（七）

羊群坡上聚团团，细毳修绒白似棉。
试作短衣冰上过，三冬风雪见红颜。

（八）

嫩绿朱红挂矮檐，谁将缨络荡风前。
长椒辣得人心暖，秋汗汪汪祛早寒。

（九）

到处高楼兴建多，觅家燕子尽穿梭。
如何半载南飞后，不见垡垃旧日窝。

赵焱森

湖南诗词学会会长、中华诗词学会副会长。

西夏颂歌赞宁夏党人硬骨精神

大夏风情本自豪，党人硬骨更堪骄。
扶贫使命一肩任，开发宏图众志描。
红柳峥嵘凭耐力，黄沙却步抗风飚。
旌旗指引开西部，百战征场不屈挠。

登贺兰山

直上扶摇看贺兰，风云托起万重山。
金戈铁马前朝记，顽石高峰比日攀。
有道农林开胜卷，又闻科技闯雄关。
纵观各业腾飞进，西部征歌响九寰。

黄河金水园

东出银川紫气升，黄河浪涌赤如金。
山回鸟宿园林梦，水静鱼游鸽子音。
岸浦凝神堪远虑，楼台索景欲高吟。
凭栏不见孤烟直，千古诗情系客心。

赵 前

　　笔名赵乾，山东省东平县人。生于 1928 年，先后供职于商业及教育部门。现为宁夏诗词学会会员，著有诗集《爱心集》《贝壳集》。

咏 画 竹

爱此画上竹，猗猗出石根。

翠羽含绿霭，琅玕拂青云。

有节凌风雨，无心染红尘。

岁寒称一品，礼之为同仁。

爱此画上竹，葱翠倚嶙峋。

有雨故萧萧，无风亦森森。

虚心仰贤士，劲节思隐沦。

后凋名三友，引之为苔岑。

瑞 雪 吟

北来寒潮弄风云，一场春雨洗沙尘，

预报夜分雨转雪，晓梦醒来天地新：

阶前弱枝绽琼花，小巷旧路铺成银，

层层楼台镶白壁，家家门口玉璘璘。

地上积雪已半尺，弥望依然白纷纷，

飘舞回旋撩诗兴，心头怦然欲启唇，

老朽耄年答谢公，摹形绘色聊铺陈。

三千都是银世界，五更缥然代月明。

文思迤逦越时空，六出因人用不同，

农夫见之喜心中，天赐保墒解旱情。

诗家赏之动逸兴，振玉铿金响铮琮。

画家临之开生面，意在尘外拂丹青。

舞人学之灵犀通，舒袖扬裾更轻盈。

儿童迎之展笑靥，雪球抟出雪人形。

更谢天公垂象征，顿悟果从刹那生：

莫是琼楼留背影，引我凡夫觅仙踪？

莫是瑶池留玉镜，照我心头一点空？

莫是上苍示公平，贫富荣枯一色清？

莫是造化示变化，万物都在轮回中？

眼前六花飞犹酣，霁后应是万象新：

灵台空明雪之魂，通体纯净雪之品，

随缘而生雪之性，随遇而安雪之分，

乘化归元雪之道，道法自然是彝箴。

赵稳和

笔名赵树，号雕龙。1939 年生于山西省原平市枣坡村，1965 年支援三线调宁夏。曾任石嘴山钢厂政治处负责人。宁夏诗词学会名誉理事、宁夏毛泽东诗词研究会理事。

西夏王陵

西夏王陵金字塔，千年傲立斗风沙。
碑残瓦断魂犹在，奋发图强绩可嘉。
马跃贺兰催战鼓，渠开塞上润荒涯。
称雄割据难长久，一代文明映彩霞。

沙湖吟

沙湖冷落几千秋，今著春装迎客游。
碧水连天船荡漾，黄沙作岸驼影悠。
兰山睡佛睁开眼，湖上飞禽巧啭喉。
路畅车流新气象，筑巢引凤上高楼。

咏北塔

擎天一柱立千秋，几度沧桑未低头。
人祸天灾何所惧，风停雨过又重修。
山河壮丽耀红日，宝塔凌霄壮绿洲。
喜看银川新面貌，城乡遍地起高楼。

泾 水 吟

曲曲弯弯奔自由，龙潭聚会蓄深谋。
冲开峡谷闯新路，泽惠人间作远游。
草阻石拦情愈奋，风吹雨打不回头。
同行不与渭河混，独自清清入海流。

长 征 颂

山重水复众迷茫，遵义群英聚一堂。
批判左倾弃旧策，迂回北上辟新航。
娄山关染残阳血，赤水龙游旷古荒。
万里长征多壮举，丰碑高竖放光芒。

车行六盘山 (新声韵)

车在六盘山上行，云飞雾裹绕群峰。
梯田铺就登天路，流水绘成锦绣屏。
平地高楼迎彩凤，铁龙穿洞起雄风。
碑亭高诵清平乐，改造河山号角鸣。

西气东输

输气长龙地下行，东疆西域共繁荣。
千年宝藏发威力，万户温情漾笑情。
大漠雄魂抒壮志，城乡美景展鹏程。
为民造福多谋利，胜过逶迤万里城。

赵达真

女，满族，1951 年生，曾在银川市燃料公司工作，2001 年退休。现为宁夏诗词学会会员、宁夏毛泽东诗词研究会副秘书长、宁夏老年大学诗词学会秘书长。

红 柳 赞

挺立英姿爽，深情恋故乡。
管它风雨骤，立志守边疆。

菊 花

细雨霏霏润蕊黄，迎霜挺立散清香。
何忧风雪斜阳里，笑弄寒秋韵味长。

赏 菊

一天冷雨洒东篱，绿减红消志不移。
归雁南飞迎远客，金花遍野与天齐。

赵宏文

陕西蓝田人，1963 年生。哲学研究生、副教授。现为宁夏财经职业技术学院人事保卫处处长。宁夏诗词学会会员。

夜闻蛩

昨晚小儿捉蛐虫，放于兰草土盆中。
夜阑不断声声叫，疑是田园夜闻蛩。

赵黎明

1955 年 9 月生，宁夏银川市人。高级政工师、工程师。现为宁夏科技厅专利服务中心党支部副书记。宁夏诗词学会理事、宁夏毛泽东诗词研究会理事、《科技花开塞上香》诗词集副主编。

观看平罗宝丰沈泽峰马铃薯基地

田畴一望绿油油，粉白花开玉色稠。
土豆变成"金蛋蛋"，富了农民充实秋。

咏灵武长枣

河畔枣园一片香，枝头玛瑙尽闪光。
秋来信是红灯照，万颗丹心向太阳。

塞上引进胡杨

胡杨进入到乡村，彩笔浓描塞上春。
纵是冬来绿不减，只缘根子扎民心。

钟仁寿

1936 出生于浙江绍兴中医世家。宁夏石嘴山市中医、宁夏诗词学会名誉理事。

有感于中医学术研讨会 (新声韵)

春到国医气象新，论坛时作百家鸣。
吾虽老矣童心在，也为兴华发正声。

抱病著文

病磨壮志不堪残，雪发盈头意不寒。
彻夜挑灯勤爬格，真知求得满心欢。

回乡偶感

常忆支边无悔年，送医送药走乡间。
瘟神闻讯随风去，父老相迎陌路前。

颂 小 草

沙打霜欺日烤烧，春光经点吐新苗。
甘霖不断勤滋润，劲挺何忧风怒号。

姚 平

陕西省诗人，《陕西诗词》原副主编。

神游西夏王陵

贺兰山正古迹存，西夏王陵旧有名。

玄想九堆金字塔，安非一座土坟茔？

狼烟早熄真宁夏，春树新栽向凤城。

交臂未能亲拜谒，神游纸上赋豪情。

沁园春·宁夏吟

塞上江南，黄河九曲，偏富朔方。是天公独厚，满川枸杞；神州一绝，遍地滩羊。海塔高风，沙湖新貌，北国明珠耀异光。贺兰秀，想云中骏马，雄驻边疆。　　曾经历尽沧桑，阅青史、烽烟古战场。怅狂沙喧暴，鲸吞沃土；恶风肆虐，席卷良乡。锁住黄沙，筑成绿障，造地换天谱乐章。今改革，任山歌水舞，回汉同昌。

临别赠秦中吟先生

昔读秦中吟，常怀白居易。

伤心新乐府，每滴苍生泪。

今见先生人，如尝醇酒味。

初订边塞交，八届研诗会。

天许续前缘，明年重庆聚。

姚 持

1919 年生，山西介休人。宁夏回族自治区原公安厅副厅长、司法厅厅长、自治区顾委委员、宁夏诗词学会顾问。

宁夏绿化图

莫言塞上多干旱，受益黄河独厚天。

逐日栽林迎雨露，长年治水化碱盐。

总将心血播青翠，不让山川冒白烟。

入目银湖葱郁处，鸢飞鱼跃画图妍。

姚国伟

宁夏平罗县人，1948 年生。宁夏交通学校副校长，高级讲师。宁夏诗词学会理事。

赠 友 人

我家在平罗，君家在陶乐。

相望不相及，一条大河隔。

古人乘皮筏，河中荡巨波。

昔人靠船渡，岁月多蹉跎。

西部大开发，交通机遇多。

浮桥如虹架，方便他你我。

来往两地间，车辆如穿梭。

今非昔日比，心潮起浩波。

明日伸万里，腾飞奏凯歌。

星　汉

新疆师范大学教授、中华诗词学会副会长。

重游西夏王陵

岂料十年后，重来踏大荒。
黄河流日月，青草漫君王。
风送春山远，云追意绪长。
英灵千古在，随我入诗章。

丁亥春留别银川诸吟友归天山作

沉雄气韵满杯盘，谁道诗词不可餐。
西塔文光连北塔，贺兰老酒醉楼兰。
借君冲日吟声稳，助我腾空去路宽。
未许风云挂机翼，长留塞上壮毫端。

参观永宁纳家户清真寺

望月楼前路，全将四海牵。
经声浮大野，树影入遥天。
纳氏出家宴，阿訇谈世迁。
丝丝今日雨，别样润心田。

参观沙坡头固林沙场

今日游人赞叹多，也随树影舞婆娑。
果园结果缀珠玉，花棒扬花织绮罗。
碧野展姿通碧落，黄沙伏爪赖黄河。
我家西域不毛地，愿向坡头借一窠。

重到海宝塔

秋光相送欲谈禅，华发萧骚红叶翻。
岂料山门轻启后，老僧含笑总无言。

西江月·重游沙湖

西域秋风归去，东风春日重来。留人柳眼与
桃腮，似讨往年诗债。　　青鸟惊肩私语，苍葭
绕膝无猜。相机屡屡镜头开，好向老妻交待。

西江月·参观贺兰山岩画拟画中人物言

不负先民磨洗，也知后民寻求。黄河无语去
悠悠，长绕贺兰山口。　　石上千秋灵性，心中
百姓恩仇。人间腐败改抬头，我唤洪流冲走。

西江月·银川别秦中吟先生

一日幽云燕树，八年水隔山遮。辛苦挥笔走龙蛇，两鬓星星如也。　　合影穷收远近，去程难计横斜。豪情相送满长车，我入茫茫荒野。

满江红·参观西夏王陵感怀

压地浓云，长翻滚，贺兰山阙。秋雨里，王陵无语，荒原空阔。一道残墙如露骨，万枚废瓦曾沾血。问帝王，百姓在当时，争存活？　　千百载，戈本拨；功与罪，重新说。自红旗风起，几多英杰。往事难将沙漠数，激情直向黄河泄。蓦回头，放眼下银川，晴阳洁。

西江月·咏黄河羊皮筏子

但靠一腔清气，曾经几度洪波。往来津渡任消磨，用罢泥滩长锁。　　晓得自家卑贱，教人脚下揉搓。倘如积压已超多，也有覆舟之祸。

俞安民

宁夏平罗县人。1962 年毕业于宁夏大学中文系。平罗中学高级教师。宁夏诗词学会名誉理事、宁夏毛泽东诗词研究会理事、平罗县诗词学会顾问。

秋　收

金秋九月稻粱香，倒海排山收割忙。
金穗无涯铺广陌，银镰有序刈金黄。
风沙不变耕耘志，灾祸更坚斗志昂。
酿下千盅浓烈酒，醉盈畴野写诗章。

咏　蚕

着意抽丝万丈长，不图披挂著华裳。
俯身仰首吐心曲，缘物抒怀揉断肠。
有愧拳拳桑梓意，难酬历历好春光。
新绸上市御冬暖，谁晓蚕娘炽热肠？

夜闻驼铃

夜长无绪梦驼铃，声自悠悠脆且清。
幽咽胡笳多懑怨，铿锵鼙鼓少悲情。
寒霜凝滞为冰雪，雅韵深沉探黎明。
喜见启明驱黑夜，终因跋涉达前程。

宣奉华

女,新华社新闻学院原常务副院长,中华诗词学会副会长。

观西夏王陵

贺兰东麓夏王陵,土垒千年瓦砾纷。
孰与昊王同不朽,苍山无语吊孤魂。

沙坡头新貌

腾格里南黄水湾,砂碛无际鸟飞难。
坡头创就千秋业,高树连云碧草鲜。

包兰铁路绿荫图

燕转林梢蛙鼓喧,包兰一线绿如烟。
坡头古渡多情甚,杨柳依依系客船。

游银川

四面黄沙一镜平,澄湖万顷暮山青。
此身欲共渔舟泊,好傍清波钓月明。

姜润境

1942年生，天津市宁河县人。1960年参加工作，在宁夏化工厂机动处工作，系中国石油天然气总公司宁夏石化公司退休职工。宁夏诗词学会理事。

迎　秋

秋山秋水最宜人，枫叶菊花次第新。
莫道苍凉无瑞气，仍多黄赤胜阳春。

塞上古城春色

新春漫步凤凰城①，水木清华入眼明。
笑舞和谐花欲语，频催彩笔写诗情。

【注】
① 凤凰城，银川市的别称。

春　光

楼前雀跃唱春天，厂社人欢腾巨澜。
我对天公唯一愿，风调雨顺庆丰年。

秦中吟

本名秦克温，字宗白。1936 年农历 9 月 13 日生于宁夏平罗县。宁夏日报高级编辑、中国作家协会会员、中华诗词学会常务理事、宁夏诗词学会会长、全球汉诗总会副会长、《夏风》诗刊主编。出版诗词集《朔方吟草》《塞上新咏》，文论《秦克温文学评论集》《诗的理论与批评》《诗论新篇》三部，新诗集《秦中吟诗选》等三部，及描写诗词事业的长篇传记小说《梅花开了杏花红》、散文集《诗余纪实》。主编出版《当代诗人咏宁夏》《中华当代边塞诗词精选》《中国西部开发诗词大典》等十三部。

感 怀

朔方居己久，离去割心痛。
黄土风光好，销魂在笔耕。

雪 韵

天意怜词客，赐余万贯银。
收来存腹底，化作白头吟。

读梁东先生赠《好雨轩》诗词选

好雨知时节，浇花朵朵鲜。
香飘天地外，美在有无间。

柳 笛

春到塞边信多情，端从柳笛发新声。
阳关一曲多含雨，润湿荒原草色青。

槐 花

凤城六月雪花白，香气袭人化不开。
一片素心怀故友，却招蛙鼓梦中来。

回乡风情 (外二首)

锁断城门开向南，阳光拓展四街宽。
油香溶进花香里，白帽翻飞作雪莲。

口 弦

淙淙泉水过荒滩，蛙自和鸣蝉自喧。
无限乡情弦尽诉，梦魂夜夜绕青山。

盖 碗 茶

盖碗青瓷枣拌糖，如同丹桂袭人香。
茶浓却伴郎情意，别后多年仍不凉。

新田园诗

窗 花

未必秋过即是冬，姑娘剪下显神功。
叮叮燕唱江南好，便见春花烂漫红。

高 跷

村民何日变为神，片刻侏儒万丈身。
跨步迈过巴掌岭，抬头九天可拿云。

当代农民

初富依然起五更，耕云播雨夜披星。
为离土命还拼命，端把小康作启程。

蜂拥富门

户吐芬芳诱客人，蜂拥不令进家门。
一只飞落发稍上，赠我蜜汁甜透心。

农民新房（二首）

（一）

青檐粉壁新房好，依旧窗前挂辣椒。
心造太阳光昼夜，阴云何可乐逍遥。

（二）

新人不醉谷芬芳，偏爱书香胜稻香。
科技诗书陈一屋，星辰常伴笔耕忙。

新 村 官

风尘仆仆旧模样，背得阴晴气宇昂。
送暖歌无休止号，四时唱起有余香。

城市姥姥进农村

偷得闲时乡下看，林园胜似大观园。
果香熏得心灵醉，夜住红楼梦亦安。

瓜香果甜

塞上秋来瓜果鲜，蜜流香溢引蜂喧。
醉人风气浓难化，粘住太阳不落山。

塞上风情

萧关道上

萧关无复马萧萧，散尽烽烟地阔辽。
汽笛频催杨柳翠，行人不识霍嫖姚。

塞上感觉

塞起高原肌腱隆，奔腾直欲逐飞龙。
雄风浩荡随身起，誓扫贫荒力未穷。

驼铃远去

驼铃远去韵悠扬，报讯春蚕到朔方。
正吐丝绸新道路，风光胜似昔辉煌。

过西滩排污沟

蚊蝇猖獗几时休？碧水扬波自在流。
最是清风深解意，漫敲蛙鼓促丰收。

沙湖小荷

凌波总见气从容，体洁浑如日月同。
角似尖刀端挺出，只缘扑面有沙风。

防 风 林

绿林军集抗风沙，铁甲鸣如塞上笳。
韵引花香鸟语醉，共描春色到天涯。

春

雁在长空大写人，树从大漠抖精神。
千花唱出心头爱，又绘高原绿化村。

贺兰山下古战场（四首）

（一）

此方古代惯鏖兵，血战尸横路不平。
岁起沧桑春漫地，机车高速达神京。

（二）

绿林军自守春光，战地黄花分外香。
厚土深埋先烈骨，雄风岂许暴沙狂？

（三）

一自沙沉看折戟，斑斑锈迹证传奇。
前朝旧事云烟散，先烈唯留豪放诗。

（四）

草木兵陈古战场，干戈化作绿军装。
著身厚土生春色，笑傲骄阳枉作狂。

左公柳

左公姓左实非左，古柳株株实证多。
叶叶寄情边塞客，莫将斧锯写悲歌。

唐徕柳

一行翠柳万行诗，不许漠风折半枝。
写尽春光无限意，飞扬银絮织春衣。

为父母墓题诗

一世辛勤两不闲，教儿育女学前贤。
黄泉路上迎春到，魂伴青松永自安。

蝴蝶泉①

蝶沉泉底实堪哀，优美传奇动客怀。
到此游人何所忆？梁山伯与祝英台。

【注】
① 此泉在昆明。

示 儿

家计无忧望学优，成龙非是为封侯。
中华崛起期才力，祝愿儿应早献猷。

读白居易《秦中吟》

十首秦中定正声，声声俱是爱民情。
余名巧借无奢望，当作吟鞭策力行。

水上迷宫

水上迷宫着急游，纵无出路亦无愁。
今生愿共鱼峡乐，身在深波信自由。

重庆印象

雾散云开景物鲜，嘉陵江水映蓝天。
依山楼阁层层叠，俱似扬帆破浪鄱。

题王震将军像

戎马倥偬古战场，征鞍未解拓荒忙。
风云更染英雄色，一柱擎天岁月长。

军垦第一犁

一犁昔日破天荒，自此春光长势忙。
结实谁言皆绿色，石河浪涌尽诗行。

访新加坡

瓢洋过海到星州，异国他乡不觉愁。
华语温馨驱寂寞，只身时在画中游。

有感于一次小会领导讲话

你方讲罢我登场，唱罢西皮唱二黄。
旦末净生加丑角，轮番炸碎好时光。

洋风熏得心灵醉

忘却殖民奴隶羞，姓名欧化竞风流。
洋风熏得心灵醉，错把神州当美洲。

黄河解冻

雁剪封条碎，银龙急远奔。
鳞光辉日月，浩气贯乾坤。
不断春潮起，渐描意境深。
田园从此乐，最美绿杨村。

朔方古道

沙净林荫秀，机鸣鸟不惊。
清风催快步，丽日照前程。
未到黄昏近，先期闹市行。
无愁肠寸断，只觉梦温馨。

赴太阳山采访

太阳山在宁夏吴忠市东南盐池与同心之间。

一任风沙暗，未行眼已明。
太阳心底出，暖气念中生。
路有温馨意，滩无不化冰。
工区即热土，任我漫抒情。

兰山苍鹰

耻在笼中锁，凌空上九天。
风云双翅击，雷电一吟牵。
旋转乾坤小，俯冲气势酣。
可怜梁上燕，无志远飞难。

过西大滩忆军垦战士

滩自机轮展，念随碧草生。
昔时开拓者，来自北京城。
十载丹心染，万方白土青。
繁枝怀战士，秀叶吐浓情。

致远山正英①

辞却樱花梦，攻关在朔方。
披沙穷造化，浴血写文章。
汗育葡萄美，情浓岁月香。
献身于事业，生命自辉煌。

【注】
① 在中国沙坡头的日本治沙专家。

沙　燕

大漠无边阔，横空沙燕旋。
呢喃情急切，宛转韵甘甜。
翅抖沙尘净，身栖句逗圆。
音符飞里活，一唱绿漫天。

题若园书屋

我爱若园好，书多绝俗情。
春花开烂漫，秋实自丰盈。
入室身临画，思乡梦缀星。
陶潜如在世，定放和诗声。

读杜甫咏雨诗

老杜诗千首，多为雨露篇。

感情从不竭，韵脚自然鲜。

每读堪消渴，常思彻悟禅。

余心常爱塞，汗润自春妍。

题贺敬之文学馆

韵集阳刚美，情如海上鸥。

放声歌党国，挥笔写春秋。

意立呈高远，境开至极幽。

尔曹名俱灭，不废大江流。

毛泽东亲人来宁夏

1982年6月毛岸青和夫人邵华来宁夏度假数日，1996年10月刘思齐、邵华及毛新宇同志来宁夏参加红军长征胜利60周年暨将台堡会师纪念碑庆典活动。

沿着长征路，崎岖不叹辛。

披沙寻伟迹，沐雨表丹忱。

栽得长青树，描成万古春。

慰魂边塞地，不变岁寒心。

毛泽东诗词书法艺术馆

笔写千秋史，馆藏百万兵。
龙蛇喷大气，韵律发金声。
尽有英雄志，绝无儿女情。
史诗传永世，常伴日东升。

题红岩村

红岩谁道矮，一柱挺乾坤。
有草皆含铁，无梅不吐芬。
缘因先烈血，染就世间春。
到此思江姐，何忧陋室贫。

看台湾电视剧《世间路》

世间多歧路，遍布虎狼关。
唯有乡途正，全无恶鬼缠。
亲情融冷意，热土保平安。
游子魂归处，温馨若暖泉。

三八节赠妻

佳节犹婚庆，两心共自欣。

回眸无愧悔，顾影自温馨。

互敬如宾客，相亲似故人。

青山堆满雪，同作白发吟。

谢北京卞志良先生赠国画《梅花》

古来边塞地，今始见红梅。

烂漫开寒舍，芬芳散玉辉。

临风铮铁骨，浴雪唤春雷。

我已尘缘绝，精神岂不皈？

游银川森林公园

湖城①招秀木，紧贴在胸前。

时吸新鲜气，总倾肺腑言。

汗毛犹发绿，心底似生蓝。

何必深山去？此处即诗源。

【注】

① 银川为湖城。

清水湾住宅发展集团

崛起琼宫美，清幽绝俗尘。
温馨宜宿地，宁静足安神。
启户阳光烂，敲诗境界深。
凭栏星海望，如梦涛声频。

别墅小楼望月

开窗邀进月，附带满天星。
共谱光明赞，同融意底冰。
暮云连夜化，雅韵顿时生。
身在晶宫里，莫忘陋室铭。

塞上地平线

崛起高原视线长，黄河端见入汪洋。
蜃楼海市难迷眼，绿草芳林力扫荒。
目赖头昂光远射，心因俗脱气高扬。
晨曦足比醇醪美，不醉人皆逐太阳。

重读毛泽东给陕甘宁边区人民的复信

每逢灾降读华章，便觉天晴出太阳。
更生不叹途程险，自力堪教岁月香。
甘雨应时除大旱，春风送暖育新秧。
领袖情同民紧系，边区一日一辉煌。

小平同志过宁夏

20世纪20年代及60年仅中期，邓小平同志曾三次路过宁夏。
时间虽短，却给人民留下深刻印象。

三过银川如电闪，光辉永照贺兰山。
深播火种溶冰雪，牢记民忧解倒悬。
五旬创业承恩泽，万众离贫感德贤。
烂漫花丛闻笑语，穆民①知是小平还。

【注】
① 穆民即穆斯林人民简称。

攀 登

西来开发若登山，山耸云天须仰看。
虎踞无期人赶走，龙蟠犹唤力同攀。
愚公碰壁头应醒，智叟逢春案可翻。
万丈标杆高树起，英雄不叹比肩难。

西部哲学

穷荒亦是富资源，沙俱含金待炼丹。
坷坎如诗平仄仄，神奇若梦意绵绵。
诱登险岭风光好，戒滞浅流时运残。
空旷犹为深境界，精神处处是家园。

读贺敬之《西去列车的窗口》

常读史诗剑气冲，今看西部起飞龙。
相承一脉丹心热，竞创千秋画境宏。
岁月峥嵘今胜昔，情怀浪漫壮而雄。
高岑豪韵添光彩，边塞新风化绿风。

献给国庆暨宁夏回族自治区区庆

区庆喜同国庆时，征途回首尽新诗。
门开路拓宏图展，冬去春来雨露滋。
万里黄河奔大海，千株古树发华枝。
雄狮怒吼雷鸣远，人类和平好共持。

塞上煤

万世沉埋意不伤，浑身墨染亦生光。
入炉顿使星灿烂，腾焰难教雪暴狂。
骨碎全然无懊悔，灰飞似觉有奇香。
乌金实比黄金美，炼就人间不锈钢。

海市蜃楼

半空兀地见仙山，山在虚无飘渺间。
路入迷宫深不测，神游胜境乐难还。
信知幻象非真景，却愿痴情作壮观。
玉阁琼楼成现实，还需挥汗绘边关。

银　川

古来史册银辉闪，人树光明世界观。
纵是乌云翻浊浪，也将亮色抹心田。
声腔总似铃铛响，本色应从雪岭看。
余爱故乡新月美，玉盘端出俱丰年。

贺兰山

将军策马势难还，亮剑云惊雾亦寒。
青光不染沙尘色，紫气长缭戈壁滩。
草木情酣身劲挺，风沙胆怯气难喘。
有心万物思回报，只是征夫足不闲。

贺兰山主峰远眺

登高美景望中收，不尽黄河天际流。
如网银渠腾细浪，似云秀木盖荒丘。
凤凰起舞羽衣美，大漠飘香春色稠。
更有林涛潮怒卷，风沙不再使人愁。

贺兰山秋色

拔地群峰立朔漠，一身锦绣对黄河。
茫茫瑞雪垂天幕，淡淡烟云挂地罗。
秋色原如春色好，颂歌常与牧歌和。
登临朗诵岳飞句①，何惧雄关险阻多。

【注】
① 岳飞有"驾长车，踏破贺兰山阙"句。

贺兰山岩画

史诗刻石历千年，巨变沧桑画更鲜。
狩猎弹飞群鹿舞，牧羊鞭响彩云翻。
天人合一情真切，农牧分家势必然。
鉴古兰山明镜在，新图展出看今天。

西夏王陵

黄沙已葬旧时王，金字塔高不可量①。
党项文明成史册，兰山岩画入诗章。
长城共筑丰功显，虎豹同驱业绩煌。
莫道流星消永夜，银河灿烂万年光。

【注】
① 西夏王陵，又称"东方金字塔"。

清水湾美术馆

丹青一馆向阳陈，妙造自然绝俗尘。
扑面春风堪醉意，沁心香气足提神。
格高半赖生花笔，境至全因自在身。
探美此方花烂漫，缪斯与我共销魂。

贺银川玉皇阁新修

一自春风抹旧颜，英姿靓丽画中看。
朝阳漫谱青春曲，新月光辉不夜天。
钟鼓提神犹在耳，水龙掀浪足醒眠。
青墙不许尘埃染，唯浴清风伴月帘。

游阅海湖

欣到此湖来阅海，波翻史册话兴衰。
荒滩新画天涯展，苦岁忧愁世外排。
逐浪龙腾朝碧落，乘风凤舞向蓬莱。
和谐诗境鱼同乐，直以青芦写壮怀。

题少女雕塑

立身闹市绝尘埃，玉洁冰清仙子胎。
美化时教景秀丽，神凝力引云徘徊。
柔情漫谱和谐曲，爱意常驱寂寞怀。
对此灵魂皆净化，护花生命亦花开。

久住银川感怀

入户银川近五旬，无边光景逐时新。
虽然也爱江南美，但却更迷夏国文。
敲韵方音堪悦耳，放歌风物足抒心。
此生合共兰山老，沙枣丛林系我魂。

立春 <small>（新声韵）</small>

风催积雪未曾停，乡路已欢脚步声。
鸟唱檐头迎日出，汗挥陌上助苗生。
从今绿为流行色，而后金流谷浪峰。
春立阳光根自固，何忧暴雨与狂风。

布 谷

此鸟谁言不误时，近年总是到迟迟。
只依黄历催播谷，不晓新村换旧旗。
耕退荒坡栽秀木，林还秃岭展芳姿。
劝君莫唱前朝曲，布绿方为绝妙词。

冬 至

我正怀秋未转身，雪花先已急敲门。
才看黄水冰凌结，又见兰山鹿兔奔。
陌上车飞新舞蹈，城中客赞富乡村。
老生不作闲情赋，也向寒冬夺好春。

村 貌

绿抹老农额头沟，银波洗去眼中愁。
千年赋减腰身挺，万顷春播意气牛。
折储健康期奉献，力攻科学夺丰收。
夯基实不唯家固，更为中华兴大楼。

村 戏

夜阑珠露湿衣衫，好戏连台看不完。
墙上藤缠情切切，树间掌鼓意绵绵。
相和声似雷鸣远，互动形如浪滚翻。
月牙镰挥收获好，梦中美味蜜糖甜。

灵武出土恐龙化石

一从出土便流芳，实证边陲古不荒。
碧海曾因甘雨汇，青山总被绿林装。
何因沙抹江南景，应记史留劫后伤。
开发龙腾新世纪，复归生态更辉煌。

沙湖泛舟（二首）

（一）

一身酷热化清凉，碧玉宫行乐未央。
击浪时催鱼踊跃，扬波力促鸟飞翔。
灵魂沐洗质长洁，思绪蒸腾情自昂。
捞起新诗船满载，归来细作众家尝。

（二）

金子满湖无意贪，唯期苇插满心田。
青毫饱蘸浓情写，浮想纷飞任意删。
沙俱箴言醒俗耳，鸟皆惊句感苍天。
和谐境界方为美，片刻游来顿悟禅。

江总书记视察宁夏

20世纪90年代初某仲夏，江泽民总书记曾来宁夏视察。

夏风送爽百花香，江水波流到朔方。
泽及山川生意富，光辉民众脱贫忙。
黄河留影芳林伴，兰岭铭言秀卉装。
厚土有情呈硕果，佳音雁报意深长。

重建岳武穆墓碑感怀

银川中山公园原有岳墓碑，"文革"期间惨遭破坏，今重建。

丰碑复立正堂堂，敌忾同仇意不伤。
大义擒虏功盖世，精忠报国志刚强。
长车踏破兰山阙，吟啸翻成锦绣章。
一部史诗传万古，读来谁不气昂扬？

塞 上 草

塞边小草非风派，劲挺无忧命运乖。
野火焚燃心不死，狂沙锤打志难摧。
乐将生命描春丽，羞教脚步向左歪。
铁骨不磨真本色，精神亦是栋梁材。

塞上遍栽江南槐

南国姑娘塞上来，扎根厚土紫花开。
情将大漠丝丝染，意共绮霞缕缕裁。
玉立非招蜂采蜜，香飘却使蝶萦怀。
既来自不思归去，烂漫青春永不衰。

塞 上 春

牛鞭抽出柳丝柔，牧笛声催草出头。
大雁捎来南国讯，车轮喜唱信天游。
闸开黄水飞金练，羊点青山绘彩图。
一自暖风吹过后，无边春色画中收。

晨望黄河

舒卷浑如玉带飘，苍茫云水白纱缭。
金星乱缀迷人眼，紫燕飞旋试剪刀。
难断蒸腾祥瑞气，力推汹涌雪波涛。
晨曦不醉孤帆远，袅袅炊烟手自招。

三十年后重访白芨沟林场

卅年重访起沧桑，辉煌不见旧凄凉。
白芨交班林舞剑，黄沙披甲草生香。
身居公寓员工乐，道拓远方场长忙。
慢赶紧追终不及，唯将诗画满心装。

塞上春雨

朔方好雨总来迟，三月方垂碧玉丝。
勤洗尘埃天亮丽，漫滋草木色凄迷。
露凝秀叶呈珠串，虹挂琼峰系梦思。
一自心田淋湿后，激情涌起俱新诗。

塞上浮雕

塞上群山已壮观，年来城镇又新添。
玉雕尽是英雄汉，文刻皆为创业篇。
各在广场含笑立，同标高度启登攀。
活生生的魂犹在，靓丽风光耐久看。

贺中华诗词八届研讨会在银川召开

四海诗人聚凤城，兰山顶上灿群星。
黄河润笔描新世，大漠宽胸发正声。
韵集花儿风味美，调和汽笛彩霞蒸。
高岑魂在应欣慰，边塞吟旗万众擎。

沙湖写意

平湖万顷望中收，不尽风光画意稠。
芦荡频将南国绣，轻舟竞向碧空游。
三秋暑化甘霖爽，百里尘消气色柔。
堪与西施相媲美，置身此境复何求。

赋得银川植物园

昔日荒沙厚土埋，奇花异木向阳栽。
葱茏木色描南国，烂漫云霞绕梦怀。
花吐浓香蜂舞蹈，鸟鸣新韵月徘徊。
盈秋硕果星光灿，不尽风光引凤来。

银川植物园绿色迷宫

诸葛摆成八卦阵，葱茏景色惑游人。
千寻仍是迷宫客，百探还居翠柏村。
细读朦胧诗有味，急思焦灼路无门。
园林艺术奇如此，词曲哪堪直白吟？

北武当庙生态旅游区

欲除沙害佛无能，生态园成赖百工。
树植荒滩长速快，绿涂深壑春渐浓。
鸟声尽歌英雄曲，碑体皆铭不世功。
泥像有灵应莫嫉，游人只把美推崇。

游贺兰小口子①

张口青铜钟滚进，轰鸣声响发人醒。
闭关曾咽辛酸泪，启户遍迎草木春。
讯赖交流添活力，气因吐纳变清纯。
山含哲理君知否？游此应为明白人。

【注】
① 小口子，又名滚钟口。

贺兰山下明长城

挡沙曾与兰山共，胡马狂嘶调自空。
逶迤姿势虽然断，磅礴志气却未松。
忍以伤痕启睿智，力将铁骨敲警钟。
地埋宝藏应开采，莫向东瀛叹苦穷。

陪伯农、张陵、永庆游贺兰山岩画区

结伴郊游好个秋，兰山远迓美满兜。
雄风破雾明佳景，碧水扬波豁亮眸。
细望顽岩呈画册，深思文史傲星洲。
感知生命无穷力，何患江河可断流。

范家大院①作客 (新声韵)

乘兴山前看胜境，范家院里浴村风。
佐餐满桌多文化，野菜盈盘少血腥。
阿庆嫂勤生意好，门前树绿鸟声轻。
似言不若归来也，觅韵何如自在鸣。

【注】
① 此院为岩画区民俗展览馆

兰山彩虹

雨过兰山挂彩虹，凯旋门搭迓英雄。
欢谈斗地开边事，喜庆改天不世功。
林带抹沙碧落丽，绿风荡雾春光浓。
银河酿得千缸酒，正待仙人共举盅。

黄河渡口

风平沙净日高悬，信息频催送货船。
轮似栈台霞密集，水如弓弩箭连穿。
萧条旧岁云翻雨，茂盛财源浪拍天。
舷口凭栏看世界，心潮亦自卷狂澜。

陪日本诗人棚桥篁峰先生游沙湖

正是樱花怒放时，同游共觉意痴迷。
波光悦目呼描画，鸟语清心唤赋诗。
美是通言何必译，善为共感足深思。
影留湖畔长相忆，友谊花开不负期。

银湖观鱼

湖边静坐不知秋，乐看群鱼竞自由。
跃体皆为投箭矢，穿梭俱似织丝绸。
水晶宫美难收尽，世俗尘污不可留。
我愧堂堂男子汉，竟然难与力争游。

秋　菊

秋风扫尽夏辉煌，旷野黄花分外香。
辐射金光驱雾霭，熊烧烈火化冰霜。
姿超月桂三分美，身少海棠一段长。
沙打偏铮钢铁骨，迟迟不谢挽秋光。

秋过古灵州①

驱车直过古灵州，唐韵流光共枣收。
受降城皆人缚虎，汉沿渠俱道流油。
肃宗梦断春深处，农户魂销白玉楼。
过此情如黄水激，文明历史一望收。

【注】
① 古灵州即今宁夏银川市灵武市，城东 20 里处，称红枣之乡，古有受降城。

忆自治区成立时林伯渠、董必武来宁夏

同带东风入塞川，诗情共与草芊芊。
先登北塔洒甘雨，复上兰山融雪寒。
黄水因之波浪阔，红花①更见露华鲜。
影留回汉民心里，长伴彩凤向日旋。

【注】
① 林、董二老都曾访问过银川红花公社。

望鸿堡

秋波不必眼望穿，雁衔春光已北还。
影过长空人大写，声鸣新纪韵深传。
冰河尾剪涛声急，古堡门开道路宽。
到此新诗随手写，托鸿远寄向南天。

望远桥

落拓来登望远桥，情随流水浪涛涛。
苍茫云雾风吹尽，艰苦途程意系牢。
碧浪冲尘明望眼，芳林指我看高标。
鸿飞天际前程远，谁为崎岖叹路遥？

芦花飞雪

芦花飞雪正秋时，北国风光俱好诗。

柳絮纷纷飞旷野，蚕娘碌碌吐银丝。

玉颜漫把云霞染，雅韵全凭雨露滋。

浑若村姑无约束，自由来去展芳姿。

盐　池①

信天游唱到苏区，烂漫花开正好时。

昔日精盐铮铁骨，今朝春水涨深池。

生财门对阳关道，致富家添席梦思。

花马奔腾追闪电，长嘶不使客游迟。

【注】

① 盐池：原名花马池。

腾格里放歌

黄河放筏人

剪下蓝天一片云，雕鞍可使大河驯。
压平巨浪梭穿急，滑向天涯气不沉。
惬意犹如溜滑板，抒心宛若奏瑶琴。
不闻欸乃橹声响，唯见莲花绽玉盆。

喜乘羊皮筏

黄水滔滔烈马腾，大河有意试群英。
诗家骑惯行空马，筏上坐成独秀峰。
喜逐东风催巨浪，漫将雅韵助豪情。
兴来只欲游江海，万里航行不计程。

题大漠中的一棵树

瀚海谁言玉可焚，但看大树抖精神。
婆娑叶似遮阳伞，劲挺枝如抗暴身。
笑傲云天喷毒焰，羞朝海市诉苦辛。
顽强生命多含铁，绿火燎原满地春。

有感于宁夏率先实现沙漠化逆转

报载：在全球沙漠化日益严重的今天，宁夏回族自治区率先实现沙漠化逆转，人进沙退，夺回良田近千万亩。

漠化谁言阻却难，固沙宁夏奋当先。

卅年民舞龙泉剑，万卷诗吟斗地篇。

林逼荒魔丢甲去，草攻失土带金还。

芳洲不尽连天涌，休使全球作火燃！

沙打旺

碧草生来个性强，柔肠寸寸尽如钢。

火烧偏使容颜秀，沙打更教铁骨香。

羞向温棚争厚爱，乐将大漠作天堂。

一身劲挺铮铮骨，总伴征人拓大荒。

六盘山放歌

固　原　城

据《二十四史》《北魏史》记载及北魏李贤墓出土文物证实:
唐丝绸之路东段（以河西走廊为界）北路经甘肃平凉，宁夏境内
的固原，腾格里边缘的中卫、沙坡头、甘塘，到达甘肃的武威。

三边古镇踞雄关，九孔城门开向南。
回汉纷争成往事，农工建设着先鞭。
车通八百前程阔，绿染千家景色妍。
若是卫青能再至，定然把酒诵诗篇。

六盘山上高峰

一自擎旗挺直肩，巨人姿态可摩天。
清平乐奏风云路，不世功高宝塔山。
力缚苍龙拳紧握，深播春色志难弯。
今朝点绿星星火，遍插鲜花更壮观。

六盘山今昔

井冈赤帜舞高峰，遍野山花烂漫红。
几度乌云空乱渡，满坡松树任从容。
天开丽日融冰雪，地产高粱醉大风。
自此谁看南去雁，新描美景四时同。

访宁夏地矿勘探队

脚叩群山情寄远，于穷荒处探资源。
顽岩莫道如钢固，火眼全堪若箭穿。
识得真金漫舞蹈，记牢重任傲孤单。
羞贪财富亲山水，乐把艰难作俸钱。

赞长征路上给水工程团

为解决六盘山地区人畜饮水困难，驻宁某部给水团奉命开展百井扶贫工程。

万里长征继有人，扶贫战士抖精神。
水寻死海凭眸识，井出顽岩赖命拼。
艰苦锤教钢骨硬，深情化使玉珠喷。
为民造福千秋岁，绿色军装染好春。

月　亮　山①

有感于周总理生前对宁夏南部山区建设的关怀。

月亮山头月泻辉，浑如总理望边陲。
深情不尽农家酒，花雨翻开百族衣。
冬至思亲流热泪，春来化雪绽芳菲。
广寒遥看忠魂舞，犹降甘霖酿绿醅。

【注】
① 月亮山，在距宁夏西吉县城20公里处，属六盘山系。

泾河源观感

虹桥一架跨长河，五业兴隆画意多。
不尽垂柳遮远道，无边糜谷泛金波。
牛羊稳步游春色，鹅鸭同声唱赞歌。
溯本追源泾渭辨，财源似海水滂沱。

六盘山长征纪念碑

崛起六盘又一峰，旌旗依旧向阳红。
清平乐刻雷鸣远，沙枣花催韵味浓。
课上碑前坚壮志，路通山外缚苍龙。
鹿攀峻岭昂头笑，今日风光大不同。

红色记忆

一抹红霞带血痕，无边夜色弹烟焚。
峥嵘岁月堪回首，坎坷途程岂叹辛。
难抑激情融积雪，喜从赤脚抖精神。
温馨记忆春风暖，轻快一身可拿云。

感事抒怀

颂欧阳修

太守为官苦不休，栽桃育李傲封侯。

寄情山水同民乐，明道诗文共自由。

本色天然常质洁，醉翁意气总风流。

一亭独立成高格，百代云霞一望收。

读鞠国栋①《醉菊草书＜道德经＞》

笔遣龙蛇入印章，兴豪浑似少年狂。

激情涨似浦江水，个性扬如猎户枪。

贵以精神呈读者，羞将时尚作华装。

书坛一叶青青草，西部闻来亦觉香。

【注】

① 鞠国栋，上海老诗人，著名书法家，《中华诗词年鉴》原主编。

贺湖南毛泽东文学院成立

雁自长空报讯来，湖湘挂起兴文牌。

旨承传统开新局，力树雄风育俊才。

厚土深根苗茁壮，青枝绿叶色难衰。

芙蓉国里花常好，遍引春光上九垓。

西去列车上听韩红演唱《青藏高原》

婉转清音漫上天，调中犹自带鹰旋。
穿云足使阳光丽，破雾无惊雀梦酣。
不尽浓情芳草木，长流雅韵卷波澜。
高原历历呈眸底，诱我攀登山外山。

春　蚕

——咏李商隐

歌咏春蚕亦做蚕，披风沐雨自清廉。
忧民乐吃风霜苦，爱国恨鞭污吏贪。
难得一生思奋进，虽然多病志刚坚。
情丝到死方抽尽，锦绣诗篇万世传。

夜梦高适、岑参

常读诗歌生切盼，春来相约敞怀谈。
也曾梦里依稀见，却在尊前木讷言。
君树高标余未达，心羞笔秃意描难。
所欣魂共安边塞，步韵还登岭外山。

成吉思汗

旷代天骄气概雄，莫言只可识弯弓。

武威东亚风云变，文学汉唐气脉通。

不断基因流一体，难分族别是同宗。

鹰飞万仞难伤翅，啸傲龙腾入碧空。

有感于宁夏考古发现

谁言塞北总穷荒，考古深知俱宝箱。

水洞沟存远古史，昊王陵布黄金仓。

先民智慧早西地，边塞诗词兴盛唐。

厚土深根余护守，雄风伴我写诗章。

诗　人

桂冠难戴戴荆冠，总为棱尖直顶官。

坎坷常磨非己愿，艰辛已惯等闲看。

头虽破矣根基固，节却持兮品格端。

自把精神夸富有，冰心一片傲权钱。

送周毓峰①归故里

游子古稀回故乡，清贫如洗唯诗囊。
从戎曾踏崎岖路，炼狱酸看遍体伤。
有幸风沙锤铁骨，无忧韵律失阳刚。
归根信可华枝发，相会何愁鬓俱霜！

【注】

① 周毓峰，湖南益阳人。上个世纪初从戎到塞上，"文革"中遭不幸，后出任宁夏诗词学会副会长，1998 年回故乡。

有感于儿子考上清华研究生

望子成龙不足羞，名园儿入父消愁。
荷塘月洗尘埃净，背影心铭品德优。
卖铁筹资攻学业，兴华期子献宏猷。
雏鹰展翅飞翔日，方是老夫壮志酬。

读《西域诗词》

未有豪言震太空，天山姿态气豪雄。
情融积雪流春水，思启良知植劲松。
境胜岑参三两界，意凌高适万千重。
驼铃时在篇中响，草木葱茏剑气冲。

致南国支宁儿女

壮别天涯到朔方，手拈红豆不思乡。
根栽大漠心无悔，叶浴阳光蕊自香。
可叹蓬蒿飘远去，偏怜劲草扎深长。
家书每托南飞雁，落款常称小白杨。

七十生日感怀

叹余事业半无成，欲辍耕而笔不听。
总忆当年壮士志，还歌今日文明风。
春湖汹涌增豪气，杂念全抛赶后生。
看破红尘心若水，黄昏时亦力攀登。

拜　年

谁欲求官鼠串门？诗家互拜意纯真。
联吟新岁春来早，寄托深情感自深。
愁啥知音人世少，贵将友谊腹中珍。
一声祝福千金重，傲对权钱愧叹贫。

塞上生活体验

久居塞上若登山，情势不容片刻闲。
气鼓诚堪临极顶，劲松信可坠深渊。
险峰远望风光好，健步无忧岁月艰。
儿女频催华府住，欲离皮肉紧粘连。

老 来 乐

莫言耄耋古来稀，当代诚为小令辞。
未蓄鬓须因世盛，常敲韵律赖情痴。
偏多敬爱温馨意，绝少孤单寂寞思。
犹做顽童谁笑我，大家庭里乐滋滋。

贺中华诗词学会成立二十周年

廿年拓路历艰辛，我亦沧桑见证人。
曾俱白头忧后继，今多黑发慰孤魂。
谁知寂寞熬煎苦，独谱铿锵时代音。
最是园丁功不没，尽呕心血绘浓春。

赠 妻

节日清贫唯苦思，贤妻不怨我迂痴。
清贫已贯卅余载，白发频添万缕丝。
终见精神朝无暮，常施儿女惠和慈。
为夫我愧空挥笔，难写心中绝妙诗。

悼解放西北的烈士

丰碑耸立写春秋，烽火当年岁月稠。
碧血挥教春草绿，豪情抒使朔风柔。
路从脚下开银岭，汗向沙坡绘新洲。
未竟宏图今展出，忠魂应慰志同酬。

西气东输

辽阔西陲大气酣，东输海自卷波澜。
帆扬万里晴空净，云散一天彩虹悬。
豪放诗歌开发曲，阳刚美化太平年。
神舟信有回天力，扭转乾坤势必然。

致西夏文专家李范文①

破译天书寂寞焚，几经劫难遍伤痕。

风沙卅载锤钢骨，正直一身作范文。

锁断关开谜自解，鬓堆雪冷意犹温。

同音典著通千古，莫道知音尚少人。

【注】

① 李范文，宁夏社科院研究员、名誉院长，著名西夏学专家，著有《西夏同音字典》。

白 头 吟

逢春岁已近黄昏，妻我同为白发人。

互映眼中山挺拔，相扶路上意温馨。

余生共乐风云过，来日谁忧雪雨侵。

俱有真情红胜火，征途不觉是孤魂。

贺中国新诗学会成立

诗人无术鄙捞钱，情系缪斯心自安。

探美堪称生命富，披荆足使道路宽。

清贫化作菠萝蜜，寂寞翻成锦绣篇。

期盼百花开净土，春光烂漫舜尧天。

居 塞

久沐沙尘未染尘，暮年倍爱柳色新。
千番云雾徒遮眼，半世风波枉劫身。
忍向艰难勤励志，羞为欲念苦争春。
吟诗不觉头先白，还欲登山去拿云。

出 塞

久居塞上若蜗牛，一出关门便自由。
山外登峰添活力，海中戏浪觉风流。
频来讯息开心窍，每有高人启智谋。
阔地犹堪明望眼，余生乐唱信天游。

悼公木良师①

陨落星晨信到迟，难禁热泪滴参差。
虽然未立程门雪，却是多吟绝妙词。
大连有幸蒙教诲，塞上无时不忆师。
一曲军歌天地感，寸心常有马奔驰。

【注】
① 《中国人民解放军进行曲》歌词为公木所写。

勉宁夏诗友

小草春催才泛青，挺身何必计虚名？
风沙信可锤筋骨，寂寞诚能养性灵。
天道酬勤当有报，浮心损志定无成。
悄然独立成高格，管啥人看重与轻。

一九九五年八月十七日喜得外孙

花甲得孙亦未迟，母安子健两行诗。
名连大漠鹏程远①，魂系朔方意念痴。
灌溉勿需倾盆雨，预期应是傲霜枝。
吾虽临退心难老，欲共龙驹仰首嘶②。

【注】
① 外孙名漠漠。
② 炎黄子孙都为龙的传人，漠漠自然为龙驹。

闽沪支教者

春来塞上献才华，乐把穷家作自家。
爱献村童心不寂，面迎沙暴意犹佳。
更深难寐勤充电，神弱易医漫品茶。
力树新风催秀木，青春无悔做山花。

兴隆山①题壁

云栖秀聚势壮观，黄土高原碧玉悬。
戟列山峦峰积雪，瀑流泉水谷生烟。
青山逐日涛声急，石洞藏幽景色妍。
曲曲英雄歌壮烈，古来都在口碑传。

【注】

① 兴隆山历史悠久，据传公元 1227 年元太祖成吉思汗攻打西夏时，在此安营指挥。公元 1629 年，农民革命领袖李自成在金县（今榆中县）起义，并驻兵兴隆山。

题《黄河母亲》

安祥静卧史书中，风雨纵横气自雍。
乳哺中华身壮美，恩泽黄土谷丰隆。
负重不语千秋苦，忍辱图谋万世红。
黄色文明期崛起，无殇寿比日月同。

莫高窟

久锁关门景色凉，一从开放便辉煌。
风吹洞窟阴消净，日照迷宫壁吐光。
仕女飞天风采美，琵琶动地早潮狂。
登高须把莫高改，低处岂堪放眼量。

骊山遇仙桥

客行谷里遇仙人，石拱桥横若竖琴。
相奏清平歌盛世，独为逆境指迷津。
水流无复回头路，志达能穿铁板门。
景美神宫难比拟，一朝闻道足销魂。

咏南京蚕娘

江南最美是蚕娘，汗水时挥陌上桑。
漫吐丝绸铺世界，常将丽日做勋章。
天堂自在胸前绣，理想每从手下量。
远去驼铃夸伟绩，辛勤忘却凤求凰。

黄　山

左看苍翠右葱茏，叠嶂重峦锦绣中。
春驻四时诗意美，景呈百态画情浓。
光明顶见阳光灿，迎客松挺气度雄。
一自归来羞看岳，黄山确是万山崇。

黄山日出

黄山日出足辉煌，幅射光茫向万方。
金镀苍穹天有幸，绿燃火焰叶无伤。
银花满树流芳韵，翠鸟盈空变凤凰。
真个光明仙境界，游人何欲上天堂。

春城昆明

无冰无雪无炎夏，终岁城中尽绽花。
风溢清香薰客醉，果流蜜汁令人夸。
葱茏翠染红泥土，烂漫金萦碧玉霞。
枯木栽来皆展叶，久居亦不想归家。

又登庐山

火云过后绿依然，又见银河落九天。
追忆常怀彭大帅，细思难做太平官。
悬崖作证心犹赤，斑竹测量志未弯。
历史新添峰一座，攀登何必叹艰难。

石钟寺①

奇石嶙峋自发声，轰然万壑走雷霆。
激情浪拍云崖暖，雅韵波冲雾色明。
天籁难磨源气正，禅心彻悟赖精诚。
警钟不许人沉醉，为有贪官浊世清。

【注】
① 该寺为九江一景点。

烟水亭 (新韵)

交融烟水色空蒙，传说周郎不见踪。
天下三分谁得利，金瓯一统国增荣。
浑然一镜照人世，美矣满心登玉宫。
圣洁心存堪发电，更思驾雾逐飞龙。

观鸥飞

征途行进力将衰，小憩湖庭鸥即来。
展翅邀余同起舞，放声唱曲共抒怀。
飞禽亦爱天然美，词客何忧命运乖。
欲共腾飞谁笑我，自由心态莫疑猜。

白鹿洞书院

洞中虽已鹿全无，却见深藏俱圣书。
朱子音容犹在耳，文章道德正回炉。
常留狐狸娘传说①，暗喻真情意不孤。
人欲如堪天理灭，除非海竭石头枯。

【注】
①　传说一艺女为程朱理学所苦，被迫嫁于死魂灵，后冲破封建枷锁。为报复朱熹，化作狐狸，潜入白鹿洞书院，拜朱为师。后与朱相爱，使朱与前妻离异，与之结为夫妇，从根本上动摇了朱的"存天理，灭人欲"观念。

吟上海

一自镰刀斧共鸣，便听长夜响雷霆。
工潮血洗浦江泪，烈士光辉希望星。
从此南湖船驶速，至今四海浪推平。
高楼信似丰碑立，国有明珠气纵横。

紫荆花前留影

星旗代替米旗升，灿烂阳光分外明。
留影花前增异彩，挺身海畔若长城。
看香水再难污染，觉紫荆而气骨清。
欲与青松肩并立，同为宝港作云屏。

纵目维多利亚港湾

雾散云开气色晴，阳光亮丽伴涛声。
欢歌宝港回归乐，喜送征帆向远行。
破浪无忧风暴险，穿云犹喜巨龙腾。
星旗宛若帆扬起，指引前程火样明。

远行有感

孤身远去向天涯，日暮黄昏倍念家。
寒舍堆穷妻紧守，瘦肩负重饭难加。
青山自赏情何苦，绿水单看景岂佳。
唯把相思移梦里，应邀南国采莲花。

莺啼序·塞上春

残寒正朝后退，看春风摇树。雪飞舞、梅绽西峰，玉蝶尽向人扑。雁来晚、群追不舍，前方布谷催播种。车轮飞，马叫人欢，地扬尘土。　　千里乡村，人争上阵，把丰收曲谱。望城市、激浪澎湃，争相商海比武。沿长街、摆摊设点，搞经济、俊才群出。死水活，壮阔波澜，问谁能阻？　　幽兰渐老，锐气还在，余生岂可误？出户去、夺分争秒，投入洪流，力逐狂潮，经受风雨。虽然痛苦，全然无悔，天宽地广心胸阔。忆昨天、生命一何苦？穷途跋涉，离群偏作清高，抱残守缺难悟。　　身边子少，妻女情疏。叹梦中孤独。暗流泪、漫吞烟雾。两鬓堆霜，羞对明镜，迷惘困惑。诗因我庸，无人欢读，勉强出版卖不出。细思量、悲剧诚一幕！改革推我前行，焕发青春，只思奔突。

水调歌头·春日看黄河解冻

冰雪封河久，何日起波澜？春来南雁归北，尾剪浪狂欢。直逐青凌流过，随风呼声切切，一泻向云天。水鸭惊飞起，云朵俱棉山。　冲枯朽，扫败叶，灌良田。全无顾及，只为世道重清廉。纵使千磨万折，也不回心转意，个性古依然。但愿人如是，岁岁抗严寒。

西河·晨过胜金关①

边塞地，悲凉岁月谁记？荒沙围困古长城，穷愁未已。朔风频袭栈台空，黄河缥缈无际。　史书事，俱往矣！英雄此看新系。绿林军出气豪雄，步步播翠，五旬光景尽峥嵘，河涛更壮人意。　漠荒渐被秀木逼，望山川，芳草千里。沙燕旋飞何故？把新歌，唱向家家，呼啸奔过钢龙，东风里。

【注】
① 胜金关，在宁夏中卫县城境内。

木兰花慢·清明祭支边英烈

野花开烂漫，毛毛雨，洗清明。望烈士陵园，柳杨垂泪，芳草含情。轻轻！细思往事，忆当年边塞事农耕。豪壮青春组曲，引来空谷回声。　　匆匆！斗雪破冰。驱虎豹，斩榛荆。拓路向大漠，挥汗四季，埋骨荒茔。英灵若灯闪亮，照今朝历史又长征。我献颂歌一首，欢欣春已苏醒。

鹧鸪天·南飞雁

——写在长征胜利 70 周年

十月黄金季节催，人形雁阵向南飞。早春讯息先期报，七秩韶光后紧追。　　花烂漫，彩云堆，忠魂笑语若轻雷。蜂飞勤采香甜蜜，乐奏清平知是谁。

鹧鸪天·台湾参观团到塞上

阿里山头望贺兰，黄水绵思日月潭。相逢万里歌胜景，叠印双心赞塞关。　　多秀色，足堪餐。沙湖酒美醉归船。兴浓待咏团圆月，喜见乡愁散作烟。

八声甘州·朱镕基总理视察西北

正初冬瑞雪落边关，朔气送佳音，看朱公来塞，风尘披满，格外精神。一路轻车从简，端的是平民。最是黄河水，激越歌吟。　　迈步登高望远，问众民疾苦，草木寒温；说中枢决策，谈笑指迷津。感山川、融化冰雪；记关怀、各族尽欢欣。奔腾急、沿丝绸路，扭转乾坤。

鹧鸪天·贺兰山军营一瞥

衣抹荒滩春自深，只因此驻绿林军。诚然俱是金刚铸，若不何经烈火焚？　　羞烈日，傲沙尘，激情俱似玉泉喷。高空洗出天蓝色，常照英雄赤子心。

鹧鸪天·与离退休老同志共游苏峪口森林公园

再度春催景倍娇，锦峰迎我过虹桥。绿枝抹尽荒山泪，碧水消融烈日焦。　　清爽极，静悄悄，芳林呼唤共挥毫。同歌生态天然美，鸟语煽情逐浪高。

水调歌头·塞上清风廉政诗词大赛

明月几时有，不必问苍天。应知天亦情急，北斗总高悬。两眼盯注现实，即见清风劲起，塞上著先鞭。威震黄河浪，复撼贺兰山。　摧朽木，扫毒雾，荡乌烟，力非等闲，气势俱在曲中看。铁幕难包墨吏，正气不容污染。唯许政清廉。美刺关华运，期望国常安。

鹧鸪天·冒雨矿山采风

一路轻轻雨拍肩，争将艰险向余谈。不知煤黑英雄事，早已深情动韵弦。　偏下井，不堪拦，矿工心里火熊燃，铸成红日光无极，力采何忧天气寒？

鹧鸪天·宿同心县喊叫水村

喊破嗓门血泪干，依然地裂冒青烟。何如草木经常涌，直把黄河浪力牵。　消烈火，灌良田，死灰洗作海天蓝。浓阴远引江南客，来读山川锦绣篇。

鹧鸪天·暮春访西吉县火石寨

　　未及登峰远望天，丹霞已化意中寒。熊燃石火风云赤，漫浴阳光草木鲜。　　新境界，色斑斓，情丝缕缕作藤缠。诗家逐步勤敲韵，鹧鸪声声岭外传。

鹧鸪天·黄河魂

　　天上流来向海奔，冰雪难封赤子心。九曲欢浇黄土地，千回苦绘绿杨村。　　情急切，意深沉，时从咆哮显精神。刚柔相济浑然美，泽惠民生不叹辛。

沁园春·参与《宁夏文化志·诗歌卷》编写

　　塞上江南，千曲歌豪，万里远传，促黄河上下，浩波汹涌，兰山草木，秀色争鲜。沙土情深，雄风气荡，莫道荒沙独霸天。英雄气，贯高原处处，只待春天。　　沧桑变见春还，才烂漫花开满塞川。喜新苗茁壮，欢承雨露，老林流翠，生意盎然。我在其中，笔虽秃矣，盛世欣逢滞亦难。情切切，赶新潮意切，老不休闲。

鹧鸪天·重游沙坡头

复见黄沙已退还，造林军又夺良田。深描春色层层秀，浓抹云天片片蓝。　金耀日，翠流鲜，芳洲来去荡游船，燕歌不断抒情曲，知否江南落后边？

鹧鸪天·著罢长篇传纪小说《梅花开了杏花红》有感

生也艰难写亦苦，五年光景始成书。真情烫肺时倾友，老病缠身日秃颅。　灯熬尽，纸常铺，挥毫夜夜仍如初。梅花妻子同相伴，只觉温馨不觉孤。

鹧鸪天·朔方三月

积雪初消柳半抽，黄河封拆龙抬头。种播冻土开颜笑，树植高山引燕讴。　争好日，夺丰收，春催脚步竞登楼。鼠标点出新风景，红杏过墙布谷羞。

少年游·闯海南

　　边陲睡醒上高台，砸锁自关开。紧追雁阵，直奔海角，执意去求财。　　汗水挥作海南雨，不时洗尘埃。根扎头埋，广收博纳，富逐椰风来。

鹧鸪天·贺兰山峰岭

　　林削兰峰锯齿平，苍天无复碎心疼。愁云遍抹红霞布，丽日升腾暖有情。　　光辐射，气清明，漫坡草木舞春风。浑然一体和谐美，流韵皆如鸣百灵。

鹧鸪天·咏荷贺澳门回归祖国

　　雨打风摧四百年，荷残镜海志犹坚。虽然藕断盈酸泪，但却丝连忆故园。　　圆好梦，在今天，回归国土色方妍。芳香飘向台湾岛，无限春光燕翅穿。

金缕曲·过团结桥

喜自桥头过。忆当年骄阳焚草，田园干裂。蹚水时犹争斗日，痛哉门前流血。甚惊悸，锄刀相胁。霹雳一声天震破。苦年年，回汉相摧折。弟兄悲，空呜咽。　　春来渠道俱通畅，碧波冲，仇消恨解，骨肉亲热。礼让和风吹习习，满目青枝绿叶，未辜负花开时节。团结之歌深有意，共歌唱，青史从头阅，天宽阔，鹰飞跃。

鹧鸪天·将台会师

1936 年 10 月 22 日，中国工农红军长征会师于宁夏回族自治区西吉县将台堡，此为长征胜利结束标志。

跨隘攻关气势雄，千山万水跃长龙。三军师会西吉县，万杆旗挥边塞风。　　从此后，炮声隆，频传捷报建奇功。山丹簇簇常思忆，梦里时时见彩虹。

1996 年 11 月

古风（四首）

（一）贺兰雪

——献给宁夏解放五十周年

兰山终岁雪，峻岭纨素裹。深壑玉填盈尺厚，高峰银砌势磅礴。塞上雪雕山川壮，尘埃洗尽气爽洁。雪峰犹如屏幕悬，历史风云演不断。兰山骏马奔腾急，回汉胼胝跨征鞍，逐世追时总不息，马蹄印出俱诗篇。君不见水洞沟前留脚印，丝绸古道踏歌行。元昊马上挥战刀，削尽山头架通桥。辉煌业创边陲地，西夏文明足自豪；怎不见成吉思汗弯弓射大雕，声威远震称天骄。英雄尽浴贺兰雪，操守坚贞如钢铁。贺兰雪照贺兰月，相映生辉亮色多。共谱光明歌一曲，同描塞北江南好景色。山巅积雪松青翠，山下牛羊如云朵。山外黄河天际流，万家水户织锦绣。稻香鱼肥瓜果鲜，山川俱是米粮川。秋来芦花飞白雪，高粱葵藿如火烈。冬季山川盖雪被，风光四季阳刚美。陶冶英豪千万代，不教胡马过关来！　　噫吁唏！塞边几度青峰暗，沙暴蔽天天不蓝。雾锁千峦无丽日，风摧万木尽荒颜。黎民泪尽沙尘里，盼望光明年复年。盼得红军过六盘，赤旗扬起乌云散，燎原烈火融冰雪，乐奏清平感山河。山花烂漫送亲人，力缚苍龙传捷音。六盘月映贺兰雪，照得回汉心亮彻。飞雪迎得春复来，万民谁不喜盈腮？

史诗力写新篇章，自治区成大业昌。巧借东风披乱棘，欣承雨露育新秧。五湖四海支宁夏，无悔青春向太阳。适逢改革出新局，力启关门引凤凰。致富脱贫身手显，频传消息雁阵忙。路通乡镇车轮疾，电吐玉珠日月煌。草木遍栽腾格里，沙魔缚在新时期。兴宁科技奠基业，除旱高原引波碧。雪浪千堆拥翠流，山川连岁获丰收。物质精神双文明，"花儿少年"难尽兴。双眸雪洗明如电，放眼征途路尚远，重任压肩志强健，履痕征路铭誓言：未拔穷根志不松，不到长城非好汉。我是朔方一株禾，儿时就爱兰山雪。雪洗双眼心明亮，雪启情思意气昂。诗魂雪滤少尘埃，脚步总朝大道迈。人生无雪不精神，岁月雪光兆吉辰。我爱兰山雪，掬来鬓角抹。心清气亦淳，生命自欣欣。为描中华塞上春，甘与雪共白头吟！

1999 年 10 月

（二）塞上路

塞上路曾沙子铺，条条伸向云深处。

浑如羽箭射天狼，峻岭险峰难遏阻。

自古西风逞霸道，荒凉满布令心怵。

一自卫青马踏后，便看西域变通途。

丝绸远展天增彩，花雨纷纷润物苏。

驼铃响彻关山月，友谊树栽道不孤。

公主和亲安边塞，胡笳曲曲感肺腑。

塞上路，穿云雾，边民热肠从不污。

真情直诉远来客，热切浑如火万炉。

紧系高原黄土地，甘为历史荷重负。

不断缘因鲜血凝，坚固只为埋忠骨。

长征又翻新一页，万丈长缨任卷抒。

苍龙缚就牛羊乐，新纪又展八阵图。

久锁关门开放时，机轮转似鹰燕舞。

西来列车载春雨，润草滋花织锦服。

塞上路，五彩路，柏油铺就阳光镀。

美色迎来蜂采蜜，不醉人争高速度。

塞路与吾共命运，一生都走离却无。

同经风雨历坎坷，不磨个性任属吾。

生命花开朝阳里，江山娇美尽情抒。

余生仍做铺路石，死亦魂为护路符。

2007 年 8 月

（三）扯旗山^①咏

——谨以此诗献给香港抗日的志士

宝港舰沉逾百年，回归今日迎新天。

长风破浪势难阻，扯旗山挺若旗杆。

扯起云帆一面旗，教人不禁忆从前。

当年港陷苦已深，况复倭寇野心侵。

兽蹄踏使山河碎，生灵涂炭鸟惊飞。

血雨腥风天不怜，菩萨无情亦无仙。

扯旗山挺云天半，一柱高擎比铁坚。

旗扬不使尊严辱，旗卷恶风忧云残。

旗呼狮吼龙吟啸，志士冲锋斗敌顽。

旗挥血肉筑长城，旗点头颅写誓言。

祖国江山思统一，中华欲挺万斯年。

血践誓言雷鸣远，风摧不倒扯旗山！

青山处处埋忠骨，碧血浇开百卉鲜。

生路拓天血火中，恶魔葬在大江东。

硝烟净却旗不偃，直向民心把火点。

君不闻万众铁骨铮铮响，骨韵旗语相和弦。

强音响彻云天外，不使妖孽酿灾害。

怎不见拳头常与锤头伴，砸向殖民铁锁链。

画上神龙激壮志，梦中火凤照肝胆。

汗流一次一拼搏，负重无声盼归国。

汗描荒岛党光丽，好为祖国献厚礼。

扯旗山啊英雄山，爱国情丝扯不断。

门开放飞报春雁，不使子女眼望穿。

国强正圆回归梦，日暖可教雪岭崩。

两制拓宽回归路，一心为教世界殊。

日不落旗无可奈何终落下，五星旗升映彩霞。

霞路端倪桅杆显，扯旗山扯宝岛还。

归来肩并群山立，众手高擎爱国旗。

一统中华奇耻雪，珠联璧合耀祖国。

国土重光风物好，千秋旗舞颂舜尧。

【注】

① 扯旗山、狮子山均在香港九龙。

（四）慈母泪

——为世界母亲节而作

清明时节雨霏霏，依稀总忆慈母泪。
泪在儿时常润我，那时我是淘气鬼。
每天总惹麻烦事，常使母亲心生悲。
悲我不争男儿气，恨铁不能成钢胚。
儿是娘心一块肉，娘不忍心棒子锤。
泪是真情虽不语，却堪教我辨是非。
余学乖时娘高兴，顿将悲泪化喜泪。
泪为奖我花朵朵，芬芳却不令心醉。
慈母泪，真情汇，酸甜合为美滋味。
晶莹美玉无瑕疵，映出母亲心灵美。
宁为儿女操作粉，但却不为强暴碎。
感我最为上学时，风雨如晦伴巨雷。
慈母泪为壮行酒，醉煞银针带线飞。
密密缝衣衣合体，细细纳鞋帮底实。
岳母刺字娘赐教，学成勤为民办事。
儿行千里母忧心，鱼雁捎书字字亲。
不诉苦累信苦辛，只言父老长精神。
为余祈福祝平安，可怜天下父母心！
莫道人生风雪紧，母心俱似梅报春。
我因母报春消息，紧把时间碎成粉。
中年出道报春晖，母去黄泉难再回。
独留荒冢兰山下，黄土垒成没字碑。
此后年年清明节，扫墓总忆慈母泪。

慈母泪引我泪流，半悲半喜半是忧。

悲我未报舐犊情，喜为春来母愿酬。

绿染穷乡山川翠，母亲灵在应欣慰。

所忧只为沙尘暴，总给人心布上灰。

荣辱不分是非淆，骗人时有假冒伪。

不少爱心落陷阱，温馨家室濒于危。

夫妻离散子女苦，犯罪不晓愧与悔。

社会病多何可治？良药首推慈母泪。

慈母泪，是圣水，史书流出文化味。

莫言江海波涛阔，都为母亲泪水汇。

慈母泪纯如玉液，可解饥渴清心肺。

海可枯，石堪烂，慈母泪珠不断线。

长流水浇儿心田，生命花开朵朵鲜。

俱若女娲五彩石，补天自使星光灿。

灿烂都如慈母梦，梦萦春秋沧桑变。

慈母泪，金子贵，并于春雨润芳菲。

润滑油润心和谐，伴于机轮展翅飞。

世多慈母泪多情，情因母泪自丰盈。

儿孙不忘慈母泪，生存世代总温馨。

2007 年 6 月

高 锐

曾任兰州军区副司令员、宁夏军区司令员，后调任中国人民解放军军事科学院副院长。

大漠雄鹰

扶摇而上舞长空，云翼轻扬万里风。
潮海翻腾抟霭浪，大河上下逐洪峰。
西逾泰泽山巅哭，北渡流沙猰貐忡。
玄武休夸披甲厚，略舒利爪捉爬虫。

漠中驼

昂头屹立大荒中，神态宛然武士雄。
气浪飘浮如跃骏，光波荡漾似腾龙。
沙洋漫漫追驰日，潮海茫茫御疾风。
不与虎狼争啖龇，敢张怒目斥罴熊。

念奴娇·登贺兰山最高峰马蹄坡

马蹄坡上，望西北、关外尘云低密。潮海茫茫千万里，荒漠连通北极。寂寂空空，空空寂寂，视似无人迹。唯观前史，曾经兵马蕃殖。　追自荤粥匈奴，数千年里，烽火几曾息？一代天骄驱铁骑，万里河山狼藉。往事烟消。如今塞上，豪杰如云集。关山坚壁，谁人还敢来袭？！

高 勇

原在北京中央文献出版社工作。曾任中华诗词学会副秘书长。

初到银川

卷帘一睹凤凰城，便觉风光豁眼明。
夹路槐杨摇绿影，满湖芦荻舞琼英。
鱼虾戏水清波动，鸥鹭穿云素翼轻。
入夜忽然萌怪想：移家到此了残生。

鹧鸪天·沙海诗林

塞上江南秋色浓，无边芳草嵌花红。贺兰山下牛羊壮，霜雁高飞戏碧空。　　惊鬼斧，叹神工，诗林流韵接唐风。流连不觉斜阳暮，呆立凝眸醉梦中。

梦登贺兰山

童年初唱满江红，向往边关梦亦雄。
登上贺兰摇皓月，清光照我九州同。

银 川 赞

万千回汉写雄图，遍地峥嵘百业苏。
塞上江南迷客醉，黄河伴唱赞明珠。

高　嵩

1937 年生，河北人。1960 年毕业于西北大学中文系。中国作家协会会员、宁夏文联文艺理论研究室原主任。有《李白杜甫诗选译》《敦煌唐人诗集残卷考释》等著作行世。

丁卯仲秋风中登海宝塔临窗野望

烂漫秋风满画轴，蒲狂苇醉意难休。
名山影淡雄姿在，巨水波微乳色稠。
撒玉碧柯颠欲瘦，含珠香穗更催收。
翻思伏月薅田日，多少巾衫涴汗流。

高鸿喜

1970 年毕业于兰州大学历史系。1973 年调入宁夏绒线厂工作，1982 年以来任宁夏绒线厂厂长兼党委书记。宁夏诗词学会顾问。

迎宁夏诗词学会诸诗家到厂参观

为纪念毛泽东同志《在延安文艺座谈会上的讲话》发表 52 周年，宁夏诗词学会一行 20 余人于 1994 年 4 月 26 日来我厂参观，诗以迎之。

灵州四月正花红，诗会诸家浴惠风。
开口玉珠呈异彩，挥毫龙凤显恢弘。
沙窝迎客奇葩绽，线厂逢春百草丰。
莫道工人无雅趣，龙吟虎啸气豪雄。

谈立人

辽宁省原副省长。辽宁省诗词学会会长、中华诗词学会
副会长。

游银川沙湖

西天王母赏瑶池，何及沙湖一景奇。
渠引清流千顷稻，兴来骚客万行诗。

清平乐·乙亥秋，初游银川，呈白立忱主席

江南堪恋，塞上游不倦，难得银川同一见。
足慰平生宿愿。　　贺兰山似情高，黄河亲系同
胞。八月秋风含笑，满园瓜果香飘。

鹧鸪天·吊西夏王陵

凉雨凄风万里遥，凤凰城吊夏王陵，悲垂余
母荒山泪，苦射蒙汗贺岭雕。　　前事去，没人昭，
祸起萧墙势已消，九州一统冲天志，岂任边隅立
小朝。

菩萨蛮·登贺兰山怀古

巍峨雄伟云天际，铁屏难抵强胡骑。明月照黄流，暴风千嶂休。　　踏过峰万仞，险隘千夫恨。何处觅天骄，沙飞原草凋。

望江南·游银川沙湖

沙湖好，美景最称奇。碧水丛芦乡里梦，白云画舫客身思。点点白鸥飞。　　传神话，王母赏瑶池。何得清流千顷稻，焉来骚客万篇诗。一水但盈杯。

自度曲

沙坡头，沙坡头，千年沙害愁白头，含泪飘零五湖头，何日是尽头？！　　沙坡头，沙坡头，已变绿洲有奔头，葡萄香风解眉头，万感上心头。

少年游·登六盘山感怀

嵯峨苍翠上云霄，险骏百旋绕。碑亭肃穆，红旗欢舞，怀念故英豪。　　长征路拓新程远，艰苦敢辞劳。已缚苍龙，媚狐冠虎，岂可故缨抛。

一萼红·与众诗友同游沙坡山庄

　　朔方游，正中秋时节，凉雨喜初收。幽静山庄，诗人雅兴，笑满绿色新洲。渡黄水，羊筏轻捷。望百仞，高耸故丘留。驼稳铃幽，奈何雨后，怎赏滑溜。　　一派欣欣景色，最难忘昔日，孽害当头。塞上江南，喜添新景，腾格里无复南流①。喜歌吟、名扬世界②，仍记否、东卷祸堪忧？怕似花开墙里，墙外香柔。

【注】

　　① 腾格里系蒙语，意为天一样大，此处指在宁夏境内腾格里沙漠，其最南端为中卫沙坡头，现已被治理固定。

　　② 宁夏中卫固沙林场于1994年6月5日被联合国授予"全球环境保护500佳先进单位"光荣称号，许多国家派人学习经验。

谈文英

1924 年生，湖北新洲人。宁夏铁路分局退休职工。

游 宁 园

佳辰乘兴赏宁园，水榭亭廊各具妍。
最是凤莲花灿烂，令人陶醉欲留连。

郊 行 吟

塞上春来晚，花开香袭衣。
芳原寻旧梦，巡眺意凄迷。

车过八百里秦川

远是林原近是村，农家房舍隐深林。
秦川八百连天碧，万顷田畴翠帐陈。

浪淘沙·颂人民公仆孔繁森

公仆孔繁森，民族精英，党之瑰宝国之魂，
两度西行援藏族，致富驱贫。　　怜老抚孤婴，
博爱情深，解衣献血竟忘身。奉献无私称典范，
举世皆钦。

袁第锐

甘肃省诗词学会会长、中华诗词学会顾问。

赞沙波头治沙研究所

浩瀚腾格里，千里无人踪。
鸷鸟飞难渡，鸣沙响似钟。
雄心移大漠，草障锁黄龙。
满目奇花草，不是等闲功。

老龙头远眺

靖卤台前一望悠，雄襟万里老龙头。
龙浆糯汁成前垒，击石飞波倚旧楼。
春入汉关来化雨，日浮东海赏金瓯。
前朝伐鼓挝金地，物我相忘此胜游。

银川二十咏

（一）

银川三上意何如，建设年年易旧图。
两个城区齐变样①，分明塞上一明珠。

【注】

① 余曾三访银川，觉其新旧城区建设，日新月异。

(二)

汉回一体几经年，边塞何曾烽火燃。

各族人民趋一的，同奔四化换新天。

(三)

萧萧芦荻远连天，秋色无边入画船。

安得有身如此水，沙湖湖上住年年②。

【注】

② 沙湖，银川第一旅游胜地，创建于1989年，距市区56公里，波光万顷，水天一色，备有各种游艇，及滑沙等设备。

(四)

银川风物丽天都，去去来来景物殊。

塞上成诗千百首，吟声一半落沙湖。

(五)

落霞孤鹜逐平沙，秋水长天荻影斜。

瀚海行舟饶远趣③，贺兰山缺访人家。

【注】

③ 沙湖备有骆驼，供游人在沙丘上驰骋。

（六）

澄湖万顷落平沙，绿女红男此驻车。

戏水狂欢归去晚，却从蒙帐各安家④。

【注】

④ 蒙帐，蒙古包。

（七）

闻说长安不易居，潜来福地觅幽栖⑤。

一湖澄澈明如镜，可似江南照影时！

【注】

⑤ 沙湖建成后，忽来大鲟栖息，主事者建水族馆居之。

（八）

三北风光此独佳，织将草网固流沙⑥。

坡头日丽花如海，塞上江南不忆家。

【注】

⑥ 沙坡头距中卫10公里，结草为网以固流沙，取得显著成效，中外瞩目。

（九）

北雁南归草木枯，昊王陵墓认模糊⑦。

当年铁马金戈地，绘出人间锦绣图。

【注】

⑦ 西夏李元昊于 1038 年立国，1227 年亡于蒙古，共历十主。元昊陵在银川西郊 35 公里处。

（十）

弱肉强凌剧可怜，青砖碧瓦认从前。

如何誓死鏖兵后，却树降旗导播迁⑧。

【注】

⑧ 公元 1227 年，西夏第十世主时，与蒙古大军长期鏖战，不支请降，元军杀其主，屠其陵庙。

（十一）

八十三万里平方，十朝霸业历沧桑。

城阙碑亭成底事？武功文治两茫茫⑨。

【注】

⑨ 西夏辖地 83 万平方公里，迄今地面建筑，仅留遗址，城阙碑亭，俱已荡然。

（十二）

大夏雄图亦足夸，桩桩文物证繁华。

石雕人像鎏金兽，鸱吻琉璃塔影斜⑩。

【注】

⑩ 西夏出土文物甚多，鸱吻、石兽，均其著者，现存宁夏博物馆。

（十三）

齐家而后马家窑⑪，文物千秋灿未消。

愿得人间今胜昔，工农同步跨前朝。

【注】

⑪ 夏南部山区发现的"齐家文化"与"马家窑文化"遗址，证明宁夏地区早在公元前六、七千年的新石器时代已有相当发达的文化。

（十四）

纳家户内礼清真⑫，八百平方宇殿新。

风雨千年仍肃穆，名扬海外永留春。

【注】

⑫ 纳家户清真寺在永宁县纳家户行政村，为宁夏回族自治区最古老的清真寺之一，占地800平方米，有460余年历史，常有外国穆斯林团体和个人来此瞻仰礼拜。

（十五）

贺兰岩画久知名⑬，气势恢宏举世惊。

射猎战争兼舞蹈，一齐都向壁间鸣。

【注】

⑬ 贺兰山岩画，举世闻名，为战国时期北方少数民族所作，部分拓片及实物在宁夏博物馆展出。

（十六）

细雨驱车出近郊，阎家有女是人豪。

乳牛二十饶生计[14]，况有红苹映碧萄！

【注】

[14]　纳家户劳动模范阎翟梅，1986 年承包荒地 36 亩以育果园，养乳牛 20 余头，年收入 7.8 万元。

（十七）

嬴秦空自建长城，版筑何曾固大明[15]。

最是祥和千岁好，莫相猜忌莫鏖兵。

【注】

[15]　宁夏固原境内有秦长城，灵武境内有明长城。

（十八）

石窟须弥溯北周[16]，释迦遗像耸城楼。

刻题跋识存金宋，艺术长城奕代留。

【注】

[16]　宁夏固原境内须弥山石窟，有北周塑像，及辽宋明金各代题识。

（十九）

蓝宝乌金最足珍[17]，镂空成砚灼为能。

精神物质扬双翼，飞入冥冥两巨鹰。

【注】

⑰ 蓝宝,即贺兰山石,可作砚及其他雕刻制品。乌金,即煤炭,产于石嘴山等地。

(二十)

大桥逶俪跨黄河⑱,人力回天控碧波。

熠熠生辉传万里,青铜峡内啸鼋鼍。

【注】

⑱ 青铜峡水库,在宁夏青铜峡市,为宁夏水力发电之最。现宁夏人均占有发电量1767千瓦时,居全国第二。

柴啸峰

1924 年 11 月生，湖北省浠水县人。中学毕业考入黄埔军校，退休前任贺兰山农牧场场长等职。宁夏黄埔军校同学会副会长，湖北省浠水县清泉诗词学会、宁夏诗词学会会员。

陕川道中

冲寒冒雪越终南，蜀道崎岖亦等闲。
金玉年华忙里逝，一年两度剑门关。

过六盘山

大军浩浩出秦关，气爽秋高过六盘。
露宿风餐马蹄急，红旗西指古皋兰。

除夕有感

少走天涯数十春，老来减却故乡音。
鄂东山水常相忆，塞上江南别有因。

欢迎台湾国民党副主席江炳坤率代表团破冰首访北京

锦绣神州万里春，海台归雁雪纷纷。
莫愁前路艰难甚，两岸繁花分外新。

咏朱德

开国元戎盖世勋，井冈浩气贯天神。
三军号令摇山岳，主帅英名万古存。

喜迎香港回归

天然宝岛国南扉，举世扬名一碧瑰。
鸦片烽烟鲸食去，复兴雷雨庆回归。
百年奇耻随流水，千载华威伴早晖。
海畔飙波今已静，光辉宝鼎不容摧。

庆祝中国共产党建党八十周年

一路风云磐石坚，每逢华诞忆先贤。
八年抗战收疆土，三载除顽换旧天。
发动人民兴百业，弘扬马列导千帆。
中华崛起宏图展，伟绩年年震宇寰。

新中国成立五十周年有感

五十年前竟若何？疮痍满目旧山河。
捐躯英烈求民主，浴血工农为共和。
星火井冈燃大地，天兵华夏扫群魔。
年年岁岁临今夕，举国欢腾唱颂歌。

七十二生辰有感（二首）

（一）

离乡背井欲何去？浪迹烟波未可期。
遍野哀鸿心俱碎，满腔敌忾恨难支。
闲云野鹤非人愿，投笔从戎适我思。
星夜辽原越敌险，闻鸡即起炼雄师。

（二）

边庭秋暮戍楼寒，袅袅烽烟夕照残。
弃暗投明生有幸，吊民伐罪苦犹欢。
倥偬戎马阴晴日，变幻风云新旧天。
放眼未来无限好，宝刀未老显华颜。

采桑子·重阳

流星岁月催人老，露冷梧黄，今又重阳，万顷金川新稻香。　　凤凰展翅频添彩，画阁楼房，竞逐风光，极目霜天秋兴长。

浣溪沙·贺青藏铁路建成通车

莽莽昆仑亘古今，常年冰雪冷星辰，西疆开发盼逢春。　　号令一声万众吼，穿山越水立奇勋，铸成天路世无伦。

浣溪沙·赠台湾黄埔同学

旧岁神州暗淡天，今朝台独逞狂癫，龙传两岸待团圆。　　祖国河山期一统，中华青史永流传，同心携手建新园。

唐甲元

广西桂林诗词学会原副会长。

中卫沙坡头

大漠黄河间绿洲，鸣沙天籁出坡头。
驼铃古道翻新曲，日夜长龙笛韵悠。

忆秦娥·边塞古今吟

笳声咽，玉门铁马阴山血。阴山血，胡尘漫卷，
戍楼凄绝。　　而今塞北烽烟歇，骈阗百族欣团
结。欣团结，天山春柳，贺兰秋月。

蒙秦中吟先生相邀

盛情相邀赴会因事未能应命谨谢

犹忆泉城共一楼，大明湖畔影同留。
骚坛宏论君千句，沙海诗林我一陬。
正可中秋趋附骥，奈何冗事阻盟鸥。
夜来愁醒银川梦，北月依然照桂州。

唐麓君

湖南省零陵县人,1931 年生。获"国家级有突出贡献专家"称号。曾任宁夏林业研究所副所长,银川植物园主任,宁夏诗词学会副会长、现顾问。出版《潇湘挚友诗词选》及《麓君吟草》,主编《沙海诗林诗词系列选》《治沙造林工程学》(该书每章都用诗词开头,增加了艺术性、趣味性和可读性)。

沙生植物颂

叶形分万态,节水巧争春。
喜向流沙长,欣从戈壁寻。
狂风观本色,逆境显丹心。
冷热全无惧?悠悠大漠魂。

西双版纳热带植物园

索桥连幻境,竹径入桃源。
二水环仙岛,一园雄大千。
雨林笼翠野,古树蔽蓝天。
怪木层层迭,伟哉大自然!

贺沙海诗林建成

惊闻大漠幻成真,灿若繁星石上吟。
河套文明增美色,古今佳句化诗林。

大漠之梦

为《治沙造林工程学》问世而作

五载推敲书始成，一生心血卷中凝。
辉煌沙业新论立，画意诗情别样馨。

又

大漠雄魂化入诗，兴沙有路喜填词。
绿洲璀璨书为证，献与知音共赏之。

自　勉

何惜银丝描大漠，欣将绿色写春秋。
七旬难却绿洲梦，边塞诗情尚未休。

三北防护林

谁架东方第一虹，神州三北走蛟龙。
构思宏伟全球最，生态工程举世雄。

陕北黑龙潭树木园^①

青山总是伴名泉，九水涓涓别有天。
潭上诸仙开笑眼，坡坡泛翠起新园。

【注】

① 该园为我国第一个民办树木园，以庙会收入兴办。黑龙潭上有九泉，寺庙乃名胜之地也。

贺植物园二十周年

风雨沧桑二十年，莽原尽改旧容颜。
沙丘何觅绿荫盖，荒地难寻林带连。
数处池塘鸣俊鸟，几多亭阁映蓝天。
兴园两代拼全力，植物园是春满园。

七十有六叙怀

名山岳麓^①证"呱呱"，七七年前喜有吾。
似幻韶华吟塞上，多情大漠伴云途。
"四园"^②创建福宁夏，"四著"^③编成展壮图。
回首峥嵘俱往矣，悠哉晚岁看江湖。

【注】

① 指湖南省长沙市岳麓山，吾之出生地。
②"四园"指我规划设计并参与创建的银川植物园、松鹤陵园、沐露陵园与牛首山陵园。
③"四著"指我主编的《宁夏森林》《治沙造林工程学》《治沙造林经验选编》和参编的《治沙造林学》。

沙漠姑娘花棒

大漠狂风何惧哉？亭亭玉立出尘埃。
花如紫蝶翩翩舞，果似明珠串串怀。
根固飞沙张地网，皮翻酷热显奇才。
"姑娘"美誉传中外，朵朵红云下界来。

流沙先行沙拐枣

不借观音水一瓯，遍生大漠绿油油。
根铺蛛网凝甘露，花若星空灿旱洲。
枝似裳衣摇翡翠，果形刺猬挂毛球。
流沙固定开先导，无叶奇葩传九州。

沙区第一松樟子松

沙地常青第一松，瘠贫干旱露葱茏。
荫笼草野拳拳意，碧绘沙丘赫赫功。
万里西疆添倩影，千年奇木导游踪。
自然保护开新路，赢得樟林别样红。

沙漠中的宝树胡杨

郁郁葱葱接大荒，内河护岸赞胡杨。

林丛滥毁碧荫失，河水盲裁古树殃。

感慨黄沙压水道，伤怀枯木泣江旁。

愿将万颗胡杨泪，化入人间古道肠。

沙原新宠青海云杉

敢向峰巅傲太空，身临绝涧亦从容。

扶摇翠影闲云外，飒爽英姿峻岭中。

碧洒幽溪游野鹿，荫笼古刹透宏钟。

移来沙地风沙搏，依旧葳蕤泼黛浓。

满江红·治沙造林之歌

万里绵延，谁洒下、沙丘戈壁？风沙迫、黄尘滚滚①，京城告急。乱采森林青野秃，滔滔洪水江河泣。掠资源、自毁自家园，情何惜！　　民奋起，争朝夕；恢植被，倾群力。看今朝"三北"②，长城创立。崛起绿洲雄大漠，平衡生态蓝天碧。待从头、再造美山川，千秋绩！

【注】

① 指万里风沙线及沙尘暴。

② 指三北防护林。

西江月·新疆吐鲁番沙漠植物园

　　雄浑无垠戈壁，驱车万里寻奇，火洲（指吐鲁番）郊外草萋萋，惊见新园崛起。　　坎井^①潺潺雪水，珍林郁郁沙畦，梭梭树下步依依，世外桃源今觅。

【注】
① 指坎儿井

满江红·戈壁滩上访王陵^①

　　驾机西来，惊望眼、贺兰山麓。云峰下、沧桑如画，俊豪谁数？铁马金戈安在否？巍巍九塔英雄路。问苍天、岁月最多情，王陵矗！　　元昊立，开疆土，成霸业，修文武。创西域一统，盛名千古。漠漠黄沙存感慨，兴亡凭吊羌笛诉。看今朝、西夏换新颜，山川绿！

【注】
① 贺兰山东麓，高耸着西夏古国九座帝陵，被誉为"东方金字塔"。

定风波·"银川植物园"生态观光区畅想曲

南出银城一径弯，寻芳揽胜探奇观："沙海诗林"开妙境，豪兴，绿茵雅韵唱新天。　　风摆香荷鱼摆尾，沉醉，沙生花木展欢颜。"鸟语林"中千鸟舞，争睹，人工湖畔乐陶然。

苏幕遮·重返"沙坡头"

意犹新，情照旧。故地依依，漫步徘徊久。绿锁"长廊"香欲透，汽笛欢鸣，是处风光秀！　　化芳洲，插翠柳，原貌难寻？惊睹黄龙走。奋战当年曾记否？喜话今朝，同饮祝功酒。

少年游·牧场防护林

"风吹草低见牛羊"，难睹此风光。草原衰退，流沙四起，"生态"最堪伤！？　　"双行带状"兴林草，牧野换新装。绿网纵横，畜群肥壮，草地再辉煌！

踏莎行·宁夏沙湖写意

　　万座金山，千丛翠苇，沙湖欲比西湖媚。珍禽对对彩舟摇，碧波垂钓客将醉。　　翔鸟行行，游鱼队队，滑沙飞板云中坠。贺兰山下好风光，阳光戏浪登仙未？！

满庭芳·沙产业之歌

　　无限阳光，无穷风力，兴起"沙业"辉煌！元勋钱老，倡系统华章，转化光能利用，闯新路、致富沙乡，温棚里，行行滴灌，绿色更芬芳！　　何妨？穿大漠，丝绸古道，体验沧桑，有多少惆怅，几许忧伤？善待自然切记，慎开发、生态弘扬。开西旅，农林节水，微藻灿东方。

浪淘沙·小店情缘①

　　含笑忆童年，似画诗篇，而今小店了情缘。虽是洞房缺贺客，依旧缠绵。　　首次伴卿边，梦也香甜，双飞莫再羡神仙。携手人生风雨路，共苦同艰。

【注】
① 结婚时在上海租一小店为洞房。

桂枝香·西湖蜜月

痴情今了，醉十日杭州，山林偷笑。小伞并头幽径，翠峦环抱。钟鸣古寺浓荫里，漫摇画舫湖心岛。观鱼花港，闻莺柳浪，苏堤春晓。　　大肚佛前香袅袅，问佛祖姻缘，人间正好。戏上飞来峰顶，祥云飘渺。名湖美景出碧水，最难忘永夜声悄，轻舲偎靠，荡舟月下，星空浩浩。

鹊踏枝·咏九寨沟

九寨归来不看水，玉液神凝，绿拥千潭媚。蓝宇雪山列鸟队，波摇峰影鱼摇尾。　　"溪"响幽林迷彩卉，"滩"闪珍珠，"瀑"化碧空泪。"湖"幻龙宫花弄蕊，"泉"吟石上入仙末？！

【注】
"溪""滩""瀑""湖""泉"乃九寨五绝也。

踏莎行·六盘林涛①

碧岭幽林，黄原绿岛，葱茏山野啼千鸟。长征亭上意翩翩，红旗漫卷东风浩。　　云海苍茫，雾峰缥缈，松杉桦椴迎宾笑。水源涵养出三河，珍禽异兽争欢闹。

【注】
① 六盘山称为黄土高原之绿岛，泾河、清水河、葫芦河皆发源于此。

满江红·三峡行

莫笑白头，相偕潇洒长江去，意切切、一帆诗语，满船风趣。灯似繁星落水浒，宜昌小憩黄昏雨。穿葛洲坝里看浮沉，舟轮举。　　西陵险，惊波吐。巫峡雾，千峰树。看瞿塘峡口，高山若堵。喜闯夔门奔奉节，石梯三百艰难步，试回眸、大河东去也，神奇路！

鹊踏枝·邀潇湘诗友共创诗廊

　　谁道家园别已久？梦绕蘋洲①，游子情依旧，心系"一中"怀故友，相邀共颂潇湘秀。　　塞外银川遥举酒，欣建碑林，诗与石同寿。写尽江山诗万首，洞庭风月长沙柳。

【注】

　　① （蘋洲指潇湘二水汇合处之小岛，吾之母校永州一中曾设于此处）

贾朴堂

（1909-2007），山西省临猗县人。中国民主同盟盟员，曾任宁夏回族自治区政协常委、民盟宁夏区委会主任、宁夏文史研究馆名誉馆员、宁夏诗词学会顾问。著有《和声集》《心声集一集》《心声集二集》等诗词集。

惊　秋

一夜秋风起，萧萧叩耳旁。
砧鸣千户月，雁叫一天霜。
潦水时看尽，疏林叶堕黄。
行人惊岁晚，坐起独彷徨。

九　日

载酒登高去，惊寒雁阵飞。
遥怜故园菊，时待远人归。

读《邓小平文选》第三卷感赋

河岳钟灵秀，惟公旷代才。
真知越今古，赤帜蕴风雷。
济世兴乡国，丰民阜物财。
"小康"欣在眼，接踵"大同"来。

赠廷藻、强锷两同志（二首）

廷藻、强锷两同志同时当选为区政协副主席。二人皆志士，且系知音，赠诗贺勉。

（一）

塞上栖迟地①，于今四十春。
画蛇拙嘲我②，倾盖喜知君③。
华夏腾飞日，紫骝奋步辰④。
鸿图期大展，福国又康民。

（二）

海内存知己，相交卅有年。
英雄宁有种，肝胆自通天。
得位王阳始，弹冠贡禹先⑤。
竭诚行《意见》⑥，裕后更光前。

【注】

① "栖迟"，游息意。《诗经》有"衡门之下，可以栖迟"。

② "画蛇"，指画蛇添足事，详见《战国策·齐策》。

③ "倾盖"，初交相得，一见如故意。谚曰："白首如新，倾盖如故。"详见《史记》。

④ "紫骝"，良马名。

⑤ "弹冠"，世称"王阳在位，贡禹弹冠"，即弹冠相庆意。详见《汉书》。

⑥ "意见"，指《中共中央关于坚持和完善中国共产党领导的多党合作和政治协商制度的意见》。

冯天才书法展题词

非颜非赵亦非欧，纸落云烟四十秋。
梦里右军文会友，格高直逼晋风流。

遣悲怀（四首）

（一）

落叶添薪仰古槐，挈儿携女避兵灾。
不堪往事回头忆，患难夫妻百事哀。

（二）

每睹遗容暗自伤，伶仃失伴老鸳鸯。
平生惯见卿卿影，一别泉台便渺茫。

（三）

一度思卿一泫然，只能梦里暂团圆。
残年但愿都成梦，再续平生未了缘。

（四）

柳眼花须小食天①，亡人墓上草芊芊。
庄生春梦迷蝴蝶，望帝痴心泣杜鹃。

【注】
①　"小食天"，即小寒食日。

沙 湖

荒沙漠漠镜平铺，镜外明驼镜里鱼。
白发人间来往遍，奇观今又见沙湖。

羊肉泡馍

肉红馍白碗腾香，沁入心脾暖入肠。
啜玉馔珠时有厌，个中滋味耐人尝。

杏绯大姊画牡丹

华贵雍容色象开，玉堂风物胜蓬莱。
凭君五彩生花笔，托出姚黄魏紫来。

酬秦中吟同志

文章庚信本清新，诗也飘然自轶群。
艺海探珍君识我，知心好友我怜君。

街头郎中赞解放军街头医疗小组（四首）

（一）

为民排难又何求？救死扶伤不计酬。
十亿关心忧乐共，军风更上一层楼。

（二）

惯于民间送暖风，行人无不赞郎中。
千般妙术回春早，一片丹心映日红。

（三）

利民好事不胜书，又见巡回治疗车。
春色满城添雨露，新风大树乐何如。

（四）

鱼水相亲胜一家，精诊不觉日西斜。
动人高谊情难禁，谱入丝弦唱国华。

银川植物园（三首）

（一）

清荫翳翳映楼台，沙海千年胜境开。
钓渚璇渊足风韵，琼花瑶草驾蓬莱。

（二）

金上柳枝风袅袅，绿堆瓜架雨丝丝。
名园景物欣无限，勾引骚人尽入诗。

（三）

琪花瑶草胜丹丘①，林色长年翠欲流。
仙境人间今古有，刘郎②何事觅瀛洲。

【注】
① 丹丘：仙境。韩愈诗"人间亦自有丹丘"。
② 刘郎：汉武帝。李贺诗"茂陵刘郎秋风客"。

论诗绝句（四首）

（一）

阳春白雪诚为贵，下里巴人亦足箴。
言志抒情入弦管，正风敦欲即诗心。

（二）

荣利无求自有真，田园诗画轶群伦。
咏荆浩气豪端涌，岂只羲皇以上人。

（三）

论诗何必废齐梁，何逊阴铿屡表章。
广纳众流成大海，多师诗圣亦诗王。

（四）

笔端豪气挟风雷，诗学遗山未入门。
品类纷纭评上乘，不尊"华实"更何论。

中山公园

映日荷花态万般，鸢飞鱼跃亦堪观。

千条垂柳梳春水，百啭流莺绕画栏。

流水弓桥泊画舫，花间步履响长廊。

凤凰城里园林盛，更有桐荫引凤凰。

归　田

盈仓满囤望年丰，归里甘当种地翁。

两暑炎炎挥汗雨，三冬凛凛裂肤风。

绩麻布谷谁嫌苦，勤力劳心并是工。

自古穷达惟所遇，男儿决不怨苍穹。

颂宁夏 (新韵)

黄河为带岭为屏，塞上江南旧有名。

花草有芳林牧盛，水田无际稻粮丰。

城乡互助新风尚，梯队联翩尽杰英。

风雨同舟齐共济，明朝处处展新容。

宁夏诗词学会成立祝辞

北地歌谣气自雄，壮怀直欲吐长虹。

班香宋艳曲虽异，苏海韩潮韵并工。

健笔凌云力抗鼎，豪情破浪敢乘风。

讴歌四化诗词会，伫看繁花映日红。

为我区举行中国丝绸之路二千一百年活动而作

河山富丽超"天府"①，路绕丝绸更可夸。

蜀锦齐纨达"秦地"②，葡萄苜蓿归"汉家"③。

物华瑰丽名欧亚，天宝光辉灿锦霞。

开拓精神承往古，繁荣西北利无涯。

【注】

① "天府"，即"天府之国"，菁华之地。

② "秦地"，代指古罗马帝国。

③ "汉家"，代指汉朝，非汉族也。

宁夏解放五十周年纪事（二首）

（一）

拯民除暴德才多，发愤图强夜枕戈①。

外引内联拓财路，缀红点碧绣山河。

兴宁大业前无古，铭德丰碑永不磨。

五十周年迎解放，万方欢乐舞婆娑。

（二）

不闻刁斗飞沙怨②，却喜绿洲风日熏。

河水远扬盐、固、海③，小康已到镇、乡、村。

昔时釜内愁无米，今日盘中食有豚。

饮水思源无限意，丹心一片报慈恩。

【注】

① 夜枕戈，即"枕戈待旦"意。语出《晋书·刘琨传》。

② 李颀《古从军行》："行人刁斗风沙暗，公主琵琶幽怨多。"

③ 盐、固、海，即盐池、固原、海原。

重九日老人节座谈会赋呈同座诸公

华堂尊老集群贤，为有新风树大千。

酌我一樽茅台酒，与君共醉菊花天。

小康生活人间到①，华夏声威海外传②。

大政协商须共勉，歌功犹有笔如橼。

【注】

① "小康生活"：据报载"我国已有 36 个城市 8281 万人的人均国内生产总值超过 800 美元，展现出小康生活水平的丰采"。

② "华夏声威"：最近新加坡内阁资政李光耀说，"中国的作为，对世界其他地区特别是对亚洲是很重要的"。

喜菊女归宁

昨夜灯花传喜报，今朝玉树眼中新。

敢辞道远千余里，愿送阶前一段春。

好语嘉言盈耳顺，晨餐夕膳更躬亲。

团圆情景欣常在，勿作东西寄旅人。

诞辰漫兴敬呈学会诸君子

忆昔从戎万里行，笔锋胆气两峥嵘。

檄飞抗日文无敌，曙舞闻鸡剑有声。

岁月蹉跎惊已老，黎民忧乐总关情。

中兴未展平生志，报国犹思学请缨。

为宁夏文史研究馆建馆五十周年贺辞

五十年华岁月长，朔方文史业煌煌。

史书汉代齐司马，赋作西京近贾扬。

道子画山山更好，右军作字字生香。

创新开拓争先进，万里云霄共颉颃。

己未年春奉组织令由家赴银川书怀

蔼蔼春荫覆里门，故园桃李自宜人。

十年正喜耕耘乐，垂老犹蒙雨露恩。

电掣风驰催"四化"，云蒸霞蔚盛人文。

风物灿烂国家好，爱党歌功情意深。

回 归 颂

净扫扬尘帝国风，红旗绚丽竖晴空。

澳门行见成尧土，香港还欣返禹封。

耻辱百年一朝洗，车书四海九州同。

狂欢举国潮高涌，家祭争光告逝翁。

银川一中建校八十周年志庆

化雨春风岁月长，育才为国业辉煌。

薰梅染柳乐无尽，身教言传誉远扬。

已有宏图开盛世，争教科技放光芒。

杏坛春暖花如锦，正向人间散异香。

建党六十五周年感赋兼寄语台湾当局（二首）

（一）

正是图强发奋年，高潮改革浪掀天。
内联活力排山海，外引生机遍宇寰。
励志攻关才俊懋，同心创业物华妍。
小康壮丽迎前景，八表歌功弄管弦。

（二）

中枢着意保和平，两制构思导煦风。
香港按期归禹域，澳门计日返尧封。
回归莫负全民望，一统还欣两岸同。
兴振中华共携手，辉煌青史谱勋功。

夏日家居即事

小院景观堪入画，晚年生事亦优游。

榴花晴午光醺眼，篱柳浓阴暗覆楼。

醉酒时忘身老病，好诗日诵足风流。

欣闻开发多良策，报国丹忱未肯休。

乙亥诞辰喜万新儿媳归省

剑气书声两未忘，暮年意志忌颓唐。

远游喜汝趋庭早，归省视吾晚节香。

已见"小康"结芳果，更欣"大富"辟康庄。

健身建业卿须记，劳逸调和是好方。

蝴 蝶 梦

昨夜星光昨夜灯，月斜楼上五更钟。

飞来蝴蝶才成梦，逝去鸳鸯永绝踪。

苦恨九泉隔鸿影，切祈再世伴花容。

经年累月无分散，寿比南山不老松。

辛未九日即事

重九登高大有年，壮怀跌宕倍从前。

眼观塞上江南景，兴满萸囊菊酒天。

沧海人归珠有泪，蓬山日暖月婵娟①。

宏筹"三步"谁能比？万里征途紧着鞭。

【注】

①　"沧海人归"一联：上句借喻苏共之被迫解散；下句借喻中共捍卫和发展马列主义，在建设有中国特色社会主义的伟大事业中，取得了举世瞩目的光辉成绩。

徐子芳

安徽文学院院长。

赞 银 川

凤城山水带春栽，塞上江南锦绣裁。
历历晴川芳草绿，腾腾红日晓云开。
通都大邑金霞动，流水高山丹凤来。
入夜霓虹天外落，贺兰佳气满楼台！

海 军

回族，生于 1956 年 8 月，宁夏固原市人。现任职于宁夏回族自治区新闻出版局（版权局）党组副书记、副局长。中华诗词学会会员、宁夏诗词学会顾问。

雨中过六盘

浓雾锁烟岚，雄姿傲九天。
巅峰旗力树，领袖日高悬。
落笔惊风雨，豪歌感江山。
长缨今在手，谈笑缚龙还。

过钱塘江大桥

1994 年深秋，在浙江桐乡市挂职。考察萧山市，临晚归途过钱塘江大桥，远望六和塔雄姿，近观钱塘江波涛，江南深秋时节仍一派绿色，景色迷人。乃赋诗以记。

塔桥相倚立，秋色淡深中。
汹涌钱塘浪，袭人爽快风。
来往车如织，浅深绿正浓。
神州披锦绣，大业自兴隆。

读 史

史册遍观鉴古今，人生几度历冬春。
不思升降求神韵，乐以真心作苦吟。

夜 雨

久旱无雨，颇为焦虑。昨夜终于降雨，旱情得缓。晨起看人们面带欣喜之色，吾亦心情大悦，赋小诗以记。

夜来风雨叩窗棂，犹似轻弹奏玉声。
晨起奔波忙下地，喜和农户共同耕。

观徐悲鸿油画《九方皋》有感

扬蹄奋力欲驰骋，此日何须九方皋。
万壑千山闲自看，鲲鹏展翅上云霄。

西吉火石寨（二首）

（一）

突兀奇立矗高原，百态千姿景壮观。

何处丹霞飞落此，神工造就美江山。

（二）

清幽不染绝尘寰，鸟啭蝉鸣总怡然。

景色四时陶意醉，飞红流翠胜江南。

封山禁牧赞

　　从海原至西吉途中，见沿途满山一片绿色，生态环境大为改观，封山禁牧的措施起到良好作用。正可谓政策好、人努力、天帮忙，令人欣喜。

滋润绿茵草木旺，山区禁牧乐牛羊。

在胸韬略胜天意，放眼朝阳耀地煌。

誓教贫穷成旧事，敢谋富裕向新康。

中枢决策千金贵，化作芬芳草木香。

陶 玲

女，原籍浙江绍兴，1930 年生于天津。离休前是宁夏银川四中英语教师。现为中华诗词学会会员、宁夏诗词学会名誉理事、宁夏老年大学诗词学会顾问。

游沙湖即兴（三首）

秋 景

浩瀚平湖静，沙丘作障屏。
天高云影淡，飞雁两三声。

荡 舟

芦苇丛丛立，船随碧水流。
时闻欢笑语，疑是采莲舟。

滑 沙

陡峭沙坡险，溜来震我魂。
且惊偏又喜，唤起稚童心。

亲　情

惊闻慈燕坠①，游子速回飞。

展翅关山度，含忧星夜归。

抚伤巢畔绕，反哺影相随。

浩浩情如海，人生何所悲？

【注】

① 1989 年遇车祸住院，子女亲奉病榻前有感。

良　宵

为中秋节诗词吟诵会作

八方诗友会，今夜月华清。

尽写山河好，高吟盛世声。

有诗常快乐，无景不峥嵘。

欲醉何须酒，人间处处情。

晚　趣

晚年闲意趣，情系好山川。

路远舟船济，崖高索道悬。

新城观景物，古镇赏诗联。

祖辈谁如此，功归敬老篇。

晚 荷

经风沐雨秋娘韵，犹自清幽淡淡香。
无怨霜来颜色减，莲仁茁壮藕丝长。

过风陵渡

黄水滔滔河道宽，曾拦倭寇过秦边①。
而今天堑双桥跨②，宝马飞驰一霎间。

【注】
① 风陵渡是黄河渡口，过去有渡船，是山西、陕西分界处。
抗战时，日寇因河宽无船而未到陕西。
② 双桥：一是铁路桥，一是公路桥。

病中谢友人赠丁香

久病沉沉百事哀，倚窗凝望对青苔。
蒙君递送春消息，一束丁香带露开。

海宝小区风情 (十首录二)

连栋高楼似小城，楼间坪草绿莹莹。
新栽桃李随风摆，叶叶枝枝总是情。
楼中冬日暖融融，忆起当年塞外风。
儿女初来难入梦，拥衾偎倚待天曚。

自题剧照

且涂脂粉着红装，婉转歌喉抑复扬。
眉黛平添几分秀，曲悠暗送一帘香。
人间生命应无限，心内青春似更长。
常借瑶琴歌一曲，伴随晚岁好时光。

赞 枸 杞

玛瑙纤铃满树摇，相扶翠叶愈妖娆。
本应装点皇宫院，何故屈居塞外郊？
粒粒殷红迎远客，颗颗情重赠新交。
皆因此物强身魄，海角天涯共乐陶。

塞上狂沙

清明四月杏花天，转瞬天公忽变颜。
漫卷飞沙腾万丈，惊闻怒吼震三山。
昏黄蔽日难长久，残暴摧花岂一般。
恨不栽株千万顷，狂沙隔却绿人间。

七秩感怀①

冬夏轮回日月长，匆匆两鬓已飞霜。
海河浇铸青春志，大漠研磨古道肠。
曾为相思抛热泪，终因敬业骋边疆。
花开花落由他去，拾取清香入枕囊。

【注】

① 2001年末迎春会上读了熊品莲同志"六八感怀"，于是依韵而作。

晓忆梦中人

一缕馨香酒一杯，东风不住梦难回。
分明昨梦伊人在，依旧当年短笛吹。
秋菊未知春风面，寒梅怎遇撼天雷。
牛郎终是无能辈，遥望银河酒自悲。

夜抵深圳①

有幸重游深圳行，春风伴我步轻盈。
高低错落层楼远，闪烁晶莹灯火明。
坪草依依花簇锦，椰风习习送歌声。
渔村廿载成仙境，难忘邓公挥手情。

【注】

① 2002年春去新马泰途经深圳，黄昏到达，观夜景，第二天即去香港。

贺《夏风》创刊五周年

塞外山川不寂寥，夏风吹拂愈妖娆。
桃霞柳浪千峰灿，水唱山和万木娇。
诗共花芳酬朗月，文随雁舞入云霄。
明朝蘸得银河水，写尽神州大气豪。

五十里长街

飞虹一道跨西东，丽景兰山大路彤。
双向三幅八道线，五湖四海九州通。
设施先进彩砖丽，绿树遍栽花木隆。
浩浩长街多气派，百年大计势恢宏。

悼王其桢同志（排律）

三九严寒分外香，一生辛苦历沧桑。
田头数载习耕种，湖畔几番牧牛羊。
荣辱不惊心坦荡，是非能辨志堂皇。
釜耄更显英雄色，词赋常成锦绣章。
慷慨殿堂吟妙句①，铿锵余韵绕屋梁。
驼铃紫塞留佳作，黄水兰山日月长。

【注】
① 指 1999 年老年大学诗词赛发奖会上，王老高声朗读他的
得奖诗作。

[越调] 天净沙·沙湖黄昏

白云碧水黄沙，驼铃芦苇归鸦。日暮霞光漫洒，鳞波如画，西边红透天涯。

阮郎归·游沙湖仰沙雕

沙湖秋色意阑珊，苇黄碧水寒。飞舟惊起鹭鸥还，风情别一番。　　沙雕艺，叹奇观，秦皇威武看。丝绸路尽赴楼兰，晃如醉梦间。

汉宫春·阅海遐思①

记诗人同舟共赏初建中的西湖。

塞北西湖，广袤湿地域，碧水沙丘。诗人秋日登艇，雅兴遨游。丛丛芦苇，船到处、惊起沙鸥。争筹谋、明朝阅海，风光当冠神州。　　须建红楼别墅，更诗林画馆，度假村头。小桥幽亭垂钓，浪里沉浮。桃红柳绿，烟霞里、百鸟啁啾。三载后、相约重聚，再吟阅海风流。

【注】
① 今日西湖正筹建中，今后名为"阅海"。

雨霖铃·悼诗友苑仲淑姐

　　云低雨坠，早秋时节，倩魂归矣。初闻恶耗惊震，双眸泪滚，呜咽零涕。转忆当年风采，几多闺阁气。性善良、仪态端庄，秀竹幽兰亦难比。　　同窗十载真堪忆，赏佳词、习作相传递。共议诗画翰墨，晚趣浓、两情相倚。月笼荒原，魂梦依依，望姐安憩。当此日、秋叶飘飘①，红叶迎风起。

【注】

① 苑仲淑同志著有诗集《秋叶篇》，其前言中有"我渴望我的诗词能成为秋天的红叶，哪怕是一片、两片"句。

浪淘沙·祝贺西部大开发与诗词研讨会开幕 (新韵)

　　边塞朔风寒，梦断阳关，羌笛幽怨有遗篇。西部沉眠终欲醒，号角连连。　　巧用好资源，重绣山川，春光不信逊江南。从此诗人传喜讯，佳作年年。

西江月·重访沙海诗林

难忘诗林巡礼，几回梦绕魂牵。黄沙退却绿盈园，碧玉珠玑装点。　　五载重游故地，花繁林茂悠然。八方留韵壮诗坛，激起豪情一片。

江城子·表弟洪泽去世周年祭

思君常忆少年时，美容姿，善多思，歌画琴棋，谁个不称奇。恶雨狂沙天骤变，生离痛，姐心知。　　逆流学辨是和非，苦为师，志难移。幸有贤妻，叶茂子盈枝。遗恨未和君话别，抚宝墨，梦依依。

一剪梅·中华巾帼世纪腾飞①（三首）

（一）

母辈生于世纪初，精作针缝，浅识诗书。仁慈贤惠孝为先，谁主今生，命似飘蒲。　　未卜于归恨与舒，随犬随鸡，不许踟蹰。可怜有志胜凌云，岁月悠悠，何处归途？

（二）

推倒三山巨浪翻，吾辈扬眉，谱写新篇。关山几度凯歌还，飒爽英姿，出没硝烟。　　热血丹心化玉砖，垒砌神州，情洒人间。悲欢从此不由天，慈母良妻，岁岁年年。

（三）

盛世甘醇女辈尝，国运昌荣，富裕安康。无边学海任伊航。网上春秋，科技争强。　　不羡虚荣不媚洋，为我炎黄，广育栋梁。中华巾帼志堂堂，世纪腾飞，万古流芳。

【注】

① 中国女性在 20 世纪中真正腾飞了，以母辈、我辈、女儿三代命运可以说明。

忆江南·光明广场夜景一瞥

中秋夜，歌舞正情浓。摘得鲜星明似昼，银河飞瀑伴天风。羞月隐云中。

破阵子·贺古王公路通车①

一道长虹飞降，盘旋横跨西东。填土移沙铺石沥，细作桥涵引暴洪，质优频立功。　　千里车行惬意，祝君一路春风。筑路英雄鸿鹄志，化作通途意万重，花红心更红。

【注】

① 2001 年秋宁夏交通厅组织作家、诗人、摄影家乘车去银古公路及盐兴公路采风。

鹊桥仙·睡莲

仙姿绰约，幽香淡淡，绿叶闲浮水面。问侬沉睡几多年，不忍见、深闺恨怨？　　春风漫舞，神州如画，最是红妆艳艳。多情即醒看今朝，众姐妹、英才尽展。

西江月·凤城今昔

长记初临宁夏，坯房土炕为家。严冬难耐卷狂沙，月照檐前冰挂。　　今日高楼栉比，温馨锦幔窗纱。草坪石凳映朝霞，妪叟手机闲话。

采桑子·白杨 (新韵)

傲然含笑穿云立，干也挺拔，枝也挺拔，朝日迎来送晚霞。　微风吹叶沙沙唱，绿满枝桠，情满枝桠，边塞扎根处处家。

浪淘沙·老年大学同窗友谊颂

莫道老来秋，爱上层楼。寻诗酌句竞风流。慷慨高歌吟盛世，其乐悠悠。　携手步兰州，共话金瓯，诗情恰似友情稠。十载同窗长解语，更复何求？

临江仙·盛世抒怀

少年曾有凌云志，仰钦女辈英豪。风吹雨打损含苞。荼蘼事了，回首路迢迢。　风光竟是黄昏好，任他鬓染红消。餐书饮墨佩琼瑶。今生画卷，秋月胜春潮。

西江月·寻访故居①

辗转城南小巷，寻访昔日门庭。幼槐成长玉婷婷，满地婆娑树影。　难忘惊魂雷震，顿时身似浮萍。相偎三女泪盈盈，前路茫茫谁定。

【注】
① 故居是反右时居住的小院。

忆秦娥·观京剧洛神有感

秋风定，驿亭灯暗人初静。人初静，朦胧抚枕，忽见伊影。　相逢洛水明珠赠，含情忍泪祥云乘。祥云乘，天涯隔断，痴梦难醒。

一剪梅·雪

辗转闲愁睡不成，试欲朦胧，报晓鸡声。隔窗飞絮舞西东，疑是残英，却是冰凌。　常恨今生总未平，风雨十番，初志无更。心合冬雪共皑皑，荡涤埃尘，永世晶莹。

生查子·悼念慈母

多少梦依稀，慈影铭心宇。难忘别伊时，千万叮咛语。　　今宵月正圆，欲驾长风去。亲奉酒三杯，共把离情叙。

黄玉奎

当代马来西亚诗人。

宁夏银川行吟

凤城秋季百花香，西夏王陵海外扬。
回汉相亲成典范，穆儒并在入琼章。
贺兰山顶藏三宝，黄河河套利五粮。
古代边荒今福地，同欢共度好时光。

留别银川

银川盛会唱丰收，友谊诗缘根柢留。
不愿别离终要别，边疆新貌刻心头。

黄志豪

江西诗人。

游老龙潭（二首）

（一）

峪深松茂看龙湫，银瀑穿云带月流。
泾渭分明良有以，从来清浊在源头。

（二）

当年梦斩有耶无？此地藏龙信不诬。
奇景天生风物异，老来安处在兹乎。

黄正元

1944 年生，中共党员，宁夏农科院植保所退休干部，高级政工师。中华诗词学会理事、宁夏诗词学会副会长、宁夏毛泽东诗词研究会常务副会长。

纪念毛泽东诞辰一百周年

上下五千年，风流孰可攀。
武开红土地，德辟舜尧天。
文采惊神鬼，诗情动宇寰。
一生无赘物，唯与众心连。

怀念毛泽东

功盖神州国，廉垂万世芬。
雄文辉日月，雅韵冠诗林。
铁面贪官惧，慈颜百姓亲。
天长终有尽，浩气永留存。

赞银川植物园

昔岁沙荒地，今朝度假村。
清波嬉紫燕，深树掩楼群。
创业思先辈，腾飞仗后昆。
琼花招凤落，美色日缤纷。

沙漠姑娘——花棒

一生只爱治沙人，嫁在沙坡永伴君。
紫蕊浓香秋烂漫，金风万里颂忠贞。

农科院果树专家张一鸣

彭阳一住十三秋，俯首甘为孺子牛。
串户走村传技术，财神留在众山沟。

沙　雕

千年丝路拓天宽，驼队今成宇宙船。
留得精雕人杰在，无休奋斗树标杆。

泾源县育苗支书童玉梅

十里苗田翠满川，林苗收入半边天。
全村凭此抛贫帽，户户争夸女状元。

现代煤田见闻

污水澄清润百花，工人出井洗桑拿。
乌金滚滚流何处，绿木蓝天映彩霞。

甲申浙江访友

人生难得谊情长，故友邀余访甬江。
新纪霞光拘满束，虹桥共架聚参商。

近年看报、看电视偶感（二首）

（一）

文艺忽称娱乐圈，卖身卖艺辨分难。
灵魂师誉今何在，裸耻露胸只为钱！

（二）

黎民本是主人翁，今日人呼弱势群。
力鼎城乡称柱石，切身保障问何人？

致刘安邦、张宗朗及张宝善先生①

卸甲归林半世忙，苍松翠柏铸刚强。
暮年寂寞当无憾，大漠青青事业煌。

【注】
① 三人均系固沙林场前期领导人。

泾河脑^①

泾河脑^①

魏徵梦斩龙王处，千载河中见血痕。

法不容私君叹息，大夫果断智传名。

如磐风雨经千代，似曲银波奏颂声。

莫畏高寒艰险路，常来此脑悟人生！

【注】

① 传唐太宗时，泾河龙王触犯天条，玉帝令唐大夫魏徵在泾河脑监斩。龙王托梦求救于太宗，太宗邀魏下棋，使其不得脱身。魏于下棋时打盹，醒时已将龙王处斩。此后泾河脑水底呈红色。

鬼门关

峭壁巉岩一线天，竹丰林茂气潇轩。

斩关劈峪飞湍瀑，驾雾腾云走地仙^①。

野雉炫衣缭锦翠，鹿雏恋母逐溪边。

百年多匪游观绝^②，盛世谁人叹路艰！

【注】

① 俗语称人为地仙。

② 鬼门关位于泾河脑与二龙河之间，清末以后，土匪出没，甚少人迹；新中国成立后匪绝。

落叶松人工林^①

万顷松涛如海涌，车旋百里绿森森。

露滋玉叶千坡翠，鸟唱琼枝四季春。

蓄水涓涓河汇宝，积材绰绰岭储金。

廿年苦战成宏愿，留得青山荫后人。

【注】

① 六盘山林管局、区林研所于上个世纪六十年代中期从华北引进落叶松成功，经多年营造，现已成林几十万亩。

龙潭电站

高阁萦环一镜明，平湖改写旧时容。

蛟潭水啸成残梦，洞道高吟出蛰龙。

坝上寻幽游客醉，机房耸塔万家红。

连川喷灌兴霖雾，旱魃驱除五谷丰。

凉 殿 峡

山平路展一峡宽，淡霭轻岚蕴秀天。

清涧蜿蜒穿古木，群骧迤逦戏斜滩^①。

夏凉冬暖安康地，禾壮花香世外源^②。

元祖当年曾避暑^③，游人觅迹遍云端。

【注】

① 峡顶有马尾巴梁，滩平草盛，常有马群放牧。

② 峡中住一生产队，今仍未搬迁。

③ 元史称成吉思汗出兵西夏，曾屯兵六盘山。近人考证，凉殿峡即当时避暑地。

秋 千 架

一架秋千耸碧霄，英雄绩业万年骄。
悠悠战迹埋深土，历历新松逐日高。
越石穿林多气壮，攀崖登峭自情豪。
等闲阅得沧桑事，再向汹涛奔大潮。

二龙河林区

山锁双龙入啸潭，喷珠吐玉绿宁南。
尾通秦陇连千翠，首向黄河汇万泉。
蜷卧深宫空寂寞，腾飞碧落得情欢。
群英创业经三代，携力同描锦绣篇。

六盘山长征纪念亭

碑立高峰傲碧苍，文昭日月气辉煌。
远征勇士开宏业，接力贤能运策忙。
拜谒常思星火路，攀登更绘好风光。
回眸先烈捐生地，残雪融消出艳阳。

盐池沙地旱生灌木园①

荒丘无际路生烟，喜见沙生灌木园。

绿树遮阳驱闷气，红花漫道爽心田。

非因菩萨挥甘露，赖有科研胜苦难。

示范千畴兴万顷，何愁大漠少春天。

【注】

① 盐池县位于毛乌素沙漠边缘，区林科所在城郊建千亩沙旱生灌木园，以科研成果示范、带动治沙造林。

放眼银川植物园

美矣银川植物园，数年辛苦展欢颜。

云杉未拔先凝秀，炬树初燃待染丹。

腾格毛乌千景集①，六盘"三北"万珍全。

游人指点关情处，玫瑰花香月季妍。

【注】

① 指腾格里沙漠和毛乌素沙漠。

宁园世纪钟

世纪更新，市府铸一宏钟立街心花园，环钟绘史铭文，志百姓愿，引无数游人观瞻。遥望贺兰山滚钟口，忽发异想……

滚钟闲卧数千年，世纪飞来落市园。
夜半犹闻金韵响，清晨更觉玉声喧。
雄风浩荡催征急，大象峥嵘引凤还。
一自零时敲击后，遍看潮涌海天宽。

西吉将台堡红军长征会师纪念碑

擎天玉柱耸高台，风雨沧桑气不衰。
九死一生真理路，千锤百炼栋梁才。
铁军汇聚凝民众，火炬冲霄破雾开。
碑下请缨新世纪，和谐共建创新陔。

温岭双门硐

厅阁廊台一洞宽，太虚宫殿匿云山。
上攀阶磴灵霄暖，下瞰清潭怪蟒寒。
初疑开冥遗妙境，近看采石巧工天。
辉煌劳动留奇迹，不须王孙另眼观。

"三北"防护林工程

该工程西起新疆东至黑龙江，横跨青海、甘肃、宁夏、陕西、内蒙、山西、河北、辽宁、吉林等省区，其宏伟规模、生态效益和经济效益令世人瞩目。

蜿蜒绿蟒伏三疆，势掩昆仑气自扬。

御敌长城功盖古，防风铁壁益无双。

天山沙漠出棉海，黑水荒原化谷仓。

最是胡笳悲奏地，豺狼不见见康庄。

为银川、固原青年赴黄峁山林场三十年作

童颜鹤发一挥间，聚会难禁喜泪涟。

返邑各劳家国事，举杯皆有壮怀篇。

回头汗湿荆榛路，屈指松成栋檩山。

林建豪情歌一曲，催人更向险峰攀。

窖灌节水专家黄正武

山区贫困因干旱，谁为忧民解倒悬？

筑窖收来八极水，细浇滋润四方田。

欣从绝处谋生路，更向高新探富源。

廿载胸怀鸿鹄志，敢教科技胜苍天！

西吉大庄村支书张玉花

金凰一只出山庄，继任危难意气扬。
胸有创新"三代表"，情牵贫弱众同乡。
筹资修路民忧解，办学兴工五业昌。
收入六年增七倍，更思好事做远长。

赞障沙网格

网格横纵向沙张，貌似平平显异光。
施暴风神低首退，迎春玉女舞姿狂。
列车有护安全过，黄水除灾旖旋妆。
朔漠奇葩惊世界，五洲亦可觉幽香。

欢呼我国实施水保生态工程

欲把江河水变清，中华儿女泪喜淋。
乾坤再造功无量，生态平衡业永欣。
号令飞传千岭动，裸荒情洒万木春。
六盘欢呼高原笑，虎跃龙腾竞禹军！

植保所蝇蛆工业化饲养与开发

高新技术绽奇葩，传统珍品用倍加。
喜揭神虫防病秘，更怜家饲效能佳。
护肝助化清炎症，免疫消疲益岁华。
君欲延年当用此，无须寻药到天涯。

阅海湿地公园

七十二湖已变田，有伤生态欲还原。
公园阅海呈明镜，万顷清波荡画船。
点点苇丛栖俊鸟，迢迢烟霭接蓝天。
环城秀水惊远客，耀眼明珠美塞川！

大连海洋世界

梦里常潜碧海洋，无天无地任徜徉。
穿珊绕玉栖仙阁，跨象骑鲸遨水乡。
相戏奇珍无尽数，同游鳞甲竞娆装。
眼前虚幻成真景，携得波涛到朔方。

读李振声散文集《黄土情》

问君何处是家园，自幼丹心献六盘。
三十春华融碧树，万千秋实结文坛。
拓边贵有钢筋骨，报国常歌志士篇。
中岁南疆敲战鼓，催吾跃进力扬鞭。

致林业专家唐麓君

献身生态一青松，乐在沙滩战恶风。
规划周详真鲁匠，引流滋翠活观音。
足留荒漠森林茂，汗润羊毫论著丰。
晚岁更挥商贾笔，漫兴园陵绿乡城。

乙酉正月十六随秦中吟会长访农民诗人王文景

十五元宵十六甜，平罗城畔访高贤。
身无铁碗享官禄，腹有诗书耀塞天。
野鹤闲云兴雅韵，敲词协律写新篇。
联吟只为酬佳友，一醉陶然世外源。

悼念吴国伟①同志

农林战线称良将，鞠躬尽瘁为民忙。

尊才礼士凝心力，拓路开天有妙方。

不为升官图事业，敢同权贵论短长。

未全卸马星先落，无限悲情费思量！

【注】

① 生前为宁夏农林科学院书记，宁夏诗词学会顾问。

原韵奉和冯逢《自沪来宁一十八载感作》

烛光灿灿四三秋，道德文章塞上留。

耗尽春华双目失，望穿黄水合家忧。

报师桃李花枝俏，兴国人生壮志酬。

关爱至今情切切，莫言辛苦已白头！

井冈山有怀

一自秋收上井冈，舍生忘死为民忙。

土房调运兵千旅，油烛燃成典万章。

华宴豪宫何享用？青山竹苑寄安详。

诚惶五指悄然立，恐扰伟人睡正香。①

【注】

① 井冈山有五指峰，似伟人毛泽东安然仰睡。

庐 山

庐山名驰百千年，原有诗家结夙缘。

太白寻仙观石镜，乐天开池赏鱼莲。

东坡哲句惊华夏，领袖飞歌动宇寰。

偕友登临瞻胜迹，遍看禹甸化桃源。

【注】

① 庐山东面有圆石，明净如镜，李白《庐山谣》诗曰："闲窥石境清我心。"

② 白居易诗题："草堂前新开一池，养鱼种荷，日有幽趣。"

③ 苏轼《题西林石壁》诗中有："不识庐山真面目，只缘身在此山中。"

④ 毛泽东《登庐山》诗有"跃上葱茏四百旋"句。

灵武恐龙化石园 (新声韵)

条条紫石现真龙，欲诉当年不了情。

草茂林丰湖甸阔，山崩地陷砾砂封。

今闻处处兴宏业，更见连连起绿城。

生态仙园重返日，共君腾上九霄层。

森 淼 湖

百亩清波降碧园，水天一色湛蓝蓝。
流云丽日明镜落，斜燕游鱼细浪穿。
石凳垂翁依绿树，轻舟倩女弄青涟。
烈炎全逐清风去，无限温馨入梦甜。

植物迷宫

百步方圆途似坦，八旋九折入怪圈！
盘陀古道英雄困①，绿木篱墙词客欢。
造物虽玄含定律，盲行岂可破迷团？
游玩亦能增知趣，一解机关意惬然。

【注】
① 三打祝家庄，梁山好汉曾被困盘陀路。

黄国俊

1933 年 10 月生，甘肃省临洮县人。1951 年响应抗美援朝号召，从学校投笔从戎，后转业宁夏青铜峡造纸厂任厂长等职，已退休。现为宁夏诗词学会会员。

参观宁夏风电厂有感 (新声韵)

荒原漠漠近兰山，钢塔如林耸九天。

风劲叶轮时发电，光辉不尽暖人间。

梁　东

安徽安庆人。中华诗词学会原常务副会长，现任顾问兼中华诗词学会诗教委员会副主任。

西夏王陵

西夏王陵西夏风，犹闻战马佩弯弓①。
无边朔漠穹庐远，荒冢从来记战功。

【注】
① 贺兰山如骏马西峙。

银川纪行

沙　湖

迢遥登朔漠，回首是江南。
偶踏金沙岭，忽临碧玉潭。
驼铃青嶂醉，鹤舞白云酣。
天外流霞处，嘶风走骏骖。

沙湖红柳

别梦江南三万里，却从沙海觅西湖。
无边秋色千重翠，最是斑斓红柳株。

贺兰山西麓南寺

一川烟雨一川风，万树葱茏数点红。
西麓贺兰南路寺，浑然身在大江东。

沙湖万丛芦苇

不借三潭印月光，娥眉从此理新妆。
舟行飒飒芦千束，人在苍苍水一方。
白露金沙铺锦绣，红霞秋雁比潇湘。
驼铃已自穿今古，浅唱低吟醉夕阳。

盛劲波

河北省诗词学会原副会长。

塞上江南即兴（二首）

（一）

塞外秋来草未黄，银川仍见柳丝长。
大河两岸炊烟里，一派江南鱼米香。

（二）

黄河万里过银川，北国蛙鸣水稻田。
谁说春来看不见？春光总会按时还。

观贺兰山岩画

万千岩画万千年，画里岩间见祖先。
形态朦胧谁识得？耳旁响起牧羊鞭。

沙湖口占

南面金沙北面湖，湖沙相映景奇殊。
人言水泊江南景，我道驼铃出塞图。

西夏王陵感吟

骏马长河千里川，王朝九世墓陵残。
堆堆黄土称"金塔"，一样雄风举世瞻。

沙坡头即兴

铁路穿沙去，风情入画来。
跃然登塔望，大漠长河开。

破阵子·太阳神宾馆即兴

往昔黄沙弥漫，今宵赏月高台。楼阁重重灯火灿，万户千家笑脸开，新枝绕屋栽。　　宾馆诗人聚会，太阳神韵兴怀。眼底凤城春百里，哪有荒凉灵感来，绮思另酌裁。

常憬存

1934 年生，辽宁省沈阳市人。宁夏日报原编委会委员兼政文部主任。宁夏诗词学会顾问。

端午节怀屈原

扶天巨手竟无功，但有丹心对碧空。
举授贤能谁可任？彰明法度尽愚忠。
云旗飒飒惊朝雨，落日融融送晚风。
亘古诗人同洒泪，凄凉往事楚王宫。

银川早春大雪

雪漫银城夜已阑，冰封塞外玉龙蟠。
林间嫩绿迎晨雾，塔上余晖送暮寒。
若使年年桃艳艳，当须岁岁柳绵绵。
升平盛世春应早，但愿年丰众庶安。

龙潭纪游 (新声韵)

春风送我上高峰，喜看龙潭碧水清①。

岭上红霞飞彩絮，枝间绿叶展新容。

山河俊秀风光好，政策合宜日月明。

更有"花儿"人乐唱②，讴歌"四化"早成功。

【注】

①　龙潭，又称老龙潭，在宁夏泾源县，相传此处水深千仞，为著名风景区。

②　"花儿"是当地人喜爱的民歌。

崔正陵

　　1935 年 11 月生，江苏人。1957 年 7 月从上海二师毕业即从事教育工作，曾任中学校长兼书记等职，中学高级教师。中华诗词学会会员、宁夏诗词学会副会长。出版诗词集《百步斋诗文集》《平仄人生》。

夜读有感

愧对雏年梦，无功两鬓斑！
长河千尺浪，瞬息万重山！

祖 逖

胸怀天下事，剑舞寄平生。
血沸能安枕？鸡声是号声！

赠中小学教师（二首）

（一）

灭蟆园怀德，修枝树感情。
更生时节雨，花重鸟争鸣。

（二）

回首艰辛处，芬芳十万枝。

但求春烂漫，何惜鬓如丝。

陕北行吟（四首）

（一）

延水流何在^①，人潮似大川。

枣园寻旧迹，谁个得真传！

（二）

千山连万壑，一塔话当年。

圣地如书卷，读通非等闲！

（三）

壶口称奇绝，飞流震古今。

黄龙奔涌势，不屈九州魂！

（四）

拜我桥山祖，中华万世魂。

雄风英气在，金鼓正催人。

【注】

① 延水句。延河已基本干涸，只河底中心尚有丝丝细流时断时续，远非往昔之汤汤大水矣。

读民国史戏为一绝

军阀争雄日，众生任炒煎。
是枪都有理，何用问苍天！

读有关三农一号文件的报道有感

田园干涸久，今日得闻雷。
拂面风先到，农家喜上眉！

望月抒怀 (四首录二)

全国科学大会召开在即，重读叶帅《攻关》，心情振奋，大受鼓舞。值塞月临空，有感赋此。

（一）

力扫残云尽，团圞起太空。
碧波无片影，宝镜有新容①。
万户精神爽，千家笑意浓。
清明来不易，海岳颂丰功。

（二）

决策长征好，三春雨最佳。

苗枯苏绿叶，树老喜新芽。

怒放荣桃李，争鸣旺百家。

欢腾闻号角，八亿绽心花。

【注】

① 宝镜，指圆月。

五十初度

五十流光逝，依然少壮怀。

山山烟树秀，水水浪花开。

虽有一团火，奈无七步才。

书声辞旧岁，嫩绿木新栽①！

【注】

① 嫩绿句，指"七一"前夕被批准入党。

1988 年 8 月 15 日宁夏诗词学会成立，我为首批会员特赋此志喜 (三首录一)

(一)

盛举空前事，长啸塞上声。

欣逢尧舜日，雅集凤凰城。

笔下花争艳，心头潮共生。

迎风催战鼓，万里起征程。

读毛泽东诗词手稿

气势前无古，情怀动九寰。

龙吟烽火路，凤舞乱云天。

美矣非凡境，雄哉不朽篇。

风流诚第一，丰采万民瞻。

整容镜前

忠诚君第一，点滴不含糊。

头正胸怀阔，肩平意态舒。

思齐严律己，欲奋苦攻书。

面壁谈何易，虔心十载孤！

为与台湾大海洋诗社诗友座谈而作

君从宝岛来，海峡浪莹怀。

兄弟情如火，风骚韵胜淮。

心长人更近，语重日为开。

握别无他赠，桥山土与苔！

登银川海宝塔

纵目霜天外，胸怀顿觉宽。

兰山烟一抹，黄水带三弯。

燕赵银蛇舞，湖湘绿浪翻。

鸿飞思正远，夕照送斑斓。

"五一"为退体老工人造像

风尘花老眼，岁月满苍颜。

骨硬坚如铁，心柔软似棉。

童真随处在，美誉忘其年。

爱恨情犹切，不因夕照残！

登银川玉皇阁

炎天登画阁，扑面好风凉。
长卷情如话，飞檐势欲翔。
兰山身隐约，黄水韵悠扬。
纵目湖城景，心潮每激昂。

母爱难忘

底事三年标准低，人民亿万苦啼饥。
娘亲缩食儿为念，无限忧思寄向西！①

【注】

① 时我携幼弟"支宁"在青铜峡，母孤身卧病在上海家中。

丙午春疗痔有感

医护全心暖病人，信知天道好为仁。
奈何春日偏风雨，一雨来时一断魂！

登贺兰山（三首）

（一）

平川突兀势凌空，起伏云山几万重。
敢笑书生无胆力，体轻神健自从容！

（二）

晴空泼墨趣无穷，迭翠飞泉春色浓。
漫说江南山水好，朔方雄秀亦神工！

（三）

鹰扬箭破白云封，昂首胸怀浩荡风。
岂畏艰难挥汗雨，登攀志在我为峰！

西夏王陵（二首）

（一）

难觅当年赫赫威，陵宫早已貌全非。
无穷财智无穷汗，剩得凄凉几土堆！

（二）

伫立沉思任夕晖，兴亡谁是又谁非。
马蹄踏碎千家梦，多少儿郎去不回！

读史三叹 (三首录一)

掩卷犹吁长短叹，滔滔没杀几多才。
贤能尽起为君用，怎得兵民事事哀！

访老龙潭

弯弯小路入深山，云影洞天嬉碧潭。
峭壁神工输水道，飞珠溅玉送人间！

登六盘山长征纪念亭感怀

几番生死鬼门关，万苦长征到此山。
不是雄才无敌手，何来圣地唱延安！

赠银川绿化大队

改尽沉沉旧日姿，园林处处柳垂丝。
年年一曲春光赋，胜似唐人万首诗！

1989年去上海车过苏州

睡眼闻声努力开，清风撩起旧情怀。
吴侬软语孩提事，一一如泉喷涌来！

1989 年因公至沪，喜逢二师窗友留别

同窗三十二年前，少女少男桃李妍。
别后沧桑余一笑，但吟新作唱新天！

西湖四咏

岳 飞 墓

久慕西湖有岳坟，青山绿水伴忠魂。
区区四铁能平愤？长跪至今少一人！

秋 瑾 墓

玉立亭亭傲雪姿，鉴湖灵秀女中痴。
漫天风雨披肝胆，慷慨犹闻动地诗！

六 和 塔

雍容大度气非凡，守望钱江水一湾。
已惯惊涛能壁立，潮头更爱浪如山！

于 谦 墓①

力挽狂澜再造功，粉身留得气如虹。
谁怜五百年前事，独有长青俯首松！

【注】
①　于谦墓荒芜冷落，与游客如云的其他胜处相比，反差十分强烈。

京华会聚

手足强分四十年，京华会聚苦耶甜。

风云海峡波涛阔，何日金瓯一梦圆！

【注】

1989年四五月间，吾妻在台湾的兄长回大陆探亲。大家相约，在北京其二姐家中会聚。

赞太阳花①

可南可北可江淮，求取无多任意栽。

更有葵心谁得似？盛妆须待艳阳来。

【注】

① 太阳花，又叫午时花，俗称死不了，植物学名称半枝莲。一年生肉质草本花，不择土址，适应性强，能耐干旱，也不怕涝，其花见日方开。

教师节抒怀（三首）

（一）

杏坛偏爱作人师，斗室无鱼不敢辞。

风雨半生何所愿，满园花木尽天姿！

（二）

迎来送往一年年，两鬓星霜桃李妍。
弟子三千原是福，童心永在即神仙！

（三）

每栽松柏正初秋，根浅枝娇干亦柔。
雨雨风风身渐壮，个中多乐更多愁！

重读《辛弃疾（稼轩）传》感怀

南归本为中原计，北望难偿铁马驰。
十论宏文成废纸，一腔热血铸豪词。

沙湖即景

水碧沙明景象殊，丛丛苇叶泛江桴。
谁铺素绢挥椽笔，绘就湖山野趣图。

重游沙湖

淡扫蛾眉远胜初，冰肌玉骨世间无。
朔方灵秀惊天下，足目神州第一湖！

上海市第二师范四十周年校庆感怀

难忘当年济一堂，人生最美读书郎。
弦歌阵阵声声远，回首莲池①别梦长！

【注】
① 莲池，二师校园内有睡莲池一方。这里代指二师。

"三八"赠内（二首）

（一）

盲目投胎贻后患，十年风雨几惊魂。
平安喜沐春阳丽，赖有艰难与共人！

（二）

两情之外无长物，一路清贫一路歌。
人在旅途求好伴，愧余所得已多多！

无题（六首）

（一）

昔日花开扑鼻香，员工付出汗千缸。
一朝蛀倒无人问，知否伶仃万户慌！①

【注】

① 好端端一座工厂，被头儿们折腾得破了产，害得工人们无所依傍，而头儿们则另调他处照当领导。此事时有所闻。

(二)

敢夺农家活命粮，村官霸道狠如狼①。

赤身挥汗功无数，谁是知疼解意娘！

【注】

① 1996 年对门王家之父母，从安徽农村来此，谈及农村干部欺压农民，农民困苦无告之情状，我简直不敢相信这是事实。虽说城乡差别悬殊，农民十分贫穷，也多有耳闻，但却没有想到会如此惨烈。震惊之余，深以为忧！

(三)

天上云翻狗变驼，人间造假更疯魔。

年年打假年年假，无奈民生苦恼多！

(四)

官威向折庶民腰，小吏依权也足骄。

脸变千回还是我，青云路上叹人潮！

(五)

乌纱自在上司包，何惧千夫戳脊腰。

但得官衙春色好，管他窗外雨潇潇！

（六）

两对团团一桌开，声声日夜扰清杯。

方城战火燎原势，恶梦当真今又来！

【注】

二十世纪三十年代作家，也是教育家的夏丏尊先生，在一篇说恶梦的文章中曾说：他梦见中国四万万人都在搓麻将，有麻将一万万桌！

"三八"赠女青年

褪却红衣除腻粉，挑灯誓尽世间书。

从来志士无雄雌，谁谓女儿不丈夫！

下岗谣（五首）

（一）

观念更新毋害羞，自谋生路自消愁。

艰难跋涉为前奏，妙乐欢歌在后头！

（二）

人比人来气死人，牢骚太盛也伤神。

个中教训毋相忘，业贵精通德贵淳！

（三）

大锅养得懒洋洋，砸了锅盆暗自伤。

且去从头攻技术，重新就业创辉煌！

（四）

求职无门急断肠，稍安毋躁慢商量。

山穷水尽一时困，好运从来爱自强！

（五）

为国分忧下岗回，中心战鼓已频催。

会当解得千人困，扬我长才插翅飞！

退休吟（二首）

（一）

卸下千斤立地仙，此身无挂亦无牵。

茶凉怪论何须听，夕照青山别有天。

（二）

诗书山水醉翁亭，淡泊余生最有情。

细数从头真幸运，一天风雨晚来晴！

故乡行（十五首录七）

（一）

少小时艰别大崔，风涛一叶几濒危①。
桑榆夕照天涯客，犹有归心夜夜飞！

（二）

当年水路几多愁，今日驱车自在游。
茅屋破衣全不见，砖墙瓦盖间新楼！

（三）

河清树绿伴车行，水网平畴景色新。
无限风光观不尽，一枝一叶总含情。

（四）

车到建湖如到家②，归林鸟唱夕阳斜。
乡关乡旧乡情重，一夜心潮逐浪花！

（五）

桥头纵目喜心窝，处处乡亲处处禾。
百里良田千户足，抚今追昔感怀多！

（六）

故里吟坛粲若霞，农家竟出大诗家③。

手中管管生花笔，愧煞呕哑塞上笳！

（七）

爱壶倾出杯杯热，入耳心声句句亲。

一别明朝千里外，难忘九九故乡行。

【注】

① 大崔，即大崔庄。今芦沟镇政府所在地。

② 在建湖，住二姑家。

③ 在大崔我曾会见"蒹葭诗社"的几位诗友。

苏南道中

快车高速胜云游，一望平川秋色稠。

富裕江南真不谬，农家无户不新楼！

谒鲁迅墓并先生坐像

久慕先生笔胜刀，战旗史海正飘飘。

如能再起重披挂，怒著雄文挞老饕！

访上海文化名人街

多伦路上好风光，一位名人一史窗。
千古文章千古在，任它生死几沧桑！

【注】

上海多伦路被建成一条文化名人街。街容古朴整洁，两头出口处均立有高大的牌坊式建筑。街两边散塑着二十世纪三十年代曾在虹口一带居住活动过的郑振铎、鲁迅、瞿秋白、丁玲、冯雪峰、内山完造等文化名人的形象，或站，或坐，或谈，颇能发人遐思。

秋游圆明园（二首）

（一）

荷枯木落水云开，四美灵园安在哉。
上国居然成弱肉，低垂岸柳尚余哀。

（二）

桂殿兰宫孰与俦，一时富丽数洋楼。
无能留下百年恨，断石残基励九州。

携六岁孙登八达岭长城

蜿蜒起伏燕山巅，高处城头刺破天。
小小儿郎神气足，不甘人后勇登攀！

无题（二首）

（一）

风邪气浊世无淳，总是衙门水太浑。
龙虎铡刀非不利，不由龙虎但由人！

（二）

玉带花翎绝妙辞，名家唾液胜灵芝。
泳装三点夸春色，一片迷茫是好诗！

咏桂林山水（三首）

（一）

何时伏此万千兵，碧玉其身各具形。
已惯无声环野立，欲行还止似通灵。

（二）

一带飘来百里长，轻柔苑若美娇娘。
神情最是平如镜，照出千姿万态郎。

（三）

因山而秀为江青，水秀山青一画屏。
山水相依能不醉，此间山水最多情！

抵海口市遥望海瑞墓

毕竟刚方不一般，冲霄正气望生寒。
贪风阵阵今为烈，长卧何能便泰然！

银川植物园正式对外开放，六月十八日宁夏诗词学会一行十二人应邀观光，因而有作 （六首录三）

观 景 台

山下林边碧玉湖，小桥流水胜姑苏。
他年岸柳丝丝翠，一叶轻舟即我庐！

万 松 林

林深径曲万松幽，盛夏居然白露秋。

来日劲风明月夜，涛声阵阵动神州！

观 松 亭

一亭如翼欲飞飞，上得亭来我自崔。

遥看松林云色重，苍苍莽莽气宏恢！

黎明车停江油怀李白

李白诗名震耳聋，江油故里望朦胧。

晨光隐约天边月，千载乡思定更浓！

参观热电公司有题

巨笔巍峨气不凡，书空淡淡几云岚。

千炉一扫飞灰尽，浩浩长天海样蓝！

三访沙湖

一艇梨开万顷波，芦花似梦舞婆娑。

乘风更上沙千尺，纵目环湖画意多！

初探大西湖①

悠哉一叶似飘空，烟水苍茫造化功。
有此晶莹千丈璞，倩谁琢得玉玲珑！

【注】
① 大西湖，即今之阅海。

一箭冲天

一箭冲天万目追，英雄①载誉九霄归。
他年月地频飞日，难忘炎黄第一碑。

【注】
① 英雄，即指航天员杨利伟。

凉殿峡记游 (五首录二)

(一)

小南川水碧流长，越石飞岩迓客忙。
两岸林高传鸟语，谷幽炎日胜秋凉！

(二)

处处清流处处山，峰奇林茂勇登攀。
蝶为向导花为伴，几忘衰龄七十间！

偶　怀

书剑风流百代名，厥功岂止万千兵。
左公杨柳连关外，一路春光一路情。

无题（二首）

（一）

以人为本喊声高，事故频频万命夭。
监察安全何所在，孤儿寡母泪滔滔。

（二）

一花一木尚须怜，人命尤当大似天。
莫为贪心遮望眼，去留遗恨万千年。

古城湾怀古

回乐受降传世碑①，登基灵武喜耶悲。
不知忧患终垂泪，千载犹闻叹马嵬！

【注】

①　吴忠市的古城湾（即原古城乡，今之古城街道办事处），据史书记载，后经 2003 年的考古发掘证实，就是唐肃宗即位的灵武，亦即唐李益诗中所说受降城回乐峰是也。

景 德 瓷

千载四如^①谁与俦，梦萦魂系爱难休。
名瓷恰似名门女，一户娇娃万户求！

【注】
① 四如，景德镇所产之瓷向有"白如玉、明如镜、薄如纸、声如磬"之美誉。

轮转年年

我孙于 2001 年秋季上学后，为安全、省时计，我专购小三轮一辆，每天接送他上学，倏忽三年矣。

未放含苞梦正甜，健康成长即为天。
几多期望几多爱，尽在轮飞年复年。

梦登黄山光明顶

浪里沉浮几宝龟，接天云海气宏恢。
有缘登上光明顶，不负今生姓一崔！

乘游艇过十里长峡

青铜峡里景奇佳，鬼斧精雕两壁崖。
烈日当头全不顾，惊呼指点目无暇。

登一零八塔

暌违卅载喜重游，水态山姿一望收。
气象全新人老矣，但除烦恼更何求。

中卫寺口东线景区初探

峡谷堪称一大奇，神仙脚印令人迷。
云梯果是登天路，为有豪情险作夷。

悼念老友纪德智（二首）

（一）

惊闻恶耗放悲声，痛失知交一笑翁。
难忘穷乡同陋室，了无烦恼坐春风。

（二）

终生执教老顽童，偏爱逗哏未见穷。
料得夜台君落座，欢声四起乐融融。

【注】

纪德智，是我在宁夏结交最早、历时最长的朋友，于2005年7月病逝。生前系青铜峡市一中的退休老师。

乙酉岁末应邀与部分诗友假"老味道"酒家雅集有感

诵诗呼酒乐无穷，味道当真老更浓。
同在一球何不友，好将酬唱息兵戎。

山里人家

翠峦深处几人家，小路依泉拥碧霞。
生计年年何所靠，一山林竹一山茶。

黄山留别

休言初识太匆匆，已植心田万态松。
更得刚柔神与气，百年无复叹龙钟。

《平仄人生》收卷诗

谪下红尘未可哀，风风雨雨眼为开。
人生细品无穷味，万曲千歌唱不衰。

游灵武高庙①有感

佛也从容道也悠，一隅知礼仲尼丘。
逞强各国来游此，应悔频年斗不休！

【注】
① 该庙以道为主，兼供佛、儒。

感　赋

史料载：中山先生多次只身奔赴海外，不辞劳苦募集资金以
供革命之需，而公个人则始终安贫乐俭，所筹款项均及时如数汇
到同盟会香港分部。

经手银钱万亿文，宁饥不动半毫分。
先生一股清廉气，力促腾飞民族魂！

司汉新根艺、诗联作品及其人其事读后有题（四首录二）

（一）

人生平仄自春秋，圆缺阴晴何用愁。
点化残根成气韵，无穷乐趣胜悠游。

（二）

但得枯根便自怡，每从腐朽识神奇。
明珠落寞知多少，慧目如斯岂患遗。

有怀澎湃

散尽银田快众怀，海丰由此赤旗开。
而今不肖称公仆，巧取民财作己财。

无　题

拒请拒收尤拒黄，心安国泰万眉扬。
回看放纵丢廉耻，日日千夫戳脊梁！

忆三笑斋①

南腔北调气相投，沧海曾经汗漫游。
戏谑师承狂放朔②，诙谐学得相声侯③。
苦中自有千般乐，甜里宁无一点愁。
莫谓穷荒常戚戚，哈哈捧腹亦风流！

【注】
① 在巴闸小学期间，我曾与纪、樊两位北京籍教师共处一室。三人各有辛酸经历，又各有现实困难或烦恼，但却能抛开愁苦，乐观地面对现实。
② 狂放朔，指汉武时期的东方朔。
③ 相声侯，即当代相声大师侯宝林。

赠夜校学员

踏破崎岖荆棘岭，相期莫负艳阳春。
凌霄岂惜区区汗，入夜弥珍寸寸阴。
起步无非迟十载，登峰自亦近三辰。
从来志士谁言老？秉烛犹能不废吟！

孔庙怀孔

弦歌不绝杏坛时，安富尊荣岂所知！
治学名言贤圣路，传家至教德才资。
周游列国求仁世，修定春秋见苦思。
府庙辉煌矜御赐，空余老桧再生枝！

登泰山有感

形神两健不知难，逐雾追云十八盘！
来路迷茫宜贾勇，前程闪烁合参玄。
善心常驻慈悲佛，欲海空谈寂寞禅。
胸有一轮明肺腑，耕耘自可乐天年！

远望秦始皇帝陵

剑光虎视雄风在，兀自横空卓不群。
伟绩丰功犹瞩目，愚行暴政尚惊心。
兴亡未绝声声叹，生死长留累累痕。
地下宫开重现日，更知千古一嬴秦！

题乾陵无字碑

则天明睿胜千筹，不着崇碑一字留。
文过须挨当世骂，矜功要被后人羞。
民安自有平心论。国泰原无扫地忧。
仁智由他何用说，死生思绪两悠悠！

过明孝陵

睿智深谋一代雄，息肩于此可轻松？
乘时牧竖居然虎，因势沙弥毕竟龙。
云治云安徒纸面，诚惶诚恐履刀丛。
沧桑后事谁能料，用尽心机总是空！

贺新疆诗词学会成立

风骚一出玉门关，万态千姿共仰瞻。

白发豪情融积雪，红颜壮志小崇峦。

生花笔涌伊犁水，孕枣根深戈壁滩。

喜庆天山吟帜舞，开来继往耀文坛。

青铜峡水库巡礼

湖光岛影几回眸，碧水何来世外幽？

万羽凌空迷艳日，千山拥玉醉莺喉。

若非玄武伤淫雨，定是昆明①苦泛舟。

无尽晴波无尽意，两三远艇似浮鸥。

【注】

① 昆明，指北京颐和园的昆明湖。

偶　成

碌碌难能一暑闲，果然心远不闻喧。

黄昏圃灌清清水，拂晓绳垂节节鞭①。

情至窗明挥拙笔，兴来柳荫诵名篇。

人生乐事知多少，何必长嗟自苦煎！

【注】

① 余所居庭院之阳，有地一隅，今春试种丝瓜。入夏以来，藤蔓竟爬满绳架，花叶十分繁茂，每当雌花开后，即垂实若鞭。此劳动之所得也，能不欣慰莫名。

赠架线女工 <small>（用鲁迅诗原韵）</small>

彩燕凌空作业时，工描五线系情丝。
天风协奏青春曲，丽日增辉巾帼旗。
水驻山凝深致意，云飞柳舞乐吟诗。
英姿仰注千人目，难忘辛劳汗湿衣！

附鲁迅诗："惯于长夜过春时，挈妇将雏鬓有丝。梦里依稀慈母泪，城头变幻大王旗。忍看朋辈成新鬼，怒向刀丛觅小诗。吟罢低眉无写处，月光如水照缁衣。"（《无题》）

唐徕公园即景

古渠高堋几沧桑，柳绿松青又一章。
花草芬芳儿逐女，亭台掩映凤求凰。
晓风拂处千人舞，朝日升时百鸟忙。
最是长园涂夕照，万般情韵惹诗肠。

清明祭母①

又是纷纷细雨天，江南望断几重山！
泉台挚爱情依旧，塞上悠思鬓渐斑。
水阔倚怀何惧浪，衣单向日不知寒。
儿孙夜读声如乐，万里随风入耳欢！

【注】

① 1944年余曾随母乘小舟从水路由淮安去东台寻父。虽风

急浪大，船几倾覆，但有母亲在，儿时的我心里就踏实，并不害怕。抗战胜利后，因父母失业，家贫无以为生，在辗转求职中，全家曾露宿镇江街头，形同乞丐，但只要靠着母亲我便不觉衣单天冷。儿时的我是把母亲当作靠山、当作太阳的。

六十感怀

历尽沧桑志益坚，桃夭李艳慰华颠。

月明长忆吴头水，雪舞豪吟北地山。

但教扪心无愧悔，何需拜佛祷平安。

芬芳未敢追梅菊，映地飞霞夕照妍！

为从教四十周年赋此

何事杏坛犹未归，国民素质系安危。

尔来几度风云变，雪侮霜欺我自崔。

弟子三千聪或笨，文章四十是耶非。

廉颇老矣犹能饭，夕照松林万道辉！

再别上海

五十年前岁月凄，孤穷拼搏尚依稀。

当时父母辛酸泪，此后儿孙奋斗旗。

变化沧桑天有道，因缘改革野无遗。

花明柳暗来非易，扬子奔腾志不移！

银川植物园

瀚海居然世外幽，朔方新景足淹留。
桑柔色比姑苏亮，果实垂如少女羞。
莽莽苍苍千树暗，团团簇簇万花稠。
登亭纵目无边绿，假日呼朋再作游！

银川中山公园漫步

在职时忙少空闲，而今日日逛公园。
花光水影人皆喜，径曲林深我独怜。
翅振鸣繁知鸟戏，枝摇叶动觉风还。
至清空气真难得，漫步其间足驻颜。

七十回眸

长路行来意若何，山环水复足吟哦。
虽非爱恨情仇录，却是沧桑岁月歌。
湖海飘零舟一叶，风沙成就树千棵。
前程更盼无边绿，照影清清万里河！

黄 山 松

柔姿劲态气非凡，信有通灵一寸悬。
诚意迎宾张巨臂，真情送客抱双拳。
攀岩裂石求浆液，附壁追源傲艰难。
莫怪冠平谁剪得，形神独特誉尘寰。

草 原 新 景

牧户家家满圈羊，勤劳致富岁甜香。
客来茶奉多加奶，情至眉飞更放芒。
如画边陲钟科技，似花儿女爱书囊。
投身西部大开发，计算机前引兴长。

清平乐·由沪"支宁"途中

匆匆暮降，心里千层浪。书剑他乡谁倚傍，
恍惚飞沙塞上。　　山山水水销魂，愁肠别绪浮
沉。万盏灯光如目，依依送我征程！

忆江南·寄母

儿去也，冷暖万千珍。身许国家原无我、志
存桃李即为仁。归梦越千岑！

贺新郎·梦中所得

夜读《台湾怀乡思亲诗词选》,竟梦遇在台某老,赠余《贺新郎》一阕。醒来犹能默诵,偶有所缺,遂卒成之。

三十余年矣。梦魂牵,乡关别夕,怎能忘记:石径修篁山溪碧,残照烟桥画里。垂烛泪,离情难已。最痛慈亲添白发,万叮咛莫负妻和子。人去也,水长逝。　　飘零海上空悲悔。鬓生霜,莺飞时节,怕听宫徵。一日几回云雾望,写就家书谁寄?知岁暮,相思倍炽。逐浪归心拴得住?倩西风先问人安未。当尽力,九州事!

江城子(双调)·重逢又别赠某

悠悠别恨几秋春,梦离魂,泪涔涔。茫茫人海,何处话浮沉。记否当年传素笺,真字字,见情深!　　重逢已怅廿年身。展眉岑,慰残痕。依稀风韵,无语也温存。纵使无缘难再见,原上草,总如茵!

忆江南·塞上吟（五首）

（一）

花儿唱，不尽一箩箩。天下黄河宁夏富。人间鱼米朔方多。云白漫山坡！

（二）

长征又，旗卷六盘山。着力东风云化雨，撩人春色柳飞绵。扬水唱新篇！

（三）

煤城晓，山树雾初开。农贸欣荣争早市，民居洁净胜蓬莱。井下喜盈怀！

（四）

青铜峡，大坝耸云霄。百塔平湖尘世远，绿扬华屋燕声高。犹忆战黄涛！

（五）

真首府，车水马龙喧。团结碑高金凤起，登攀人杰艳阳天。百业喜颠颠！

玉蝴蝶（慢调）·寄在台妻兄①

　　海峡浪平风住，卅年离泪，一旦归航。唤子呼妻，难忍铁石心肠。喜邻舍，月圆人寿，叹自家，柳暗神伤。立斜阳，雁声参差，人字行行。　　欣狂。书来万里，见天争阅；几夜飞翔。转恨金乌，慢腾腾地下崇冈。一弯水，童稚春梦；半亩竹②，风雨西窗。待浮觞，沸天鞭炮，梅艳飘香！

【注】

　　① 妻兄新中国成立前夕去台，一直杳无音讯。今年（1988年）7月终于辗转通了信息，并告之来春2月返大陆探亲。

　　② 吾妻原籍安徽黟县，故家门临小溪，屋后有竹林约亩余，全家赖以为生。

满庭芳·欢庆第十个教师节

　　圣火薪传，春风化雨，杏坛功业堂堂。十年磨砺，师表更辉煌！扶叶修枝灭蠖，阳光下，桃李芬芳。甘挥汗，千锤百炼，废铁尽成钢！　　勋章！当授与，人梯蜡炬，国士无双。看潮涌神州，教帜高张。一误岂能再误，国之本，理应加强。今而后，教师节庆，日日喜门墙！

江城子（双调）·纪念抗日战争胜利五十周年

八年岁月不寻常，我炎黄，自难忘：兵民奋起，团结斗豺狼。任尔跳梁喷毒焰，人浴血，志如钢！　江山代有好儿郎，鬓飞霜，又何妨。潜心四化，科教必兴邦。寄语东邻真悔过，成友好，共辉煌！

扬州慢·瘦西湖

西子清妍，自然宜瘦，一湖碧水逶迤。更千株翠柳，尽夹岸依依。绿浓处，楼台隐约，五亭桥上，游目神怡。古而今，明月春风，能不沉迷！　二三帝子，意洋洋，知甚高低。唯小杜情真，樽前惜别，挥泪漓漓。二十四桥依旧，人何在？事过时移。看游人如织，年年风月无遗！

崔永庆

1940 年生，宁夏中卫市人。1962 年毕业于宁夏大学农学系。长期从事农业技术推广和农业行政工作。曾任自治区农业厅厅长，自治区人民政府参事。高级农艺师。系中华诗词学会会员、宁夏作家协会会员、宁夏诗词学会名誉会长。出版有诗集《绿野春秋》和《秋悦平畴》。

悼念邓小平

陨落巨星天地暗，泪垂华夏世皆寒。
英灵永驻功长在，悲化春潮浪拍天。

受聘任政府参事感赋

白头未敢忘民忧，参事甘为黎庶喉。
国运民生心底系，还将余热献鸿猷。

欣闻中央关注大柳树工程立项

好音入耳感思长，我与苍峡共举觞。
幸喜今朝圆夙梦，春风朔漠写芬芳。

欢庆青藏铁路建成通车

休谓昆仑不可攀①，龙腾雪域上高原。
笛声唱醒千秋梦，拉萨北京一线牵。

【注】
① 国外曾有铁路不可能越过昆仑山之言。

题李学明硕士论文答辩前夕

踏遍荒山与野沟，青丝缕缕化鸿猷。
雄文何必晓堂辩，画眉深浅大地留。

农村即景

金色秋风拂艳阳，家家院溢稻谷香。
丰收喜悦情难抑，大吼秦腔尽欲狂。

压砂地

旱酷无计地压砂，祖创千年留萃华。
漫道苍茫"戈壁"阔，秋来遍地看西瓜。

滴　灌

玉液涓涓管内走，润泽焦土近根流。
喜看丰收累累果，滴水之恩报与秋。

游植物迷宫

芳林碧草曲蹊漫，柳暗花明路不前。
自古人生歧径惑，失之半步谬先缘。

封育南华山

眼底华山雪已残，漫山草色向阳鲜。
牛羊不复踏青牧，绿染春风涌旱塬。

沙　湖

谁剪西湖万顷波？移镶塞漠秀山河。
游人多少飞舟里，疑是瑶池梦南柯。
碧水盈湖半面沙，莺歌燕舞戏芦花。
欢欣信是湖中鲫，跃上船头笑语哗。

北武当山绿化

山寺经年香火旺，清泉孤树总苍凉。
春风时解沙门意，柏翠松青蔽武当。

西夏情怀西夏王陵

一代文明一炬亡，空留丛冢伴山苍。
春花依旧年年绽，魂系祖龙一脉香。

党项族的神秘消失

鼎立西陲称大夏，兰山梦断殁黄沙。
从何来又复何去？芳草天涯处处家。

方块形的西夏文字

象形似汉又非汉，撇捺竖横能溯源。
沧桑信史留何处，写在山川大地间①。

【注】
① 宋史无关于西夏及其文字的记载。

贺兰山岩画

万代千秋总不衰，史河浩浩勒石开。
始知今日字同画，尽自悬崖峭壁来。

壮观的汉墓群

洪荒一片冢如林，多少春闺梦里人。
廿纪饱经风雨蚀，蓬蒿依旧护忠魂。

水洞沟遗址①

层崖水蚀露残留，三万年前是绿洲。
世事苍茫天地变，黄河不废自悠悠。

【注】

① 在灵武横城发现的旧石器晚期人类活动遗址。

固原怀古原州古城

汉武秦皇几度临，九边重镇势千钧。
兴衰缘政朝常变，黄土青山不易春。

安西王府

明月清风逐树高，残砖断柱静悄悄。
十年灯火芳菲尽，天道不酬枉自骄①。

【注】
① 恢宏华丽的安西王府，十年便毁于地震。

游八达岭长城

人流蠕动似潮涌，风雨如磐走巨龙。
华夏魂凝千载固，倚天惊世古今雄。

过 三 峡

曙光初照夔门开，十二青峰扑面来。
激浪险滩浑不见，西陵二坝矗胸怀。

白帝城（二首）

（一）

波平江阔岸山低，遥望夔门白帝孤①。
汉相不须谋妙策，长峡浩浩泽巴楚。

【注】
① 三峡水位达 150 米以上后，白帝城已是四面环水的孤岛。

（二）

白帝雄奇扼险江，诗仙一曲远名扬。
游人只晓刘皇事，不见公孙在庙堂①。

【注】

① 传说西汉末王莽手下大将公孙述自称"白帝"，在此筑
城谓"白帝城"；又说是老百姓为怀念公孙述的功德所建。

开封潘杨湖

自古潘杨水不同，浊自浊矣清自清。
一涵虽然通两水，清浊世代印心中。

黄山迎客松

峭壁危岩自在生，千姿百态总含情。
达官朋贵布衣客，风雨无阻都笑迎。

胡杨林礼赞

流金摇翠自精神，无际平沙壮客魂。
风骨纵然遭万劫，地荒天老也含春。

黑城遐想

断壁残垣沙下葬，无边夕照野苍苍。
流光倘使溯千载，城控西疆业亦煌。

居延海怅望

融雪祁连孕绿洲，悠悠岁月水悠悠。
居延半是胡杨泪，弱水何时不断流？

河南林州红旗渠

一道天河挂太行，十年血汗铸辉煌。
世人莫作风景看，魂系中华万代昌。

青海贵南县塔秀草原

辽阔草原不见边，白云下面挂青山。
牛羊尽在画中走，只羡牧人不羡仙。

民 工 难

岁末年尾，民工工资不能兑现的报道，时见报端。

岁寒急切盼归乡，五味煎心腹内藏。
血汗薄酬浑不见，儿呼妻唤路茫茫。

秋 悟

萧瑟西风时有限，浮云蔽日更期短。
金秋漫漫丰五谷，多是风和日丽天。

雪思（二首）

（一）

托雪寄思祈世清，晶莹原是素装成。
有瑕常被无瑕误，日照雪融万事空。

（二）

无声大雪落纷纷，素裹银装涤垢尘。
真个冰心洁似玉，倾壶信可洗乾坤。

祖孙情趣

孙儿入校学拼音，顿挫抑扬辨四声。
总判爷奶声调错，平声常作去声听。

院 中 秋

长慕桃源百里溪，春花秋水尽留诗。
一年好景院中看，最惬枣红葡紫时。

陵园感怀（二首）

（一）

松柏无言花静思，陵园肃穆蕴玄机。
墓碑一座一部史，血汗缤纷都化诗。

（二）

草木葱茏道路平，魂归大地墓玲珑。
不为利害争高下，生不大同死大同。

登银川玉皇阁

惬意登临舒望眼，河山一揽到"江南"。
田连阡陌稻粱稔，棚列平畴瓜果繁。
南北湖通城在水，东西林带树接天。
穹宫玉帝应欣慰，阁载银川正鼓帆。

一棵树赞盐池治沙模范白春兰

咬定平沙岂为名，丹心铁骨献忠诚。
千磨万砺卅年志，含苦茹辛两代情。
鱼跃莺飞南粤貌，草肥羊壮北国风。
荒原百载一棵树①，点得今朝满目葱。

【注】

① 昔日满目沙梁上只有一棵百年老榆树，称"一棵树"。至今该地仍称"一棵树自然村"。

"青天"赞

派海南的中央巡视组组长、原江苏省委副书记、省纪委书记曹克明，敢于为民作主，屡办大案要案，被群众誉为"曹青天"。

执政手持三尺剑，怜民胸有寸心丹。
力撕黑幕除邪恶，勇踏刀丛惩腐贪。
扶正何忧生命险，倡廉只为国家安。
铮铮铁骨辉华夏，矢志清明赤县天。

读《湖海诗情录》

一从塞外戍边疆，便把他乡作故乡。

秋水洞庭托梦远，春风朔漠寄思长。

千辛夙志久磨砺，万劫葵心总向阳。

湖海诗情深几许？黄河问罢问湘江！

历史电视剧观感（二首）

（一）

升平歌舞暖风醺，世事无常触目深。

貌似宽宏君子腹，包藏险恶小人心。

明枪易躲无忧意，暗箭难防易损身。

多少贤能经苦难，空怀壮志作冤魂。

（二）

治国自当谋大略，用人未必尽举科。

胸无点墨关山少，腹有经纶险阻多。

填海堪倡精卫志，移山莫责叟言苛。

矩逾格破选才俊，浩浩江河浪涌波。

三江源感怀

神奇美丽叹江源，心系长河波浪翻。
千古雪山雪渐薄，万原草地草将干。
人常思富欲难尽，畜不厌多无限繁。
绿水当期流代代，青山颜驻永年年。

同沿高速公路通车到固原

沐浴朝阳向古原，丝绸旧路展新颜。
云浮华岭苍峦黛，枫染陇山霜叶丹。
不复驼铃摇塞月，频闻笛韵鼓征帆。
秦皇汉武拓边地，大道康庄喜向前。

宁夏农垦赞

戎装未卸军号响，十万英雄战大荒。
血卧莽原粮稻茂，汗流碱地果瓜香。
长河水美酿琼酒，山麓草丰好牧羊。
塞上江南添锦绣，当歌农垦著华章。

苏峪口森林公园

山门开放景观新，绿染群峰卉吐芬。
松静云流拥大气，鸟鸣雅韵报佳音。
幼林谷底参天长，小草坡前破雾伸。
崛起风光姿态美，登高更见塞边春。

明长城北眺

漠北从来多战事，谁看胡马过边关？
秦砖不蚀依然硬，汉瓦难磨照旧坚。
久历沧桑经考验，常期日月换新天。
荒沙渐暗烟波碧，直教花香度阴山。

六盘山老龙潭

雄秀六盘卧莽原，涓溪聚汇老龙潭。
云谲雾诡山前绕，柏翠松苍镜里看。
瀑落千仞鸣谷底，水流万转润田园。
魏徵柳毅清浊事，都寄民心泾水源。

塞上英模谱王有德

白芨滩国家级自然保护区管理局局长兼防风固沙林林场场长，以不畏艰难、艰苦奋斗、勇于开拓、求真务实的精神和治沙的辉煌业绩，被授予"全国治沙英雄"的光荣称号，并被当选为党的十七大代表。

本性难移沙打旺，风摧沙虐愈坚强。
心操沙海无边绿，此日扬帆仍远航。

裴志新

永宁小麦育繁所所长，全国优秀科技专家。先后培育出 10 多个优质高产小麦品种。1981 年育成的"宁春四号"，至今已 27 年，久种不衰。成为我国春小麦种植面积最大的品种之一。

后浪常推前浪走，三年五载上层楼。
"宁春四号"无来者，独领风骚不计秋。

李剑英

生前为兰州空军飞行员。2006 年 11 月 14 日训练回飞，在飞机撞鸟、生死攸关的 16 秒里，为使机下密集的村庄和人群免受损失，三次放弃跳伞的机会，不幸殉职。殉难后被追授为"功勋飞行员"。

常在蓝天写大忠，心扉牢刻定盘星。
舍生忘死保黎庶，航道长明一盏灯。

胡学勤

生前系灵武市磁窑堡镇工商所所长，执法中被逃跑的不法分子的汽车撞倒，碾压致死。自治区人民政府授予"革命烈士"称号，人事部和国家工商总局追授他为"模范公务员"。

忠心赤胆继先贤，大义凛然撼地天。
血染红旗千万面，长虹浩浩贯人间。

王振举

生前系彭阳县国税局干部，"官"至接待股股长。他践行"不抽公家一支烟、不喝公家一盅酒、不吃公家一顿饭、不因私事坐公家一回车"的"四不精神"，成为国税人的廉政榜样，激励着代代人勤政廉政。

公私宛若冰和炭，敬业精神代代传。
灵到天国还在问，何时星火可燎原？

李范文

宁夏社科院名誉院长，国家级有突出贡献的西夏学专家。他的《夏汉字典》荣获全国哲学社会科学最高奖——吴玉章奖。主编的《西夏通史》等为西夏学研究的奠基之作。

目光睿智何其远，穿透时空八百年。
一部雄宏西夏史，如椽笔底涌波澜。

何季麟

　　中国工程院院士，宁夏东方有色金属集团公司原董事长。中国钽铌铍行业的领头人，科研创新力在国际钽铌市场上形成了与美、德三足鼎立的新格局，多项科研成果在卫星、火箭及许多高精尖产品和技术中应用。

　　　　雄踞东方业绩骄，三足鼎立逞英豪。
　　　　霜凝华发心呕血，融入卫星耀九霄。

金占林

　　生前为同心县广播站线务员。40多年长期在野外艰苦的环境中超负荷地工作，积劳成疾。临走时只留下2元的"家产"，却留下了无穷无尽的精神财富。

　　　　脚踏春秋冬与夏，身背银线走山涯。
　　　　四十风雨血和汗，都化音波传万家。

王嘉鹏

　　1993年宁夏"7.23"空难幸存者，以惊人的毅力自学成才，出国留学，成为中国和挪威友好的民间使者。

　　　　空难无情娘有情，助君发奋效鲲鹏。
　　　　精神可贵感天下，不落太阳寰宇升①。

【注】
① 挪威将其故事编成歌剧《不落的太阳》在世界各地公演。

王　结

　　盲人，宁夏爱德残疾人学校校长，全国自强模范。以坚忍不拔的精神和毅力，写下了一连串的"第一"，成为中国第一个盲人"双硕士"。获第18届"中国十大杰出青年"称号。

　　不怨苍天昂起头，潜研科技写风流。
　　眼盲不信前途暗，心路光明达九州。

卢雪鹏

　　个体工商业者。2005年10月3日晚，路遇有人被抢，在追逃中只身与三名歹徒搏斗，不幸牺牲。自治区人民政府追认他为革命烈士。

　　行义何分亲与疏？拔刀相助惩歹徒。
　　拼将热血化长剑，要把人间邪恶除。

温 祥

山西省人民政府办公厅主任，山西诗词学会原会长。

银川行凭吊西夏王陵

浅草高坟屡见兵，长眠积愤几时平？
新来喜悉人间事，昊酒香飘醉凤城！

游 沙 湖

万亩波平不染埃，团团苇似碧莲开。
谁将五宝销天阙，换得瑶池异种来。

相见欢

华夏西部影视城①感事

高粱红染坡沟，半参忧。古堡助添灵气出神
州。　　门如月，情长结，片中留。牧马归人创
业话从头。

【注】
　① 影视城原系明清时代两个屯兵的古堡废墟。《牧马人》《红
高粱》等二十多部影片相继在此拍摄后，人称"中国西部电影由
此走向世界"。

律诗一首

在银川拜见老首长李华云、老队长张程九，并晤老战友张正江、袁懋功、胡淑仪，喜成一律。

青甜玛瑙盛玻盘，笑语香凝半日欢。
别梦初醒留冀北，尊颜始识忆川南。
常思得遂常思愿，再见翻疑再见难。
四十四年重聚首，壮心虽在鬓毛斑。

彭锡瑞

生卒年 1926—1997，生于湖南省桃江县。1948 年加入中国共产党，在原籍从事地下工作。1951 年 2 月来到银川，在宁夏军区工作，后调吴忠师范任教。中华诗词学会会员、宁夏诗词学会理事。与夫人胡清荷合著诗词集《湖海诗情录》。

怀念周总理（三首）

（一）

五洲动荡风雷激，四海群情尽望春。
此日瀛寰同洒泪，亚非团结颂鲲鹏。

（二）

云暗十年功不磨，操劳日夜费心多。
春风广被神州暖，遍地红旗遍地歌。

（三）

终生革命赋长征，伟业而今继有人。
今日人间除四害，举杯告慰在天灵。

读文湘"知足常乐"步韵以寄（四首录二）

（一）

欲海无边百尺澜，不求非分总心安。

烟云过眼繁华尽，松竹年时共岁寒。

（二）

湖海浮沉一例看，枯荣不计遇而安。

劝君莫羡槐安国，识到繁华梦已阑。

寄呈牛司令员① （四首）

（一）

揖别湖湘万里行，终军有志请长缨。

元宵驻马西京夜，雪地闻鸡漠北晨。

塞上风云驰羽檄，熔炉炽火炼丹心。

春风广被情何限，雨露阳光化此身。

（二）

几从星夜传书檄，犹忆军前识略韬。

半世征尘遍朔漠，一生戎马足辛劳。

三边鱼水情常在，晚岁文章兴更豪。

仰止苍松宜厉节，六盘巍巍贺兰高。

（三）

少年壮志未全抛，十载风尘任所遭。
俗谓流言多毁誉，党如明镜察秋毫。
欲报恩情焉有极，只争朝夕不辞劳。
梅蕊经寒香更溢，迎春万卉向阳娇。

（四）

九疑遥望路漫漫，乡梦依然到楚山。
斑竹至今余血泪，柘溪日夜锁狂澜。
洞庭春水连天碧，岳麓秋光一片丹。
莫道三湘风物好，更从塞外认江南。

【注】
① 牛司令员，原宁夏军区司令员牛化东。

登岳阳楼（二首）

（一）

巴陵揽胜上层楼，远水长天一色秋。
万顷惊涛堪怵目，无边岁月待歌讴。
登临每得湖山乐，进退谁分范相忧。
济世当思天下任，洞庭杯水接瀛洲。

（二）

岳阳城下浪悠悠，蜀水潇湘此汇流。

三峡风雷千里去，九嶷烟雨五湖收。

滕君业绩存楼阁，工部诗怀老病舟。

欲问枯荣多少事，江波涤尽古今愁。

地下党问题平反感而有作

党的十一届三中全会以后，益阳地下党错案得到平反，感而有作。

埋玉沉珠事可哀，是非曲直费疑猜。

九千日月催霜鬓，一枕黄粱觅草莱。

葵藿倾心花有愿，春风无意雨相摧。

落红岂是无情物，辗作尘泥志未灰。

奉和周谷城教授柬会龙诗社原韵

故乡千里有书来，捧读古诗眼界开。

捕捉形神循格律，讴歌时事重题材。

千秋佳计存风骨，盛世文章诵俊才。

若使灵均生此日，何须遥念楚王台。

白云楼远眺

白云亭上白云留，呼啸松涛迎我游。
如画云山悬天际，似棋城廓见亭楼。
闽江帆影飘练带，村落农田缀彩绸。
美景流连神自得，群山向我也低头。

嘉峪关

长城尽处是雄关，虎踞龙蟠接黑山。
驿路咽喉凭锁钥，沙州旧貌展新颜。
返童油市连高产，不夜钢城簇锦团。
阅尽兴亡七百载，崇楼几见换人寰。

纪念谭嗣同烈士殉难九十周年（二首）

（一）

鼎新革故履风尘，功败垂成不顾身。
百日风云评弊政，一朝肝胆动星辰。
凛然绝笔光今古，激进思潮励后人。
不是愚顽翻覆雨，何当喋血以求仁。

（二）

重阳节近揖浏阳，碧血黄花骨亦香。
忍死不需逃劫难，从容兼为护高堂。
神州风雨三湘激，故国恩仇百日长。
改革先驱标一格，中华英烈永流芳。

赠吴淮生同志

捕捉形神奋笔忙，山山水水细评量。
阳春白雪千般态，芳草奇文一样香。
潭水桃花乡梦远，长烟落日客愁长。
伫看塞上花如锦，犹待诗人说朔方。

【注】

吴淮生，安徽泾县人，家距李白《赠汪伦》的桃花潭不远。
宁夏作家协会副主席，有《塞上山水》等诗集出版。

谒黄帝陵书感

中华崛起肇炎黄，不息江流源远长。
殷契周彝存史帙，秦碑汉简放辉光。
欹歟千载文章盛，颠扑百年风雨狂。
今日腾飞奔四化，神州消息誉遐方。

纪念郑和航海五百八十周年

涉彼沧海万里波，震惊世界誉声多。

拓开海上丝绸路，共谱人间友睦歌。

汉使威仪传域外，远航技艺启先河。

西洋七下留佳话，六百年来说郑和。

次毓峰资生参军来宁四十周年感怀原韵（三首）

（一）

一列红旗壮远行，八方鼓角靖边城。

郊原雨润嘶征马，朔漠云迷听雁声。

莫辨是非淆敌我，频仍风雨识阴晴。

重来旧地层楼立，何处当年细柳营？

（二）

塞马焉知福祸临，廿年风雨苦相侵。

倾翻浊浪长河水，终洗丹诚赤子心。

一梦黄粱怜世态，百年忧患付青衿。

纵横剑气今犹在，白首长歌出塞吟。

（三）

锦绣江山万里虹，阮生歌哭未途穷。

征程雪阻蓝关马，涸辙霖逢大泽龙。

十载何曾逃劫数，余生终幸沐春风。

人间尚有春秋笔，刚正今呼太史公。

章伯钧先生九十诞辰

遍历风尘识坎坷，是非功过竟如何？

南昌赤帜丹心谱，故国河山泣血歌。

十载烟云经变幻，一生名节未消磨。

春秋褒贬凭谁论，斑竹留痕泪滴多。

黄鹤楼重建感赋

千年黄鹤腾空起，盛世重恢百尺楼。

三峡波连云梦泽，龟蛇桥锁大江头。

郢中白雪笙歌发，座上梅花笛韵悠。

春色江城无限好，荆门云树入吟眸。

六十初度述怀（五首）

（一）

六十韶华转眼过，少年投笔复操戈。

洞庭湖畔青春彩，戈壁滩边战斗歌。

曾逆疾风知劲草，甘承重载作橐驼。

风霜劫后余肝胆，犹有葵心尚未磨。

（二）

揖别湖湘万里行，黄河饮马濯长缨。

月明峡口嘶征骑，云暗龙山谪屈平。

老骥失途犹望岳，秋鸿迷阵亦趋鸣。

九千日月惊风雨，珍重人间正晚晴。

（三）

一朝放暖雪冰消，卅载风尘任所遭。

俗谓流言多毁誉，党如明镜察秋毫。

逢春槁木枯心活，得雨荒原百卉娇。

欲报恩情焉有极，只争朝夕不辞劳。

（四）

到眼芳菲惹梦思，情牵雨片并风丝。

长安夜剪西窗烛，朔漠春催桃李诗。

回乐烽前花簇锦，受降城下果盈枝。

清平盛世人宜寿，老马犹当奋力时。

（五）

钓鱼台畔怀屈子，天问遗踪认旧家。

楚客问天天问客，怀沙洗恨恨沉沙。

桃花落地随流水，枫叶含丹醉晚霞。

塞上凝眸凭望远，所思迢递在天涯。

沁园春

1947年夏读毛泽东主席沁园春（咏雪）词，用原韵以志所感。

　　楚泽渊源，千载流风，意气云飘。识雄怀伟略，心恒跃跃，胸怀涤荡，思绪滔滔。日寇平夷，江山再造，民望旗悬共仰高。颓唐甚，叹茫茫坠绪，难觅妖娆。　　神州春色增娇，引无数词人共折腰。自天生辛陆，大昭文采，豪情逸兴，代有风骚，斗妍争奇，师承一脉，吾辈文章着意雕。期同勉，愿开来继往，莫负今朝。

春风婀娜

1945年日寇投降后游长沙。

　　正烽烟轧熄，鼓角潜消。天漠漠，路迢迢，望洞庭秋水，哪堪凭吊？河山百战，血染江潮，市付荒烟，城余废垒，瘦马嘶风气不骄。剩水残山愁北向，触人芳草也魂销。　　庭院楼台沉寂，鼯游处，更何以，认取前朝？人去后，景萧条，龙蟠虎踞，话如渔樵。日月重辉，湖光无恙，凭栏念远，终日凝眸，江山谁主？望烽烟北国，风尘炼就，多少英豪。

罗敷艳歌·江南送别

黯然无语江南岸，别绪绵绵，江水涟涟。落日孤城古道边。　　骊歌一曲东流去，月满江天，两地心牵，梦里啼痕夜夜添。

念奴娇·黄鹤楼

归来黄鹤，经百劫，依旧江城风物。一自神州风雨过，缀满人间春色。留韵悠扬，江流浩淼，骇浪千重雪。龟蛇相扼，长江万里飞泻。　　矶上飞阁流丹，雕栏揾翠，势欲凌霄阕。从此旅游增胜地，迎来翩翩俊侣。白雪诗章、春秋词笔，满目琳琅壁。长吟独啸，相携醉饮江月。

念奴娇·车过嘉峪关

茫茫瀚海，无边际，蓦见崇楼城堞。此去黑山龙摆尾，千里河西辽阔。落日孤烟，黄沙绿浪，相映祁连雪。残阳古道，铁龙从此飞越。　　昔日驿道艰难，丝绸商旅，踏碎驼铃月。汉使威仪骠骑在，尚有张骞旄节。不夜钢城，沸腾油海，万点星明灭。雄关西去，春风吹绿戈壁。

渔家傲·纪念盐池解放五十周年

黑夜沉沉天漠漠，狂飙忽地从天落。塞上江南红一角。春雷作，麻黄山上旌旗灼。　　五十年来风雨过，繁花似锦遍沟壑。芳草如茵宜耕牧，频开拓，花池神马飞腾跃。

水龙吟·左公柳

久经朔漠风沙，当年栽得万千树。隋堤别梦，灞桥行色，相思如许。万缕柔情，长条翠帐，欲留春驻。望茫茫瀚海，天涯路，飘飞絮。　　想公当年出塞，路迢迢、备尝艰苦。长途跋涉，天山南北，频年征戍。血染征衣，尘飞驿路，战销鼙鼓。固金瓯、青史漫评功过，犹垂今古。

菩萨蛮·山乡供电

绵延线路三千里，虹霓绘得山乡美。山野落明珠，山村岁月殊。　　新天滋雨露，禾黍葱茏秀。河水上山梁，穷窝飞凤凰。

浣溪沙·青铜峡水库

抖落沙尘一镜如，青铜峡上出平湖，河清有日世惊殊。　　万叠波光漾鸟岛，满湖翡翠济农渠，城乡遍地夜明珠。

烛影摇红·电

何处寻君？藏身导线潜踪迹。倏来倏去疾如神，顷刻传千里。纵是天涯异地，却仍能，谈心促膝。卫星传讯，电话传真，仿如同席。　　动力先行，机械牵引凭君力。引黄堤灌立殊功，装点山河美。现代文明建设，居行衣食难离您，献身四化，致富脱贫，为民兴利。

满庭芳·沙坡头

中卫城西，胜金关外，腾格戈壁茫茫，飞车驰过，云树挂斜阳。卅载所受龙心愿，挥写就，草障文章。探奇迹，游人无数，瀚海说沧桑。　　沙坡新绿地，鸣钟长响，唤醒洪荒。遍黄沙碧浪，瓜果飘香。何觅桂城遗迹，泉滴滴，似泪汪汪。人间换，春风袅娜，拂朔漠胡杨。

临江仙·塞上清秋

塞上清秋凭望远，黄金铺满田畴。醉人秋色缀枝头，果红疑笑脸，低桠似含羞。　　新稻登场忙脱粒，果园笑语声柔。一年好景在金秋，忙过春和夏，喜得十分收。

临江仙·吊庄

自古荒凉沙碛地，风沙百里茫茫。吊庄新建拭秋妆，渠延平芜碧，秋熟万家粮。　　农户家家闻笑语，葡萄庭院飘香。今朝喜得沐晴光，地缘人意绿，瀚海话沧桑。

金缕曲·周恩来同志纪念馆落成

淮上春风路，又重瞻、旧居新馆，昔年风露。年少长怀强国愿，慷慨棹头东渡。觅真理、为民求索。一帜南昌天地赤，遍神州、星火燎原怒。漫长夜，东方曙。　　运筹帷幄中枢辅。理万机、宵衣旰食，含辛茹苦。梅苑红岩光亮节，功德长留寰宇。生平事、感人肺腑。尽瘁鞠躬生死已，荫后人、万世甘棠树。仰楷模，垂千古。

强晓初

中华诗词学会原副会长。

银川词（二首）

采桑子（旧作）

贺兰山阙今非昔，换了人间，造福人间，古沙场变米粮川。　　林茂花妍看塞上，不似江南，胜似江南，西夏风光别有天。

浣溪沙（新作）

塞上明珠耀九天，一河春水万顷田，风沙不度贺兰山。　　遍是浓荫杨柳绿，更惊瀚海变游园，春华秋实富银川。

强永清

笔名林夕，宁夏平罗县人，1963 年出生。1983 年 7 月参加工作，现任平罗县审计局局长，宁夏诗词学会理事、平罗县诗词学会秘书长。

送儿上学路上 (新声韵)

金秋送爽壮歌行，父母陪儿乐融融。
通道人流窗欲破，旅程跋涉步轻轻。

游 崂 山

亭台楼阁入云霄，曲径通幽景色娇。
竹翠松青遮蔽日，人间仙境乐逍遥。

焦传忠

笔名焦子，字国昌，1924年7月生，湖南浏阳人。已离休，现为宁夏诗词学会会员。

【越调】天净沙·青铜峡库区鸟岛

皮筏逐浪如飞，黄河落日余晖。雁过青峡水汇，夕阳夕坠，微风细雨徘徊。

董家林

1936 年 6 月生，安徽省寿县人，高级工程师。历任宁夏回族自治区建设厅厅长、计委主任、电力投资公司董事长。宁夏诗词学会名誉会长，出版新诗集《大柳树恋歌》。

庙坪扶贫纪事

旱魔还猖狂，饥渴熬庙坪；
村校已停课，不闻读书声。
袋瘪粮可数，窖空水无影；
老弱呼苍天，悲切令人惊。
听罢胸压石，内疚重沉沉；
解放四八载，民苦竟如斯。
我辈乃公仆，百姓供衣食；
不解民饥饿，枉挂共党名。
送粮暂度荒，炊火稳民心；
登门拜能人，问计降困贫。
计委做表率，扶贫立新功；
输血为救急，造血方治本。
修路架电线，筑坝蓄甘霖；
抓秋种土豆，送劳外打工。
立下军令状，三年除穷根；
真情出肺腑，父老俱感动。
举起锹和镐，决心跟党奔；
官民心相连，同念致富经。
青草从此绿，花开次第红。

韩长征

曾用笔名韩畅、畅征等，祖籍河北大名，1947 年生于宁夏银川市。现任宁夏自治区人民政府办公厅副巡视员，高级经济师。系宁夏诗词学会顾问、宁夏毛泽东诗词研究会副会长。已出版散文集《凤城散记》《雪晴塞上·诗歌卷》和《雪晴塞上·诗论卷》。

银川景观（二首）

艾依河

湖城塞上遍开花，罗带轻飘系晚霞。
阅海云天寻绮梦，银河探访女牛家。

音乐喷泉

歌声起处舞长虹，洒落珍珠入碧云。
白雾青天飘落下，清风细雨过凉亭。

癸未年国庆节登六盘山

有客远来访六盘①，霜晨相伴气犹酣。

群峰苍翠雨初后，银蟒遥腾春雪前。

漫卷红旗飘塞北，长征壮士扫凶顽。

冰消日丽天晴朗，烂漫山花朵朵鲜。

【注】

① 2003 年 10 月 1 日，受命陪国家邮政局负责人赴六盘山区考察，巧逢前夜六盘山大雪，晨又细雨，午后天放晴，瑰丽奇景为十数年难遇。

观灵武镇河塔感赋

威镇洪流系灵州，黄河九曲岁悠悠。

长安无法平妖孽，北地将军细运筹①。

唐帝登基成旧话②，财经力促起宏谋。

长风破浪期来日，浩瀚潮流向五洲。

【注】

① 唐天宝十四年（公元 755 年）安禄山在范阳举兵叛乱，唐玄宗等仓皇逃往四川。太子李亨在灵武登基，后借助朔方镇兵力扭转了战局。

② 唐肃宗李亨在灵武宣告即位，遥尊唐玄宗为太上皇，改元至德。

童怀章

湖北黄冈市人，《东坡赤壁》原主编。

游 沙 湖

萧萧芦荻隐飞舟，船上渔歌水上鸥。
雨洗轻尘风送爽，一湖碧水泛金秋。

参观西夏王陵

细雨轻车谒墓群，九朝霸业土犹存。
残垣碎瓦依稀辨，巷道雀台何处寻？
西夏文光昭后世，贺兰风物醉游人。
祥和百业催征马，塞北江南落凤城。

谢荣贵

1947 年生,湖南人。曾为银川市工商行政管理局经济师,现为宁夏诗词学会理事。

寄沙边子

长城脚下碛沙狂,杨柳边庄建寨房。
滚滚清波呈绿海,茫茫大漠产新粮。
科研拓出光明路,汗水浇成五谷仓。
莫道毛乌风肆虐,渐浓秀色入春廊。

谢文秀

女，1930 年出生，湖北红安人。退休干部。原为宁夏计划委员会经济师，现为宁夏诗词学会会员。

红豆供君前

朔时月缺望时圆，花谢花开年复年。
不见鹊桥银汉架，唯将红豆供君前。

送 妹

如蚁如蜂涌上船，迟疑小妹步维艰。
扭头拭目浑无语，泪溢长江碧水间。

蒲健夫

重庆当代诗人、教授。《重庆诗词》主编。

宁夏印象银川掠影

周行大道柳毿毿，篱菊香飘水一湾。
行客来歌边塞曲，凤城处处似江南。

沙湖微雨

万顷沙湖照眼来，波清苇白鸟飞回。
忽然几许江南雨，洒向莲荷塞外开。

沙原拾趣

秋雨初惊塞上寒，沙原小立且加衫。
边童不识嘉陵客，盘马扬尘带笑看。

日之夕矣

平屋长河接远沙，映窗落照晚烟斜。
学童含笑路边立，礼让羊群先到家。

廖奇才

湖南省农业大学原校长，湖南诗词学会副会长。

初到银川

塞外云涛接紫烟，寻诗索句到银川。
妖娆识得江南面，骀荡春风绿贺兰。

赞 沙 湖

烟笼碧水水笼纱，茅舍红楼间苇花。
鱼跃雁飞饶意趣，平湖秋月好居家。

宁夏沙坡头咏怀

万里黄尘卷地来，绿杨荫里画图开。
英雄筑得长城固①，敢叫沙魔勒马回。
陇上秋高唱大风，人民勠力锁黄龙。
大河长甲奔驰畅②，举世皆惊造化工。

【注】
① 指固沙绿化带。
② 指火车。

游银川植物园感怀兼呈唐麓君吟长

塞上秋光照眼新，珍花奇木萃园林。
筹谋妙绝开生面，创业艰苦布锦春。
夫妇同栽风景异，鲲鹏共搏水云深。
丰碑更有诗如海，歌颂伏魔斗魁人。

碧玉箫

　　湖南湘乡人，1943 年生。曾任兰州军区某部政委、湘乡市政协副主席。中华诗词学会理事，著有《碧玉箫诗词选》。

六盘山

绝顶方知宇宙宽，强风吹落老戎冠。

远山放势如奔马，近岭藏锋似转盘。

此日绿葱飞鸟语，当年血战树旌竿。

亭前留影情无限，一曲长征唱未完。

蔡厚示

福建社会科学院研究员，中华诗词学会顾问。

过沙坡头固沙林场感赋

贺兰山秃大河黄，西夏王陵殿久荒。
一自造林人到后，春风始绿旧沙场。

游 沙 湖

湖光沙色雨微明，茅舍芦林鸟语清。
我在流云声里坐，迎风一舸正徐行。

熊　烈

湖北人，生前为宁夏回族自治区党委宣传部副部长、宁夏诗词学会原顾问。

游贺兰山

塞上萍踪几十年，今朝才上贺兰山。
紫青石玉雕名砚，弯曲溪流觅宝泉。
元昊三军人骤马，岳飞一怒发冲冠。
千秋兴废皆陈迹，新谱黄河经济篇。

忆李季

当年李季在盐池，正是防荒备战时。
担尽城沙肩似铁①，纺开纱锭线如丝。
通宵达旦磨徽墨，沥血呕心成好诗。
王贵香香传四海，个中勤苦几人知。

【注】
① 1944 年我和李季同志在陕甘宁边区三边分区盐池县工作。当时积沙与城墙平。年年动员干部和广大群众挖沙，防御敌人进攻。

和宁夏大学王拾遗教授

不畏风沙不计年，磨穿铁砚志弥坚。

栽培桃李好光景，研读诗书仰圣贤。

时事香山曾有传，精忠武穆未留笺①。

文坛顾盼情无限，山外青山天外天。

【注】

① 王教授50年代曾著《白居易传》，60年代又编《岳飞精忠保国》一剧。

熊品莲

字寒塘，女，1933 年 12 月生，湖南临澧县人，统计师。中华诗词学会会员、宁夏诗词学会常务理事、宁夏毛泽东诗词研究会理事。

六盘山——小南川

群峰随处改，曲径每行迷。
藓着河边树，山环一线溪。

飞 鸿

幽径随时改，青山前路遥。
寒枝风不定，何处是归巢？

秋 草

秋来芳草翠，白露似珍珠。
不计枯荣事，逢春又复苏。

竹 嘲

四季绿葱葱，逍遥兰菊丛。
寒梅传雅韵，愧自腹中空。

崆峒山——通天桥

两岸群峰险，山巅铁索悬。
陡崖千尺壁，深壑一泓泉。
彩带云中近，青烟槛外连。
登临情笃笃，徒步可通天。

感　怀

排闷独吟诗，摹篇起步迟。
苦寻无暇日，霜染有多时。
潮涌随心动，枝摇带影移。
今嗟未成卷，路绕梦魂痴。

赠　友　人

寒暑春秋事，西园度寸阴。
朝朝诗里醉，暮暮梦中寻。
闷即临窗写，兴来对月吟。
依依无限意，翰海觅知音。

望庐山

玉宇造工奇，群山高复低。
云驱深涧障，雨洗绝峰迷。
点点银鳞逐，星星白鹭飞。
观游恋佳景，提笔赋新词。

访白玉兰

日暮群山静，晚霞云水闲。
香飘风剪剪，色舞鸟喧喧。
几处鸳鸯影，谁家芳草园。
枝头花玉洁，情系一枝兰。

除 夕

一年将尽夜，万马待奔腾。
爆竹连珠响，红云迷雾蒸。
时光随逝水，暖气卷残冰。
隔岁添新韵，心燃一寸灯。

久旱夜雨

日日思君不见君，沙尘滚滚逼柴门。
潇潇一夜多情雨，点点敲窗合断魂。

煤

青春突变埋深渊，苦练纯真亿万年。
修得金身光灿灿，燃身化骨暖人间。

菊　魂

落木萧萧白露幽，黄花篱畔自风流。
风刀霜剑任相逼，含笑悠然傲晚秋。

灯会《观音》

元宵灯展一尊身，善目慈眉满面春。
不问古今非与是，糊涂普度愧为神。

大江截流

百万英雄聚峡区，巫山云雨变通途。
水淹鱼石江堤下，千顷平湖气象殊。

忆　君

路隔九重痛失君，滔滔淮水夺诗魂。
情丝未尽编修苦，露滴空山月有痕。

乡　情

水浅山深露草微，菊黄芦白雁南飞。
故园长忆三湘远，唯有朝朝梦里归。

初　晴

檐前雨断荡青烟，冉冉流光笼蚌山。
春入江淮连曙色，夕阳催月化诗篇。

淮河桥畔

紫燕低飞扑小虫，星星白鹭戏长空。
虹桥双卧夸南北，交汇车船云雾中。

诗　梦

三月边城未觉新，东风怜我苦吟身。
天都昨日传佳话，自有心迎梦里春。

归　燕

春风拂绿柳条新，归燕盘旋枉断魂。
凝望窗前翻倩影，多情伴我度黄昏。

黄山笔峰

名山峭立笔峰尖，醉倒诗仙遗岫前。
物主不知何处去，借来巨笔写新天。

晨　雾

岚烟缥缈地连天，缕缕柔丝若柳缠。
隐隐兰山藏海底，茫茫雾絮锁尘寰。
莹珠无语松中滴，闲鹭有声云里旋。
玉露清风襟欲湿，天纱漫卷见晴岚。

黄　河　游

沉沉两岸柳林深，风弄青枝迎客临。
岛上蓬蒿疏密影，洲头水鸟脆清音。
急流滚滚英雄气，细浪柔柔慈母心。
天际茫茫浮一叶，金波荡漾伴豪吟。

沙　湖　春

大漠风光多异景，黄河偏爱夏王京。
沙山顶软驼铃响，芦荡春深翠鸟鸣。
戏水鲤鱼随旧侣，翔空白鹭结新朋。
暮来风送笙歌处，唱彻回乡万里情。

咏月季

娇姿绚丽精神壮，四季追潮焕艳妆。
春伴碧桃迎暖日，秋同黄菊斗寒霜。
时时萌发春常驻，月月争妍花更香。
风冷纤枝何所惧，一身露刺保安康。

胡锦涛总书记来宁夏视察 (新声韵)

红柳萌芽苗返青，总书记访远边城。
炕头问暖深深意，瓜地压砂缕缕情。
防护林中花棒笑，引流河畔碧波迎。
雪晴日照回乡境，雨露春风润物生。

鸣翠湖即景

游艇追寻禽鸟踪，大迷宫里小迷宫。
腾空白鹭蓝天外，卧潜银鳞青草丛。
两架悬盘车水转，一塘清气苔香浓。
方知鸣翠湖千顷，自古天成造化工。

辛巳抒怀

数十轮回日月长，风风雨雨历炎凉。
江南意短初生地，塞上情长二故乡。
壮志已随云里散，痴情唯向梦中藏。
此生如愿成秋韵，借得金风送晚香。

周总理百年祭

泰山顶上百年松，雨打风摧枝叶葱。
戴月披星运帷幄，擎天立地挡歪风。
鞠躬尽瘁思民苦，沥血呕心报国忠。
倾尽江河湖海水，难书总理一生功。

谷雨节绍兴市祭大禹陵

绍兴会稽禹王陵，远古功臣名永恒。
逐日追云勤治水，穿崖凿石紧追星。
江河通畅灾星灭，粟稻飘香夏国生。
万物和谐思大禹，勿忘谷雨祭神灵。

塞上高速公路

路平车静驶如飞，千里征程一日归。
绿树参差连宇际，青山迢递沐霞辉。
荒丘僻壤覆芳草，商铺茶楼披锦衣。
达海通江承客意，拓开西部展雄威。

悲楼外槐柳

相对相依六七年，临窗私语近身边。
洋槐着意浓香溢，垂柳多情碧手牵。
叶响能知疏密雨，枝摇可辨暑寒天。
可怜树倒香魂断，日暮成薪和泪看。

梦　竹

朦胧故里芊芊绿，惊笋抽芽春雨时。
碧叶迎风声簌簌，青枝照日影离离。
篱边旧圃身无迹，月下清风梦有知。
不作栋梁浑不怨，人间工艺总相宜。

残　荷

老柄荷池空荡扬，柔枝难耐昨宵霜。
风吹花败蓬无籽，雨打茎残盖尽伤。
玉骨尚存君子节，冰魂已失美人香。
枯荣衰盛非吾愿，只怨天公铁石肠。

沙枣花

无意登临大雅堂，扎根碱泽斗沙荒。
金花展叶千重影，夏萼经风十里香。
枝折弯弯花不败，干伤累累意无妨。
天生不羡群芳美，笑向苍穹恋夕阳。

问野荷

峡峪幽长一线泉，如盘伞叶倚溪边。
根须密密何为藕？花穗麻麻岂叫莲？
隐隐藏山应寂寞，匆匆映日可缠绵？
片言谁解风前影，难得知音寂寞煎。

咏槐花

银铃摇摆不知狂，穗穗洋槐情意长。
阵阵香风浮曲陌，团团白雪映骄阳。
始知淡极双花艳，那得轻笼一树芳。
一片温馨缘未尽，来年相约诉衷肠。

咏　月

冰轮运转换亏盈，玉宇高悬色不昏。
缺夜多多香梦断，圆时短短喜讯频。
那知山重情还重，无奈海深愁更深。
历尽沧桑催发白，照将肝胆到而今。

赞　草

大漠芊芊遍野芳，绿茵铺地见情长。
春繁愿为青松伴，秋衍甘当白露床。
不与香花争艳丽，更无飞絮助轻狂。
身微亦有常青志，野火焚身意不伤。

忆昔油桐

油桐四月漫山岭，阔叶如盘展绿屏。
花白红丝镶入瓣，果青金汁储深坑。
灭虫防腐般般好，导火燃身点点明。
一盏油灯驱黑夜，难忘伴我到三更。

咏　蜂

晓出暮归终日忙，众蜂合力造琼房。
晴阴懒赏三春美，往返勤衔四季香。
冒雨迎风乘玉露，翻坡越岭作红娘。
采花传信精酿蜜，奉献甘甜回味长。

塞上新歌

塞外春朝感物华，广施科技满园花。
沙山芳草迎朝日，牧场肥羊送晚霞。
交汇长虹连瀚海，联通电网达农家。
蓝图描出江南境，雁报佳音至海涯。

悼念孟超同志

游丝荡漾断肠时，雁影悲啼恨别离。
相伴相依为挚友，求新求逸是良师。
呕心传韵三江誉，沥血编书八皖驰。
此世同心情永驻，寒塘倾泪托哀思。

忆 青 坪

酉年雪月别潇湘，雁落珠城淮水长。
一路坎坷藏剑气，终生夙愿著华章。
箧中纸破留残稿，灯下诗成寄上苍。
缕缕青烟随雾散，梦幽云断两茫茫。

重读《清平乐·六盘山》有感

六盘险峻接云天，一曲清平七十年。
幸傍雄魂昭日月，谁能词赋动山关？
腾飞莫忘长城远，跨越尤须盘石坚。
江底沉渣风作浪，当思先哲警时篇。

怀骊山胜景

绣岭千姿望九霄，流光万古接仙桥。
三元洞特神风送，鸟语林奇潭影摇。
峰火台前褒姒昧，华清池畔玉环娇。
烟云变幻天依旧，月照兴衰多少朝？

雪域天路

天路迢迢锁碧空，白云舒卷借东风。
彩霞扶摸香沾手，雪海飘浮雾绕峰。
风火山洞连玉带，三江源泽架长虹。
人超极限惊天地，史册丹青百代功。

天路白衣天使

潇潇春雨向西斜，路险荒原雪带沙。
赤子救伤随月影，丹心护病到天涯。
翩翩仙鹤含芳草，眷眷神医献岁华。
奇迹频频传宇宙，昆仑极顶雪莲花。

忆江南·四季故里（四首）

（一）

春日艳，桃李笑枝头。惹蝶招蜂争吐蕊，乱香飞处柳烟收，细细暖风柔。

（二）

三夏丽，菡萏展娇颜。蜂蝶不知何处去，蜻蜓独自恋荷田，细雨叠清钱。

（三）

秋月美，气爽晓风凉。稻穗金黄飘四野，蟾宫玉润桂花香，献酒有吴刚。

（四）

冬日好，野岭遍油茶。四季葱茏光灼灼，白花黄蕊吐芳华，品质赛梅花。

浣溪沙·竹

倩影凌云弄玉声，无花无果一身青。君心高节久闻名。　寒暑松梅长作伴，夜深邀月诉衷情，狂蜂欲近冷如冰。

鹧鸪天·忆杜鹃

喜见杜鹃栽玉盆，红云袅袅旧时门。岫烟堆赤樵童伴,丽日催红牧女亲。　花作血,泪留痕。怎知鸟魂与花魂。子规声切啼何苦？似有离情诉路人。

鹧鸪天·读毛主席诗词有感

独领风骚一代君，湘江造就大诗人。岳麓山下抒奇志,桔子洲头写壮心。　酬故旧,慰忠魂,骄杨一曲语惊神。长征咏雪迎春到，笔底千钧送远音。

玉楼春·感怀

迢迢梦幻如云绕，历尽风霜人已老，新愁旧恨去还生，遍布天涯如野草。　残年不觉时日少，未死春蚕丝未了。黄昏向晚寄深情，难得夕阳无限好。

木兰花·咏兰

三春深谷莺声脆，素浅花开冠百卉。云滋露润展仙姿，剑叶临风含碧翠。　　花魂时伴诗魂醉，身洁自豪君子贵。馨香常与墨香随，恬淡无争心不愧。

熊秀英

女，　1943 年出生，河北省涿州人。银川市电信局退休职工。中华诗词学会会员、宁夏诗词学会常务理事兼副秘书长。

泾源野荷谷

深谷多奇景，清荷十里香。
黄苞才绽蕊，绿叶已新妆。
莲动鱼游浅，风摇叶送凉。
夏来消暑热，此地最相当。

咏 白 菊

不恨花期误，当欢霜降迟。
冰心偏耐冷，玉骨正逢时。
素极终成艳，梦多最费思。
纷纷千紫落，风月独摇枝。

初 春

草木经风各自新，桃花先占一枝春。
柳丝也解人间意，长蔓悠悠牵客心。

贺《湖海诗情录》出版

一部诗书血著成，抒怀论理总关情。
今吾有幸读佳句，掩卷犹听边塞声。

五叶地锦

终身无果亦欣然，和雨同风唱大千。
红叶如花一缎锦，闲抛沙海起波澜。

黄昏漫步

雨后园林满目青，芳香惹起故人情。
黄昏漫步谁为伴，枝上黄莺一二声。

念故乡

幽燕桃花红烂漫，边疆三月尚春寒。
登楼远看连天木，满袖清风闻杜鹃。

沙湖情

瀚海蓝天雁阵飞，芦花深处鲤鱼肥。
碧波浓似家乡酒，游罢无人不醉归。

沙湖落雁

浩瀚沙田碧水柔，天栽芦苇绕行舟。
多情最是平沙雁，迎面飞来上客头。

贺苑仲淑女士《秋叶篇》出版

秋叶如花淑且真，寒梅风韵玉兰魂。
凌霜不减殷红色，夕照枫林更动人。

鸣翠湖

碧波千顷映斜晖，拂面芦花似雪飞。
时有沙鸥忙戏水，画船来去载诗回。

赠张老师

翰墨世家才斗量，躬身秋圃伴残阳。
笑看桃李出墙外，细数花发又几行。

读王老诗集感怀

三九寒梅无失真，历经风雪更精神。
铮铮铁骨抒心志，清韵留芳泽后人。

抱 头 菊

抱头贪睡独开迟，玉骨清心冰雪姿。
质洁何须深浅色，群芳过后傲霜枝。

赠诗姐品莲

庐山相见雨轩楼，谁料归来一雁秋。
常忆送行频招手，忍看远去几回头。
花开花落谁为主，月缺月圆勿可求。
且把真情还作韵，心怀春色上层楼。

风雨山海关老龙头

长城跃出老龙头，万里雄涛接素秋。
地近蓬莱仙引路，海通长岛鸟为舟。
金风吹日阴云起，豪雨跳珠雾霭浮。
涤尽俗尘空一色，我心如洗逐波流。

游宝湖遇风

转瞬天昏半尺涛，柳条俯仰竞折腰。
蒹葭簇簇和烟卧，银浪粼粼碎影摇。
船入乱丛风引路，诗逢好景句来潮。
清波作酒邀天地，洒下情思如浪高。

悼念苑仲淑诗姐

秋风昨夜剪寒枝，痛失良师不胜悲。
大雁无声空落泪，流云有影化纤丝。
不闻桌上推新句，时想床边理旧诗。
红叶飘飘何处去，梦中相见话离时。

宝湖晓日

清波十里绕城流，簇簇蒹葭刚过头。
千鸟丛中啼晓日，群蛙池里唱金秋。
水移云荡浮银浪，风直船回卷钓钩。
游客不求鱼鲈美，但随湖水共悠悠。

读斐然诗集怀念王老祖旦

遗作读来倍感亲，寒梅着雪总精神。
赤心长记民生苦，壮志犹担道义真。
竹取高华生就瘦，品临刚直语也新。
绵绵思绪念师教，留得斐文伴后人。

游泾源小南川 （古风）

古木阴山绿，苔深一线天。
拨林探石路，瘦径半空悬。
云从身上过，人在雾霭间。
瀑布飞黛石，白浪乱生烟。
高呼天外客，此处有桃源。

西江月·长枣

问讯枣乡何处？花黄引入林涛，无边果木半人高，染透流霞玛瑙。　　肉嫩酥甜可口，驰名中外香飘，一杯美酒壮寒宵，体健如松不老。

西江月·长枣王

老树根深雄壮，人间二百余年，几多风雨志犹坚，依旧情怀不减。　　盼得年年高产，花黄果茂枝繁，且将余热再频添，喜看家乡巨变。

鹧鸪天·自然回归陵祭母

惜母终生居陋房，而今别墅始凝芳。花丛为被根当枕，杨柳轻摇拂梦香。　　情切切，意长长，泪看骨粉壮骄杨。竟圆奉献人生梦，飞絮飘飘亦故乡。

鹧鸪天·银川森林公园

千亩园林气势雄，隔山隔水送东风。松涛涌浪惊春梦，楼宇摩云作秀峰。　　湖泊绿，小亭空，月光如水晚烟笼。乐看天上瑶池景，竟在茫茫林海中。

鹧鸪天·贺宁夏诗词学会大会召开

皓月荷风怡晚凉，鸥盟鹤侣集华堂。弘扬国粹拓新路，传诵今声换旧腔。　　唐韵雅，宋词芳，春江一脉咏炎黄。今朝同唱大风曲，他日花开遍故乡。

鹧鸪天·迎宾

塞北秋来气象新，天高云淡菊如云。金风暗送千丝雨，着意槐花两度春。　　西夏酒，敬一樽，花儿一曲喜迎宾。漫将好句抒胸臆，最是豪情大漠人。

鹧鸪天·迎少数民族运动会

　　五六枝花汇凤城，兰山金水竞相迎。灯楼瀑泻流星雨，焰火升腾五彩星。　　风送暖，月争明，中秋一轮为精英。地灵人杰神州好，四海共抒边塞情。

鹧鸪天·青藏铁路通车

　　喜事多多捷报传，一声汽笛震冰川。千层冻土终成路，百丈桥高直入天。　　千古愿，此生圆，几多汗水洒高原。风骚试问谁当属？江海翻腾起巨澜。

渔家傲·春钓

　　芳草萋萋藏雀鸟，柳丝伴我垂杆钓。告老不曾柴米恼。春光俏，碧波漫漫鱼帆小。　　乐事多来银发少，斜风细雨河湖绕，收起丝纶情未了。江山好，兴浓一曲渔家傲。

渔家傲·老年大学校园情

常悔儿时书读少，银丝转瞬头边绕。花甲喜逢时代好。春来早，东风绿透边城草。 梦里吟诗痴语笑，书包背起重返校。桃李满园枝上俏。莺乱叫，惜惊好梦天初晓。

行香子·田园小憩

短短篱墙，黄土坯房。小方院，正是春光。杏花开罢，桃李争芳。纵鸽儿飞，鸡儿叫，蝶儿忙。 绿杨堤畔，曲水池旁，春无际，麦浪茫茫。客来白酒，大碗何妨。见杯子净，盘子满，米炊香。

浪淘沙·贺宁夏老年大学二十周年校庆

塞上近重阳，雨润花香，洋洋喜气进华堂。为庆诞辰歌母校，尽展风光。 泼墨任悠扬，笔短情长，东篱新蕊漫山黄，竞放千枝添异彩，独领秋芳。

风入松·游阅海湿地公园

　　湖光秋日趁船游，旖旎秀波柔。水天一色晴方好，蒲丛中、惊起沙鸥。铁杆芦花飞雪，蒙蒙乱上人头。　　乘风遐想竟无休，傍晚有渔舟。冲开十里琉璃镜，霞妆就，夕照光流。红叶婆娑轻语，浓浓一片深秋。

一剪梅·除夕夜

　　鞭炮隆隆宿鸟迁，举目苍天，参宿正南。家家户户喜团圆，念我乡山，风月缠绵。　　春酒三杯路四千，犹想儿时，行令猜拳。依然夜色似从前，只是情怀，不像当年。

蝶恋花·悼念许绍启老师

　　非典刚过三月暮，物是人非，踏上无归路。细雨飞花零乱处，飘飘洒向新坟墓。　　手捧遗诗泪如注，百页千行，字字真情吐。人到别离方感悟，聚时日子休空度。

破阵子·悼念王其桢老师

噩耗传来秋半，惊闻泪湿衣衫。倩问先生何处去？落日无言斜雨寒，萧萧黄叶天。　　曾记迎春千宴，举杯同庆新年。谈赋论诗频指点，字迹犹新人未还，空留紫塞篇。

薛建民

宁夏中宁人。神华宁煤集团宣传部部长，宁夏诗词学会、宁夏毛泽东诗词研究会常务理事。

告慰邓公

忧国《示儿》有放翁①，邓公更念九州同②。
明珠③完璧归来日，魂慰全然庆典中。

【注】
① 放翁，即南宋爱国诗人陆游，其《示儿》诗有"王师北定中原日，家祭无忘告乃翁"之句。
② 九州，即中国。
③ 明珠，即香港。

秋　思

如醉金风横自飞，飘然落叶紧相追。
秋鸿阵阵回眸望，时恋丰收不欲归。

薛九林

笔名奋勉，1939 年 10 月出生，陕西绥德县人。1964 年大学毕业，分到部队工作。1985 年转业，先后任宁大系总支书记，校党委委员、宣传部长。宁夏诗词学会常务理事。出版《闲情吟草》诗集。

骊山晚照

西日临山近，层林尽染红。
景开晴雨后，恍若在霞宫。

烽 火 台

幽王行乐燃烽火，褒姒悦颜天下灾。
一笑竟成千古训，后人警示筑高台。

朔方三月

纤枝泛绿润心怀，春暖杏桃次第开。
偶有沙尘弥漫起，依然未阻燕南来。

长征路上拉练

行军千里学长征，先烈襟怀众志城。
脚踩风云几多泡，身披霜雪满怀情。
六盘山上安营寨，将堡台前乐舞缨。
传统铭心增劲力，自将赤帜向天擎。

长相思·军营情

贺兰营，贺兰兵，英武轩昂众志城。别离岁岁行。　　走亦情，留亦情，七尺男儿泪水盈。军歌促起程。

魏康宁

陕西省咸阳市人。原为宁夏自治区纪委副书记，现为自治区党委巡视组组长。宁夏毛泽东诗词研究会名誉会长、宁夏诗词学会顾问。

哈巴湖抒怀

草如绿地毯，树似蘑菇云①。
大漠胡杨翠②，深芦百鸟勤。
哈巴湖面阔，清水映园林。
聚宝毛乌素③，辛劳植树人。

【注】
① 哈巴湖保护区一景：树冠茂密，酷似蘑菇云。
② 沙丘上的柳树，树叶如竹叶一般青翠。
③ 哈巴湖保护区地处毛乌素沙漠。

秦中吟老印象（二首）

（一）

名从名作出，花自三秦开。
学苑培桃李，诗坛育俊材。
常吟边塞曲，无患鬓毛衰。
不惧忧烦扰，夏风扑面来。

（二）

还未临稀岁，名声已远传。

诗坛不老树，笔下思如泉。

情系农家事，曲歌干部廉。

兴来茶当酒，不醉只开颜。

北戴河培训中心印象

中央纪委北戴河培训中心环境优雅，服务周到，授课精彩，不愧为全国纪检干部之家。

闭目听蝉鸣，开心恋草坪。

风吹千树翠，雨润百花荣。

几净精神爽，学高指向明。

园馨人更美，纪检存真情。

云台山红石峡 （新韵）

棘荆铺满山，栈道嵌崖边。

万丈丹峡谷，仰天一指宽。

水流石缝觅，怒浪潭里翻。

巨龙不见尾，遁地现天边。

游火山公园

地火何时涌，人间留巨坑。
羊肠崎岖道，缥缈雾气腾。
坑底参天树，悬崖生古松。
喜观万载景，爽沐林间风。

竹子吟

根深叶茂泥土中，沐雨栉风身自崇。
宁折不弯真壮士，高风信可比青松。

塞上清风廉政诗词大赛随感

塞上江南飘墨香，清风吹送入诗行。
全将尽力摧枯朽，每以清廉助小康。
谱出和谐曲调美，育成花蕊叶枝香。
山川万里生春色，举国同心向太阳。